KB109105

4 한국 여성문학 선집

# 1960년대

# 세대교체와 저자성 투쟁

# 1960년대 세대교체와 저자성 투쟁

4 한국 여성문학 선집

여성문학사연구모임 엮음

민음사

# 책머리에

『한국 여성문학 선집』을 구상하고 모임을 꾸린 2012년 이후 12년 만에 책이 출간되었다. 연구 모임 구성원 중 김양선, 김은하, 이선옥, 이명호는 1990년대 한국여성연구소 문학분과에서 페미니즘 문학을 함께 공부하던 인연이 있었고, 이희원은 한국영미문학페미니즘학회와 협업을 모색하면서 인연을 맺었다. 마지막으로 현대시 전공자 이경수가 객원 에디터로 참여하면서 다양한 장르와 비교문학적 검토를 할 수 있게 되었다.

사실 우리 연구 모임은 더 오래전에 시작되었다. 지금으로부터 30년 전, 옹색하지만 활기만은 넘쳤던 사당동 남성시장 골목에서 큰 가방을 메고 '한국여성연구소'라는 현판이 걸린 2층 연구소로 향하던 한 무리의 여학생들이 있었다. 한국여성연구소는 1980년대 여성운동과 여성 연구의 발전을 토대로 탄생한 진보적인 여성 학술 운동 단체였고, 그 여학생들은 연구소 문학분과의 구성원이었다. 여학생들은 국문학의 문서고를 뒤져 오랫동안 '규수'라는 멸칭으로 '퉁'쳐지고 '여류문학'이라는 이름으로 게토화된 여성문학사를 함께 찾고 읽었다. 이들 중에 우리도 있었다. 이러한 회고는 우리 중 몇몇을 페미니즘 문학 연구의 기원으로 내세우며 역사를 사유화하려는 것이 아니다. 1980년대 후반부터 1990년대 초반까지 제도권 바깥에 일었던 진보적 학술 운동의 바람 속에서 자신을 페미니스트로 정체화하고 한국문학의 남성중심성과 불화하며 이를 의심하고 깨고자 하는 여성들은 어디에나 있었기 때문이다. 이 선집은 그 역사의 일부이자 불온한 여성 독자이기를 자처한 여성 연구자들의 보이지 않는 협업의 산물이라고 해도 좋을 것이다.

페미니즘 문학을 공부해 온 연구자라면 누구나 여성 글쓰기의 역사를 계보적으로 정리하겠다는 꿈을 품었을 것이다. 왜 우리에게는 『다락방의 미친 여자』 같은 전복적인 여성문학사, 『노튼 여성문학 앤솔러지』 같은 여성문학 선집이 없는가? 왜 한국의 여성 연구자는 이 작업을 수행하지 못하고 있는가? 이런 아쉬움과 부채 의식이 우리가 여성의 시선으로 여성문학의 유산을 정리해 보자는 무모한 길로 이끌었다. 『한국 여성문학 선집』 출판 모임을 결성한 후 우리는 2주에 한 번 정도 작품과 관련 비평문을 읽고 연구사를 검토했다. 근대 초기부터 1990년대까지 한국문학장에서 정당한 평가를 받지 못했던 여성 작가들을 찾아내고 이들의 작품 중에서 선집에 수록할 작품을 선별했다. 사실상 근현대 100년을 아우르는 방대한 시대를 포괄하는 터라 작품을 읽는 것도 고르는 것도 만만치 않았다. 작품 선정을 둘러싼 의견 차이로 합의를 보지 못하고 수차례 논쟁만 이어 간 날도 많았다. 생각보다 기간이 길어지면서 모임을 오랫동안 중단한 때도 있었다. 그러나 우리가 그 세월을 버티며 작업을 계속해 올 수 있었던 것은 여성 연구자의 손으로 여성문학 선집을 출판해야 한다는 책무감 때문이었다.

지금까지 한국문학(사)은 남성 중심의 문학사와 정전을 굳건하게 구축해 왔기에 여성문학은 전통을 이어 왔으면서도 그 역사적 계보와 독자적인 문학적 가치를 온전히 인정받지 못했다. 여성 작가의 '저자성'과 여성문학의 '문학성'은 언제나 의심받으며 주류 문학사에서 배제되거나 주변화되어 왔다. 여성문학을 문학사에 온전히 기입하기 위해서는 여성의 관점으로 독자적인 여성문학사가 서술되어야 하는 이유다. 그리고 독자적인 여성문학사 서술 이전에 선행되어야 하는 것이 바로 여성문학 선집이다. 여성의 시선으로 선별된 일차 텍스트들이 만들어진 이후에야 여성문학사 서술 작업을 시작할 수 있기 때문이다. 지금까지 간헐적으로 여성문학 선집이 출판되었으나 시기적으로는 일제강점기나 1960년대까지로 국한되고, 장르는 주로 소설에 한정되었다. 우리 선집은 특정 시기와 장르에 국한되지 않고 근현대 한국 여성문학의 성취 전체를 포괄하고, 여성의 지식 생산과 글쓰기 실천을 집대성하고 아카이빙한 최초의 작업이다.

우리가 작품을 선별한 기준은 남성 중심 담론과 각축하는 독자적인 여성 주체의 부상과 쇠퇴, 그리고 여성주의적 글쓰기의 새로운 내용적·형식적 전환을 보여 주는 작품의 등장이다. 여성 작가들은 남성 중심적 질서에 한편으로는 포섭되고 다른 한편으로는 저항하면서 나름의 전통을 형성해 왔다. 여성 작가들은 포섭과 저항, 편입과 위반의 이중성 가운데서 흔들리면서도 주체적인 여성의 목소리를 발화하고 그것을 드러낼 수 있는 새로운 미적 형식을 창조해 왔다. 우리는 여성 작가들이 수행해 온 주체화와 미적 형식의 창조를 작품 선정의 일차 기준으로 삼았다. 식민지 근대와 탈식민화의 과정을 겪어 온 근현대 한국의 역사에서 여성은 단일한 존재가 아니라 민족, 계급, 섹슈얼리티 등 다양한 사회적 범주가 교차하는 복합적 존재이다. 우리는 여성들의 이런 다면적 경험을 표현하는 글쓰기에 주목해 작품을 선정했다. 기존의 제도화된 문학 형식만이 아니라 잡지 창간사, 선언문, 편지, 일기, 독자투고, 노동 수기 등등 여성문학의 발전에 토대를 이루는 다양한 글쓰기들도 포괄했다.

여성문학 선집이 지닌 '최초'의 의미와 자료적·교육적 가치를 고려해 모든 작품은 초간본 원문을 우선해 수록했다. 근대 초기 작품은 가

독성을 고려해 현대어 표기를 함께 실었다. 각 권의 총론과 작품 해설을 겸한 시대 개관에서는 작품이 생성된 문학(사) 바깥의 맥락을 고려하고자 사회·정치·문화적 배경을 함께 서술했다.

『한국 여성문학 선집』은 시대별로 구분한 7권의 책으로 구성되었다.

1권은 근대화 시기인 1898년~1920년대 중반을 '한국 여성문학의 탄생'으로 조명한다. 시대적으로 한국 근대문학의 출발기인 이때, 신문과 여성잡지 등 공론장에 글을 읽고 쓰는 '조선의 배운 여자들'이 등장했다. 기존 근대문학사 서술에서 축출되었거나 폄하되었던 이 시기 여성 작가들은 계몽적·정론적 글쓰기와 문학적·미적 글쓰기를 횡단하며 '여성도 작가'임을 입증하고자 했다.

2권은 해방 전 일제강점기인 1920년대 후반~1945년 여성문학의 특징을 '계급·민족·여성의 교차'로 제시한다. 식민 통치가 공고해진 이 시기는 여성문학이 계급·민족·성의 교차성을 고민하고 이를 형상화하며 여성 작가로서의 정체성을 확보하려 한 근대 여성문학의 형성기이다. 사회주의와 민족해방, 여성해방에서 변혁의 가능성을 모색하고, 여성주의적 리얼리즘을 실험하는 방향으로 글쓰기의 성격이 뚜렷하게 변화한다.

3권은 해방과 한국전쟁을 거친 1945년~1950년대 여성문학을 '전쟁과 생존'이라는 주제로 바라본다. 해방과 한국전쟁, 포스트 한국전쟁기를 여성문학의 침체기라고들 하지만, 개인 혹은 작가로서 생존을 모색하던 여성작가들은 급진적 글쓰기 활동을 했다. 좌우익이 갈등하던 해방기에는 정치 현안에 적극 반응하면서 문학적 시민권을 획득하고자 했으며, 한국전쟁 후에는 가부장적 국가 재건의 흐름 속에서 실질적이고도 상징적인 폭력 가운데 놓인 여성들을 대변했다.

4권은 1960년대 여성문학을 4·19혁명의 자장 아래에서 일어난 '세대교체와 저자성 투쟁'으로 다룬다. 한국 여성문학이 여성문학장과 제도를 독자적으로 형성한 시기이다. 본격적으로 '여류'라는 용어가 심판대에 오르고 이전 세대의 불온한 여성들이 물러나면서, 지성을 갖춘 여성 주체들이 대거 등장하는 여성주의 문학으로의 갱신이 이루어졌다.

5권은 1970년대 개발독재기 여성문학에 나타난 '개발 레짐과 여성주의적 각성'을 다룬다. 개발독재기의 젠더 통치가 가시화된 1970년대에 여성의 신체와 섹슈얼리티는 혐오와 처벌의 대상이었다. 이런 통치에 대한 부정과 저항은 '중산층 여성의 히스테리적 글쓰기'와 '여성 노동자의 체험적 글쓰기'로 나타났다. 또한 페미니즘 이론이 번역 출판되고, 1975년 세계여성대회를 계기로 여성운동이 본격화되었다.

6권은 1980년대의 '운동으로서의 글쓰기'를 다룬다. 노동운동을 비롯한 조직적인 사회운동과 민족·민중문학론 논쟁이 활발하게 진행되었던 1980년대에는 민족·민중문학과 페미니즘의 교차성 그리고 민족·민중·젠더의 교차성이 여성문학의 핵심 의제로 부각되었다. 민중 여성의 삶을 반영한 시와 소설이 발표되었고, 마당놀이와 노래극 등 민중적 장르가 재현되었다. 또한 페미니즘 잡지의 발간과 함께 여성해방 문학비평이 본격화되었다.

7권은 민주화가 이루어진 87년 체제 이후 1990년대 여성문학을 '성차화된 개인과 여성적 글쓰기'로 조명한다. 민족·민중문학이라는 거대 서사가 사라지고, 그로 인해 억압되었던 것들의 회귀가 여성문학에서 본격적으로 이루어진 시기이다. 성, 사랑, 욕망 등 사적인 일상의 영역이 새롭게 발견되며 '여성적 글쓰기'가 본격적으로 성장했다. 여성 작가와 여성문학은 더 이상 게토화된 영역에 머무르지 않고 한국문학의 중심에서 한국문학을 견인했다. 여성 작가의 증가와 함께 성차화된 개인 주체의 다양한 여성적 글쓰기가 이루어졌다.

이 선집이 국문학 연구자뿐 아니라 일반 독자들도 한국의 근현대 여성문학의 계보를 이해하고 여성주의 작품을 감상하는 데 길잡이 역할을 할 수 있기를 기대한다. 마지막으로 『한국 여성문학 선집』은 여성문학의 종착점이 아님을 밝힌다. 여성문학 선집은 앞으로도 시대마다 문학 공동체마다 다시, 그리고 새롭게 쓰일 것이다. 본격문학과 국민문학을 넘어 대중문학과 퀴어문학, 디아스포라문학을 포괄하는 다양한 선집을 후속 과제로 남겨 두고자 한다. 선집 이후의 선집을 위한 도전이 계속되기를 바란다.

마지막으로 이 선집의 발간을 기대하고 지원해 준 많은 사람들이 있었다. 여기저기 흩어진 원본 자료들을 찾고 정리하는 수고를 한 정고은 선생님, 작가 소개 원고를 집필한 한국 여성문학 연구자들, 그리고 까다로운 저작권 작업과 더딘 작업 속도에도 교정과 출간 작업을 꼼꼼하게 진행해 준 민음사 편집부를 비롯해 모든 관계자분들께 감사드린다. 무엇보다 우리가 다채롭고 풍부한 여성문학의 전통을 담을 수 있었던 것은 이 역사를 만들어 온 작가분들 덕분이다. 고개 숙여 감사드린다.

여성문학사연구모임 일동

일러두기

1. 수록 작품은 초간본을 중심으로 삼았고, 초간본을 구득하지 못한 경우 최초 발표 지면 글을 수록했다. 저작권자나 저작권 대리인의 요청이 있는 경우 개정판 작품을 실었다. 출처는 각 작품 말미에 최초 발표 지면, 초간본, 개정판 순으로 밝혀 적었다.
2. 작품 수록 순서는 작가 출생 연도를 따랐고, 출생 연도가 같은 경우 이름의 가나다순을 따랐다. 작품의 최초 발표 연도 확인이 어려운 경우가 있어 한 작가의 여러 작품을 수록한 경우 시, 소설, 희곡, 산문 등 장르 순으로 정리했다.
3. 저작자, 저작권 대리인의 요청으로 작품을 수록하지 못한 경우, 분량상의 문제로 장편소설의 일부만 수록한 경우, 해당 작품과 부분을 선정한 이유를 '작품 소개'로 밝혀 적었다.
4. 어문학적 시대상을 고려해 맞춤법 및 외래어, 기호 표기는 원문을 그대로 살렸다. 띄어쓰기와 마침표는 현행 맞춤법 규정을 따랐다. 단, 현대어본을 별도 수록한 작품은 띄어쓰기를 원문대로 수록했고, 시의 경우에도 시인이 의도한 리듬감과 운율을 위해 띄어쓰기를 원문대로 수록했다.
5. 작품에서 오식·오타·탈락 글자가 있는 경우 원문대로 적고 주석에 이를 밝혀 적었다. 원문의 글자를 판독하기 어려울 때는 □ 기호로 입력했다.
6. 작품에서 뜻풀이나 부연 설명이 필요한 낱말과 문장에는 각주를 달았다. 한자는 원문대로 표기 후 한글을 병기했다.

차례

# 여성문학의 세대교체와 성숙

## 4·19혁명의 가족 로망스, 여성문학의 교섭과 저항

1960년대는 한국이 제3세계로서 서구를 모방한 산업화를 추진하며 전근대에서 근대로의 전환을 빠르게 이뤘던 시기다. 도시화와 함께 상업이 발달하고 경쟁이 본격화되자 정신생활의 모든 분야에서 개인주의적 세계관이 부상했다. 훗날 조세희가 『난장이가 쏘아올린 공』(1978)에서 국가에 의해 추방된 도시 빈민을 통해 보여준 바처럼 공유지公有地들은 사라지게 될 것이었다. 다른 한편으로 1960년대는 4·19혁명으로 시작되었지만, 시민이 정치적 자유 그리고 정의와 양심에 따라 행동할 수 있는 도덕적 자유를 빼앗긴 암흑기였다. 그러나 압축 성장의 결과 중산층 계급이 등장하고, 기본권에 대한 자각이 이루어지는 한편으로 깨어 있는 '시민'이 출현함으로써 저항 문화가 움텄다. 비록 불완전했지만 1960년대는 근대국가로서의 제반 요건이 갖추어졌던 시기인 것이다.

한국문학사에서 1960년대는 청년의 성숙기에 비견할 수 있는 시기다. 1950년대 문단은 권력 추종이 곧 생존이 될 만큼 굶주림의 공포와 냉전 이데올로기에 제압되어 있었다. 그러나 4·19혁명이 기폭제가 되어 학문·사상·예술의 자유가 주창되자 한국문학은 자율성을 획득해 갔다. 자신들을 '한글세대'로 명명한 젊은이들의 오이디푸스적 반란을 통해 한국문학의 우상이 파괴되었다. 문단은 순수·참여문학 논쟁을 겪으며, 문학의 자유를 민주화에 대한 요구 속에서 실현될 수 있는 것으로 보는 참여문학주의 그룹, 정치나 계몽에 거리를 두되 사회 비판성이 어느 정도 내장된 문화산업으로서의 가능성을 모색하는 순수문학주의 그룹 등으로 분화해 갔다. 새로운 문학의 이상에 대한 상이한 입장들에도 불구하고 문학은 감성과 상상력을 통해 시민을 지적·도덕적으로 고양시키고, 체제와 시스템을 뒤흔드는 비판 의식의 구심점이 되었다. 한국문학은 전前 시대처럼 무기력하지 않았으며, 김승옥의 소설처럼 자신의 속물성을 까발리면서까지 진정성을 입증하고자 하는 근대의 영웅들로 넘쳐 났다.

그러나 혁명은 여성들의 존재를 지우거나 도려낸 남성 형제들의 로망스였다. 4·19혁명은 '젊은 사자'로 불리는 명문대생 남성 청년들과 한쪽 눈이 포탄에 뚫린 채 희생된 소년의 표상에 갇혀 있었다. 혁명은 누군가의 표현처럼 '남성적인 것의 고독한 솟아남'이었다. 최고 권력자를 무릎 꿇린 경험을 바탕으로 남성 형제들은 사회와 경제 영역을 독점하고, 법고창신法古創新의 미명하에 여성을 복고의 담장 안에 가두었다. 남정현의 중편소설 「너는 뭐냐」(1961)가 알레고리적으로 보여 주듯이 아내에게 생계를 의탁하던 무기력한 남자는 4·19 데모대들과 마주친 것을 계기로 아내를 때려눕히고 남성적 권위를 획득했다. 반면에 여성은 시민이 되지 못한 채 가정 영역으로 내몰려 사랑을 이야기하고 무상 돌봄을 강요받는 존재가 되었다. 가족법은 어머니를 자子와 함께 호주의 보호와 통제를 받는 가족적 존재로 규정했다. 근대 자본주의 체제의 요구에 의해 남성 호주가 임금노동으로 가족을 부양하고 아내가 부불 재생산 노동을 할당받는 성별 분업이 정상 문화로 자리잡았다.

고정희는 1980년대에 1960년대 여성문학사를 회고하며 여성문학은 "질적, 양적으로 눈부신 발전을 이룩하였음에도 불구하고 문단의 주도적 흐름에서 상당히 고립되어 있었"[1]으며 '여류'라는 프리미엄에 안주함으로써 '여성 문단'이라는 게토화한 성의 지정석을 벗어나지 못했다고 비판했다. 권력으로부터 독립하고자 하는 문단의 뜨거운 열기와 무관하게 여성 작가는 지극히 개인적인 자리에 머물렀으며, '한국여류문학인회'라는 단체를 결성해 '여류'라는 퇴행적인 이름으로 자신들을 명명하며 작가로서의 인정 투쟁을 시도한 것을 비판했다. 고정희의 비판처럼 여성 작가들은 생물학적 여성이라는 이유만으로 문학성을 무시당한다고 불만을 토로하면서도 스스로의 저자성을 '어머니'라는 성적 역할에 가두는 혼란을 노출하기도 했다. 그러나 여성 작가들이 '여류'를 자처했던 속내가 무엇이었는지 짚어 볼 필요도 있지만, 1960년대 여성문학이 시대와 무관하게 문학의 사회적 가치나 작가의 역할에 대해서 무심했다고 치부할 수만도 없다. 가령 다수의 여성 작가들은 4·19 혁명을 단지 서사의 배경으로 차용하는 것이 아니라 숭고한 사건으로 의미화하고 여성의 참여와 희생으로 이룬 사건으로 작품을 창작했다.[2] 이는

1 고정희, 「여성주의 문학 어디까지 왔는가? 소재주의를 넘어 새로운 인간성의 실현으로」, 『너의 침묵에 메마른 나의 입술』(또 하나의 문화, 1993).

2 강신재의 『오늘과 내일』(1967), 박경리의 『푸른 운하』(1961)·『노을 진 들녘』(1961), 박화성의 『눈보라의 운하』(1963), 정연희의 『목마른 나무들』(1963), 한무숙

프랑스혁명 후 등장한 새로운 공화국이 혁명에 대한 여성의 공을 인정하지 않고 여성을 모성으로 환원하자 여성들이 이에 저항하며 혁명을 상징하는 '3색 모장'을 착용했듯, 문단이 강요하는 여성문학의 게토화에 맞서 문학적 시민권을 획득하려는 투쟁으로 읽힌다.

1960년대 여성문학이 4·19혁명의 진앙 속에 있음을, 개인을 자처하며 여성 글쓰기의 전통·규범·관습으로부터 이탈했던 신진 여성 작가들을 통해 알 수 있다. 여성 작가들의 새로운 글쓰기는 변화한 매체 환경으로부터 힘을 받았다. 여성 작가들은 1950년대부터 대개 일간지 신춘문예와 여성지《여원》등 공모제도나 문단 권력자의 추천을 받아 문예지로 데뷔했으나 1960년대에는 그 글쓰기 양상이 달라진다. 1960년《사상계》가 '비판적 지성, 양심, 참여, 연대' 등을 시대의 가치로 천명하며 청년 담론의 일환으로 신인문학상 제도를 마련함에 따라 은연중에 만들어진 여성에 대한 통념이나 글쓰기의 성별 규범을 이탈해 글을 쓰는 작가들이 등장하기 시작했다.《사상계》는 1950년대에 지식인 사회를 재건하고, 1960년대에는 정치·사회·문화적인 전환을 시도하는 중심 매체로 기능했다. 소설에서 구혜영·박순녀·서영은, 시에서 강은교·강계순 등 신진 여성 작가들이《사상계》로 데뷔하면서,《사상계》는 새로운 글쓰기를 견인해 내는 거점이 되었다. 또한《현대문학》을 통해 등단한 소설가 박시정, 이정호, 손장순 등은 1950년대 문학의 주제였던 여성과 욕망의 충돌이 아니라 이민·전쟁·남성성 등 첨예하고도 다양한 소재들을 여성의 시선으로 다루며 더욱 깊어진 '산문 의식'을 보여 주었다.

---

의「대열 속에서」(1962) 등이다.

1960년대 여성문학사의 주요한 흐름은 다음 네 가지로 나눌 수 있다. 첫 번째는 4·19혁명이 일깨운 개인성에 대한 자각을 바탕으로 남성의 전유물이었던 지성을 여성중심적으로 전유하거나, 가부장제 사회가 여성에게 할당한 일상성과 불화하거나 긴장하며 개인으로서의 자의식을 드러낸 작품들이다. 두 번째는 한국전쟁과 냉전 기억에 균열을 내고 영혼을 갉아먹는 감시 사회의 비인간성을 고발하는 작품들이다. 세 번째는 자기 안의 낯선 욕망을 드러내며 '여성성'을 수수께끼로 만드는 병리적 상상력의 출현이다. 가부장적 핵가족이 정상성으로 자리를 잡으면서 '아프레 걸'들이 물러난 자리에, 미쳐 있고 기괴한 여자들의 무질서한 욕망을 보여 주는 작품들이 등장했다. 네 번째는 여성 작가들의 '저자성' 투쟁을 보여 주는 좌담, 선언문, 평론 등을 들 수 있다. 1960년대 여성 문단은 여성문학사를 계보화하고 여성문학 정전을 발행하는 등 여러 사업을 추진하며 '여자 없는 한국문학사'에 대항해 여성 작가와 여성문학의 권위를 획득하고자 했다.

### 개인 의식과 여성문학의 감정 구조

지금까지 한국문학사는 1960년대 한국문학의 성숙을 보여 주는 증거로써 교양소설의 출현에 주목했지만, 여성을 교양 주체로 보는 데 지극히 무관심했다. 자신이 다른 사람과 구별되는 개인임을 자각하고 자신의 욕망과 공동체가 요구하는 역할의 간극을 조화시키는 일을 '교양'이라고 할 때, 가부장제 사회에서 여성의 '성숙'은 사실상 실현하기 어렵다. 모성으로만 호명되는 여성은 남성에 비해 훨씬 더 타자들과의 관계에 묶여 있고 성적 규범의 감시로부터 자유롭기 어려워, 여성 개인으로서의 성장 시도는 독단이나 비뚤어짐으로 간주되어 좌절될 가능성이 컸다. 그러나 성숙을 향한 의지나 개성에 대한 자각의 강렬함에 주목하면, 여성을 교양 주체로서 논의할 수 있는 길이 열린다. 일체의 권위에 순응하지 않고 자율적 개인으로 서겠다는 결의는 특정 성별을 막론하고 사회로의 통합이나 성숙을 거부하거나 불화하는 형식으로 표현될 가능성도 높다.

4·19혁명이 남성중심적인 근대화 기획으로 수렴되자 일부 여성 작가들은 여성에게 고풍스러운 아름다움을 부여하는 '여류 명사'의 역할을 자임했다. 서구 근대를 모방하는 사회가 열등감으로 민족적 주체성을 잃지 않도록 여성을 전통의 기호로 표상한 것이다. 그러나 신진 여성 작가들의 글쓰기는 여성의 감정 구조가 변했음을 보여 준다. 남성 엘리트의 전유물이었던 지성을 자처하거나, 일상성과 불화하며 '불행한 의식'을 호소하는 작품들이 급격히 늘어났다. 규범에 구속된 여성의 현실과 그것을 거역하거나 내파하고자 하는 여성의 욕망이 충돌했던 것이다. 한국전쟁기에 생존 주체가 되었던 여성들은 전후 사회 복구의 흐름 속에서 풍속을 위협하는 무질서로 규정되었고 1960년대에 근대화가 본격화되면서는 전통과 결부되고 사적 영역으로 밀려났다. 따라서 '성역할로 환원되지 않는 개인'이라는 자각은 여성이 보수적 성규범에 제압당하지 않고 해방을 이야기할 수 있는 저항의 보루였다.

박순녀는 비판적 여성 지식인을 창조해 교양 있는 부르주아 남성의 자질로 독점화된 지성을 탈중심화했다. 「아이 러브 유」(1962)는 태평양전쟁기 북한의 명문 여학교를 배경으로 한 작품이다. 주인공인 소녀는 식민지인이자 여성이라는 자신의 중첩된 타자성을 발견하고, 여학생을 구국의 성모로 치하하며 제국주의 전쟁에 동원하는 일본인 교장과 제국의 권위에 불복종한다. 그 결과로 소녀는 퇴학을 당하지만 수치스러워하기는커녕 비판적 지식과 불온한 용기를 바탕으로 성장해 가겠다고 다짐한다. 이후 발표된 박순녀의 「임금의 귀」(1965)는 이 소녀들의 후일담처럼 읽힌다. 해방을 맞아 월남하고 분단으로 실향민이 된 명화는 남한의 엘리트인 남편의 속물성을 견딜 수 없어 이혼하고 교사 일로 생계를 이어 간다. 그러나 교장이 학교 담벼락에 판잣집을 짓고 살아가는 전재민을 내쫓는 상황을 보고도 생계를 위해 말을 억눌러야만 하는 현실을 견딜 수 없어 교사직을 그만둔다. 명화는 양심이나 참여 같은 비판적 지성의 가치를 포기할 수 없어 가난하고 고독한 소설가가 되기로 결심한다.

압축 근대화의 성과가 나타나고 신분 경쟁이 본격화되자 출세욕에 사로잡힌 '속물'은 한국문학의 새로운 관심 주제로 부상했다. 여성 작가들은 사회에 팽배한 '남성적인 것 = 지성', '여성적인 것 = 속물성'의 부당한 상징 배분에 맞섰다. 박순녀와 마찬가지로 손장순은 여성 지식인의 시선으로 엘리트 남성의 속물성을 해부했다. 「깍두기 씨」(1965)는 권력을 얻기 위해 연줄에 의지하고 결혼마저도 출세의 수단으로 여기는 속물 남성이 여성 의사에게 이별을 통고받는 이야기다. 장편소설 『한국인』(1967)은 미국 유학을 다녀온 초엘리트 남성들이 한국의 주류 사회에 편입되기 위해 협잡을 마다하지 않는 날것의 욕망과 얄팍한 자의식을 같은 엘리트 여성의 눈으로 그렸다. 박순녀와 손장순의 여성 화자들은 모두 아내의 위치에 있으면서도 속물 남편과 뜻을 같이할 수 없어 이혼을 단행한다는 공통점을 보여 준다. 수많은 이들의 목숨 건 희생을 외면할 수 없어 일상에 안주하지 않고 비판적 지성을 벼리는 것이다.

여성의 개인 의식은 유학과 이민 등 세계 체험이 늘어나는 시대 변화 속에서 탈식민 여성 주체 의식을 획득하기도 한다. 1960년대에는 서구 유학생이 늘고 미국이 아시아인의 이주를 허락해 대규모 이민이 시작됨으로써 한국문학장에 뉴욕이나 파리 같은 세계적 공간들이 들어온다. 박시정, 손장순, 김지원 등은 여러 작품에서 유학과 이민 체험을 바탕으로 한국의 가부장제를 비판적으로 상대화하는 한편, 서구 사회를 단순히 선망할 수 없는 유색인종 혹은 약소국가 여성의 자의식을 보여 주었다. 박시정의 「날개 소리」(1970)는 막대한 보증금 혹은 신원보증인을 구하지 못해 하버드대 입학을 좌절당한 장 선생을 통해 자신의 인종적 소수자성을 발견하는 한국어 여교사의 이야기다. 미국 사회의 구조적 차별에 막혀 꿈을 좌절당한 장 선생의 분노와 슬픔은 지극히 개인적이면서도 병리적인 것으로 취급된다. 여성의 욕망 표현이 솔직한 미국 사회를 선망했던 여교사는 정신병동에 입원한 장 선생을 통해 미국 사회의 허위를 발견하고 동화를 거부하는 인종적 소수자 의식을 갖게 된다. 손장순과 김지원 또한 1960~1970년대 유학생 혹은 이민자로서 목도한 제2의 물결 페미니즘에 대한 반응인 양 여성의 솔직하고도 대담한 성적 모험의 서사를 선보였다.

1960년대는 기성 시인인 김남조, 이영도, 홍윤숙을 비롯해 김후란, 신달자, 함혜련, 허영자 등이 주축이 되고 1960년대 말에 등단한 신진 강계순, 강은교, 문정희 등이 가세하면서 여성 시단의 규모가 커지고 여성 시의 주제도 다양해진 시기다. 전 시대에 여성 시는 자연과 일상에 대한 서정적이고 겸허한 관조나 '님'으로 표상된 사랑의 대상 앞에서 열정을 제어하고 여성의 도덕감을 획득하는 것으로 정향되어 있었지만 4·19혁명은 여성 시에도 일정한 변화를 미쳤다. 김남조와 이영도는 민주화운동의 광장에서 쓰러져 간 어린 희생자들에 대한 애도 시를 발표했다. 이영도의 「진달래 — 다시 4·19날에」(1960)는 무리지어 피어난 진달래를 무참하게 쓰러진 어린 순교자로, 우리의 무사함을 "욕처럼 남은 목숨"으로 표현함으로써, 일상의 안전과 가정의 평화에 갇혀 있던 여성 시의 탈사회적·탈역사적 한계를 넘어섰다.

개인으로서의 자기 의식은 일상 영역에 밀착하지 못하고 집 바깥으로 나가고자 하는 탈출 욕망으로 표출되었다. 함혜련의 시집 『문안에서』(1969)의 여성 화자는 아이를 낳고 기르는 젊은 어머니이다. 이 시집은 박목월의 발문처럼 언뜻 소박한 생활의 감상을 담은 전형적인 '여류 시'처럼 보인다. 그러나 이 시집의 전편을 압도하는 것은 자식을 기르는 어머니의 보람이나 일상의 평화로도 잠재울 수 없는 자기 성장을 향한 욕망이다. 여성 화자는 자신이 자물쇠가 채워진 집에 갇혀 있는 것 같은 두려움으로 일상의 평화를 낯설어하며, 언젠가 아이가 자신을 떠나 혼자가 될 것임을 예감한다. 「내 음악이 멎을 때까지」에는 일상에 함몰되지 않는 성장에 대한 염원이 균열 혹은 파괴에 관한 심상으로 강렬하게 표출된다. 주부나 모성 같은 성역할로 환원될 수 없는 개인으로서 자기를 강렬하게 의식하는 것이다.

독문학자이자 번역가였던 전혜린의 자살은 유고 수필집 『그리고 아무 말도 하지 않았다』, 『미래 완료의 시간 속에서』(이상 1966)가 베스트셀러가 되고, 소녀들의 모방 자살이 잇달아 발생할 만큼 사회에 큰 충격을 던져 주었다. 전혜린 현상은 고유하고도 특별한 자아를 찾는 것을 인생의 목적으로 생각하는 여성들의 출현을 의미했다. 이렇듯 개인으로서의 자각이 생겼어도 여성의 자기실현은 사실상 요원했다. 「목마른 계절」(1962)은 여성이 가부장제 사회가 부여한 가족적 존재라는 성역할을 벗어난 본래의 '나'를 찾고 싶어 하고, 그것이 좌절될 때 얼마나 절망적인 것인지를 확인시켜 주었다. 많은 여성들은 전혜린의 산문에 매료되었고, 그의 자의식 강한 글쓰기를 흉내 냈다. 글쓰기는 더 이상 일상의 균열을 메우는 화해가 아니라 여성의 자기 발견을 향한 길 찾기가 된 것이다.

## 한국전쟁에 대한 여성의 기억과 냉전 권력 비판

해방 이후부터 1950년대까지 반공은 남한 단독 정부를 수립하는 동력으로 작용했고, 제헌헌법과 국가보안법에 의해 실질적인 효력을 발휘하는 국가 이념이었다. 1960년대 들어 반공은 사생활과 사상에 대한 검열마저 가능케 한 초법적 심급이자, 정권에 반대하는 모든 세력을 탄압할 정치 공학이 되었다. 냉전 권력은 여성해방을 지연시키는 원인으로 작용했다. 국가는 한국전쟁의 기억을 소환해 남성을 가장·회사원·노동자·군인 등 냉전 개발의 주체로 호명했으며, 여성을 수출 역군으로 포장된 '여공'으로, 부불 재생산 노동으로 부강한 가족·마을·국가를 만드는 '주부 전사'로 위치 지었다. 전시를 방불하는 동원 체제에서 개발의 주체로 호명된 남성들은 역사상 그 어느 때보다도 남성적 권위를 가졌지만 사회의 군사주의적인 조직화로 인해 인간성을 짓눌렸다. 이렇듯 초남성적인 국가와의 관계에서 억눌린 남성에게 여성은 '구원의 마돈나'이자 저비용으로 구매할 수 있는 '성적 위안'이었기 때문에 섹슈얼리티의 매춘화를 피할 수 없었다.

냉전체제는 인간의 불평등을 전제하는 권위주의적 원칙에 기반한 강제적 힘으로 그 지위를 유지하는 경쟁적 사회질서이며, 성차별주의와 그 뿌리가 사실상 동일하다. 전쟁은 공동체를 위협하는 적의 존재가 있어서라기보다 특권을 유지하려는 남성들의 욕망과 공모에 의해 발생하고, 그것의 가장 큰 피해자는 여성과 소수자다. 그럼에도 냉전 개발기 내내 여성들은 "군국주의와 반공 이데올로기, 친미와 자본주의, 그리고 가부장제가 일상의 문화로 자리 잡은 사회에서 국가와 남성이 만들어 낸 이야기에 포위되어 남성과 국가가 만들어 낸 기억과 욕망을 소비해야 했"[3]다. 그 결과 냉전과 민족의 수사학을 내세운 국가의 개발 기획 아래 남성들만이 권리를 갖는 일종의 (냉전) 사회계약이 이루어졌다. 남성들은 통치 권력과 일체화되고 여성들은 남성들에게 의존하는 굴욕적 처지에 내몰렸다. 여성의 전쟁 기억은 억압되었던 것이다.

1960년대 문단에서 월남 여성 작가들은 냉전 권력에 구멍을 뚫는 존재였다. 월남 작가가 전쟁의 부조리를 경험한 당사자로서 분단을 주도하고 시민을 군사주의적으로 조직해 온 냉전 권력에 맞설 기억의 소유자라면, 월남 여성 작가는 남성들이 독점한 전쟁 서사에 맞설 수 있는 기억과 증언의 주체였다. 이정호는 '대한청년단' 함경남도 신흥지부의 선전부원으로 한국전쟁을 겪고 흥남 철수 작전으로 고향을 떠나야만 했던 실향민 작가다. 이정호는 자신의 경험을 바탕으로 남한에서 '성공한 한미군사협동작전'으로 평가되어 온 흥남 철수 작전을 휴머니즘의 드라마가 아니라 이념을 근거로 시민의 생사를 결정한 생명 권력의 거대한 폭력으로 그렸다. 또한

3 조은, 「냉전문화 속 여성의 침묵과 기억의 정치화」, 《여성과 평화》 제3호, 2003, 74쪽.

전시하에 군인과 공산당 모두가 여성 민간인에 대한 성폭력을 자행했음을 고발함으로써 전쟁은 취약한 자들을 지키기 위한 평화의 성전이 아니라 여성의 비인간화를 초래하는 남성적 사육제임을 폭로했다. 등단작인 「잔양」(1962)은 미8군을 배경으로 한 작품으로, 주둔군의 오락적·성적 위안을 위해 한국 여성의 성이 팔리고 상품화되는 현실을 보여 주었다.

남한 사회의 일상 문화로 자리 잡은 군사주의와 가부장제는 여성의 인간화를 가로막는 장애물이었다. 성장지상주의, 전후 강고해진 분단 이데올로기, 초남성적 국가주의 속에서 여성들은 인권이 짓눌리고 사인화私人化된 존재가 되었고, 여성 글쓰기의 무대는 사적 영역에 더욱 한정되었다. 이러한 현실에서 실향민 작가 박순녀는 남과 북 어디에도 온전히 소속되지 않은 경계인의 위치에 서며 남한의 냉전 권력에 대한 강력한 비판자로 나섰다. 「외인촌 입구」(1964), 「엘리제 초」(1965) 등은 미국에 대한 남한의 신新식민지적 위치를 가시화하는 한편으로, 미국과 남한 내 친미 냉전 권력자들의 공모 관계를 고발하며 분단과 이산의 책임을 묻는 작품이다. 또한 박순녀는 1960년대 후반 공안 정국 속에서 감시 과잉 사회의 폭력성을 과감히 비판하는 작품 「어떤 파리」(1970)를 발표한다. 남한의 정치권력은 시민을 보호한다는 명분으로 사회를 규율화했다. 그러나 스스로 판단하고 행위하는 자율적 개인은 일상화된 감시 아래서 존립할 수 없다. 작가는 불온한 자유를 이야기하면서도 기실 꿈속에서마저 쥐 떼에게 쫓기는 시인 홍재를 통해 인간의 영혼을 갉아먹는 냉전 권력의 폭압성을 고발했다.

## 정상 사회의 규범들과 광기의 여자들

1960년대는 일부일처 법률혼에 바탕을 둔 정상 가족 모델이 사회적 규범으로 자리 잡은 시기다. 1950년대와 1960년대 중반까지도 일부일처제에 기반을 둔 가족 모델 규범은 현실에서 영향력을 발휘하기 어려웠다. 가부장적 가족 제도는 대를 잇는다는 명목하에 남성의 외도나 축첩 행위를 사실상 용인했고, 전쟁으로 인한 가족구성원의 실종, 이산과 사망 등 여러 문제가 중첩되어 축첩, 중혼, 동거 등 '비공식 가정'이 무수히 많았기 때문이다. 그러나 국가는 형법과 민법상 여러 법적 조항들을 수정 및 제정하는 절차를 거쳐 일부일처 법률혼에 기반을 둔 가족 모델을 규범화했다. 이에 따라 축첩이나 간통, 사실혼 등 가족법이 허용하지 않는 관계나 일부일처제 법 바깥에서 이루어지는 성적 행위를 불결하고 부적절한 것으로 보는 시선이 확산되었다. 그러나 이로 인해 사실상 성적 감시의 대상이 된 것은 남성이 아니라 여성이었다.

여성은 전후부터 부상한 신정조론을 토대로 탈성화된 존재가 되기를 요구받았다. 정상 가족의 규범화와 보편화는 가부장제 문화가 팽배한 현실에서 비정상 가족에 대한 배제와 차별로 이어졌고, 여성들을 가족 안으로 밀어넣어 시민적 권리를 박탈하고 성적 주체성을 억누르는 부정적 결과를 가져왔다. 그러나 당대 여성 단체들과 주류의 여성들은 일부일처와 남녀평등에 기반을 둔 민주적 가정에 대한 국가의 약속에 기대를 드러내기조차 했다. 재산권이나 상속권, 가정 내 민주화 등 보다 실질적인 이익을 추구해야 한다고 여긴 것이다. 가정을 여성의 처소로 수락하고 그 안에서 여성의 안정된 위치를 획득하는 것을 이상으로 여긴 것이다. 더욱이 근대화로 인해 공사 영역이 성별화되고, 산업화의 과실로서 중산층 가정이 등장하며 중산층적 가치에 바탕을 둔 규범적 여성상은 여성들의 이상이 되었다. 그러나 여성 작가들은 이러한 유혹과 환상에 비판적 거리를 취하며, 정신분열이나 자살 등 광기의 여성들을 등장시키거나 규범적 여성성의 이면에 존재하는 유혹적 여성성을 가시화함으로써 여성성을 수수께끼로 만들고자 했다.

1960년대는 가부장제에 대한 여성의 불안이 고조되며 광기, 즉 정신적 질병이나 이상행동이 여성문학의 새로운 전략으로 등장한 시기였다. 광기는 빈번하게 여성의 취약함에 대한 은유로 설명되어 왔다. 가령 히스테리는 자궁을 뜻하는 고대 그리스어 히스테라Hystera에서 유래된 말로, 주로 여성의 불안 정서에서 비롯되는 정신적·심리적 갈등을 뜻하는 것으로 젠더화되어 왔다. 따라서 여성들은 신체적으로 우월하며 정신적으로도 건강한 남자의 통제를 받아야 한다고 여겨졌다. 그러나 여성 작가들은 신경쇠약 직전의 여자를 여성성의 족쇄에 갇혀 탈성화된 성이기를 강요당하거나, 중산층 가정에 갇혀 영혼을 질식당하는 주부에 대한 그로테스크한 패러디로서 재현했다. 여성성 규범으로부터 여성을 해방시키는 광기의 상상력이 광범위하게 출현했다.

정연희의 「정점」(1960), 구혜영의 「은 빛깔의 작은 새」(1968)는 사회적으로 성공한 남자들의 트로피와 다를 바 없는 존재로서 주부의 성적 공상과 환각에 대한 이야기이다. 「은 빛깔의 작은 새」의 주인공인 정요는 마치 색정적 편집증자처럼 '은 빛깔의 새'로 상징화된 성적 욕망에 자극당해 희열을 갈구한다. 극장에서 낯선 남자에게 성추행을 당한 정요는 얼마 후 남편의 운전기사와 정사를 저지른다. 정요의 외도는 "밤마다 자신의 알맹이는 딴 여자에게 주어 버리고, 허깨비가 되어"(190쪽) 돌아오는 남편에 대한 보복이자 배신행위이다. 「정점」의 주인공은 촉망받는 무용학도였으나 지금은 성공한 남자의 아내이다. 그녀는 성관계가 귀찮다는 이유로 남편의 외도를 용인하는 한편으로 딸들의 섹슈얼리티를 단속하며 우아한 귀부인으로 살아간다. 그러나 여성성은 변덕스럽고 무질서하고 유혹적인 베일이다. 마리 로랑생의 여인들을 닮은 딸은 지극히 이상적인 소녀이지만 몽유병에 걸려 밤마다 잠재된 욕망을 드러낸다. 주인공의 분신 자아인 딸이 폭발적으로 드러내는 관능적 욕망은 여성성의 무질서한 힘을 암시한다.

여성 작가들은 광기의 상상력을 통해 젠더에 관한 상식적인 개념을 가지고 놀면서 문학을 남성 권력의 요새가 아니라 유희로 만들었다. 오정희는 등단작인 「완구점 여인」(1968)에서 중년의 장애 여성에게 끌리는 소녀의 도착적 욕망을 통해 젠더는 표피적인 것이며 원본 없는 모방이라는 것을, 즉 우리의 젠더·섹슈얼리티 정체성이 명료하지 않음을 보여 주었다. 정상/비정상, 남성/여성, 이성애/동성애의 배타적 이분법을 흔들고자 한 것이다. 또한 박경리의 「쌍두아」(1967)는 전후를 배경으로 남녀의 정신병리적인 삶을 그린 독특한 작품이다. 각각 39세의 이혼남, 37세의 미혼녀인 종서와 영혜는 콤플렉스로 인해 현실에 안착하지 못한다는 점에서 쌍생아다. 그러나 가난한 번역가인 종서가 숙모에게 유산을 강탈당해도 항의조차 없이 물러설 만큼 반세속적인 탓에 가난으로 내몰린다면, 영혜는 자신의 일그러진 귀에 대한 콤플렉스로 남자와 관계를 맺지 못한다. 흥미롭게도 영혜는 종서의 콤플렉스는 내적인 것이고 자신의 콤플렉스는 외적인 것이라고 주장한다. 기능은 정상인 귀의 결함은 외적인 것에 불과하지만 사회가 여성에게 기대하고 요구하는 아름다움의 이상에 못 미친다는 이유로 자신의 열등성을 인정해야 하는 수동적 상태에 내몰린다고 항의하는 것이다. 귀를 감추기 위해 타인을 속이고, 이로 인해 짊어진 죄책감에서 벗어나고자 영혜는 스스로 귀를 잘라 내는 광기어린 행위를 한다. 영혜의 원죄 의식과 자해는 기독교적인 의미의 죄책감, 즉 윤리의 문화적 토대와 거리가 멀다. 종서의 콤플레스는 병리적이지만 남성주체의 특권적 영역으로써 '내면'을 지닌 데 반해, 영혜의 자해는 인간으로서 정상적인 삶을 살 수 없는 여성이 사회를 향해 보여 주는 히스테리컬한 반항 행위다. 영혜는 종서에게 다른 남자의 아이를 임신했다고 거짓말하며 낙태 비용을 빌려 달라고 하는데, 종서가 생활과 여자에 대한 혐오로 빈번히 여자를 버리는 남자라는 점에서 영혜의 광기는 가부장제, 이성애 질서, 남성성에 대한 여성의 갈등과 비판의식을 함축하는 것으로 볼 수 있다.

시에서도 소설과 유사한 흐름이 발견된다. 허영자의 「자수」(1966), 「녹음」(1966), 김남조의 「겨울 바다」(1962), 강계순의 「꽃병 1」(1974), 김후란의 「거울 속 에뜨랑제」(1964) 등 다수의 여성 시는 착실한 아내이자 연인 혹은 주부로서 여성의 일상과 내면을 그리는 듯하지만 양피지적 글쓰기처럼 상호 이질적이고도 배리背理적인 '겹겹'의 이야기를 들려 준다. 허영자의 「자수」는 지극히 서정적이고 평화롭기만 한 주부 시의 모범처럼 보인다. 그러나 수를 놓고 있는 여자의 고즈넉한 행위에서 여성 문화의 평화로움이나 아름다움을 발견하기는 어렵다. 여자가 수를 놓는 이유는 기실 어지러운 마음을 다스리기 위한 것이며, 그 마음의 혼란은 "무궁한 사랑의 슬픔"이라는 표현이 암시하듯 사랑의 존재로 숙명 지워진 여성적 삶에서 비롯되기 때문이다.

이렇듯 가부장제에 조력해 온 규범적 여자들은 양극성기분장애에 도달한다. 김남조의 「겨울 바다」에서 여성 화자가 본 것은 "인고의 물이/ 수심 속에 기둥을 이루고 있"는 자신의 심연이다. 사랑으로 충만한 여자가 되고자 했던 화자는 지독한 공허와 죽음 충동에 사로잡힌 우울증적 심연을 호소한다. 여기서 우울은 한의 정서라기보다는 분노에 가깝다. 정신의학은 중년 여성에게서 흔하게 발견되는 질병인 우울을 여성이 병자 역할을 행할 수 있는 권리를 얻어 이익을 보려는 응석 행위로 설명하거나 여성이 감정 관리를 못하는 취약한 존재라는 부정적 상을 만드는 근거로 활용했다. 그러나 우울은 주체가 세계를 정직하게 응시하는 과정에서 겪을 수밖에 없는 성숙한 반응이다. 여성 시에서 주된 정서인 우울은 비극적인 것이라기보다 주체가 성장하거나 역량이 커지는 변용의 경험으로 표현된다.

다른 한편으로 여성 시는 탈성화된 여성성 규범에 맞서 여성을 창부, 마녀, 이방인 등 가부장적인 사회에 안착하지 않고 그 경계를 허무는 존재로 그려 냈다. 강계순의 「꽃병 1」은 문화에 의해 탈성화된 존재인 소녀를 홍조로 물든 뺨, 해사한 웃음, 아랫도리에 이브가 살아 숨 쉬는 완연한 여자로 묘사함으로써 성聖/속俗의 경계를 흐린다. 허영자의 「녹음」은 자연을 여성에 비유하는 익숙한 상상력을 빌려오되, 여성성을 모든 것을 품어 안고 기르는 너그러운 모성이 아니라 창부의 "비릿내 도는/ 화냥기"나 "시퍼런 칼춤"을 추는 무녀 혹은 만신 등 마녀로 표현함으로써 가부장제를 초과하는 여성성의 힘을 표현했다. 김후란의 「거울 속 에뜨랑제」에서 여성 화자는 방 안의 거울을 응시하면서 자신이 "다만 너의 무한을 가로질러/ 스쳐 가는/ 하나의 에뜨랑제"임을 깨닫는다. 휴식을 원하지만 자신의 방에서도 안착하지 못한 채 부유하는 이방인은 여성 시가 품은 난민의 우울을 암시한다.

### 작가로서의 자의식과 저자성 투쟁

1960년대에는 교육받은 여성이 늘고 글쓰기로 자기표현을 하고자 하는 욕망도 커짐에 따라 여성 독서·출판 시장이 확대되었다. 문학이 여성에게 적합한 취미로 여겨져《여원》·《여상》·《주부생활》등 여성지가 문예면을 강화하며 여성 작가들의 활동 무대도 넓어졌다. '여성지 소설'들은 사랑과 성, 결혼과 가족 등을 내세운 '젠더 서사'로 가부장제 사회에서 억눌린 여성들의 목소리와 욕망을 이야기하는 장이 되었다. 여성 하위문화의 부상과 함께 박경리의 『성녀와 마녀』(1960), 박계형의 『머무르고 싶었던 순간들』(1966)[4], 강신재의 『숲에는 그대 향기』(1967) 등이 베스트셀러가 되었다. 그러나 문학의 사회적 역할이 강조되기 시작하면서 박경리 문학에 대한 '사소설' 시비, 강신재의 「절벽」(1959)을 두고 '문학적 기본기조차 갖추지 못했으며 산문정신이 부족하다.'는 문학평론가 백철의 비판처럼 여성 작가의 문학성은 의심의 대상이 되었다. 여성 문단이 빈번히 공격받자 여성문학인들의 반격이 시작되었다.

박경리는 「사소설이의」(1966)를 통해 자신을 향한 '사소설

4 신희수, 최희숙, 박계형 등 여대생 작가들은 본격문학 바깥에서 여성문학의 한 축을 담당했다. 이들은 보수적인 문단의 인정에 기대지 않고 학벌 자본의 희소성을 앞세워 단독 출판을 통해 자신들을 알렸고, '낭만적 사랑' 규범과 거리가 먼 연애와 성의 서사로 베스트셀러 작가가 되었다.

작가'라는 평단의 비판에 맞선다. 「불신시대」(1957), 「암흑시대」(1958)는 분명 체험에 바탕을 둔 것이지만 '반항 의식'으로 쓴 작품이며, 결코 객관적 형상화라는 문학적 목표를 망각하지 않았다고 항변했다. 작가가 자신의 심경과 사생활을 고백하는 사소설은 사회와 관계없는 비정치적인 개인의 글쓰기로 문학의 공적인 의무를 포기하는 행위이자, 문학적 상상력이 부족한 증거로 여겨졌기에 사소설 작가라는 평가는 지극히 모멸적인 낙인이었다. 박경리는 남자가 자신의 참전 체험을 소재로 전쟁 이야기를 쓰면 사소설 작가라는 딱지가 붙지 않는다고 짚으며, 평단이 여성 작가를 저열한 호기심의 대상으로 삼고 있고 이는 여성의 글쓰기에 대한 무시와 폄훼로 이어진다고 비판했다. 백철 평론에 대한 강신재의 반론인 「평론가의 예술적 감각 — 백철 씨의 평을 박한다」 역시 이와 유사하게 여성 작가의 저자로서의 권위를 인정하지 않는 문단의 풍토를 문제 삼았다.

강인숙은 일제강점기의 임순득 이후 최초로 배출된 여성 평론가로 '여성의 글쓰기는 문학성과 사회성이 부족하다.'는 문단에 맞서 여성문학의 미적 독자성을 규명하고 그 가치를 고평한다. 「여류문학의 새 지표」(1968)는 당대 대표적인 여성 작가와 여성문학의 지형도를 다룬 본격적인 여성 평론이라는 점에서도 주목된다. 강인숙은 여성들의 글쓰기를 주로 '안방'과 그 주변에서 일어나는 사소한 사건들을 소재로 한 '이오니아식'으로, 남성들의 글쓰기를 편력과 행동으로 이루어진 '도리아식'으로 차이 짓되, "여류문학의 한계" 운운하는 평단의 시선을 문제 삼는다. 여성들이 처한 체험 영역의 한계로 사소한 사건들을 문학적 소재로 취하지만, 미세한 현실 관찰이야말로 "일시에 몰려든 외래 사조의 탁류 속에서 시작된 한국의 근대문학에 가장 필요했던 것"(209쪽)이라고 강조한다. 현실에 밀착한 관찰에 소홀한 이광수나 김동인은 서구 사조의 영향에 무분별하게 휩싸여 계몽이나 설교에 유혹당하거나 "인형 조종술"이라는 함정에 빠진다는 것이다. 다른 한편으로 강인숙은 비록 여성 글쓰기의 개성을 부정하는 '여류'라는 용어를 사용하지만, 여성 작가의 근작들을 풍속소설, 심리소설, 사회소설로 분류하고 그 차이를 의미화함으로써 여성문학의 다성성을 보여 줬다.

여성 작가들은 그 수가 100여 명에 이르렀지만 여성 평론가나 연구자가 거의 없는 상황이었기 때문에 작가로서의 위상과 권위를 높이기 위해 직접 활동에 나섰다. 4·19혁명 이후 새로운 문학의 이상 속에서 동인지 운동이 활성화되자 여성 문단에서도 여성 시인들을 중심으로 한 '청미회', '여류시' 등 여성 작가 모임이 늘어나 문집이 발간되었다. 여성 작가들의 동인 활동은 점차 사적인 친교를 넘어서 장르를 초월한 여성 문인들의 연대 의식으로 이어져 1965년에 '여류 문인들의 친목과 권익을 도모하며 여류 공통의 과제를 연구하기 위한 문학 단체'라는 명목으로 '한국여류문학인회'가 발족된다. 여성 작가들은 문단이 붙여 준 '여류 작가'라는 호명이 사실상 멸칭이라며 불만을 제기하면서도 '여류 작가'라는 낡은 이름에 기대어 문학적 인정 투쟁을 시도했다. 문학적 인정을 받기 위해 스스로 증오해 마지않던 '여류 작가'를 자처한 것은 기성세대 여성 작가가 봉착한 역설이었다. 전 세계적인 신여성 현상 속에서 '날개 달린 에로스'의 주체이자 '맑스 껄'을 자처했던 일제강점기의 여성 작가들보다 1960년대 탈식민 냉전의 사회에서 여성 작가의 활동 진폭이 그만큼 좁기도 했다.

여성 작가들은 여자 없는 한국문학사에 스스로를 등재하고자 했다. 한국여류문학인회 기관지인 《여류문학》 창간호의 좌담 여류문학 오십 년을 회고한다」(1965)에서 각 장르를 대표하는 여성문학계의 원로와 중진 들은 한국문학사에서 잊힌 여성 작가들을 호명해 그 기원을 짚고 신문학사의 장면들을 비교적 상세히 재현하며 여성문학을 역사화하고자 한다. 이 좌담은《여류문학》2호에 실린 한국여류문학인회의 초대 회장 박화성의 비평「한국 작가의 사회적 지위의 변천 — 여성 작가의 입장에서 본」(1969)과 함께 묶어서 볼 필요가 있다. 박화성은 비평에서 여성 작가를 취미로 글쓰는 아마추어인 양 '여류'로 부르는 데 불만을 제기하며 1920년대부터 1960년대까지 각 시기의 문학사를 개괄하면서도 발전사적으로 기술한다. 한국문학사에 대항하는 여성 작가들의 인정 투쟁은 여성 작가들이 자선한『한국여류문학전집』발간, 여류문학상 제정, 주부백일장대회 주관 등 여러 사업으로 이어진다. 여성 작가들은 자신들이 차별받는 집단이라는 것을 인식하고 작가로서의 권위를 갖고자 했지만 주류 한국문학의 한계를 넘서는 여성문학의 대항성이 무엇인지에 대해서는 이렇다 할 논의를 보여 주지 못했다. 따라서 여성 작가라는 자의식은 다소 공소한 것일 수밖에 없었다.

### 혁명 바깥의 혁명

1960년대는 4·19혁명으로 시민이 등장하면서 공론장의 지각변동이 이루어진 때이다. 한국문학은 서구 시민사회의 욕망과 관념이 투영된 공공적 가치로서 그 위상을 갖게 되었다. 문학은 더 이상 권력이 아니라 시민의 목소리를 대의하기 시작했다. 그러나 시민사회의 주체로 여겨진 '시민'은 '모든 인간'을 의미하지는 않았다. 더욱이 4·19혁명의 세력들은 한국 사회를 제3세계, 즉 후진 빈곤국으로 인식하고 근대화가 필요하다는 데 같은 입장을 취했기 때문에 민주화를 저지하고 민중을 착취한 박정희 정권에 대해서 동조하는 입장을 취하기조차 했다. 냉전주의는 시민의 자유를 납작하게 짓눌렀고, 개발과 진보는 신화적 가치로 자리 잡아 신분 상승을 향한 욕망을 부추기는 한편으로 사회적 약자에 대한 착취는 불가피한 선택인 양 호도되었다. 또한 서구와 구별되는 한국적 근대화를 향한 이상은 여성을 사적 영역과 전통 속으로 밀어넣어 시민으로부터 분리하고자 했다.

이러한 현실에서 여성 작가들은 여성에게 할당된 모성의 위상을 수락하며 여성의 시민적 권리를 주장함으로써 성역할, 가족, 전통, 연성緣成 문화에 갇히는 역설에 빠지기도 했다. 그러나 신진 여성 작가들은 4·19혁명에 의해 발견한 자율적 개인에 대한 자각을 바탕으로 가부장제의 여성성 규범을 내파하는 여성 성장을 도모하고, 냉전 권력의 금기를 깨는 불온한 기억과 관찰의 주체를 자임하며 자기 안의 퀴어한 여성에 의지해 가부장제에 균열을 내고자 했다. 또한 산문정신이 없다는 공격에 시달렸지만 여성 작가들은 여성이 글을 쓴다는 것은 자신만의 리얼리티를 확보하고 존재 지평을 넓혀 가는 미학적이고도 정치적인 투쟁이라는 사실을 의식하고 있었다. 사랑을 포기하는 대신에 개인이고자 하는 여성, 상실감과 그리움으로 냉전 권력의 토대를 침식하는 이방인, 사회질서에 순응하는 척하지만 광기의 힘을 빌려 반역을 도모하는 여성, 작가로 인정받고자 하는 여성 등은 1960년대 여성문학사의 문제적 주인공들이었다.

김은하

## 이영도(李永道·1916~1976)

이영도는 1916년 경상북도 청도에서 태어났다. 호는 정운丁芸이고 시조 시인 이호우의 누이동생이다. 부유한 가정에서 가정교사를 두고 공부했으며, 밀양보통학교를 졸업하고 대구여자고등보통학교를 중퇴했다. 1945년 대구에서 발행하던 문예 동인지《죽순》에 시「제야」를 발표하면서 시단에 나왔다. 통영여자고등학교, 부산 남성여자고등학교, 마산 성지여자고등학교 등에서 교사로 재직하다가 부산여자대학, 중앙대학교에 출강했다. 시조집으로『청저집』(1954),『석류』(1968),『언약』(1976)이 있으며, 수필집으로『춘근집』(1958),『비둘기 내리는 뜨락』(1966),『머나먼 사념의 길목』(1971),『인생의 길목에서』(1986),『그리운 이 있어 내 마음 밝아라』(1986) 등이 있다. 1964년 부산 어린이회관 관장을 역임했으며《현대시학》편집위원으로 활동했다. 1966년 눌원문화상을 수상했다. 이영도는 통영여중에 함께 근무하던 시절부터 유치환의 연서를 오랫동안 받았던 것으로도 유명하다. 1976년 작고했다. 2006년 이영도 시조 전집『보리고개』가 출간되었다.

일찍부터 전통적 가치관을 체화한 이영도는 민족 정서를 바탕으로 간결하고 섬세한 언어 감각을 드러낸 시조를 창작해 왔다. 일제강점기에 태어나 해방과 한국전쟁, 분단, 4·19혁명, 5·16 군사정변 등을 체험하면서 이영도의 시조에는 자연스럽게 국가와 민족이 바탕에 자리하게 된다. 그의 시조가 서정성과 섬세한 언어 감각, 뛰어난 문학성을 지니면서도 역사 의식과 시대 의식을 지니게 된 데는 가풍을 통해 체화한 전통적 가치관과 시대적 체험을 통해 형성된 역사적 감각, 그리고 시조 시인으로서의 자의식이 작용했다. 한국적 정체성과 시대 의식, 지식인으로서의 고뇌를 고유의 가락과 언어의 조탁으로 형상화한 그의 시조는 한국 현대시조의 역사는 물론 한국 현대 시문학사에서도 높이 평가받는다.

이영도는 현대 여성 시조의 장을 본격적으로 연 시조 시인으로 여성 시문학사에서 평가받아 왔다. 특유의 전통적 정서를 섬세하고 감각적인 언어로 표현해 낸 그의 시조는 황진이의 맥을 잇는 현대 시조라는 평가를 받기도 했다. 그러나 작품 자체로서보다는 개인사가 더 주목받으면서 이영도의 여성문학적 가치나 그의 시조가 추구한 시 의식이 충분히 평가되지 못한 점이 있다. 지식인으로서의 소명과 역사 의식, 시대 의식을 지닌 이영도의 시조는 여성 시가 놓인 사적인 자리를 넘어 공적인 자리로 나아가려는 문학적 의지를 실천하며 여성 시조의 장을 확장하고 심화했다.

이경수

# 진달래
## —다시 4·19 날에

눈이 부시네 저기
난만히 멧등 마다

그 날 쓰러져 간
젊음 같은 꽃사태가

맺혔던
恨한이 터지듯
여울 여울 붉었네.

그렇듯 너희는 지고
辱욕처럼 남은 목숨

지친 가슴 위인
하늘이 무거운데

연련히

꿈도 설워라

물이 드는 이 山河산하.

— 이영도, 『석류』(중앙출판공사, 1968)

## 박경리(朴景利 · 1926～2008)

박경리는 1926년 경남 통영에서 태어나 1945년 진주여고를 졸업하고 김행도와 결혼했다. 1950년 수도여자사범대학을 졸업 후 황해도 연안여자중학교 교사로 재직했다. 같은 해 한국전쟁이 발발하고 남편과 아들을 전쟁통에 잃고, 친정어머니와 딸의 생계를 책임졌다. 단편소설 「계산」(1955)과 「흑흑백백」(1956)이 김동리의 추천으로 《현대문학》에 실리면서 등단했다. 1956년부터 1959년까지는 단편소설 창작에 주력하며, 「전도」, 「영주와 고양이」(이상 1957), 「암흑시대」, 「벽지」, 「도표 없는 길」(이상 1958) 등의 단편소설을 발표했다. 1960년대 들어서 장편소설을 집중 발표한다. 『시장과 전장』(1964), 『파시』(1965), 『성녀와 마녀』, 『김약국의 딸들』(이상 1967)이 이 시기의 대표적 장편소설들이다.

1950년대 중반부터 1960년대 말까지 작품의 주제는 전후 현실 비판, 전쟁미망인 문제, 인간의 소외와 존엄, 낭만적 사랑의 추구와 좌절로 요약된다. 1970년대 이후 작품 활동은 『토지』에 집중되었다. 1969년 《현대문학》에 1부 연재를 시작해 1994년 전편을 완결했다. 『토지』는 최참판 댁의 가족사를 중심축으로 구한 말부터 일제강점기와 해방에 이르기까지 거의 한 세기에 이르는 근현대사의 변천 속에서 다양한 계층과 이념, 욕망을 소유한 인물들이 겪는 갈등과 고난, 현실 극복 의지를 총체적으로 그린 작품이다. 여성 가족사 소설의 전범典範으로 손꼽힌다. 2003년 환경 전문 계간지《숨소리》를 창간했다. 산문집『Q 씨에게』(1981), 『원주통신』(1985), 『문학을 지망하는 젊은이들에게』(1995), 유고시집『버리고 갈 것만 남아서 참 홀가분하다』(2008) 등을 남겼다.

1957년 단편소설「불신시대」로 현대문학 신인상을, 장편소설『표류도』(1957)로 내성문학상을 수상했다. 한국여류문학상, 월탄문학상, 인촌상, 호암예술상 등을 수상했고, 한국예술평론가협의회가 주최한 '20세기를 빛낸 예술인(문학)'에 선정되었다.『토지』완간에 즈음해 연세대 원주캠퍼스 객원교수로 임용되었고, 2008년 폐암으로 별세했다. 사후에 금관문화훈장이 추서되었다.

박경리는 시종일관 근대 전환기, 한국전쟁 등 근현대사의 격랑 속에서 때로는 생존을 위해, 때로는 가부장제에 대한 도전과 자기 정체성 탐색을 위해 기존 질서에 저항하고 파멸조차 서슴지 않는 강렬한 여성들을 그렸다. 초기 단편소설부터『토지』에 이르는 박경리 문학 세계에 여성-젠더는 작품 전체를 관통하는 핵심 주제였다. 작가 자신은 '여성' 작가로 규정되기를 꺼렸지만, 생계를 위해 글을 쓰면서도 자존감을 잃지 않았던 '작가'이자 '여성'으로서의 삶이 투영되어 있다. 여성 가족사 소설이자 운명에 대한 지속적 탐구와 생명 정신을 구현한 대하소설『토지』는 한국 근현대 문학사의 기념비적 작품이자 박경리 작품 세계가 도달한 최고작으로 평가받는다.

김양선

# 雙頭兒 쌍두아

1

종서는 책상다리를 한 채 손가락 사이의 담배가 거의 타들어 가고 있는 것도 모르고 장님처럼 앉아 있었다. 그러나 그는 어디든 나가기는 나가야겠다고 생각하는 것이었다.

점심 끼니를 대신한, 빈 통조림 깡통 하나가 책상 위에 놓인 방 안에는 먼지가 뿌옇게 날고, 그것이 보이기는 했으나 침침하게 어두웠다. 부러진 문살이 더러는 없어지고 비틀어진 미닫이문을 발라 놓은 신문지에, 뒤집혀진 암살(暗殺)이라는 특호 활자. 그 언저리의 뚫어진 구멍으로부터 석양의 빛이 조금 스며들고 있었다.

『앗 뜨거!』

몸을 솟구치듯 하며 종서는 담배꽁초를 통조림 깡통 속에 집어 던진다. 물기가 남아 있던 깡통 속에서 피씩! 담뱃불 꺼지는 소리가 났다.

종서는 불에 덴 손가락을 머리털 속에 쑤셔 넣고 문질러 본다.

『빌어먹을! 또 바람이 부네.』

망가진 문살에 의지할 부분이 적어진 신문지는 바람에 몹시 펄럭거리고 있었다.

종서는 피곤한 듯 일어서다 말고 허리를 굽혀 담뱃갑을 집어 든다. 아까 마지막 한 개 남은 담배를 피워 문 것을 기억하고 있으면서도. 빈 갑을 우두커니 들여다보다가 꾸겨서 버리고 외투를 걸치며 방문을 연다.

서편을 향한 벼랑에 버섯처럼 총총 달라붙은 판잣집촌, 쓰러지려는 울타리 너머, 황량한 곳에서 매운 바람이 불어왔다. 하늘은 갑자기 빛을 감추고 나직이 내려오고 있었다.

자기 방과 주인집 방 사이에 있는 부엌으로 종서가 들어갔을 때 미역국 냄새가 풍겨 왔다. 그는 눈을 지그시 감았다 뜨면서 물었다.

『아들입니까?』

앞치마를 두른 중년 여자는 솥뚜껑을 닫고 국 그릇을 소반 위에 놓는다.

『계집애구먼요. 아들이면 뭘 하우? 다 죄짓고 이 세상에 태어났지.』

말하는데 주름진 눈밑이 떨고 있었다.

종서는 자기 방 아궁이에서 벌겋게 단 연탄을 부집게로 꺼내어 화덕 속으로 옮긴다.

『김 선생 오늘 밤 또 얼겠수.』

『글쎄 말입니다. 바람이 부니까, 이런 날엔 꼭 사고가 나거든요.』

소반을 들고 부엌 문턱을 넘으면서 여자는 치를 떨듯,

『차라리 연탄가스나 마시고 귀신도 모르게 우리 네 식구 다 잡아갔음 좋겠소.』

한참 후 방문 여는 소리가 났다. 그리고,

『울면 뭘 해? 소식도 없는 사람이 돌아올까. 국 식기 전에 일어나 먹기나 해라.』

아비 없는 자식을 낳은 딸에게 역정을 내는 소리였다.

쓰레기와 연탄재가 범벅이 되어 얼어붙은 비탈길을 종서는 외투 주머니에 손을 찌르고 내려간다. 길이 넓어지면서 판잣집촌은 끝나고 신흥 주택이 나타나기 시작했다. 응달진 길 편에 방한모를 쓴 아이들이 미끄럼을 타고 있었다. 얼어붙은 길을 바람이 쓸고 지나간다.

『늦겠는걸.』

서두르며 한길로 나간 종서는 버스에 오른다.

K 신문사 편집국에 나타난 종서는 사회부 쪽을 향해 다가갔다. 마감 시간이 막바지에 이른 편집국은 장바닥처럼 소란스러워 들어오는 사람에게 아무도 관심하지 않았다.

종서는, 등을 꾸부리고 기사를 쓰고 있는 사나이를 향해,

『병호.』

하고 불렀다.

『음.』

대답만 하고 돌아보지 않았다. 원고지에 눈을 준 채 그는 펜대로 의자 있는 곳을 가리켰다. 종서는 빈 의자 하나를 끌어당겨 앉는다.

『더 크게! 안 들려! 뭐? 살인 사건? 의정부! 그래, 음 사십오 세!』

전화통에 매달린 기자는 고래고래 소리를 지르며 메모를 하고 있었다.

『병호.』

『음.』

『담배 있거든 내놔.』

여전히 기사를 내갈기며 왼손으로 호주머니에서 담배를 꺼내어 병호는 등 뒤로 내밀었다. 만족스럽게 연기를 내어뿜으며 종서는 편집국의 소음을 멀리, 아주 먼 곳에서 울려오는 것처럼 혼자 부질없는 공상에 빠지고 있었다.

『김 선생, 오래간만입니다.』

안면이 있는 문화부의 기자였다. 종서는 인사 대신 히죽이 웃는다.

『E 출판사에서 김 선생을 찾던데요? 연락받으셨읍니까?』

『아니요. 왜?』

『번역 땜에 그러나 부죠. 이번에 그 집에서 토머스 울프 것을 몇 개 꾸려 본다던가요?』

『거 좋은 기획이구먼요.』

하다 말고,

『안 팔릴걸요. 그보다 사십 원짜리 번역은 안 하기로 했어요.』

내뱉듯 말했다.

『그야 자기네들이 아쉬우면 더 내겠죠. 인세로 한다든가.』

『도둑놈들이오. 다신 그 새끼들한테 안 속아요.』

『배부른 소리 하지 마.』

기사를 내리갈기면서 병호가 말했다. 문화부 기자도 병호 말에 동감인 듯,

『그럼.』

하고 몹시 바쁜 시늉을 하며 종서 곁에서 떠났다.

종서가 세 개째 담배를 붙여 물었을 때 병호는 펜을 놓고 돌아보았다.

『담배.』

하고 손을 내밀었다.

『없는걸.』

빈 담배갑을 흔들어 보이고 그것을 휴지통에 버린다.

『담배 있나?』

병호는 옆에 있는 젊은 견습기자에게 물었다.

『네 있습니다.』

견습기자는 담배를 건네주고 라이터까지 켜 댄다. 그는 담배를 입에 물고 편집부로 어슬렁어슬렁 걸어가서 원고를 휙 던졌다. 창백한 얼굴에 얕잡아 보는 듯한 미소를 띠우며 그곳에서 몇 마디 말을 주고받더니 병호는 돌아왔다.

『나가자.』

종서에게 눈짓했다.

단골 곰탕집으로 가는 도중 병호는 담배 두 갑을 사서 종서에게 한 갑 주었다.

곰탕집에 가서 앉았을 때,

『간 밤에 진탕 마셨더니 전신이 막 쑤시네.』

하며 병호는 안경을 밀어 올린다. 여간해서 따스함을 나타내지 않는 안경 속의 작은 눈은 여전히 날카롭고 차갑게 번득이고 있었다.

『살아 있는 건지, 죽어 있는 건지…… 시간 밖에서 내가 공중에 휭 뜬 것 같다. 월남이나 어디 좀 보내 주었으면 좋겠는데.』

『부인은 어떡허구.』

『내 주제에 그런 말 하게 됐어?』

『신혼 아냐.』

『여자에게 신혼이지 내게 신혼 구혼이 어디 있노.』

『어쨌든.』

『똑똑한 것들은 다 달아나고 어디 바보 같은 게 걸려들어, 아뭏든 데리고 살기는 살아야지.』

병호는 날라 온 곰탕을 자기 앞으로 끌어당긴다.

곰탕집 안은 안개가 서린 듯 뿌옇게, 사람의 얼굴도 뿌옇게 흐리고 상기되어 음식을 먹는 종서는 숨 가쁨을 느꼈다.

『종서.』

『음.』

『이젠 취직하지.』

『취미 없어.』

『H 고등학교 말이야. 거기 지저분한 일이 좀 있어서 수습해 주었지. 생각 있으면 떠밀어 줄께.』

여전히 고개를 저었다.

『어지간히 지치지 않았나.』

『지치긴. 나는 사는 게 싫지 않어.』

지금 이 상태가 불행한 것이라고 정직하게 종서는 생각하고 있지 않았다.

『거렁뱅이 같으니라구.』

내뱉었다.

『정말 내가 거렁뱅이로 보이나?』

무심히 웃으며 종서는 물었다.

『그 웃음이 비굴했다면 영락없지.』

『내일이면 돈이 들어온다. 한 달은 지낼 수 있어.』

『흥.』

『이래 봬도 방세 밀린 일 없고, 연탄 떨어진 일 없고 가끔, 아주 가끔 밥값이 떨어질 땐 처량하더라만.』

『손님 못 받는 날의 갈보 같은 소릴 하고 있어.』

윽박질렀으나 병호 얼굴에 감정의 변화는 나타나지 않았다. 그러나 종서는 일찌기 청년기(靑年期)와 장년기(壯年期)를 통과해 본 적이 없었던 것처럼, 그의 눈동자에는 소년 같기도 하고 노인 같기도 한 미소가 어리어 이상한 착각을 일게 하였다.

『생각하기 탓이야. 곰국 한 그릇이면 족하지 않어? 이렇게 말이야.』

『정말 치사스런 놈이다. 진작 머리 깎고 탁발이나 하지 그랬어?』

『그것 생각해 봤지. 홀가분하다는 게 얼마나 좋은 건지 자넨 모를 거야.』

『옛날에는 말이야, 그런 소릴 하면 문학 소년쯤으로 알아주었다. 에이 젖비린내가 난다.』

병호는 바닥에 침을 탁 뱉고 손수건을 꺼내어 안경을 닦는다. 종서도 다 먹은 곰탕 뚝배기를 밀어내고 물수건으로 손을 닦으며,

『아무러면 어때. 구걸하던 노인네가 말이야, 자식을 잘 두어 비단 보료에 앉게 되었는데 말이지, 어느 새 자식 눈을 속이고 나가서 다시 구걸질을 하더라는 거야. 이해할 만하지. 자유라는 것은 마약 같은 거야.』

『길게 상대하고 있다간 서울 바닥에 십 층 빌딩이 들앉은 것을 잊어버리겠다.』

병호는 바쁘게 일어섰다.

『나가자. 차나 마시게.』

다방으로 옮겨 앉은 병호는 느닷없이,

『종서야, 너 예금통장 지니고 다닌다며?』

하고 물었다.

『뭐?』

얼굴이 새빨개지며 앉은자리에서 펄쩍 뛰듯 종서는 당황했다.

『몇백만 원이나 예금이 돼 있나? 거 이자만 가지고 오늘 저녁 술 좀 마시자.』

병호는 농담 비슷하게 말하고 종서의 동정을 살핀다.

『미, 미친 소리!』

『내 한평생 예금통장이라곤 가져 본 일이 없는데 그런 뜻에서도 한잔 얻어먹어야겠다.』

『미, 미친 소리, 몇백만 원이라구?』

종서는 급히 서둘며 속주머니 속에서 예금통장을 꺼내었다.

『자아 이, 이것 봐! 며, 몇백만 원인가!』

예금통장에는 현재 만 원으로 기재되어 있었다. 그리고 찾고 넣고 되풀이한 숫자도 이상하게 만 원으로만 되어 있었다.

『며, 몇백만 원이야? 이게!』

무안하여 그랬던지 종서는 벌겋게 상기된 얼굴로 병호 코앞에다 예금통장을 들이댄다. 병호는 얼굴을 비켰다.

『며칠 전에 정아를 만났지.』

슬쩍 말머리를 돌렸다. 순간 종서의 얼굴은 굳어지는 듯했다.

『같은 서울에 있으면서 만나기도 힘들대. 오 넌 만인가?』

『……』

『옛정이 되살아나긴 하더라만 바쁜 세상에 옛날같이 늘어질 수도 없고.』

호주머니 속에 예금통장을 밀어 넣는 종서의 꼴을 곁눈질해 보며 병호는 담배 연기를 훅 뿜는다.

『나는 너무 덤벼서 굿바이했고 너는 너무 천치가 돼서 달아났대.』

『오해야.』

『뭐가.』

『내가 도망친 거야. 정아가 간 것 아니다.』

『왜 네가 도망을 쳤나.』

알면서 다시,

『왜 도망을 쳤어.』

『거북해서……』

『누가, 정아가?』

『정아뿐만 아니라 누구든 함께 산다는 게……』

병호는 다시 화제를 돌렸다.

『그것 이리 내놔. 만 원이면 둘이서 여자도 사고 술도 마실 수 있다. 이래 내놔.』

『아 안 돼, 이건 비상금이야. 낼 돈 들어오면 한턱 쓰지.』

병호는 싱긋이 웃었다. 따스한 빛이 그 눈언저리에 서렸다.

『매년 크리스마스 때면 너 정아한테 돈 만 원 부쳐 준다며?』

『누가, 정아가 그러던가?』

『제발 그러지 말아 달라고 내게 부탁하더군. 어린애 땜에 그러는 모양인데 애는 돌도 가기 전에 죽었다나? 그리고 정아에게 재혼 말도 있는 모양이야.』

『아기가 죽었다고?』

『……』

『그으래?……』

『왜 섭섭한가?』

『내가 뭐 얼굴이나 봤어야지.』

웃으려고 하는데 웃음이 되지 않았다.

『나가자. 예금통장 잡히고 만 원어치 술 마시는 거다.』

## 2

아이 업은 아낙이 옆에 앉는 바람에 종서는 몸을 오그렸다. 그는 좀 취해 있었다. 결국 술집에서 예금통장을 잡히고, 어디서 나타났는지 병호와 합류한 얼굴이 거무튀튀한 사내하고 셋이서 술을 마시기는 마셨던 것이다. 계산이 얼마 나왔는지 그것은 알 바 없었다. 어지간히 많이 마셨는데 종서는 조금밖에 취해 있지 않았다.

(내가 슬프기는 좀 슬펐던 모양이야.)

외투 깃을 세우며 눈을 들었을 때 맞은편 좌석에서 흔들리고 있던 여자의 시선과 마주쳤다. 여자는 머플러로 얼굴을 싸매고 있었다. 희미한 버스 안의 불빛을 받은 여자는 머플러의 빛깔이 짙은 탓이었던지, 얼굴 윤곽이 뚜렷했고 눈이 매혹적으로 느껴졌다. 그 뚜렷한 윤곽 뒤편, 차창 밖의 어두운 곳에 희뜩희뜩 흰 것이 날아내리고 있었다. 종서는 여자의 시선이 불안하여 얼굴을 돌렸으나, 아낙에게 업힌 아기의 말끔한 눈과 다시 부딪쳤다. 납작한 코, 어린애 특유의 정맥이 내비친 미간, 그 양편에 어른스럽고 생각 깊은 것 같고, 이미 인생고를 예감하는 것 같은 눈동자가 조용히 머물고 있었다. 종서는 눈싸움이라도 할 듯 아이의 눈을 노려본다. 그러나 여유

있게 무시하는 것처럼 아이는 종서를 응시하는 것이었다.

(나보다 세상을 많이 산 것 같은 눈이다. 나보다 세상을 많이 알고 있는 것 같은 눈이다. 나를 나무라고 있는 것 같다. 나를 연구하고 있는 것 같다. 나는 무엇일까?)

하는 수 없이 얼굴을 돌렸다. 그때까지 맞은편 좌석의 머플러 쓴 여자는 종서를 지켜보고 있었다. 종서의 눈은 쫓겨서 여자 다리로 미끄러지고 검정 부우쓰를 신은 여자 발 위로 떨어진다. 변두리 길을 달리고 있는 밤늦은 버스 안은 냉기와 침묵에 싸여 있었다. 차창 밖에는 여전히 눈이 내리고 길 편의 등불 언저리에는 더욱더 많은 눈이 날아내리고 있는 것같이 보였다.

……

……

『아아 종서가 돌아왔구나! 정말 다행이다. 너의 삼촌께서 얼마나 걱정을 하셨는지, 이애들아! 왜 수선이냐? 저리들 가지 못할까!』

군대에서 살아서 돌아왔을 적에 숙모의 미소는 뒤틀려 있었다. 실망은 간신히 감추어졌으나, 그 대신 증오가 사촌 형을 보려고 온 자식들에게 폭발되었던 것이다.

(내가 죽어 돌아오지 말아야 했을 것을.)

보기 싫게 이그러진 숙모의 옆모습을 바라보며 종서는 생각했다.

『다행이다. 너마저 어떻게 됐더라면 저승 가서 형님 뵐 낯이 없지. 하하 핫 핫……』

몸을 흔들고 웃었으나 삼촌의 웃음은 허했다.

(내가 죽어 돌아오지 말아야 했을 것을.)

종서는 조용하던 옛날 집을 지금 점령하고 있는 삼촌의 가족들을 한 사람 한 사람 눈여겨보고, 그 타인들을 눈여겨보며 눈물을 흘렸다.

『상심할 것 없다. 어디 너만 부모를 잃었나? 전쟁은 그런 거다. 휩쓸고 지나간 태풍 같은 거야. 이제 네가 돌아왔으니 결혼도 하고 집안을 바로잡아야지. 하긴 북새통에 무엇이 어찌 되었는지, 정리를 하자면 내 골머리께나 썩겠다.』

머리를 걷어 올리는 삼촌 손가락의 인장 반지가 번득 빛났다. 거무튀튀한 얼굴의 사나이도 금반지를 끼고 있었다. 흰 이빨을 드러내고 헤헤거리며 웃었다. 그러나 겸손하게 술을 마셔 주었다.

『애쓸 것 없다. 남의 말 고쳐 놓는 일 따위, 맨날 해 봐야 남의 것인데 뭘서 붙들고 늘어질 것 있어? 일본 것 갖다가 후딱후딱 적당히 협잡질해!』

병호는 술이 들어가자 큰 소리로 떠들기 시작했다.

『자네나 해 먹어라. 난 싫다.』

종서는 볼멘소리로 대꾸했다.

『내가 왜? 배고픈 친구들이나 하는 걸.』

『자넨 배가 불러서 걸레 조각 같은 기살 쓰고 있나?』

『걸레 조각 같아도 하루 생명은 있지. 그리고 그 임자는 나야. 불을 질러 놓고 신이 나는 악동의 희열을 자네가 아나? 시간 밖에서 시간을 만들어 내는 기자라는 직업, 잘 택했지. 남의 시간을 살아 주는 거다! 사실 비극이란 자기 시간이 주체스러워 일어나는 거야. 그렇다면 남의 시간을 살아 준다는 것은 멋진 일 아냐?』

병호는 술김에 혼돈될 말을 자꾸 지껄이고 있었다. 거무튀튀한 사나이는 그저 습관처럼 고개를 끄덕이는 것이었다. 종서는 종서대로 대화의 혼선(混線)을 달리고 있었다. 그도 술을 마시면 떠드는 버릇이 있었다.

『무식한 소리 마. 원작은 원작자가 임자지만 번역은 번역한 내가 임자야. 임자가 될 수 없는 그따위 번역 나는 안 한다! 내 심상에 비친 원작은 내 언어의 조화에 따라 다시 탄생한단 말이야. 말하자면 제이의 창작.』

『이봐 종서야. 던지고 받는 말이라도 신문사, 출판사 언저리를 서성거려 본 놈이면 다소는 훈련이 돼 있어야지. 그따위로 구니까 뼈가 빠지게 일하고 실력이 있으면서 네 능력의 절반도 보상을 못 받는단 말이야. 어느 세상이라고, 능력의 두 배 세 배의 대접을 받아야만 겨우 목숨이 부지되는 걸 모르나. 하긴 맨날 말해 봐야 쇠귀에 경 읽기, 굴뚝에 넣은 양털이 검어질까. 뭐 어쩌구? 제이의 창작? 듣기만 해도 머리 쓰다듬어 주고 싶다.』

『그래 야, 자넨 출세 많이 했나? 나이 사십 줄에 평기자 신세, 뻐길 것 없다.』

『이봐 내가 출세 못 하는 건 너 같은 놈들 조금은 숭배하는 탓이다! 훈장과 이력과 간판의 권위를 인정 안 하기 때문이다! 이, 이 새끼! 속물 같은 소릴 하네.』

……

……

종서가 고개를 들고 창밖을 보았을 때 버스는 조그마한 가게들이 모여 있는 정류장에 머물고 있었다.

(정아가 재혼을 한다고 했었지. 잘된 일이야. 잘된 일이고말고. 결혼도 안 하고 그냥 있다면 난 언제꺼정 쫓겨 다니는 기분일 거야. 애도 죽고, 죽었다니 정아가 재혼하는 건 당연하지.)

버스는 다시 달리기 시작했다.

(방이 춥겠는걸. 이런 밤엔 신이 나서 일을 하겠는데, 뻐근하게 가슴이 메여 오면 그것이 비누 거품처럼 막 공중에 떠올라서 잠자리채를 들고 여름 들판을 헤매던, 그 햇빛과 잠자리 날개와 연못 속의 물매미와 음…… 그리고 뭐더라? 여자의 생소한 살빛과 숙모의 뒤틀어진 미소, 건성으로 인사하던 출판사 놈들, 열심히 이야기를 하다 보면 손톱을 물어뜯으며 딴전을 펴고 있던 소설 쓴다는 새끼들! 무슨 말씀을 하셨지요? 제이의 창작이라구요? 김선생, 김 씨, 김선생! 김 씨! 장소에 따라 호칭이 달라지는 쥐새끼처럼 되바라진 새끼들! 아아 내가 취했나? 정아를 사랑했나?)

종서는 머리를 흔들었다.

종점에 와서 버스는 멎고 버스 안의 사람들은 눈발이 희뜩거리는 밤거리를 향해 내리기 시작했다.

(방이 차겠다.)

종서는 두 어깨를 움츠리며 따스한 불빛이 새어 나오는 이발소, 세탁소, 잡화상이 연이은 종점의 가로를 지나간다. 그새 쌓인 눈이 발밑에서 보도독보도독 소리를 내고, 종서의 모자 없는 머리칼 위로 눈은 날아내린다.

『여보세요, 잠깐만.』

여자가 종서 뒤를 따라가며 불렀다. 여자 목소리를 듣기는 들었으나 종서는 양어깨를 더욱더 움츠리며 걸음을 멈추지 않았다.

『여보세요, 저 실례지만.』

『저 말입니까?』

뒤돌아보며 물었다.

『네, 말씀 좀 묻겠어요. 혹시, 김종서 씨 아니신지……』

종서는 아주 몸을 돌리며 의심에 가득 찬 눈빛으로,

『네, 그렇습니다만 댁은 뉘시죠?』

버스 안에서 종서를 쳐다보던 머플러를 쓴 바로 그 여자였다.

『어머! 그럼 날 모르겠어? 영혜야.』

여자의 목소리는 드높았다. 그리고 다가섰다.

『영혜……』

『계동 집의 영혜를 모르다니.』

몹시 실망한다.

『아아 아 계동 집의 영혜.』

혼란 속에, 차츰 여자를 바라보는 종서의 싯점이 확실해진다.

『이제 생각이 났어? 그런데 이런 말버릇 괜찮을까?』

여자는 즐거운 듯 웃었다.

『아무렴 어때.』

『걸으면서 얘기해. 집은 어디야, 이 근방?』

『아니 좀 더 가지만, 정말 영혜, 영혜구먼.』

종서는 걷다 말고 여자를 훑어본다. 그럴 나이는 훨씬 지났을 텐데 밤에 보는 영혜는 여대생같이 보였다. 차림 탓이었을 것이다.

『물론 결혼했겠지. 애기도 있을 거구. 지금은 뭘 해?』

영혜는 연거푸 물었으나 대답은 듣지 않고 다음 말을 이었다.

『사변 때 보구, 종서는 학도병으로 나갔지. 우리는 일사 후퇴 때 부산으로 가구, 그러니까 몇 년 만일까? 십칠, 팔 년?』

걸어가는 두 사람 눈앞에 눈발은 더욱더 심해졌다.

九9·二八28 수복, 포탄이 떨어진 별관에서 종서는 양친의 시체를 꺼내었다. 멀리멀리서 들려오는 만세 소리를 들었다. 계동 집의 영혜와 영혜 엄마가 슬프게 우는 소리도 들었다. 어머니와 둘도 없는 친구, 남편을 여윈 후 계동에서 종서 집 근처로 이사까지 하여 종서 어머니를 의지하고 살던 계동 집 아주머니.

『아주머니는?』

안녕하시느냐는 뜻으로 물었다.

『돌아가셨어. 부산으로 피란 가는 도중, 그리고 영환이도 죽고……』

영혜는 감동 없이 말했다.

한동안 묵묵히 걷고 있다가,

『전쟁의 상처, 여태 남아 있나? 영혜에겐.』

느닷없이 물었다.

『아니, 그런 일이 있었거니 생각할 뿐이야. 종서는……』

『글쎄……』

영혜는 이 층 양옥집 앞에서 멈추어 섰다.

『우리 집 여기야.』

『음…… 부자군.』

『전셋집인걸. 이 층만 빌려 쓰고 있어.』

『그래도 부자야.』

영혜는 낮은 목소리로 웃는다.

『들렀다 안 가겠어?』

『늦은데……』

가등 밑에 팔을 들어 보며 영혜는,

『열 시 사십 분, 집이 이 근방이라며?』

종서는 멍하니 불이 꺼진 이 층을 올려다본다.

『따근한 커피 얻어먹을 수 있을까? 술이 깨는지 몹시 추워.』

『그럼 끓여 주고말구.』

영혜는 부자[1]를 누른다. 누군가가 나와서 문을 열어 주더니,

『엇 추워.』
하며 급히 들어가 버렸다.
『들어와.』
먼저 들어간 영혜는 종서에게 손짓했다.
날림 공사인 듯 이 층으로 올라가는 계단은 발을 놓을 때마다 삐걱삐걱 울었다.
『잠깐만 기다려, 방이 엉망이야.』
열쇠 구멍에 열쇠를 찌르며 영혜는 말했다.
『혼자 있나?』
조심스럽게 물었다.
『여행 갔어.』
애매한 대답이었다. 방으로 들어간 영혜는 한참 만에 얼굴을 내밀었다.
『들어와.』
종서는 둘레둘레 사방을 살피며 들어갔다. 머플러를 벗은 영혜는 여학생처럼 단발을 하고 있었다. 양쪽 귀가 가려져서 더욱 그렇게 보였다.
방 안은 조촐하게 꾸며져 있었다. 가구들은 낡아 있었으나 싸구려 물건은 아니었고 생활의 여유는 있어 보였다.
종서는 소파에 앉으며,
『주인이 여행 중인데 밤늦게 남자 손님이 와도 괜찮을까?』
베란다에서 커피포트에 물을 넣어 들어오던 영혜는,
『여행 간 사람은 귀혜야.』

1 버저(buzzer)의 일본식 발음.

『귀혜라니?』

『왜 우리 막내동생 말이야. 그때 업어 주고 했으면서.』

『아아.』

영혜는 난로 위에 커피포트를 올려놓는다.

『불빛 아래 보니까 많이 늙었구나. 정말 말버릇이 이래 될까?』

영혜는 깔깔 웃었다. 마치 이쪽과 저쪽의 넓은 공간을 잡아매려는 듯, 불빛은 생소함을 일깨워 주었는지도 모른다. 사실 종서는 아까부터 스스럼없이 서로가 반말지거리로 대화를 이어 나가기는 했지만, 스스럼없는 말씨와 달리 고장 난 악기처럼 감정이 맞아 들어가지 않음을 느끼고 있었다.

『영혜는 올해 몇이더라?』

『서른일곱이지. 종서는 아홉일 거야. 나보다 둘 위니까.』

『음, 하나 생각이 나는군. 계동 집에 어머닐 따라 갔다가 혼난 생각이.』

『……?』

『영혜 신발에 진흙을 잔뜩 넣었다가 말이야.』

『음 그래. 아주머니가 종서를 때리셨지. 그땐 우리 귀혜 낳기 전일 거야. 아버지도 살아 계시고.』

영혜는 난롯가에서 손을 쬔다.

『귀혜가 있었음 좋았을걸. 그 애도 이제 학교 선생님이야. 방학이니까 친구들하고 제주도에 갔어. 날 오라고 편지가 왔었는데.』

『줄곧 서울에 있었나?』

『환도 후 따라와서…… 종서 소식은 좀 들었어.』

그런데 어째 한 번도 못 만났을까? 하고 종서는 생각했다.

『삼촌이 재산을 가로챘다는 이야기 들었어.』

잠자코 있던 종서는,

『계동 아주머니 얼굴은 생각이 나는데, 우리 어머니 얼굴은 생각이 안 나는군. 왜 그럴까?』

『너무 절실해서 그런가 부지.』

커피가 와글와글 끓어오른다. 그리고 구수한 냄새가 방 안에 퍼지기 시작했다.

## 3

우연히 영혜를 만난 후 종서는 밖에 나갔다 돌아오는 길이면 이 층에 불이 켜져 있는 한 그 앞을 지나치지 않고 영혜 방에 올라가서 뜨겁고 맛있게 끓여 주는 커피, 때론 저녁 대접을 받곤 했었다. 한번은 영혜가,

『이 근처라는데 집이 어딜까?』

굳이 대답을 원하는 것도 아니라는 시늉으로 고개를 갸웃거렸다.

처음 만났을 적에

『물론 결혼했겠지, 애기도 있을 거구, 지금은 뭘 해?』

연달아 질문을 퍼붓고는 대답할 새도 없이 화제로 넘어가던 영혜였었고,

『주인이 여행 중인데 밤늦게 남자 손님이 와도 괜찮을까?』

하며 종서가 물었는데, 그 후 그들은 여러 번 만났으면서도 서로가 신변에 관한 이야기는 일체 꺼내지 않았다. 그것은 상대방에 대한 관심보다 그들 자신의 사정이 드러나는 것을 되도록이면 피하자는 심산이었던 것 같았다. 종서의 경우보다 영혜의 편이 더 그랬던 것

같았다.

한참 만에,

『저 윗동네…… 판잣집이야.』

『판잣집!』

영혜는 몹시 놀랬다.

『그것도 셋방이야!』

종서는 갑자기 신이 난 듯 큰 소리로 말하고 싱긋 웃었다. 마치 소년의 그 때 묻지 않은 순박한 그런 웃음이었다. 영혜는 신기스러운 표정으로 바라보았다.

『부잣집 외아들의 말로가…… 호호호호…….』

영혜는 웃었다. 종서도 덩달아서 웃는다.

『호호호호…… 그래 그 판잣집 셋방 구경해 보고 싶네. 어떻게 찾아가지?』

너무 웃은 탓인지 영혜 눈에 눈물이 돌았다.

『인줄 친 집을 찾으면 돼. 판잣집촌에 와서.』

『인줄? 부인이 해산했나?』

『아냐, 집 임자 딸이 애길 낳았거든.』

영혜는 아까처럼 낄낄거리며 웃다가 무슨 발작처럼 크게 소리 내어 웃어 젖히는 것이다. 함께 웃던 종서는 불안해져서 영혜를 바라본다. 영혜는 웃음을 멈추지 않았다. 종서는 더욱더 불안해졌다. 만날 때마다 영혜는 곧잘 웃었다. 그러나 정말 즐겁고 기뻐서 웃는 것 같지 않았다. 어쩌면 습관적인 것 같기도 하고, 어떤 때는 발광적인 느낌조차 들게 했다. 종서는 혼자 사는 여자 — 막연히 혼자 살고 있다고 종서는 생각했으나 — 의 히스테리 같은 것이라고 생각했다.

이날 밖에서 저녁을 먹고 술도 몇 잔 한 뒤 돌아왔을 때, 길 편에 군고구마가 눈에 띄어 종서는 그것을 샀다. 그리고 영혜를 찾아갔다.

『귀혜 안 왔어?』

『크리스마스 지나고 올걸.』

영혜는 우울해 보였다.

『왜 그래?』

『부잣집 외아들 말로를 생각하고 있는 거야.』

『실감이 안 난다.』

영혜는 무슨 생각에선지 찬장 속에서 양줏병을 꺼내었다. 그리고 잠자코 칵테일을 만들어 종서에게 권했다.

『고급이군.』

『가끔 혼자서, 추태 안 부릴 정도로 마셔.』

술이 차츰 들어가자 영혜의 눈밑이 붉어지고 그 매혹적인 눈이 빛났다. 군고구마는 탁자 한편에 무료히 놓여 있었다.

『비참해.』

종서는 자기를 보고 한 말이라고 생각했다.

『비참하기론 나보다 뺀질뺀질한 얼굴에 넥타이를 단정히 맨 친구들 아닐까? 포장지에 싸인 상품 같은 친구들 말이야.』

『슬픈 자위군.』

『아니야, 난 정말 그렇게 생각해.』

『어린애 같은 소리.』

그들은 꽤 많은 술을 마셨다. 영혜는 차츰 가라앉고 종서는 떠들기 시작했다. 술을 마시면 떠드는 버릇이 있었다.

『내 누추한 판잣집 단칸방은 적어도 신비스런 내 일터야.』

손가락을 내밀며 강조한다.

『나는 혼자야. 하지만 나는 대화를 갖고 있단 말이야. 자유스런, 무한히 자유스런, 내가 번역한 작품은 모두 하나하나가 주옥이다. 왜? 나는 혼자서 원작자하고 자유롭게 얘기하고 마음을 나누며 외롭지 않기 때문이야. 나는 다 알 수 있지. 그 작자가 무슨 말을 하고 싶어 했는가를, 곤두박질을 하며 고통을 받는 모습을, 기뻐서 춤을 추며 소리를 지르고, 은밀하고 교활한 미소를 띠우는 얼굴을, 낱낱이 볼 수 있거든. 하나도 기겁하질 않어. 거리에 나가 보아. 그리고 사람을 만나 보아. 그런 진짜 얼굴이 있는가. 깍이고 깍여서 다듬어진 얼굴이, 꼭 같은 얼굴이 꼭 같은 말들을 하고 있단 말이야. 그리고 참말을 하면 모두 내 얼굴을 쳐다보고 우습다는 거야. 유치하다는 거야. 저 건물의 평수는 얼마고 도시계획에 헐리지 않는 거구, 외국산 양복지의 종류 이름이 무엇무엇이고, 그것이 참말이라는 거지. 그래도 내가 참말을 하면, 뭔데 너가 그러냐는 거지. 뭔데 말이야. 하긴 나는 아무것도 아니야. 판잣집 셋방살이의 부잣집 외아들의 비참한 말로, 웃음거리의 인간에 불과해. 그들이 그러는 거야. 영혜도 그러고.』

『아니야. 뭐 반드시 종서만 보고 한 말은 아니야.』

『어쨌든 남들이 그러지. 하지만 난 도무지 실감이 안 난단 말이야. 그러면 또 거짓말한다 하고 패배자의 자존심이라 하거든. 내가 군대에서 처음 돌아왔을 적에, 삼촌 내외의 실망하고 증오하는 얼굴에서 나는 재산이라는 것을 실감했다. 그것은 그러나, 매일매일 죽음을 보아야 했고 죽음과 부딪쳐야 했던 일상생활보다 더 큰 염오를 갖게 했을 뿐이야. 물론 나는 아무것도 모르고, 그 대신 교묘하게 함정을 파 둔 삼촌에 대항할 힘은 없었지만 싸우려면 싸울 수도 있었지. 그러나 나는 그것이 손해라는 것을 깨달았어. 그런 것에 내 정열을 바칠 수는 없다고, 그래서 얼마간 정리해 주는 유산을 군소리 없이 받아 나는 복교하고…… 이런 말 하면 그것이 동기가 되어 인간 불신에 빠졌다고 할지도 몰라. 그러나 나는 인간을 불신한 일도 없고 신임한 일도 없었고, 다만 멀리서 바라보는 편이 편했기 때문에, 처음에는 그것이 편하다는 것을 몰랐다. 외로웠어. 그때 만난 여자가 어느 다방의 레지였어. 우리는 살림을 차렸다. 그런데 거북해지더란 말이야. 문을 쓱 열고 들어서면 여자가 있거든. 타인이, 나 아닌 타인이 앉아 있단 말이야. 소리를 꽥 지르고 쫓아내고 싶어 견딜 수가 없었어. 양복장, 찬장, 경대, 그런 것 속에 드러누으면 영원히 밀폐되어, 다시는 밖에 나갈 수 없다는 착각이 드는 거야. 나는 그 여자가 무식해서 그런 거라는 결론을 내렸지. 달아났어. 그러구는 몇 해 살다가 정아를, 처였던 사람인데 그 여잘 만났어. 친구의 애인이었었지만 나는 그들 사이를 모르고 있었거든. 그 여자는 날보구 바보라는 거야. 세상의 때가 묻지 않았다는 거지. 그래서 그는 병호, 내 친구의 이름이야. 그 병호하고 끊고 내게 왔다나? 뭐 깊은 관계는 아니었고, 또 경박한 여자는 아니었으니까 나는 그 여잘 사랑했어. 그러나 역시 거북하더군. 정아는 병호만큼 나를 이해하진 못했어. 내가 바보야?』

『바보의 탈을 쓴 소심한 애고이스트였겠지.』

영혜는 술을 한 모금 마시고 잔을 탁자 위에 놓으며 말했다.

『맞어. 내가 하는 짓은 항상 도망치는 거였으니까. 아뭏든 난 정아에게 나를 깊이 이해해 줄 것을 바랬던 것은 아니야. 정아는 손가락에 낀 반지를 빙빙 돌리는 버릇이 있었는데, 그런데 숙모가 내 앞에서 당황하여 반지를 돌려 버린 일이 한 번 있었지. 돌아가신 어머니의 다이야 반지였던 거야. 정아가 반지를 돌릴 때마다 나는 숙모 얼굴을 생각해 보는 거야. 거북하고 낯선 사람하고 내가 마주 보고 있다는 생각이 자꾸만 드는 거야. 뭐라 했으면 좋을까? 역시 낯선 사람하고 함께 식사를 하면 먹은 것 같지도 않은데, 체한 것처럼 골이 띵하고 아파 오는, 그 견딜 수없는 것은 의식이기보다 본능, 아니 생리적인 것인지도 모르겠어.』

영혜는 이제 종서의 말을 귀담아듣고 있는 것 같지도 않았다. 그는 유리창을 흔들고 지나가는 바람 소리를 듣고 있는 것 같기도 했고, 넓고 넓은 공간을 혼자 지키고 앉아서 그것을 지배하려고 노력하고 있는 것 같기도 했다.

종서는 계속해 이야기하고 있었다.

영혜는 벌떡 일어나 트랜지스터를 들고 왔다. 탁자 위에 올려놓고 그는 FM 방송으로 다이얼을 돌렸다. 낮기는 했으나 음악은 종서의 말소리를 가로질렀다.

『술 마셔.』

『음.』

이야기를 중단당한 데 대하여 별로 화내는 기색이 없었다.

『아까부터 자꾸 혼란이 일어. 내가 종서 같고 종서가 나 같고.』

『……』

『종서 얘기 들으면서 나하고 닮았다 생각했어. 그런데 아주 반대라는 생각이 드는 거야. 그러면 또 닮았다는 생각이 들고 어느 게 진짠지 영 결정할 수가 없어.』

『뭐가 닮았다는 거야?』

『달아난 점 말이야.』

『……』

『하지만 정직하게 말하면 내가 달아난 건 아닐 거야. 그편이 달아날까 봐 지레 겁을 먹고 달아난 거지. 한 번도 부딪쳐 본 일이 없었거든. 하지만 낯이 설다는 것 그것 실감 나는 얘기야. 하지만 상태는 다르겠지.』

머리가 덮인 양쪽 귀를 영혜는 두 손으로 감싸 누르고 있었다.

『종서의 경우는 일종의 나르시시슴일 게고 내 경우는 심한 열등감일 거야. 그러니까 종서는 견딜 수 있고, 아니 즐길 수조차 있고, 나는 견딜 수 없을 거야.』

영혜는 귀를 누른 채 이마를 숙였다. 이마에 잡힌 주름이 펴지고 긴 눈시울은 그늘이 진 채 움직이지 않았다.

『종서는 남자, 나는 여자이기 때문에 그런지도 모르지. 아니야! 종서는 냇적인 거구, 나는 윗적인 것이기 때문에 그럴 거야. 난 불구자가 아냐. 그런데 난 종서처럼 불구자가 된 거야!』

영혜는 라디오의 볼륨을 크게 틀었다. 미친 것 같은 재즈곡이 방 안 가득히, 음향은 무섭게 방 안을 흔들어 주고 영혜는 새파랗게 질린 채 앉아 있었다. 술기마저 달아났는지 종서는 겁먹은 눈으로 여자를 바라본다.

## 4

문밖에서 사람을 찾는 여자 목소리가 들려왔다. 종서는 당장 영혜라고 생각했다. 그는 아주 불안해하며 내다보지 않고 몇 자 쓴 원고를 찢곤 또 쓰다간 찢고 한다. 그는 영혜가 두려웠던 것이다. 자기 생활에 깊이 들어오면 큰일이라고 생각한 것이다. 뭔지 질풍과 같은 것을 몰고 오는 것만 같은 느낌이었다.

드디어 방문 앞에서 영혜 목소리가 들려왔다. 종서는 책상을 앞으로 쑥 밀어내고 반쯤 몸을 눕히며 방문을 열었다.

영혜는 계란 꾸러미를 안고 서 있었다.

『들어와.』

신발을 벗고 들어오면서 영혜는,

『가난한 동네에 애기 낳은 사람은 왜 그리 많을까? 인줄을 찾다 보니 여기가 세 번째야.』

하며 투덜거렸다.

『하지만 번지나 약도 그려 주는 것보담은 찾기가 수월했겠지.』

『하긴 그래.』

영혜는 머플러를 쓴 채 외투만 벗고 자리에 앉았다.

『찢어지게 가난한 동네군.』

『그래도 아이 낳고 남녀 함께 사는 사람이 많지.』

농담인데, 영혜는 완연히 싫은 얼굴을 했다.

『어둡지 않어? 방문이나 흰 종이로 발랐음 조금이라도 밝을걸.』

『방 안이 밝으면 마음이 집중되지 않아.』

『어지간하다. 난 피란 내려갔을 때도 이런 험한 방엔 안 있어 봤어.』

『시체 속에 있었던 일도 있었는데 뭘.』

『일선에서?』

『음.』

『왜? 부상했었나?』 영혜 눈이 조금 빛났다.

『아니, 기절했어.』

『으음……』 이상하게 실망하는 눈치다.

『우리 집에 왔으니까 역시 커피나 끓일까?』

『관두어요, 궁상스러워. 나 술 좀 마시고 왔어.』

『……』

『얘기 좀 하려구, 들어 봐야 종서한텐 시시한 얘기지만.』

『……』

술을 마시고 왔다는데 영혜의 얼굴은 창백했다. 종서는 긴장하며 영혜를 쳐다본다.

『원죄(原罪)를 고해하러 왔어. 난 신자는 아니지만, 누구든 남자라면 한 번은 고백해야 할 것 같아서. 그런데 원죄라는 것 그 의미를 나는 똑똑히 몰라. 알 필요도 없고, 다만 난 내 식대로 생각하고 있으니까.』

종서는 더욱더 긴장하여 도전하는 침착하게 밀어닥치는 영혜 목소리에 눌린다.

『나 같은 불구자일 경우, 묻지 말고 내 말만 들어 다른 사람들도 다 나같이 원죄라는 것을 나와 비슷하게 해석할 거야. 성한 사람들이야 아담과 이브의 과실을 아는 정도면 족할 거지만. 내가 내 용모를 의식하기 시작하면서부터, 나는 남모르는 비밀을 하나 갖게 되었고 그 비밀은 내게 깊은 죄의식을 심어 주었어.』

영혜는 외고 온 것처럼 줄줄 말을 했다.

종서는 새삼스럽게 영혜의 얼굴을 살핀다. 그러나 얼굴에는 아무런 이상이 없었다.

『비밀이 있어 숨긴다는 짓이 얼마나 잔인한 형벌인지, 그리고 그것은 끝이 없는 거야. 저지른 죄는 털어놓으면 끝이 나는 건지도 몰라. 하지만 내가 무엇을 저질렀단 말이야? 나는 아무것도 저지르지 않았어. 처음에 죄인을 우리 엄마라고 생각했어. 하지만 엄마도 나처럼 아무 일도 저지르지는 않았어. 다음에는 하나님을 죄인이라고 생각했어. 하지만 그 죄인은 형벌 밖에 서 있었으니, 분명히 조물주의 실순데 그는 실수를 자인하기는커녕 나에게만 속죄하기를 바라는 거야. 불구는 내 죄가 아니야. 그런데 나는 그것을 숨기고 비밀로 하고, 그 비밀로 하여 나는 인간들에게 접근할 수 없는 감옥에서 살아왔단 말이야. 내 성질은 살인자처럼 거칠어지고 열리지도 않는 감옥을 주먹으로 치다가 나는 저승에서 죄를 졌다, 저승에서 죄를 졌다 하고 주저앉는 거야. 정말 외로운 세월이었어. 오욕에 가득 찬 하루하루가 갔던 거야.』

무슨 얘기를 하는 거야, 하고 생각하면서도 입술까지 하얗게 된 영혜를 바라보는 종서는 정말 숨이 막히는 것 같았다.

『부산에 피란 가서 다니던 대학을 집어치우고 나는 미제 물품 장사를 시작했어. 어린 귀혜를 데리고 유혹의 기회는 많았지. 종서가 보다시피 난 미인은 아냐. 하지만 눈이 사람을 끈다든가? 그런 말을 하며 남자가 접근을 해 올 때마다 나는 도망을 쳤어. 끌리는 남자도 더러 있었지만 그럴수록 더욱 무서워서 달아났던 거야. …… 가만히 생각했지. 내 비밀을 없애기 위해서, 내 죄의식을 없애기 위해서 귀를 짤라 버리자고, 그리하여 내 스스로 원죄를 심판해 버리자구, 그렇게 되면 내 한쪽 귀가 없는 것은 내 탓이요, 책임도 내가 지지 않겠느냐 그 말이지. 아니면 기대와 미련을 버리지 못하게 하는 이 눈을 찔러 버리고 체념을 하든가. 어느 것 중 하나를 나는 해결해야 하는 거야.』

말하는 눈에 광기가 돌았다.

『대체 귀가 어떻게 됐다는 거야!』

종서는 저도 모르게 소리를 질렀다.

『귀? 귀! 그래 난 귀 병신이야. 한쪽 귀가 병신이야. 한쪽 귀를 짜르든지 아니면 이 눈 하나를 찔러 버리든지, 어느 하나를 택해야 한다고 생각해? 종서 같으면 해답을 줄 거야. 귀를 짤라라! 눈을 찔러라! 하고 말이야. 어때?』

『미쳤다!』

광기가 서린 영혜 눈을 노려보며 종서는 다시 소리를 질렀다.

『왜 짜르고 왜 찔러?』

『절망과 희망이 함께 있을 순 없어.』

『귀를 짜른다고 절망이 없어지나? 마찬가지 병신이지.』

『하지만 범인이 내가 되잖어.』

영혜의 어세는 누그러지면서 형용하기 어려운 비애가 그의 전신을 감싸는 것 같았다.

『세상에 불구자는 얼마든지 있어. 까짓 귀가 좀 어떻다는 게 뭐가 대단하냐 말이다. 과대망상증이야. 제 나름대로 조금씩 조금씩 시간을 사용한다는 것이 왜 즐겁지 않느냐 말이다. 눈을 안으로 돌려 보아. 오히려 귀쯤 병신인 편이 낫다.』

『그럼 내 귀 보여 줄까? 어릴 적에는 엄마가 열심히 가려 주었고 커서는 내가 열심히 가리던, 내 죄의식의 덩어리를 보여 줄께.』

영혜는 천천히 머플러를 벗었다. 그리고 언제나 가리고 있던 머리를 걷어 올렸다.

나타난 것은 물론 두 귀였다. 하나는 귀엽게 생긴 작은 귀, 하나는 반죽이 잘못되어 달라붙은 것 같은 큰 귀, 검붉게 부푼 육괴, 종서는 순간 말할 수없는 염오를 느꼈다. 어쩔 수 없는 것이었다.

『이래도 저주스럽지 않을까?』

영혜가 물었다.

종서는 어린 시절의 어느 날이 번개처럼 눈앞을 스쳐 가는 것을 보았다.

영혜의 단발머리를 끄덕였을 때였다. 영혜가 재빨리 한쪽 귀를 누르며 종서의 팔을 물어뜯던 그 광경이었다. 영혜의 얼굴은 사나운 짐승 같았고, 증오에 이글이글 타고 있는 것 같았다. 그것을 본 계동 집 아주머니의 무서운 눈도 눈앞에 선명하게 떠올랐다.

종서가 침묵을 지키자 영혜는 천천히 머플러를 쓰는 것이었다. 머플러를 쓴 뒤 영혜는 방문을 바른 신문지를 오랫동안 바라보고 있었다. 파도와 같이 기승스럽던 분위기는 다 사라지고, 그의 옆모습은 석고상처럼 조용하기만 했다.

종서는 언젠가 버스 정류장에 서 있던 소녀를 생각했다. 그때 종서는 버스에 앉아서 창문으로부터 그 소녀를 바라보았던 것이다. 귀엽게 생긴 윤곽에 눈이 검었다. 미장원에서 머리를 빗고 갓 나온 모양이었다. 최신 유행의 머리 모양이었고 검은 외투를 입은, 몸집이 작은 여자였다. 그런데 그 얼굴은 무참한 마마자국이었다.

소녀는 종서의 눈길을 느끼자 고개를 돌렸다. 미장원에서 갓 빗고 나온 머리, 그 최신형의 머리 모양의 참담함을.

(미장원에서 머리를 빗을 때 저 소녀는 눈을 감았을까? 거울을 보았을까?)

소녀는 그쪽에서도 눈길을 느꼈던지 다시 이쪽으로 얼굴을 돌렸다. 종서는 당황하며 눈을 내리깔았다. 소녀는 이쪽에서 또 시선을 느꼈는지 저쪽으로 다시 고개를 돌렸다. 종서는 소녀가 저쪽으로 얼굴을 돌릴 때마다 그 최신형 머리 모양을 바라보았다. 이쪽으로 얼굴이 돌아오면 재빨리 눈을 내리깔고.

소녀는 버스가 떠날 때까지 수없이 이쪽저쪽으로 얼굴을 돌리는 그 동작을 되풀이하고 있었다.

『종서.』

부르는 소리에 종서는 몸을 움지락거렸다.

『나 돈 만 원만 꾸어 주지 않겠어? 영혜[2]가 돌아오면 돌려주겠어.』

『지금은, 지금은 없는데 밖에 나가 알아보지. 어디 쓰려구?』

돈이 없다는 말에는 조금도 움직임이 없었고, 어디다 쓰겠느냐는 말에만 반응을 보이며 영혜는 말했다.

『병원에 가야겠어.』

『귀, 귀 땜에?』

『아아냐.』

『……』

『나 임신했거든. 난 그 남자하고 결혼할 생각이 아니니까.』

『왜 결혼 못 할까? 서, 서로 좋아한다면 결혼 하, 하는 거야.』

너무나 의외의 말이어서 종서는 저도 모르게 말을 더듬었다.

『좋아한 것도 아니야, 그쪽이나 이쪽이나 돈이 없다면 할 수 없지. 그럼 나 가겠어.』

영혜는 일어섰다. 먼지도 없는 외투 자락을 툭툭 떨다가 걸쳐 입고 방문을 열었다. 그러나,

『역시 흉협지?[3]』

돌아선 채 작은 목소리로 물었다.

『아니야. 그렇지 않어.』

2 '귀혜'의 오기.

3 흉업다.

종서는 그 말을 하는데 목을 누르는 듯 심한 압박감을 느꼈다.

영혜는 문간에 서서 그를 전송하는 종서를 돌아보지도 않고 비탈길을 내려갔다.

시내로 나간 종서는 신문사 가까운 다방에 가서 병호에게 전화를 걸었다.

『나갈 틈 없어. 바쁘다. 신문사로 와라.』

퉁명스런 병호의 말이었다.

『긴히 할 얘기가 있어 그러는 거야. 잠깐만 시간을 내.』

『그럼 삼십 분 후에.』

전화는 끊어졌다.

종서는 가까이 비어 있는 자리에 가서 앉는다. 무엇에 쫓기는 것처럼 집을 나왔고, 병호에게도 긴히 할 얘기가 있다고 했는데, 막상 자리에 앉고 보니 막연한 생각이 든다. 허탈감 비슷하기도 했고 전혀 무관한 일에 뛰어들어 바보짓을 하고 있다는 생각도 들었다.

(내가 무엇 때문에? 내가 뭐 배 속의 것의 애빈가?)

종서는 허겁지겁 담배를 붙여 문다.

영혜의 그 병신 귀가 눈앞에 떠올랐던 것이다. 역시 어제와 같은 염오감이 치밀었다.

(별나게 내 신경에는 강하게 왔는지도 모른다. 남들은 나처럼 그렇게 느끼지 않을는지도 모른다. 크고 작다고 해서 그리 엄청나게 차가 진 것은 아니었는데. 내가 느낀 염오를 영혜도 자기 귀에서 느꼈을 뿐이지 남들에겐 대단찮은 것이겠지. 세상에는 불구자도 많다, 문둥이는 어쩌구? 앉은뱅이, 절름발이, 언청이, 얼마든지 있지 않어? 고까짓 귀쯤…….)

했으나 종서 마음에서 염오감은 지워지지 않았다.

(그 마마자국의 소녀는 최신 유행의 머리를 하고 거리에 나오지 않

았어? 그래도 머리로 감출 수 있다는 것은 얼마나 다행한 일이야? 하지만 그것은 남의 문제가 아니다. 영혜 자신의 문제 아닌가. 감춘다고 해서 자기 자신에게까지 감추어지나? 나는 그것을 보는 순간 싫었다.)

종서는 왜 하필 영혜가 자기 비밀이며 고통인 그 귀를 보여 주는 대상으로서 자기를 선택하였을까 생각하니 화가 났다. 그리고 왜 다른 남자와의 정사에서 생겨난 핏덩어리의 처리를 자기에게 상의했을까 생각하니 그것도 화가 났다. 자신이 괴로워할 하등의 이유가 없으며, 더군다나 이렇게 나와 앉아서 병호를 기다려야 할 이유도 없다고 생각했다.

『앙!』 하며 팔을 물어뜯던 영혜, 그 눈동자, 작은 마귀 같고 짐승같이 사나운 눈초리, 계동 집 아주머니의 무서운 눈. 종서는 그때의 아픔이 되살아나기라도 한 듯 팔을 들었다. 아픔이, 그러나 염오감은 아픔과 함께 여전히 남아 있었다.

(이상하다고 느끼고 보면 발가락 손가락은 안 그런가? 성한 귀도 그 귀만 쳐다보고 있음 이상할 거야. 사람의 귀니까 그렇지. 삶아서 먹는 돼지 귀하고 뭐가 달러? 뼈와 고기, 생선하고 뭐가 달러. 사람의 생각이 다를 뿐이지.)

종서의 눈은 팔에서 조금 흰 것 같은 손가락으로 내려갔다.

(다섯 개의 손가락이 있다. 마디가 쭈글쭈글하고 넓적한 손톱이 있다. 쳐다보면 볼수록 이상하다. 괴물 같다. 손톱이 넓어진다. 마치 오리 주둥이같이 되어 간다!)

오리 주둥이같이 넓어지는 손톱은 시야 가득히 확대되어 종서의 머리는 한없이 무거워 갔다. 무게를 가눌 수 없게, 그리고 금세 구역이 날 것만 같이 머리가 띵하고 어지러웠다. 종서는 가위에 눌린 것처럼 그 병적인 환각에서 빠져나오려고 애를 썼다. 땀이 흐르는 것 같았다.

(옳지! 저게도 불구자가 있었구나.)

종서는 외쳤다. 얼굴에 자줏빛 점이 박힌 사나이가 구석진 자리에서 열심히 이야기를 하고 있었다.

(저기도!)

땅땅하게 키 작은 사나이가 막 문을 밀고 들어오는 것이었다.

종서는 나오면서 버스 안에 탄 사람들의 귀만 유심히 살폈던 일을 생각했다. 다방까지 걸어오는 동안 그는 또 장님을 보았다.

『왜 이리 넋을 잃고 앉아 있어?』

병호 목소리에 종서는 정신을 차렸다.

『음 저……』

하다가 그는 담배를 눌러 껐다.

『좀 거북하지만 자네 돈 만 원 구할 수 있을까?』

허겁지겁 말했다.

『내가 그럴 줄 알았지. 너 상당히 배가 아팠구나.』

『아 아니야 아니야, 결코.』

손을 내저었다.

『갚겠다. 틀림없이 갚는다. 그동안 출판사에서 받은 돈 이리저리 쓰고 보니 일이 그렇게 됐어. 명년 정월에, 명년이래야 한 달밖에 더 남았나? 꼭 갚겠다. 융통 좀 해 주게.』

안 해도 좋을 설명까지 덧붙이며 부탁을 한다.

『크리스마스가 가까와 오니 역시 좀이 쑤시는 모양이지.』

『……?』

『정아한테 부쳐 주려고 그러지?』

『그렇지 않어.』

『거짓말 마. 정아가 내게 접근해 오는데도 돈 보낼 테냐?』

병호는 차갑게 웃고 있었다.

『그렇지 않어. 그 돈은 다른 곳에 쓰는 것야.』

『너 심경에 변화가 왔다면 나 사양해도 좋다. 어차피 우리 집 밥데기하고 헤어질 생각은 없으니까.』

『그렇지 않다는데 자네 왜 그러지?』

화를 낸다.

『하긴 어디다 쓰든 내 알 바 아니고, 자 엣다!』

병호는 예금통장을 종서 앞에 던졌다.

『이걸?』

『실은 그날 밤 돼지 한 마리 낚아다가 바가지 씌운 거야. 헤헤거리며 웃고 있던 그 거무튀튀한 작자 말이야. 불쌍한 네놈의 돈 쓰게 됐어? 그건 네 거니까 갚고 자시고 할 것 없다. 그럼 나 간다. 바빠서 눈까리가 뒤집힐 것 같다.』

병호는 휭하니 나가 버렸다.

은행에서 돈을 찾아 한참 거리를 서성거리다가 저녁을 먹은 뒤 종서는 버스에 올랐다. 그는 외투 호주머니 속의 돈뭉치를 만지며 이것으로써 일은 끝나는 것이라고 생각했다. 골치가 멍하게 아파오는 불쾌감에서 해방되는 것이라고 생각했다.

식모아이가 문을 열어 주자 종서는 곧장 이 층으로 올라갔다.

영혜는 올라오는 종서의 발소리를 듣고 있다가 문이 열리자,

『왔어?』

가라앉은 목소리로 난로 앞 소파에 앉은 채 말했다.

『아직 안 왔군, 귀혜는.』

어색하게 뇌였다.

『크리스마스가 지나야 온대도.』

영혜는 짜증스럽게 말했다.

『참 그랬었지.』

역시 어색했다.

『앉아요.』

『아니 일 땜에, 곧 가야 해.』

『그래?』

영혜는 곰곰히 생각에 잠기며 말했다. 종서는 호주머니 속에서 돈뭉치를 꺼내었다.

『저 이거…… 병원에 가아.』

신문지에 싼 만 원 다발을 탁자 위에 놓았다.

『……?』

『병원에 가아.』

『이거……』

생각이 잘 나지 않는 듯 영혜는 물끄러미 종서를 올려다본다.

『그럼 가겠어.』

도망을 치듯 방에서 나온 종서는 층계를 뛰어 내려간다. 마치 영혜가 쫓아나와 부를 것을 겁내듯.

거리에 나왔을 때 그는 숨을 들여마시고 영혜 방의 창문을 올려다본다.

다음 날 밤 종서는 그 집 앞을 지나쳤으나 영혜 방에는 불이 꺼져 있었다. 병원에 간 거라고 생각했다. 다음 날 밤에도 역시 그 방에는 불이 꺼져 있었다. 다음 날도 또 그다음 날도.

크리스마스가 지난 밤 불이 꺼져 있는 그 창문을 올려다본 종서는 이상한 불안을 느꼈다. 그는 부자를 눌렀다. 낯익은 식모아이가 나왔다.

『이 층에 있는 사람 어디 갔어요?』

『여행 간다고 떠났어요.』

『여행? 어디루.』

『그분 동생 간 곳으로 간다던가요?』

『그래요?』

비탈길을 올라오면서 종서는 의아하게 생각했다.

(병원엔 안 가고?)

(모르지 제주도에 가서 병원에 갔을는지도…….)

그러고 하루가 또 지났다. 밤을 새우고 거의 열두 시가 다 되어 세수를 하려고 밖으로 나갔을 때,

『어떤 젊은 여자가 김 선생한테 전해 달라고 이걸 주고 갑디다.』 하며 주인집 여자가 편지 한 장을 내밀었다. 물 묻은 손으로 봉투 뒷면을 돌려 본다. 윤귀혜라 쓰여져 있었다. 종서는 까닭 없이 가슴이 덜컥 내려앉았다.

방으로 들어가서 뜯어 보니, 간단하게 다섯 시 명동의 C 다방에서 만나 뵙고 싶다는 사연만 적혀 있었다.

종서는 왠지 방 안에 붙어 있지 못할 기분이었다. 그는 일찌감치 밖으로 나와 서점을 헤매다가 시간이 되기 무섭게 C 다방으로 갔다. 들어가서 두리번거리는데 검정 외투를 입은 젊은 여자가 일어서며,

『저 김종서 선생님 아니신지요.』

하고 물었다.

『제 저 김종섭니다. 귀혜, 귀혜 씨죠.』

『네. 죄송합니다. 앉으시죠.』

귀혜는 영혜보다 몸집이 컸다. 그리고 매우 침착했다. 나이 어린데도. 한동안 침묵이 흘렀다.

『저 언니, 우리 언니 죽었어요.』

『죽었어……』

종서는 이상하게 마음이 가라앉았다. 미리부터 그 생각을 하고 있었던 것처럼.

『그런 일이 있을 거라고 평소 너무 마음을 썼기 때문에 그런지 막상 당하고 보니 체념이 빨라지더군요. 그건 그렇고, 사실은 언니 부탁이 있어서 만나 뵙자고 한 거예요.』

귀혜는 간단히 심경을 얘기하고 이내 사무적인 투로 나왔다. 그는 핸드백 속에서 돈뭉치를 꺼내어 종서 앞으로 내어 밀며,

『언니 유서에 김 선생님께 만 원을 돌려주라고 쓰여져 있었읍니다.』

종서는 그 말을 듣는 둥 마는 둥,

『병원에서 죽었읍니까?』

『아니예요. 자살이예요. 바닷가에서. 그런데 이상한 건 왜 김 선생님한테 돈을 빌렸을까요? 많진 않지만 저축된 돈이 있었고, 돌아와 보니 예금통장은 그대로예요.』

귀혜는 고개를 갸웃거렸다.

『벼, 병원에 간다고……』

그러자 귀혜는 짚이는 데가 있었던지 별안간 눈에 눈물이 글썽 돌았다.

『언닌 선생님보고 임신했다고 했군요.』

『그렇게 말하더군요.』

『가엾은 언니…… 제가 알기론 아직 언닌 처녀였어요.』

『……?』

『언닌 조금이라도 가까와진 남성에게 임신했다는 거짓말을 곧 잘 했거든요. 처음엔 상대를 멀리하는 방법이라 생각했지만 그건 언니의 허영이었어요. 언니는 처녀였던 게 싫었을 거예요.』

종서는 차근차근 말하는 귀혜 얼굴을 물끄러미 바라보다가,

『귀가 귀.』

하고 반벙어리 같은 소리를 냈다.

『귀를!』

귀혜 얼굴에서 비로소 모든 조화는 깨뜨려졌다.

『어떻게 아세요!』

허우적거리듯 귀혜는 물었다.

『나는 봤어요. 그 귀를, 보, 보여 줍디다.』

귀혜 눈에서 눈물이 흘렀다. 그는 손수건을 꺼내어 떨리는 입술을 눌렀다. 그래도 눈물은 자꾸만 흐르는 것이었다.

『남들 같으면 대단한 것도 아닌데. 그렇게 숨기고 괴로와하더니…… 죽으려고 그, 그랬었군요. 선생님한테 보, 보여 드렸군요.』

—《현대문학》 149호, 1967년 5월;

박경리, 『박경리단편집』(서문당, 1976)

# 私小說異議사소설이의

〈不信時代불신시대〉는 身邊신변에 일어난 사건을 素材소재로 하여 씌어진 作品작품이었읍니다. 그런 뜻에서 흔히들 말하고 있는 私小說사소설 계열에 속하는 作品작품인지도 모르겠읍니다.

〈不信時代불신시대〉 이전에 〈暗黑時代암흑시대〉를 썼는데 〈不信時代불신시대〉는 〈暗黑時代암흑시대〉의 後身후신이라 말할 수 있을 것이지만 그러나 〈暗黑時代암흑시대〉는 作者작자의 걷잡을 수 없는 흥분과 슬픔 때문에 거의 客觀性객관성을 잃은, 作品작품으로서는 거의 치명적인 결함이 있어 일단 現代文學社현대문학사에 넘겼던 原稿원고를 도로 찾아다가 훨씬 훗날, 여러 번의 推敲퇴고를 가한 뒤 발표하였으므로 後身후신인 〈不信時代불신시대〉가 一 年1년이나 먼저 발표되었던 것입니다.

사실 나는 이 두 作品작품에 대하여 생각한다거나 다시 들추어 본다거나 혹은 거기에 관한 것을 쓰는 일은 견딜 수 없는 고통이었읍니다. 新丘文化社신구문화사에서 청탁을 받았을 때 나는 충분한 기일이 있었음에도 불구하고 마감 날까지 단 한 줄의 글도 쓰질 못했던 것입니다.

글을 못 쓸 뿐만 아니라 묵은 상처를 뒤쑤셔 놓은 듯 밤에는 꿈에서 낮에는 幻想환상에서 나는 괴로움을 당해야 했던 것입니다. 결국 거기에 대하여 여하한 글도 쓰지 않으리라는 결심을 하고 나는 겨우 다른 일을 시작했던 것인데 그만큼 나에게 있어서 그 두 作品작품의 무대는 내 생애에 있어 가장 처참했던 시기였으며 女性여성으로서 가혹한 시련의 시기였읍니다.

마감 날이 지나가고 그 일을 잊어버리려 했을 때 다시 新丘文化社신구문화사에서 독촉이 왔었읍니다. 나는 내게 주어진 것을 받을 수밖에 없다고 체념하며 감정을 학대하기로 마음먹었던 것입니다.

〈暗黑時代암흑시대〉는 아이를 弘濟洞홍제동 화장터에 갖다 버리고 돌아온 날부터 책상에 달라붙어 쓴 것이고 〈不信時代불신시대〉는 아이를 잃은 후 거미줄처럼 보이지 않게 인간들을 휘감아 오는 社會惡사회악과 形式化형식화되면서 위선의 탈을 쓴 宗教人종교인과 人間인간 精神정신이 物體化물체화되어 가는 現實현실을 바라보며 씌어진 것입니다.

하나의 어린 生命생명이 부당하게, 그리고 처참하게 屠獸場도수장의 망아지처럼 없어졌다는 일은 도처에서 언제나 일어나고 있는 사소한 사건입니다.

이 엄청나게 크고 현기를 느끼게 하는 속도의 세계에서 바라본다면 아이 하나의 부당한 죽음쯤은 물거품이 하나 꺼지는 정도의 사건에 지나지 못한 것인지도 모르겠읍니다. 그 물거품이 하나 꺼지는 정도밖에 안 되는 사건을 들고 나온 것은 作家작가로서 허용된 방법을 母性모성이 강요한 것이었읍니다.

그러나 그것은 순수한 눈물과 哀痛애통의 記錄기록이었다고 나는 생각지 않습니다. 만일 그것이 순수한 母性모성의 記錄기록이었다면 내 마음은 얼마만큼의 안식을 얻었을는지도 모르겠고 그렇게 심한 自己嫌惡자기혐오에 빠지지도 않았을 것입니다.

두 作品작품의 밑바닥에 흐르는 것은 反抗반항 意識의식이며 告發精神고발정신이었을 겁니다. 그것이 아니더면 그 作品작품은 결코 씌어지진 못했을 것이며 그것은 惡魔악마의 作業작업이었읍니다. 惡魔악마의 作業작업 —

作品작품은 어떠한 나, 어떠한 主觀주관도 客觀객관을 거치지 않고 씌어질 수는 없으며 自叙傳자서부이나 日記文일기문이라 할지라도 엄격하게 따지고 본다면 쓴다고 그 자체가 벌써 自己자기 自身자신을 客觀化객관화하는 行動행동이 아닐는지요. 하물며 創作창작의 形式형식을 거칠 때는 말할 나위 없을 것입니다. 나는 母性모성의 입장에서 作家작가라는 그 방법에 있어 우리는 사기성을 잊을 수는 없겠죠. 한 作品작품이 가지는 目的목적이 무엇이든, 또 具體的구체적인 事實사실의 뒷받침이 있건 혹은 전혀 架空가공의 것이든 目的목적한 바의 효과를 거두는 것은 철저한 사기에 있는 것이 아니겠읍니까.

나락과도 같은 바닥 없는 絶望절망 속에서 나는 또 하나의 나를 구경하지 않을 수 없었던 것입니다. 슬픔이나 고통을 처리해야 한다는 생각은 조금도 없었고, 오직 싸움이, 그 싸움에 이기는 것은 내가 내 고통을 지근지근 밟아 문드릴 수 있는 잔인성을 가져야 한다는 것이었읍니다. 남을 웃기는 喜劇俳優희극배우는 결코 自己자기 自身자신이 웃어서는 안 된다는 것입니다.

어느 유명한 俳優배우가 狂人광인 役역에 자신을 항상 갖지 못했는데 그 俳優배우는 죽기 전에 마침 精神錯亂정신착란을 일으켰다고 했읍니다. 그때 그는 벌떡 일어나 거울을 들고 자기의 얼굴을 들여

다보면서

「바로 이 얼굴이다!」

라고 외치며 죽었다는 것입니다.

그 惡魔的악마적인 소위는 自己자기 自身자신에 대한 무서운 客觀化객관화가 아니겠읍니까. 나는 자식의 죽음을 客觀化객관화하려고 했읍니다. 그것은 더 잔인한 일이었으며 解剖室해부실에 들어간 아이의 屍體시체에다 칼질을 다시 하는 행위였던 것입니다.

나는 作品작품의 효과를 노려 쓸데없는 부분을 잘라 버리고 필요한 부분을 만들어 넣었읍니다. 이러한 反復반복되는 作業작업 속에서 나는 고통이 목을 졸라매면 졸라맬수록 노래를 부르겠다고 발버둥 쳤던 것입니다. 나는 할 수 없이 외쳤읍니다.

과정이 문제가 될 수 없다. 나는 인간이 아니고 동물이라도 좋고 물체라도 좋다. 내 심장이 난도질이 되어도 좋고 곪아 터져도 좋다. 단 한 사람의 讀者독자에게라도 울분과 슬픔을 준다면 한 작은 生命생명이 받은 고통이 무마되려니 —

앞서 나는 두 作品작품이 私小說사소설 계열에 속할지 모른다고 말했읍니다. 그러나 나는 번복하여 그것은 私小說사소설이 아니었다고 말하고 싶습니다. 내 의도는 적어도 그러했던 것입니다. 극명하게 사실을 그려 나간 것이 아니기 때문에. 素材소재를 어디서 가져오건 그것은 作家작가의 自由자유이며 다만 그 素材소재를 어떻게 소화하여 다루었느냐가 문제일 것입니다.

만일 순수한 눈물의 기록이라면 나는 나를 嫌惡혐오하지 않았을 것이며 동시에 私小說사소설이라 인정했을 것입니다. 나는 嘔吐구토를 느낄 지경으로 試驗臺시험대 위에 나를 올려놓고 보았읍니다.

불필요한 것은 도려내고 필요했던 것은 다른 사람의 것을 가지고 왔읍니다. 그것은 나도 아니며 남도 아닌 또 하나의 새로운 것, 보잘것없고 主人公주인공의 反抗반항의 절규가 한갓 개소리에 지나지 못하였다 하더라도.

그러나 그 素材소재가 완전히 客觀化객관화되어 있지 못하다고 나무라면 나는 달게 받아야 할 것입니다. 내가 아무리 안간힘을 쓰고 마지막의 피 한 방울까지 뿌리는 심정으로 일을 하였다 할지라도 내 역량에는 한계가 있었을 것이며 참으로 자신이 없었읍니다. 그러나 素材소재가 신변에서 왔다고 하여 아주 협소한 뜻의 私小說사소설이라 한다면 나는 抵抗저항을 느낍니다.

자기의 체험을 바탕으로 하지 않았던 作家작가는 없을 것입니다. 단적으로 말해서 모방이 아닌 바에야 작가는 어떤 形式형식이나 方法방법으로든 作家작가의 느낌이란 끊임없이 作品작품 속에 投影투영되는 거니까.

「마담 보봐리는 나 自身자신이다.」

이것은 플로오베에르의 유명한 말입니다. 플로오베에르는 〈보바리夫人부인〉을 통하여 자기의 모든 요소를 客觀化객관화했을 것입니다. 이 비슷한 예로 나는 〈不信時大불신시대〉보다 10년 가까이 後日후일에 쓴 〈申신 敎授교수의 夫人부인〉을 들 수 있는데 「申신 敎授교수는 나다.」 했을 적에 모두 어리둥절하더구먼요.

申신 敎授교수를 女子여자로 하고 그의 夫人부인과의 관계를 어머니와의 관계로 代置대치시킨다 하더라도 조금도 무리가 가지는 않았을 것입니다. 그만큼 내 체험이 直接的직접적으로 많이 들어간 作品작품이죠. 그래도 어느 누구 한 사람 私小說사소설이라 하는 사람이 없었고 오히려 모델의 男性남성이 있다더라는 말을 하기에 속으로 얼마나 웃었는지 모르겠읍니다. 아무리 架空가공의 사건을 빌려

온다 하더라도 그것에 密着밀착하지 못한 主觀주관, 혹은 客觀化객관화 되지 못한 主觀주관과 思想사상으로 반죽을 한다면 그것은 소위 狹少협소한 뜻에서의 私小說사소설이라 할 수도 있을 것입니다.

따지고 보면 정말 모호하지요. 賞狀상장이나 받았다고 〈不信時代불신시대〉가 여기저기 問題作문제작이다, 代表作대표작이다 하고 수록이 되기도 합니다만 나는 그 피투성이의 싸움같이 作品작품과 대결한 그 당시를 처참하게 회상할 뿐 역시 作品작품으로는 썩 글렀던 것이라고 생각합니다.

적어도 그 作品작품을 쓰기 위해서는 십 년의 세월이 흘러야 했을 것입니다. 그리고 다만 戰爭未亡人전쟁미망인만 나올 것 같으면 그 作品작품이 여하하게 윤색이 되었던 私小說사소설이라는 딱지를 붙이는 편견이 딱하더구먼요. 實戰실전을 경험하고 戰爭전쟁 이야기만 늘 쓰는 男性남성 作家작가에게는 왜 私小說사소설이라는 딱지를 붙이지 않는가, 女子여자가 겪는 전쟁은 心理的심리적으로도 다르고 狀況的상황적으로도 다를 테지만…… 사회악과의 대결만 하더라도 그렇지요. 다르다는 것과 私小說사소설이라는 딱지를 붙이는 소위 고십[1]的적 不誠實불성실은 아마도 가셔야만 마땅하지 않을까 생각하며 作品작품을 통하여 作家작가의 生活생활에 好奇心호기심 내지는 천착을 가하는 것은 이를테면 文學少女的문학소녀적 취미일 것입니다.

— 박경리, 『Q씨에게』(현암사, 1966)[2]

1 가십.

2 이 글의 발표 시점은 현재 정확히 알 수 없다. 이 글에 언급된 『신교수의 부인』이 1965년 11월부터 1966년 9월까지 연재되었고, 이 글이 수록된 수필집 『Q 씨에게』가 1966년 11월 8일에 탈고되었기에 1966년에 작성된 것으로 추정할 수 있을 뿐이다.

## 김남조(金南祚 · 1927～2023)

김남조는 1927년 대구에서 태어나 일본 규슈에서 여학교를 마친 후 1951년 서울대학교 사범대학 국어교육과를 졸업했다. 1950년 《연합신문》에 시 「성수」, 「잔상」 등을 발표하며 시단에 나왔다. 1953년에 첫 시집 『목숨』으로 주목받은 이후 『나아드의 향유』(1955), 『나무와 바람』(1958), 『정념의 기』(1960), 『풍림의 음악』(1963), 『겨울 바다』(1967), 『설일』(1971), 『사랑초서』(1974), 『동행』(1976), 『빛과 고요』(1982) 등에 이어 2020년에 열아홉 번째 시집 『사람아, 사람아』를 출간했다. 기독교적 신념과 정조, 윤리 의식을 드러내는 시를 줄곧 써 온 김남조는 다작의 시인이다. 마산고교와 이화여고에서 교편을 잡은 후 성균관대학교와 서울대학교 강사를 거쳐 숙명여자대학교 교수를 역임했다. 한국시인협회 회장, 한국 여성문학인회 회장 등을 역임했으며 대한민국 예술원 회원이다. 2023년 노환으로 별세했다.

첫 시집 『목숨』은 한국전쟁의 체험을 여성적 관점으로 형상화하며 '목숨'이라는 긍정적 가치를 발견함으로써 전후의 상처를 치유하고 극복하고자 한 시집으로 1950년대 문학사에서 평가받는다. 누구보다도 삶을 원했지만 '한여름의 매미'처럼 끝내 헛되이 숨져 간 사람들이 너무 많은 이 땅을 시인은 '선천의 벌족'이라 부른다. 시인이 그리는 죄의식의 근원은 한국전쟁의 체험에 닿아 있다. 김남조의 시는 구원의 표상인 '마리아 막달레나'를 통해 기독교적 의미의 사랑을 실천하고자 한다. 김남조의 시에서 기독교적 신앙은 점차 심화하며 고백과 기구의 어조, 절제와 인고의 태도로 자아 성찰에 이른다. 전쟁의 상처를 극복하며 생명과 사랑의 의미를 발견한 김남조의 시는 내면을 들여다보고 고독한 자아를 성찰함으로써 삶에 대한 존재론적 탐구에 도달한다.

여성문학사에서 김남조는 모윤숙, 노천명을 잇는 서정시의 계보에 놓인다. 모성으로서의 여성성을 강조하는 서정적 목소리는 김남조의 시에서도 나타나지만, 초기 시에서부터 일관되게 이어지는 기독교적 사랑과 윤리 의식은 전쟁의 상처와 허무를 극복하고 자기 성찰적인 자아를 정립해 나감으로써 여성 시에 좀 더 진전된 자리를 열어 줬다. 특히 생명의 발견과 우주적 상상력, 그리고 구원과 성스러움을 지향하는 김남조의 시는 전쟁의 아픔을 극복해 나가는 전후 여성문학사에서 독보적인 자리를 점유한다.

이경수

# 겨울 바다

겨울 바다에 가보았지
未知미지의 새
보고싶던 새들은 죽고 없었네

그대 생각을 했건만도
매운 海風해풍에
그 진실마저 눈물져 얼어버리고

虛無허무의
불
물이랑 위에 불붙어 있었네

나를 가르치는 건
언제나
시간……

끄덕이며 끄덕이며 겨울 바다에 섰었네

남은 날은
적지만

기도를 끝낸 다음
더욱 뜨거운 기도의 문이 열리는
그런 魂靈혼령을 갖게 하소서
남은 날은 적지만

겨울 바다에 가보았지
忍苦인고의 물이
水深수심 속에 기둥을 이루고 있었네

— 김남조, 『김남조 시집』(상아출판사, 1967)

## 박순녀(朴順女 · 1928~)

박순녀는 1928년 함남 함흥에서 태어나 함남고등학교, 원산사범학교를 졸업하고 해방 후 학업을 위해 단신으로 월남한다. 이후 1950년 서울사범대 영문과를 졸업한다. 졸업 후 잠시 중앙방송국에서 일하면서 방송 드라마를 집필하고 동명여고 교사로 재직했다.

1960년《조선일보》신춘문예에 소설「케이스워카」가, 1962년《사상계》공모에「아이 러브 유」가 선정되면서 본격적으로 작가 생활을 시작한다. 1958년 월남 소설가 김이석과 결혼하지만, 결혼한 지 6년 만에 김이석이 사망해, 이후 자녀를 키우면서 창작과 번역 작업을 지속했다. 이러한 작가로서의 외길 인생이 그녀에게는 큰 자부심이라고 말했다. 소설집『어떤 파리』(1972),『칠법전서』(1976),『기쁜 우리 젊은 날』(1998) 등과, 1987년 콩트집『나를 팝니다』, 소년 소설『미야가 오르는 길』등을 출간했다. 1959년 르 포르의『사랑은 아낌없이』를 시작으로 샬럿 브론테의『제인 에어』, 나보코프와 피츠제럴드의『로리타/위대한 개츠비』, 에밀리 브론테의『폭풍의 언덕』, 애거서 크리스티의『ABC 살인사건』등 다수의 작품을 번역했다.

평생에 걸친 다양한 문필 활동으로 박순녀는 사회적 관습의 굴레에 고통 받는 여성 문제부터 역사적 폭력에 이르는 주제를 깊이 있게 다루며 문학적 지평을 끊임없이 넓혀 왔다. 월남 체험에 기반해 주한미군 기지를 배경으로 미국의 오만함을 폭로하기도 하고(「외인촌 입구」,1964), 황국신민의 서사가 폭압적으로 강요되었던 일제강점기 여학교(「아이 러브 유」)를 배경으로 '식민/피식민', '적/아'라는 단순한 이분법적 도식을 벗어나 식민 체제의 본질을 고발했다. 또 1970년 현대문학신인상을 받았던 소설 「어떤 파리」에서는 동백림 사건을 은유화하여, 반공 이데올로기의 폭압적 체제에서 감시받는 전향한 지식인 남성의 공포를 소재로 해방 이후 냉전 체제의 폭압성을 고발했다. 1988년 「비단 비행기」로 한국소설문학상, 1999년 「기쁜 우리 젊은 날」로 펜문학상, 2016년 춘원문학상을 수상한다.

박순녀는 세상의 강고한 편견에 휘둘리지 않는 자의식 강한 여성을 소설의 인물로 세워 가족 등 일상의 영역에서부터 식민 체제, 해방 이후의 검열과 통제라는 정치적 문제로 문학적 주제 의식을 확장시키며 많은 작품을 생산해 낸 지적인 여성 작가이다.

박지영

# 아이 러브 유

내가 다닌 여학교는 교칙(校則)이 엄하기로 유명했다. 입학식이 있은 그날부터 우리는 신발을 세 가지씩이나 가지고 다녔다. 밖에서 신는 까만 구두, 교내에서 신는 까만 운동화 그리고 실내에서는 반드시 흰 실내화를 사용해야만 했다. 감색 교복 치마의 주름 수효도 스물여섯이었다. 스물여섯에서 하나 더 많아도 안 되었고, 하나 모자라도 역시 복장 위반에 걸렸다. 치마 길이는 지상에서 삼십센티, 조회 때에 이백 명의 여학생이 줄지어 선 것을 보면 신기한 광경이었다. 일정한 공간에 일직선으로 그어진 소녀들의 치맛자락. 그러나 이 여학교의 소녀들은 그 엄한 교칙조차 일종의 자부심을 갖고 지켜 나갔다. 그것은 이 학교가 도내(道內) 유일한 공립학교라는 데서 오는 우월감 때문이었다.

언덕을 하나 넘어선 곳에는 오랜 전통을 지닌 미션 스쿠울인 S고녀가 있었다. 그 학교에서는 해마다 다채로운 바자가 있었고, 연극, 스포오츠 등도 성했다. 교풍(校風)도 다분히 자유주의적이었다. 그러나 공립 여학교를 떨어진 아이들이 가는 학교라 해서 우리는 그 학교를 경멸했다. 아니, 그 자유주의적 교풍까지도 경멸해야 하는 것으로 알았다. 하기야 태평양전쟁 중에 공립 여학교를 다닌 우리가 자유주의를 무서운 퇴폐적인 사조로 생각한 것도 무리는 아니었다.

이러한 S고녀와 우리 학교와의 대조는 운동경기 같은 데서도 잘 나타났다. 발리보올에서는 S고녀 선수들이 탄력 있는 고운 음성으로 『워언, 투우, 라스트!』 하고 날씬한 포음으로 보올을 쳐 우리 팀으로 보내오면, 그 보올에 우리 선수들은 군대식으로 『이찌, 닛, 쌍!』(하나, 둘, 셋) 하고 씩씩하게 반격을 가했으나 그 보올은 번번이 아우트가 되고 말았다. 투지 과잉 때문인 모양이었다.

그러나 이런 운동경기 같은 것은 아무래도 좋았다. 전쟁이 막바지에 이르면서 우리 학교의 엄한 교칙은 각도를 달리하여 솔선 전투태세로 들어가게 됐던 것이다. 그 결과 일본 기원(紀元)의 이천육백 년대에 태어난 소녀들이라 해서 스물여섯 개의 치마 주름을 잡게 됐던 우리들의 감색의 양복 치마는 몬뻬로 바꿔졌다. 책가방 대신에 등에는 국방색의 륙색, 그리고 옆구리엔 솜을 두툼히 넣어서 누빈 시꺼먼 방공모(防空帽)가 메여졌다.

민 선생이 S고녀에서 우리 학교로 옮겨 앉은 것도, 우리가 사학년이 되던 바로 이 무렵이었다.

본시 우리 학교에는 조선 선생이라고는 없었다. 이런 학교에 조선 선생이 왔다는 것은, 더구나 민 선생이 훈육주임의 직위를 맡아 가지고 왔다는 것은, 놀라운 일이 아닐 수 없었다. 훈육주임이라면 적어도 그 학교의 실권을 한 손에 쥐고 흔드는 내무장관 격의 자리가 아닌가. 학원의 네로라는 우리 학교의 일본인 교장이 새로 받아들인 조선 선생에게 그처럼 중요한 직책을 맡겼다는 것은 참으로 이상한 일이 아닐 수 없었다. 그 교장은 진짜 내선일체(內鮮一體)의 시범을 보이기 위해 이처럼 놀라운 인사를 한 것일까. 그러나 조금이라도 무엇을 생각하는 사람이 그 당시의 우리 학교 직원 면모를 훑어보았다면, 네로 교장의 그 인사 처리에도 크게 머리를 끄덕여 수긍했을 것이었다. 메주뎅이라는 별명을 가진 알코올중독자인 식물 선생에게 그 포우스트[1]를 맡길 것인가, 즈봉[2] 밑에 늘 지도를 그리고 다녔으므로 성병 환자라고 불리우던 일어 선생에게 그 자리를 줄 것인가. 수학 선생은 폣병 삼 기라는 말이 있었으니 그 역시 — 말하자면 그때까지도 전쟁에 나가지 않고 학교에 남아 있는 일본 선생치고 네로 교장 밑에서 한 학교의 지휘권을 손아귀에 꽉 넣을 만한 선생은 하나도 없었던 것이다. 거기에 비한다면 출세욕에 불타는 조선 선생은 조종하기에 따라서는 대단히 쓸모 있는 존재였다. 그런 점을 생각하여 네로 교장은 민 선생을 대뜸 훈육주임이라는 중요한 자리에 기용한 모양이었다.

야마끼 선생이 우리 학교로 부임해 온 것도 이 무렵이었다.

우리는 야마끼라는 이름을 불러 보기 전에 벌써 그에게 〈브라운 씨〉라는 별명을 증정했다. 키만은 제법 성큼했으나 고슴도치 같은 머리, 주먹코에 공연히 큰 메기 입, 게다가 이 브라운 씨는 아직도 사춘기를 벗어나지 못한 중학생처럼 앞이마에 여드름 자국이 검붉었다. 그런 그에게 고명한 희극배우 브라운의 이름을 함부로 선사한 것은, 당자 브라운에게는 대단히 죄송한 일이었지만 그래도 우리는 야마끼 선생의 조화(調和)는 무시했을망정 어딘가 애교가

1 포스트(post). 직책, 임무.
2 바지.

있어 뵈는 인상에 인심을 써서 브라운 씨라는 별명을 그에게 선사했던 것이다.

브라운 씨는 우리 반의 일어와 작문을 가르쳤다. 그는 첫 시간에 〈나 나는 여자이다〉라는 제목으로 작문을 써 내라고 했다.

『어머 선생님, 〈나, 나는 여자이다〉가 다 뭐야요.』

낯 간지러운 제목에 아이들이 쑤군쑤군 웃어 대자 그도 따라서 씩 웃었다.

『싫어요, 싫어요. 그런 걸 누가 쓴대요.』

『별난 걸 다 쓰라네.』

우리는 한참 까불고 나서야 쓴 글이지만, 〈나, 나는 여자이다〉를 씌워 본 브라운 씨는 우리들의 사고 정도에 아주 실망해 버린 모양이었다.

『커다란 유치원생이다.』

그러면서도 그는 우리를 가르치고, 우리와 실없는 소리로 웃는 일을 즐거워했다.

장난을 잘 치는 봉숙이가,

『선생님 몇이세요?』 시치밀 떼고 물으면,

『투우 양.[3]』 우리들의 말문을 막아 놓고, 『너흰 날 브라운 씨라고 놀려 대지만, 그래도 나는 너희가 좋아.』

다른 선생은 하지도 못하는 이런 말도 했다. 그럴 때면 우리 마음에도 무엇이 와 부딪는 것이었지만 그럴수록 우리는 브라운 씨에게 더 버릇없이 굴었다.

그러자 언제, 누가, 어떤 근거로 퍼뜨린 말인지는 몰라도 브라

3　'싸움소 같다.'는 의미로 장난스럽게 놀리는 말.

운 씨가 육발이라는 소문이 난데없이 퍼졌다.

『뭐 육발이라구?』

『그럼 발가락이 여섯 개게?』

『엄지발가락 옆에 쪼고만 게 하나 더 붙어 있대요.』

『어머나 어쩜!』

우리는 한동안 입만 뻥해 있다가,

『그러구 보면 어딘가 병신 같잖아?』

『맞았어, 그래서 여태 군대에도 안 나간 거야.』

발가락이 하나 더 있다고 군대에 안 나갈 리도 없건만, 우리는 이런 소리도 아는 체하고 떠벌렸다.

『그렇다면 아주 수지맞는 육발 아냐. 양말만 신으면 감쪽같구.』

『그걸 누가 봤어?』

그러나 아무도 보았노라고 나서는 아이는 없었다. 그럴수록 우리는 그 진부를 꼭 밝히고만 싶었다. 그중에서도 제일 열심인 것이 봉숙이었다.

『두고 봐, 내가 꼭 고놈의 육발을 보고야 말 테니.』 하고 아이들을 웃겼으나 좀처럼 그 기회는 오지 않았다.

학교서 선생과 학생이 어울려 농구 같은 것을 할 때면 대체로 선생들은 구두와 양말을 벗어던지고 맨발로 나가기가 일쑤였다. 그러나 브라운 씨 — 지금은 육발 선생으로 개명된 그만은 절대로 맨발이 되는 일이 없었다. 봉숙이는 육발 선생의 뒤만 졸졸 따라다니며 응원단 노릇을 했으나 속으로는 번번이 실망이었다. 그런 가운데 드디어 육발 선생의 육발을 볼 수 있는 좋은 기회가 오게 되었다.

매해 유월이 되면 이곳의 각 학교에서는 가까운 교외로 모심기를 나갔다. 같은 근로봉사치고도 신사(神社) 터 닦기에 비한다면 이 모심기는 소풍에 못지않은 즐거운 행사였다. 논물에는 거머리도 우글거렸지만 그래도 자유 시간이 되면 우리는 창포며 토끼풀로 꽃다발을 만들어 하와이 아가씨 모양 목에 걸고 다녔다. 노래도 불렀다.

모심기를 나가던 그날, 우리는 흰 운동복 웃도리에 쇼오트 팬티의 간편한 차림으로 나서면서,

『오늘이야 제가 별수 있어. 논판에 양말을 신고 들어간달 수야 없을 테니!』

하며, 그의 육발을 본다고 잔뜩 별렀던 것이다.

그러나 그날도 우리는 완전한 실패였다. 육발 선생은 배가 아프다고 논판에 들어서지 않았기 때문이다. 우리는 밀려가서 〈그런 핑계 마시고 근로봉사 같이 해요〉 하고 성화를 피워 봤으나 그는 종시 발을 벗지 않았다. 봉숙이는 그만 화를 내듯이 종알댔다.

『거야 뻔한 일 아냐, 발을 벗지 못하는 것만 봐도 뻔한 일이지 뭐.』

그 생각은 우리도 마찬가지였다.

모처럼의 기회를 다시 놓치고 만 봉숙이는 아무리 생각해도 분통이 터지는 모양이었다. 모심기를 끝내고 돌아서는 길에서도,

『코는 하나요, 눈은 둘이요, 입도 하나요, 발가락은 여섯 개.』

하고 노래했다. 물론 육발 선생이 뒤에서 듣고 있는 것을 계산하고 부르는 노래였다. 아니나 다를까 육발 선생은,

『별난 노래도 다 있군 그래, 누구야 명환가?』

뺄쭉뺄쭉 웃으며 내 이름을 불렀다. 나와 봉숙이가 짝지어서 있었던 것이다.

『천만에 선생님, 명화께서 그런 아름다운 소리 나올 수 있나

요?』 봉숙인 시치밀 딱 떼고 대답했다.

아이들이 까르르 웃어 댔다. 제 말대로 봉숙이는 우리 반에서도 노래를 제일 잘 불렀던 것이다.

자기만 보면 공연히 웃어 대는 우리를 경원하고 육발 선생은 분주히 앞줄로 좇아 나갔다. 봉숙이는 부러 정떨어진 얼굴을 지어 보이며,

『아, 아, 어디엔가 스마아트한 남성은 없을까.』

또다시 익살을 부렸다.

나는 그녀 옆구리를 꾹 찔러 눈을 끔쩍해 보이고는,

『봉숙아 저기 저기, 저만하면 스마아트 아니야.』

때마침 우리들 옆을 도망병처럼 빠른 걸음으로 지나가던 사범학교 학생을 가리켰다.

『기껏 사십이 원짜리?』

우리는 그들이 장차 사십이 원짜리 월급장이가 된다 해서 그들을 이런 별명으로 불러 버릇했던 것이다.

『그렇지만 사랑은 금전을 초월하는 거야.』

『그럼 한번 신호를 보내 볼까?』

『뭐라구?』

『아이 러브 유.』

그러고 나서 우리는 자지러지게 웃었다.

뒷줄의 애가 발을 헛짚었던지 내 잔등을 떠받고 발뒤꿈치까지 냅다 찼다.

『아야야야 야, 애가 미쳤어.』

나는 죽는 시늉을 하면서 뒤를 돌아다보았다.

그 순간, 나는 그만 새파랗게 질리고 말았다.

내 오도깝[4]에 덩달아 뒤를 돌아본 봉숙이 역시 꺼멓게 죽은 얼굴이 되었다. 어느 사이, 네로 교장이 바로 우리 등 뒤에 와 있었던 것이다. 뒤의 아이는 그것을 알려 주려고 일부러 내 잔등에 넘어지면서 발을 걷어찼던 것이다. 그러나 일은 이미 저지른 뒤였다. 네로의 이맛살을 찌푸린 얼굴로써 충분히 그것을 알 수 있었다.

학교에 이르러, 봉숙이와 나는 곧바로 교장실로 불려 갔다. 네로는 교장실에 떡 버티고 서서 우리를 기다리고 있었다. 책상 한옆엔 민 선생도 긴장한 얼굴로 읍하고 서 있었다.

네로는 우리를 보자 대뜸,

『이것들도 이 학교 학생인가, 민 선생 이것들을 어떻게 해야겠소?』 펄펄 뛰며 소리쳤다.

민 선생은 〈하아〉 하고 침통한 얼굴을 지어 보였다가 별안간,

『무릎을 꿇지 못해!』 우리에게 소리쳤다.

발길질이라도 할 듯한 기세였다. 봉숙이와 나는 꼬꾸라지면서 마룻바닥에 무릎을 꿇었다. 유월의 볕에 곱게 탄 넓적다리가 꼭 끼인 쇼오트 팬티 밖으로 터질 듯 밀려 나왔다. 우리는 옷도 미처 갈아입지 못하고 교장실로 호출됐던 것이다.

『저 꼴로 길 가는 사내에게 추파를 던지니 발정한 개와 다를 것이 뭐야.』

네로의 욕설은 첫마디부터가 모닥불을 끼얹는 듯한 이런 소리였다. 뒤이어 발광이니 열정(劣情), 색광, 창녀…… 교장으로서 차마 입에 담을 수 없는 무지스러운 말을 마구 떠벌렸다.

(정말이지 창녀를 앞에 놓고서도 이럴 수는 없잖아.)

4 경망하게 덤비는 태도.

그러나 민 선생은 또 달랐다.

『그렇기 내가 늘 뭐랬어. 길을 걸을 땐 삼 미터 앞에 시선을 두고 걸으라고, 그 말을 그대로 지켰다면야 오늘 이 같은 불상사가 있을 리 없잖아. 도대체 너희들은 황국(皇國) 처녀로서의 자각이 없어. 그 정신이 썩어 빠졌단 말야.』

무슨 동정이나 하듯 자못 암담한 얼굴로 우리를 보고 있었다. 그러나 실로 암담한 마음이 되는 것은 무릎을 꿇고 앉아 있는 우리가 아닐 수 없었다. 교장실로 호출당할 때부터 우리는 사십이 원이란 말을 추궁당할 줄 알았다. 그러나 〈아이 러브 유〉로 이처럼 모욕을 받을 줄은 몰랐다.

네로와 민 선생이 직원실로 사라진 후에도 우리는 그대로 암담한 얼굴인 채 말이 없었다. 지금 직원회에서는 우리들의 일이 보고되고 처벌 방법이 논의될 것이 뻔했다. 그 결과 〈불량〉이라는 레테르가 붙게 될 것도 뻔했다.

『명화야, 아 난 죽고 싶다.』

별안간 봉숙이가 훌쩍댔다. 그러나 나는 웃었다. 어두운, 극도로 어두운 마음이면서도 웃었다. 부당한 것을 억지로 참다가 내 마음이 횡포해지는 순간에 보기 싫게 밀려 나오는 그 웃음이었다. 도어가 끼익 하고 열렸다. 네로가 아닌 육발 선생이었다.

『편하게들 앉아, 고오쪼상(교장)이 뭐래면 나두 같이 세이자(正坐)[5]하지.』

그는 괜히 싱글벙글 웃으며 장난이라도 치러 온 얼굴이었다.

『그런데 너희들 뭐 남학생한테 아이 러브 유라고 했다지? 그건

5 일본식 정좌. 무릎 꿇고 앉는 자세.

좀 장난이 지나쳤구만』

그래도 우리는 눈 하나 까딱없이 앞만 보고 있었다.

『대단한 반항인걸, 그렇다구 나한테까지 그럴 건 없잖아.』

멋적게 서 있다가 나가 버렸다.

『저따위 자식이 어딨어, 뭣 하러 끼웃하는 거야.』

『그렇기 말야, 우릴 무슨 구경거리로 아는 모양이지? 육발의 병신 녀석이.』

우리는 육발 선생이 들여다보고 간 것에 더욱 화를 냈다. 자기 딴에는 우리를 생각해서 들어왔던 것인지도 모르지만…….

하옇든 그날 〈아이 러브 유〉 사건은 세이자와 설유와 반성문으로 끝을 맺었다. 그만하면 우리 학교의 사건 해결치고는 아주 경한 편이었다.

창포꽃 피는 유월은 그래도 모심기나 있어서 아이들이 한숨 돌린다. 그러나 칠월에 접어들면서 우리는 쭉 신사 터 닦기에 동원되었다. 동양 제일이라나, 아니 북선 제일? 혹은 도내 제일이라든지 듣고도 잊어버린 그 제일가는 신사 터를 닦기 위해서다. 우리는 오전 중에 세 시간만 끝내면 점심을 먹고 십 리 길 가까운 B산 중턱에까지 기어 올라가야 했다. 그곳에서 한 삽 두 삽 산을 깎아 대일본 제국의 번영을 만세(萬世)에 누리게 할 신사 터를 닦는 것이다. 파낸 흙은 들것에 담아 산밑에 갖다 버렸다. 산밑까지의 왕복길만도 이십 분은 실이 걸렸다. 푹푹 찌는 한낮의 태양을 받으며 그 언덕길을 왕복하는 고역이란, 더구나 〈아이 러브 유〉 사건이 있은 후로 우리는 작업 중에도 쇼오트 팬티 대신 처덕거리는 긴 몬뻬를 입어야 했다. 남학생도 동원돼 와 있는 작업장에서 황국(皇國) 처녀의 알다리를 그냥 드러내 놓았다가는 또 어떤 일이 일어날지 몰라서이다.

증발할 데 없는 땀이 검은 몬뻬 속에서 썩어나며 그 악취와 더위에 허덕대는 학생들을 볼 때마다 네로는 싸움터를 연상하는지, 『군인상의 노고에 비한다면 이런 일쯤 아무것도 아니다.』 하고 소리치며 다녔다.

그런 어느 날, 신사 터 닦기를 며칠 쉰다는 희소식이 전해졌다. 학도병 장행회(壯行會)에서 우리가 합창을 하게 되어 그 연습 때문이라는 것이다.

『아이구 좋아라, 학도병님 만만세다.』

『기쁘다 구주 오셨네, 크리스마스도 아닌데.』

우리는 너무도 좋아서 서로 얼싸안고 돌아갔다. 황국신민의 서사(誓詞)를 외는 처녀로서 버릇없는 것이었으나 그래도 고쳐지지 않는 우리들의 버릇이기도 했다.

『옥자 오빠도 이번에 나간다면서? 그렇지 옥자야?』

한 아이가 소리쳤다. 그러자 아이들의 시선이 일제히 창가에 앉아 있는 옥자한테 쏠렸다. 옥자는 그러한 시선을 충분히 의식하면서 한껏 도도한 태도로 책이 든 륙색의 멜빵을 천천히 졸라맸다. 그것을 보는 나는 왈칵 비위가 거슬렸다.

옥자는 평소에도 민 선생의 분부대로 머리를 착 붙여 빗는 아이였다. 사춘기에 접어든 말썽꾸러기 소녀라면 교칙을 어기고 앞이마에 머리 핀 한두 개도 꽂아 보고 싶은 것이 아닐까. 그런 옥자를 한때 나는 잘 쫓아다녔다. 옥자가 가지고 오는 소설책에 반해서이다. 그것이 일본서 고등학교를 다니는 오빠 책이라는 데 더 호기심이 갔던 것이다. 그러나 결국 무조건의 복종과 아첨을 무슨 자랑처럼 생각하는 옥자인 것을 알게 되면서 나는 그녀에게 격심한 혐오를 느꼈다. 싫고도 또 싫은 애가 옥자였던 것이다.

『가자 가자, 모두들 음악실로 가자. 옥자 오빤 여간 댄디가 아니래요.』

나는 끝내 오도깝스럽게 소리치고는 음악실 쪽으로 오르르 뛰어갔다.

그 장행회가 베풀어지던 날은 호박이 덩굴째 떨어진 것 같은 희한한 날이었다. 장행회가 끝나면 밤에는 또 적십자 간호원으로 출정(出征)하는 학교 졸업생을 환송하게 되어 있었다. 그 때문의 밤 외출, 얼마 만의 밤 외출인가. 마음을 터억 놓고 밤거리를 거닐어 볼, 가슴 설레는 기대. 교칙으로 금지되어 있는 밤 외출을, 오늘 밤은 공적으로 할 수 있게 됐던 것이다.

이것저것으로 기쁘둥해진 우리는, 세 시간 수업을 마치고 장행회 회장인 공회당으로 달려갔다. 오래간만에 몬뻬를 벗어 던진 감색의 양복 치마 차림이었다. 치마 맵시를 앞뒤로 가만히 쓸어 보니, 스스로도 싱싱한 물고기를 만지는 감촉이었다. 스테이지에 올라서자, 시야는 영롱한 안개 속에 가려지며, 모처럼의 피아노도 피아니시모도 다 잊어버린 합창이 흘러나왔다. 그러나 합창이 끝나 스테이지에서 내려서는 우리들의 콧마루는 하나같이 찡하니 아팠다. 그것이 조선 소녀들이 조선 청년들을 싸움터로 보내는 한 핏줄의 아픔이라는 것을 그러면서도 우리는 깨닫지 못했다. 마지막으로 학도병 대표 한 명이 답사를 읽었다. 훌쭉하니 큰 키에 머리를 빡빡 깎은 그가 억양이 없는 가라앉은 목소리로 그 답사를 읽었을 때, 우리들의 감상은 이상한 곳으로 폭발됐다.

『나도 남자로 태어날걸!』

『정말야, 나도 저 학생들과 같이 가고만 싶어!』

그러자 오늘 밤에 환송할 낯도 모르는, 출정하는 졸업생의 모습이 또 떠올랐다.

『그만 적십자 간호원으로나 갈까?』

『적십자 간호원?』

『여자로서 싸움터로 나갈 수 있는 길이 그밖에 더 있어?』

『하긴 그래…….』

우리는 저마다 눈길로 백의의 천사라는 것을 그려 보았다. 그리고 야포(野砲) 소리가 은은히 들려오는 싸움터에서 지금 막 답사를 읽은, 그런 늠름한 청년을 간호하고 있는 자신의 모습도 그려 보았다.

『그래, 적십자 간호원도 멋져.』

이런 장행회에서의 흥분이 미처 가시기도 전에 우리는 밤길을 재촉하여 다시 역전 광장으로 모였다. 광장에는 벌써 각 여학교를 위시하여 부인 단체, 동회 대표, 동창 등의 여성을 주로 한 환송객이 광장 가득히 운집하여 있었다. 이 고장에서는 여자가 정규의 군 간호원으로 출정하기란 이번이 처음이었다. 그러니만큼, 부(府)는 부대로 부인 단체는 부인 단체대로 동은 동대로 그녀와의 관계를 강조하고 내세우며, 저마다 이번의 일을 자기 부, 자기 단체, 자기 동의 최대 영예로 돌렸다. 그중에서도 그 영예를 도맡아 메고 나선 곳이 그녀의 모교인 우리 학교였다. 따라서 이날 밤에도 우리 학교 이백 명의 소녀들은 역전 광장 바로 정면에 자리 잡고, 그녀의 영예를 저마다 나눠 가진 자랑스러운 얼굴로, 광장에 모여든 수많은 환송객들을 대견히 내다보며 그녀가 나타나기를 이제나저제나 기다리고 있었다.

이윽고 먼 곳에서부터 만세 소리가 점점 우리 앞으로 가까이 파급되었다. 그것으로 그녀가 오는 것을 알 수 있었다. 갑자기 환송객의 대열은 어지러워지며 물결쳤다. 그러자 이십여 명의 유지에 둘러싸인 그녀가 환송객의 만세 소리에 일일이 머리를 숙여 답례하며 걸어오는 모습이 보이기 시작했다. 그 순간, 우리는 누가 선창(先唱)하는 사람도 없이,

『만세 만세 만세 만세!』

저마다 미친 듯이 소리쳤다. 한옆에서는 교가를 부르는 아이들도 있었다.

네로 교장에 안내된 그녀가 우리 앞에 이르렀다. 그러자 또 한바탕 만세 소리가 진동했다. 그 속을 학생 대표가 걸어 나가 격려사를 낭독했다. 사방의 만세 소리에 그 격려사가 우리들 귀에까지 들려올 리 없었다. 그 잠깐 뜬 사이에 우리는 비로소 그녀를 찬찬히 바라보았다. 그러나 아무리 보아야, 평범한 용모와 평범한 감색 제복 차림의 평범한 여인이었다. 집에서 밥을 짓고 기저귀를 빨래하는 우리들의 언니나 올케와 조금도 다를 데 없는 같은 체취의 여인이었다. 그러면서도 우리는 그 여자가 지닌 가정적인 체취를 잊어버린 모양으로 또다시 뜻도 모를 열광적인 만세를 외쳤다.

『만세 만세 만세.』

『적십자의 언니 만세.』

발차 시간이 가까와지자 광장의 환호성은 해변을 때리는 커다란 파도 소리와도 같았다. 그때마다 우리들의 눈에는 그녀의 모자에 달린 적십자 표가 무슨 발광체(發光體)처럼 번쩍 빛나는 것 같았다.

『나도 적십자 간호원으로 나갈 테야.』

『그래, 나도 나갈 테야.』

『나도.』

『나도.』 마침내 우리는 얼뜬 소리로 부르짖었다.

그 소리를 어디서 듣고 있었던지,

『그래야지, 물론 그래야지. 그것으로써 훌륭한 황국신민이 되는 거야.』 네로가 입을 찢어 벌쭉거리며 흡족한 듯이 소리쳤다.

광장에는 다시 만세 소리가 요동쳤다.

그녀는 드디어 개찰구 쪽으로 걸어갔다. 그러자 그녀와 여학교 동창인 듯한 십여 명이 뭉쳐선 그 속에서 애기를 붙안은 부인 하나가 손수건으로 눈물을 닦으며 그녀 앞을 막아 섰다. 그리고는 애기를 그녀 가슴 밑에 들여댔다.

별안간 걸음이 얼어붙은 그녀는 새하얗게 질린 얼굴 그대로 애기 위에 상반신을 묻고 흐느꼈다. 일 초, 이 초, 삼 초…… 죽은 듯 고요해진 그 순간, 오열(嗚咽)이 그녀의 동창생으로부터 시작됐다. 그러나 그때는 이미 몸부림치던 그녀는 도망치다시피 개찰구 앞으로 사라진 뒤였다.

양쪽으로 찢어졌던 길은 벌써 돌아가는 사람들로 메워졌다. 이제는 갈 길이 바쁜 모양이다. 그러나 정거장 바로 앞에 줄지어 섰던 우리는 마지막까지 남아 모든 것을 보고야 말았다. 우리 학교 소녀들은 울음을 터뜨리며 다시 한번 만세를 고창했다. 그 만세 소리와 어울려 터진 애기의 울음소리를 듣고, 나는 목이 칵 잠겼다. 그리고는 몸이 뒤틀리면서 어떻게 해야 할지를 몰랐다. 저 애기는 지금 영영 어머니를 잃는 것이 아닐까. 숨마저 가빠진 나는 아무 손이나 꽉 잡았다. 그러나 내가 잡은 손은 섬뜩하도록 반응이 없었다. 그래도 나는 더 힘을 주어 그 손을 당겼다. 그러자 그 손은 비웃듯 내 손을 탁 뿌리쳤다. 내 손을 뿌리친 옥자는 언제나 마찬가지의 도도한 얼굴로 내 옆에 서 있었던 것이다. 그것을 보는 순간 잠겼던 목이 칵 터졌다.

『저 여잔 왜 가는 거야, 바보처럼 애길 버리고, 어쩌려구…….』

『정말야, 나람 애기를 업구 어디 도망이라도 치겠다.』

큰 소리로 내 말을 받은 것은 봉숙이었다. 그녀도 눈물이 막 뒤범벅이 된 얼굴이었다. 입을 봉하고 섰는 다른 아이들도 눈물이 글썽한 눈으로 그녀가 사라진 개찰구 쪽을 지켜봤다. 그래도 옥자만은 여전히 눈을 말똥거리며 우리의 동정을 살피고 있었지만 우리는 이미 그녀 같은 것은 안중에도 없었다.

돌아오는 길의 우리들은 갈 때와는 딴판으로 모두가 침울한 빛이었다. 좀 전의 감격과 지금의 서글픔에 머리가 혼돈되어 있는 것이다. 밤 외출을 즐기자던 기분도 되살아나지 않았다. 우리는 서로 헤어지는 갈림길이 나설 때마다 짤막한 인사를 나누고는 이리저리 어둠 속으로 흩어졌다.

나는 마지막으로 봉숙이와도 헤어진 후, 거리의 서남쪽을 흐르는 강기슭으로 나왔다. 처음에는 시원한 강바람이나 쐴 마음이었으나 어둠 속에서 미역 감는 아이들의 물장구 소리를 듣고 있자니, 그것이 이상스럽게도 칙칙거리는 기차 소리가 되어 내 가슴으로 달려들었다.

나는 새삼스레 무엇인가 슬펐다. 아까만 해도 적십자 간호원을 지원할 듯이 흥분했던 내가 아닌가. 나는 내가 아니, 조선이라는 식민지의 한 소녀로 태어난 나의 환경이 운명적으로 너무나도 불순하다는 것을 비로소 느끼게 된 것이다. 그것은, 처음 멘스가 있던 날의 〈여자〉에 대한 증오라 할까, 경악이라 할까, 아뭏든 무엇엔가 몸부림쳐 억울하다고 항의하고만 싶던 그 심정과도 같다고나 할까.

나는 강기슭을 떠나 시가 쪽으로 다시 발을 돌렸다. 수목 그늘이 침침한 헌병대 앞은 달밤인데도 어두웠다. 걸을수록 어둠이 더

해 갔다. 불안스러운 마음도 높아졌다. 그것이 극도로 높아졌을 때, 갑자기 괴상한 비명 소리가 들렸다. 담 안에서 새어 나오는 소리였다. 나는 가슴이 고동되는 대로 마구 걸었다. 그 안에는 숱한 사람이 잡혀 와 있다는 것은 어린 나도 알고 있었다. 무서운 헌병대의 담을 벗어나면 잇달아 도립병원 담이 있다. 그 담 모퉁이를 돌면 담뱃가게 간판이 나붙은 이층집이 나섰다. 육발 선생의 하숙방이 바로 그 이 층이었다.

『야마끼 선생.』 나는 그 이 층을 쳐다보며 소리쳤다. 『야마끼 선생.』

『오오.』 육발 선생이 창밖에 상반신을 내밀면서, 『누구야? 캄캄해서 뵈야 말이지.』 나를 알아봤으면서 딴청을 했다.

그것으로 내가 온 것을, 아니 여학생이 자기 하숙에 왔다는 것에 그는 얼마나 놀랐는지를 알 수 있었다.

『선생님, 빨리 내려오세요. 저야요.』

계단을 뛰어내리는 소리가 밖에까지 울렸다.

그는 나를 보자 빙긋이 웃으며,

『명화가 웬일인가?』 하다 말고, 『혼자야?』

의심쩍은 시선을 내 등 너머로 보냈다. 필경 장난을 좋아하는 학생들이 어둠 속에 숨어 있으리라고 생각한 모양이었다.

『그쪽엔 대단한 헌병대가 있더구만요.』

내가 웃지도 않고 그런 소리를 하자 그는 번쩍하는 눈길을 돌려 나를 가만히 봤다.

『선생님은 그런 데 무관심이세요? 그렇다면 제가 괜히 찾아왔게요.』

그는 내 어깨를 떼밀며,

『슬슬 걸어 볼까?』

골목 밖으로 끌고 나왔다.

『전 지금, 어떻게 할 바를 모르겠어요. 선생님은 어째서 조선에 오셨어요?』

『명화 같은 외국 소녀를 보러 왔지.』

『그런 말로 얼버무리지 말아요.』

『왜?』

육발 선생은 약간 웃었다. 그의 반문에 나는 몹시 가슴이 뛰었다. 그러면서도 뛰는 가슴과는 반대의 말로,

『외국 소녀가 어디 있어요, 외국 소녀가.』

『그럼 명화도 황국신민이 되고 싶다는 말인가?』

『누가 그런…….』

『그런데 왜?』

나는 대답이 막힌 채 울음을 터뜨렸다. 말로 정리되지 못한 감정이 울음으로 변한 것이다. 그러자 육발 선생은 짜증 난 어조로,

『또 우나, 잘도 우는구나. 오늘만도 벌써 몇 번째 우는 거야.』

『그래요, 그렇게 우린 바보야요. 바보니까 자꾸 우는 거야요. 그래요, 우린 바보야요.』

나는 더 발버둥 치듯 울며, 『학도병을 보고서도 울고요, 졸업생을 보내면서도 울고요, 지금도 또 울어요. 얼마나 바보야요. 이 바보들을 네로 교장은 내일 아침, 적십자 간호원에 나가라고 야단을 댈 거예요. 그러면 우린 또 울면서 간호원에 나간다고 지원할지도 몰라요.』

『울면서 간호원에 나간다는 소린 집어쳐, 그야말로 바보야.』

『우릴 그런 바보로 만든 게 누군데요? 세이자다, 반성문이다,

설교다, 꼼짝을 못 하게 만들어 놓구서요. 우린 어떤 일에 울어야 하고 어떤 일에 웃어야 하는지조차 사실은 모르는걸요. 난 오늘 밤처럼 우리가 가엾어 뵌 일이 없어요. 선생님, 난 정말 어떡했으면 좋을지 모르겠어요.』

그러나 그는 아무 대답도 못 했다. 아니, 그 이상은 더 넘어설 한계가 아니라고 생각하는지도 몰랐다. 그저 뚜벅뚜벅 걸음을 옮겨놓을 뿐이었다. 어느덧 우리는 M강 기슭으로 다시 나왔다. 감색의 내 치맛자락이 강버들에 걸려 그만 허리통까지 드러날 뻔했다. 나는 그런 일에까지 신경이 자극되어 치맛자락을 획 낚았다. 뿌드득하면서 치마 주름이 따졌다. 몬뻬를 입었더라면 보기 좋게 꼬꾸라졌을 것이 아닌가. 그러면서 나는 치마 감각에까지 감회를 느끼게 되는 일이 다시금 못마땅했다. 우리는 둑 언덕에 나란히 앉았다. 미풍이 살갗을 간지럽히며 지나갔다.

문득 육발 선생이 어조를 달리하여,

『난 도무지 너흴 믿을 수 없단 말야. 뭐랠까, 순진하다면 순진하다고도 할 수 있지만 바보라고도 할 수 있지. 아니 너무나 모른다, 결국 모르기 때문에 불쌍한 거야. 넌 지금 일본 사람이라는 것에 폭발적인 불신과 증오를 느끼게 된 모양이지만, 좀 더 들어가 보면 우리 모든 사람이 피해자와 가해자로 나눠져 있는 거란다. 말하자면 일본 사람만이 가해자가 아닌 것과 마찬가지로, 조선 사람만이 피해자랄 수도 없어. 너는 알 수 없겠지만 나도 역시 피해자의 한 사람일 따름이야.』

나는 안타깝게 전신으로, 아니, 아니 하면서 그의 말을 듣고 있었다.

『그러나 우리가 자기를 지키면서 참다운 생활을 할 수 있는 그

날도 결코 머지는 않을 거야. 그때까지만 참고 견디자. 그리고 명화, 센티도 좋지만 제발 적십자에 나간다는 소리만은 말어.』

적십자에 몹시 구애하는 그에게도 하긴 더 할 말이 많았는지 모르지만 나는 그보다 더 반발하고 싶은 말이 많았다. 피해자나 가해자라는 말을 이해 못 하는 것은 아니지만, 그럼 당신은 일본 사람이 아니냐고 꼭 한마디 묻고만 싶었다. 그러나 그렇게 당돌할 수도 대담할 수도 없었던 우리는 이것만으로도 사제지간의 대화에서 멀리 벗어났다는 전율을 느끼고 있었다. 때마침 공습경보를 알리는 사이렌이 요란스레 밤하늘에 퍼졌다. 강 건너 쪽에서 반짝이던 몇 개의 불은 하나하나 꺼졌다. 그래도 하늘의 별만은 총총했다. 나는 그 별을 쳐다보며 동해 앞바다에 폭탄을 떨어뜨린 적기는 곧 태평양 방면으로 사라졌다는 판에 박은 듯 언제나 꼭 같은 통보를 생각했다. 육발 선생도 역시 무엇을 생각하고 있는 모양이었다.

그 전날이 흥부가 따 온 호박을 얻은 날이었다면 다음 날은 놀부의 호박을 얻은, 나의 짧은 생애에서 가장 욕된 흉일이었다고 할 수 있으리라.

첫 시간은 수신(修身)[6]도 아닌데 네로가 들어섰다. 우리는 이미 그가 들어온 의미를 알 수 있었다. 아니나 다를까 적십자 간호원을 지원하라는 것이었다. 한 사람도 빠짐없이 본교의 영예를 계승하라고도 했다. 그것은 공공연한 강요였다. 즉 황국의 광대무변(廣

6 일제강점기에 학교에서 가르치던 교과목으로, 도덕 과목과 비슷하지만 실상은 황국신민 교육이었다.

大無邊)한 은혜에 보답하는 길이 그 하나뿐이며 그것은 나아가 반도 국민의 자자손손을 영예롭게 하는 영광된 길이라고도 했다. 그런데도 이런 보국(報國)의 기회를 놓친다는 것은 귀축(鬼畜)과 매한가지라고 하며 열을 올려 떠벌렸다. 그리고는 여기에 지원서가 준비돼 있으니 각자가 한 시간 내로 집에 돌아가 부형의 도장을 맡아 가지고 오라는 것이었다. 그러면 학교에서 일괄해서 오늘 중으로 수속을 마치겠다는 것이다.

그 종이 한 장씩을 받아 든 우리는 최면술에 걸린 사람처럼 집으로 내달을 생각을 하고 있었다. 그중엔, 창씨개명을 할 때 그것을 안 해 준다고 울면서 조른 생각을 하고 있는 애도 있었는지 모른다. 아뭏든 네로가 사라진 뒤에 우리는 핏기 걷힌 얼굴로 얼굴만 서로 쳐다보고 있었다. 누가 행동을 개시하면 그것을 신호로 모두가 따라나설 판이었다. 그 기회를 노려 이제 옥자가 그 도도한 머리를 들고 선참으로 나설 것은 뻔한 일이었다. 그러자 나는 오직 옥자 한 아이에게 도전하는 야릇한 투쟁심에서,

『어림도 없다, 우리가 왜 군 간호원으로 나가? 안 갈 테야. 뭣 때문에 가? 네로가 우리더러 억지로 가랄 거야 없잖아. 그러니까 안 나가면 그만인 거야.』

그 순간에 나는 그 지원선가 하는 종이를 박박 찢어 버렸다. 나로서도 전혀 생각지 못했던 일이다. 교실 안의 공기는 갑자기 이상한 긴장 속에 말려들며 죽은 듯이 조용해졌다. 나는 그 공기가 무서웠다. 그것을 휘저어 놓기 위해서도 그대로 잠잠히 서 있을 수는 없었다.

『우리가 안 가는데야 누가 어쩔 테야. 그까짓 수신 점수 깎일까봐? 그렇다고 설마 낙제야 시키겠어?』

그러자 봉숙이가 덩달아 일어섰다.

『그래, 네로한테야 밤낮 욕 아니야. 그러니까 며칠만 죽었소 하고 버텨 보자. 가고 싶지 않은 거야 어쩔 수 있어? 너희들 안 그래?』

『거야 그렇지 뭐.』

누가 말을 받았다. 그러자,

『도대체 우리 학교에서만 유별나게 적십자 가네구 떠들어 대는 건 또 뭐야.』

『일본 여학교서두 잠잠한데.』

『누가 아니래.』

『정말 우리가 뭐라고.』

방 안의 공기는 확 달라지고 말았다.

『너무 떠들지 말어, 세이자쯤은 각오해야 할지 몰라.』

『그까짓 거.』

『공부 않구 수지맞지 뭐.』

이때 창가에 앉았던 옥자가 용수철에서 튀어나듯 벌떡 일어나 앞문을 차고 뛰어나갔다.

『얼라라.』

앞에 앉은 몇 아이가 기성(奇聲)을 올렸다.

『걘 어디 간 거야?』

『집에 가는 거 아냐?』

『그럼 저 혼자서라두 적십자에 갈 모양이지?』

『그런 게지.』

『그렇다고 그렇게 뛰어나갈 거야 없잖아, 뭐가 잘나서.』

나는 옥자에 대한 승리감을 느끼면서도 웬지 가슴이 두근거렸다. 모두가 꼭같이 적십자에 안 간다면? 그 네로가 그 격분을, 포악스러운 입을…… 우리는 끝내 견디어 낼 수 있을까.

그때에 옥자가 뛰쳐나간 앞문으로 네로가 달려들었다. 두 눈에 횃불을 켠 그는,

『이 썩은 년들…….』 미친 듯이 소리쳤다.

그는 먼저 봉숙이를 교단으로 끌어냈고, 다음에는 칙쇼(畜生)[7] 하며 내 어깻죽지를 잡아 낚아채듯 교단으로 떼밀어, 마룻바닥에 무릎을 꿇게 했다. 그리고는,

『이 배은망덕한 기집들아, 낯짝을 똑바로 들고 말해 봐. 도대체 이건 누구의 충동질이야? 누구 말을 듣고 이런 선동을 했냐 말야?』

『……』

『적십자엔 누가 가지 말라고 했어? 정직하게 말해 봐. 오늘 일은 너희 둘이서 꾸민 건 아니지?』

『……』

『어제만 해도 이런 불온한 기운은 없었다. 반드시 가공할 만한 배후가 있는 것쯤은 다 알 수 있는 일야. 어서 말해 봐.』

『……』

『바른대로 대지 않음 헌병대에 처넣는다! 그래도 그냥 말을 않을 테야? 이 앙큼한 여우 같은 년들.』

역정을 내다 못해 완전히 미친 사람이 된 네로는 마침내 구둣발로 우리를 마구 차기 시작했다. 그러자 아이들은 일제히 일어서며 와아 울음소리를 터뜨렸다. 그 울음소리는 네로의 발길이 날아들 때마다 점점 더 요란스러워졌다. 나중에는 교사 전체를 뒤흔드는 울음바다로 변했다.

7 일본어 욕설. '짐승만도 못한 놈', '젠장'이란 의미.

『이 비국민들아, 입을 닥치지 못해.』

네로는 눈을 곤두세우고 악을 썼다.

『이것들을 끌고 나가 운동장에다 세이자 시켜라.』

『네.』

어느 결에 와 있었던지 교단 한구석에 섰던 민 선생이 교장의 분부를 받들어 나서려고 했다. 육발 선생이 나타난 것은 바로 이때였다. 그는,

『민 선생 잠깐.』 그의 앞을 막고 나서, 『왜 이러십니까, 무슨 일입니까?』 하고 더듬거리며 네로에게 물었다.

네로는 대갈일성.

『선생이 알 일 아니야, 민 선생 왜 그러고 있어. 빨리 끌구 나가.』

결국 아이들은 마당으로 끌려 나와 흙바닥에 무릎을 꿇게 됐고, 봉숙이와 나는 교장실로 끌려가 그날 밤 열 시까지 온몸에 피멍이 들도록 고문을 당했다.

물론 이 일은 옥자가 시시골고루 고자질한 때문이었다. 그러나 뒤엎어 깃히고 털고 해야 없는 배후가 드러날 리 없는 거요, 어마어마한 진상 역시 굴러떨어질 리 없었다. 그런데도 다음 날에는 봉숙이와 우리 아버지가 학교로 호출당했고, 이번 사건을 선동 야기시킨 괴수인 우리 둘을 수사기관에 넘기자는 의견은 구체화되어 갔다. 그 소리에 가엾은 두 부친은 네로에게 애걸복걸했으나 물론 소용이 없었다. 민 선생도 눈이 퀭해지고 말았으나 그는 끝까지 한마디의 말도 못 했을 뿐만이 아니라, 네로가 명했다면 능히 제 손으로 우리를 수사 당국에도 넘겨 주었으리라. 그래도 우리를 변호해 준 것은 육발 선생 한 사람뿐이었다. 그는 네로와 핏대를 세워 언성조차 높여 싸우는 것을 들은 일이 있다. 사건이 일어난 다음 날, 우리

는 그날도 온종일 교장실 옆방에 갇히어 있으면서 들은 것이다.

『학생을 수사 당국에 넘긴다는 건 언어도단입니다. 더구나 적십자에 안 나간다는 이유로』

『선생은 관계 마오. 조선 학생이 어떤 건지도 모르면서.』

『학생이 학생을 팔고, 교사가 또한 옳은 판단을 못 하는 예는 언제나 흔히 있는 일입니다. 조선 학생을 모른다는 말엔 어폐가 있지 않습니까?』

『야마끼 선생 말을 삼가요.』

『그렇지만 수사기관 문제만은 한사코 반대합니다.』

『한사코?』

『예, 한사코.』

『그 기집애들과 운명을 같이해도?』

『그렇습니다.』

『호오…….』

네로의 양미간에 비웃는 웃음이 떠오르는 것이 우리 눈에도 보이는 것 같았다. 그러나 저기 육발 대신에 민 선생이 서 있었다 해도, 네로에게 그런 인내의 순간이 있을 수 있었을까.

다음 날도, 또 다음 날도 나흘을 내리 시달린 끝에 봉숙이와 나는 결국 퇴학으로 결정이 났다. 수사기관 소리가 쏙 들어간 것만도 다행이라 할까, 육발은 퇴학 결정에도 무던히 싸운 모양이었다.

『명화, 난 언젠가 좀 더 참고 견디자고 했지, 이런 어지러움 속엔 옳고 그른 것이 없는 거야.』

그가 풀이 죽어 이런 말을 했을 때도 내 얼굴에는 아무런 표정의 변화가 없었다. 그가 우리를 위해 말마디나 해 줬다고 일본 사람이라는 사실이 달라질 리는 없다고 생각했다. 그도 요는 네로나 마찬가지 일본 사람인 것이다. 그 밖에 나는 더 생각할 여유가 없었다.

우리가 학교 교문을 나설 때, 이 층 창가에 모여 섰던 아이들은 우리의 이름 한 번을 불러 보지 못하고 그저 눈물만 흘렸다.

(잘 있거라 학우야, 욕된 소녀들아. 옥자 같은 애가 더 나오기 전에 어서 일본 제국은 망해야 하겠다.)

나는 속으로 중얼거리며 교문을 나섰다.

그로부터 꼭 한 달 후,

하마터면 함정에 빠져들듯 군 간호원으로 나갈 뻔했던 옥자와 그 밖의 몇 아이도 모두가 八8·一五15 해방을 맞았다. 뒤이어 북선과 만주 일대에 퍼졌던 일본 사람들의 본국 귀환이 시작됐다. 몇 천 몇 만을 헤아릴 수 없는 헐벗고 굶주린 그들 무리는 썩은 배추꼬랑지를 먹고 길가에 픽픽 쓰러져 갔다. 노인은 딸의 등에서 내리면서 젊은 애들이나 어서 가라고 모진 목숨을 저주했고 발바닥에 돌멩이가 박힌 다섯, 여섯 살짜리는 길가에 쓰러져 곪아 빠진 발을 안고 울 줄도 몰랐다.

우리네의 아낙네들은,

『에그 가엾지, 늙은이나 어린것들에야 무슨 죄 있누.』

하고 외면을 했지만 나는 눈썹 한 오리 까딱하지 않고 그들을 보았다. 모든 그들 얼굴 위에 네로 모습이 덮여졌기 때문이다.

그 무렵에 봉숙이와 나는 보따리를 꾸렸다. 일제(日帝)의 포악으로 여학교를 쫓겨난 우리는 이왕이면 서울 가서 나머지를 마저 마치고, 눌러서 상급 학교까지 갈 생각을 한 것이다.

『이번엔 어떤 학교엘 갈까?』

『교복이 스마아트한 학교.』

『그래 그것도 좋아.』

우리는 농담같이 말했지만 언덕 하나 넘어 있는 S고녀의 스마아트한 교복이 늘 부러웠던 생각에서 한 말인지도 몰랐다. S고녀에서는 그 스마아트한 교복을 전쟁 말까지 벗지 않고 버티어 냈으니—.

우리들의 출발은 하루하루 늦어져, 십일월도 그믐께까지 되어서야 겨우 떠나게 됐다. 도중에 차도 타고 걷기도 하고 꽤 추운 잠도 잤지만, 우리들의 마음은 마냥 부풀기만 했다. 三八삼팔선에는 만주 피란민과 쫓겨 가는 일본 사람들이 무더기로 모여 있었다. 만주 피란민도 그 행색은 말이 아니었지만 일본 사람은 양말을 신은 사람이라곤 없었다. 그중에는 신조차 없이 맨발인 사람도 많았다.

『아이 뵈기도 싫어, 저 꼬락서니들.』

봉숙이는 삐쭉이 내민 입으로 철교 옆에서 잠시 쉬고 있는 일본 사람들 떼를 가리키다가 깜짝 놀라 입을 다물지 못했다. 그때는 나도 이미 보았다. 육발 선생도 우리를 본 모양이었다. 그는 애교 있는 메기 입을 약간 벌려 브라운 씨다운 웃음을 지었으나 우리에게 가까이 걸어오지는 않았다. 봉숙이와 내가 역시 무의식중에 달려갔다.

『어머 선생님…….』

『이젠 선생이 아니야.』

『……』

『……』

『서울 가나?』

『네.』

『기뻐 뵈는군.』

그래도 우리는 아무 말도 못 하고 그를 보고만 있었다. 우리들의 일행이 철교를 건너기 시작하자,

『어서 가 봐.』

『……』

『가 봐요.』

그는 손을 저어 어서 가라고 했다. 그래도 우리는 발길을 돌리지 못하고 섰다가 스스로의 표정이 일그러지는 것을 느끼고는 황망히,

『선생님 안녕히 가세요.』

『안녕히 가세요.』

허리를 굽혔다.

우리가 걸음을 돌리자 문득 그는 손을 들어 흔들어 보이며,

『아이 러브 유.』 하고는 싱긋 웃었다.

우리는 걸었다. 둘이 다 말이 없이 그냥 걸었다. 되돌아봐도 그의 모습이 보이지 않게 되어서야 봉숙이가 울먹한 목소리로 입을 열었다.

『명화야 봤지?』

『응…….』

우리에게 〈아이 러브 유〉를 선사한 양말도 신지 못한 브라운 씨의 발가락은 여섯 개가 아닌 분명 다섯이었다.

—《사상계》 114호, 1962년 11월;
박순녀, 『어떤 파리』(정음사, 1972)

# 어떤 巴里파리

낮의 소음이 점점 가시는 고층 빌딩의 사무실 안에서 우리는 좀체 일어서려 하지 않았다. 우리의 대화는 바야흐로 장소와 시간을 넘어서는 흐름의 중류(中流)에 이르러 있었다. 우리는 어쩌다 동경이며 정열, 열망 같은 도취의 입김이 느껴지는 황금의 화제에 이르러 있었다. 우리는 파리에 가게 되면 첫째로 무엇을 느낄까, 우리는 에어프랑스의 비행기표를 이미 속주머니에 간직하고 있는 사람들처럼 그런 이야기를 하고 있었던 것이다. 홍재는 그 큰 눈을 굴리며 존경하는 여인에게처럼 나에게 말했다.

『나는 느낄 거예요, 진정한 자유를 말입니다. 파리의 한복판에서 언론의 자유를 말예요. 류샤는 무엇을 느낄 것 같아요?』

지연이란 아주 한국적인 내 이름이 있는데도 불구하고 만주 벌판에서 함께 크던 때의 류샤를 지금껏 기억해 주고 있는 홍재다.

『나는 나는 —』

나는 더듬거렸다. 약간의 어린 부끄러움이 섞이어 나왔다.

『나는 홍재 씨, 사랑 — 사랑 같은 것을 생각할 거예요.』

자유, 언론 — 홍재와 겨룰 수 있는 당당한 말은 나도 할 수 있었다. 그러나 나에게는 역시 그런 낱말이 실감나지 않았다. 나에게 어울리는 이야기는 꿈같은 눈매로 지껄이는 갈망 섞인 사랑, 그리고 사랑의 주변을 서성대는 여자, 우리의 특기 같은 그런 것으로 고작이었다.

『사랑입니까, 그것은 흡사 어느 흑인의 이야기와 같군요.』 그의 화제 처리 솜씨는 언제나 이렇게 광범하고 국제적이다. 『북미 대륙에서 굴욕적인 인종문제로 폭도화했던 어느 흑인의 이야깁니다만 그가 파리로 향하는 배에 올랐다는군요. 불덩이 같은 노여움에 떨며 미국과 백인에 핏발 진 눈을 휘번득이던 그가, 그러나 파리로 향하는 배 속에서 이상한 변모를 맛보았읍니다. 배가 항구를 뜨는 순간, 미 대륙이 그의 시야에서 미처 벗어나기도 전에 지금껏 그를 붙잡고 놓지 않던 국가며 인종 같은 불꽃 튀던 문제들이 환영처럼 사라지고 남는 것은 오직 너와 나의 문제뿐이더란 겁니다. 자기를 둘러싸는 사면이 고요해지면서 비로소 너와 나만이 남는 곳, 그것이 파리더란 이야기예요.』

이 파리의 이야기, 우리의 환상 속의 파리의 하늘, 그 도피의 도시…… 파리와 너무도 동떨어진 곳에서 사는 우리는 우리의 사는 곳을 의식하면 파리가 우리 생의 환희의 상징이나 되는 것처럼 파리의 이야기를 지껄이곤 한다. 세계에서 오직 하나 미워하지 않을 도시로 남겨 놓은 듯한 곳, 그 파리를 이야기하는 것으로 우리는 허망한 만족, 현실의 자기에 대한 잔인한 복수를 즐기는 습성이 있었다.

『십 년을 살아서 파리의 지린내를 겨우 알겠더란 놈을 보았어요, 마찬가지로 파리를 스쳐 오고 파리를 말하는 놈도 봅니다만 똑같이 그들은 존재하지 않는 국가, 존재하지 않는 인종에 열병을 앓는 무리지요. 우리에게 열병을 앓을 수 있는 자유란 욕구불만의 현실에 대한 복수가 아니겠어요. 우린 그런 숨구멍을 자신에 대한 무기처럼 키우고 있단 말예요.』

그의 어조는 완전히 도취경에 빠져 있었다.

『홍재 씨 — 』 나는 그를 불러 보았다. 파리는 우리가 진작 해야 하는 이야기의 전주곡에 불과하다. 그 이야기에 이르는 먼 여정(旅程)이다. 그것은 우리 서로가 빤히 아는 일이면서 우리는 파리에만 매달리어 서로가 할 이야기에서 도피하고 있는 것이었다.

『기억하세요, 홍재 씨? 우리가 망국의 백성답게 혹한(酷寒)의 형벌을 받으며 만주 벌판에서 크던 시절을 말예요. 그때 우리 마음속에서 크던 먼 훗날에 대한 무지개를 말예요, 기억하시죠?』

『진영이 이야기가 하구 싶군요.』

마침내 진영이 이름은 튀어나왔다.

지금 거리에 꽉 차 있는 화제, 홍재가 의식적으로 말하고 싶어하지 않는 그 이야기를, 그 일반적인 성질을 떠나서 나는 그와 꼭 이야기하고 싶었다.

홍재는 사무실의 기물처럼 의자 속에 아무렇게나 쑤셔 박혀져 있던 몸을 일으켰다. 그리고 입을 열었다.

『우리에게 진영이 이야기는 결렬된 민족이란 비극성을 내세우고 덤벼도 결코 동정할 것은 못 돼요. 다만 쇼킹한 것에 불과하죠. 국가를 십 년 이상 떠나 있는 사람들이 제 나라의 뭘 압니까?』

『그렇지만』

나는 너무도 단호한 그의 말에 놀랐다.

『진영이 이야기 아니예요? 내가 정치를 말하자는 것이 아닌 것을 잘 아시면서.』

『정치를 떠나서 우리에게 뭐가 있어요? 아, 있긴 하나 있군요. 이 나라의 상류계급에 속해 파리로 갔다가 간첩 사건에 묶이어 우리에게 돌아온 그들에게, 꼬박 이 나라 속에서 갇혀 산 우리가 우린 너희 걱정을 할 수 없다고 소리칠 수는 있겠군요. 그러나 진영이에게 그럴 순 없다는 것은 류샤나 마찬가지 내 심정입니다. 아시겠어요?』

『모르겠어요!』

아, 이래서 그는 그 얘기를 피하고 있었구나. 이렇게 분명히 지금은 진영이라는 이름을 거의 잊은 상태가 되어서 우리 공유(共有)의 시절을 인정치 않으려는 것이었구나.

내가 아직 여학생이던 시절, 무지개를 이야기하던 한 자리에 진영이가 있었다. 그 무엇인가 방황하던 진영이의 소녀티의 눈길을 나는 홍재가 지금도 기억하고 있을 것으로만 생각했다. 그때의 염원대로 홍재는 지금 세계 수준에 겨루기를 좋아하는 독자를 가진 시인이 됐고 진영이도 파리란 예술의 거리를 산책할 수 있는 신분이 됐다. 다만 나만이 일개 외과 개업의의 아내가 되어 우주 공간에서 궤도를 잃은 끝날 길 없고 목적 없는 위성 모양 지난날의 무지개 대열에서 탈락해 버렸다.

『홍재 씨, 어쩌면 진영이를 그렇게 잊고 말았어요? 우리가 아는 진영이는 결코 공산주의자가 될 소질이 있는 애가 아니지 않았어요? 그것을 우리가 증언할 의무가 있지 않아요?』

『류샤 마음속엔 아직도 영웅이 살아 있군요.』

『그럼 홍재 씨는 진영이를 위해 진정 아무것도 할 수 없다는 말씀이에요?』

『할 수 없습니다.』

『왜요, 왜요!』

물론 진영이는 남한의 주민이라면 듣기만 해도 쇠뭉치로 때려 주고 싶어 하는 간첩 사건으로 묶이어 왔다. 오랜 해외 생활에서 무슨 특권같이 평양까지 내왕하면서 — . 사실이지 우리 건국 사상 정보 사범 중 이렇게 제 조국을 완전 배반한 어마어마한 사건이 있었던가. 그것이 진영이가 당하는 일이 아니었던들 홍재가 말하듯이 이 나라의 상류계급에 속해 있는 서민의 현실에서 멀리 사는 그들의 수난을 나는 염려할 필요가 없었다. 아무리 내 머리를 박애, 인도주의로 씻어 내도 나는 그들의 죽음에 이의를 제출치 못했을 것이다. 그러나 우리 — 같은 무지개 그룹의 진영이가 당하는 일이었다. 나와 같은 과거에 속했고 내가 너무도 잘 아는 내용의 이야기를 나누던 진영이었다. 그녀가 남편과 함께 묶이운 신문지상의 사진과 더불어 고국에 돌아왔다. 죽으러, 그렇다, 죽으러 왔다. 간첩 사건에 연루된 자를 보면 우리는 그렇게 단정하고 싶어 한다. 그렇게 단정하는 데 있어 조금도 무리를 느끼지 않는다.

그러나 나는 그 신문을 앞에 하고 묘한 일에 감격하여 마음으로부터의 갈채를 진영에게 보냈다. 남편이 묶이어 와도 무사할 수 있는 아내가 아닌 것이 나를 떨리도록 감격케 한 것이다. 우리의 오욕, 저 부부가 뿔뿔이 헤어져 쫓겨 다니던 六6·二五25에서 그 고독을 넘어서 우리도 이까지 왔구나, 나는 그런 일에 감회와 자랑을 느꼈던 것이다.

남편과 아내가 따로따로 그 인생을 걷는 일에 나는 참을 수 없는 모멸을 가지고 있다. 전란을 당해 그 화를 피할 때 남자 혼자만을 떠나보내는 부부 관계가 견딜 수 없었다. 잠시의 피난으로 알았다고도 하고 도저히 행동을 같이할 사정이 아니었다고도 말들을 했다. 아니다, 한국적인 너무나 한국적인 편리 위주의 남자와 여자 관계가 나를 절망케 해 왔다. 아내 앞에서 남편이 쓰러지고 남편 앞에서 아내가 죽어 넘어지는 남녀 결합의 투철함이 우리에겐 왜 없을까. 그래서 우리의 비극은 감동이 없고 오로지 비참할 뿐이다. 내가 묶이어 온 진영에게 감격하는 이유를 이해 못 하는 사람은 못 해도 좋다. 나는 부부가 함께 묶이어 온 진영에게 내 감격을 표시하지 않을 수 없을 따름이다.

『그래 류샤는 그들을 위해 진정 무엇을 할 수 있다고 생각하는 겁니까?』

『있고말고요.』

나는 거의 자포자기로 소리쳤다.

『남이 피할 때 나는 접근할 수 있고요, 남이 죽이라고 소리칠 때 나는 살리라고 소리칠 수 있어요. 그리고 그것을 하는 것이 옳다는 판단에 도달해 있어요.』

왜 나는 이다지도 자신이 없는 벅찬 소리를 지껄이고 있을까, 조국을 등진 자들을 위해 조국 안에서 시달림을 받은 홍재에게 말이다.

『나는 류샤에게 충고를 하고 싶은데 우리 사정이 감상을 알아줄 때가 못 됩니다.』

『감상일까요?』

아니라고 나는 철학적인 풀이를 내세울 재료는 없다.

『모든 것은 처리될 대로 처리되는 거예요.』

그래서 홍재는 지금도 파출소 앞을 구보[1]로 지낸다는 것을 나

1 일부러 똑바로 걷는 자세.

는 잘 알고는 있다. 구보로 지내기까지 그는 우리의 아들이나 이웃이 보초 서 있는 그 파출소 앞을 지나는 방법을 몰랐다. 파출소 뒤를 발소리를 죽여 순경이 보면 체포하고 싶어 하지 않을 수 없는 그런 방법으로 돌아다니곤 했다. 지금은 그 앞을 떳떳이 구보로 다니는 대담성이나마 가지게 됐지만 그의 머리의 일부분은 확실히 정상적인 사고를 할 기능을 상실하고 만지도 모른다. 그는 국가가 아무리 양해해 준다고 공약해도 六6·二五25에 의용군으로 나가 조국을 저버릴 뻔했던 치명적인 과오를 잊지 못하고 있는 것이다.

五5·一六16이 났을 때 그는 상기되어 번들거리는 얼굴로 나에게 쫓아왔다.

『지금 나는 피신을 가는 길입니다.』

묘하게 기분이 앙등된 목소리였다.

『홍재 씨가 왜? ×× 정권에 장인이라도 있었던가요?』

『×× 정권이 문제 아니라 정권 교체 시의 예비 검거를 하고 싶어 할지 모르니까요. 그럴 때마다 시효가 되살아나거든요.』

여전히 영웅적이다.

『아, 아, 수고스럽습니다. 어디 절간에라도 처박혀 있을 작정예요?』

『댁에 좀 망명처를 구할 수 없어요? 세상이 궁금해서 멀리 가 있을 수야 있읍니까.』

『방조죄에 걸리면 어쩌라구요.』

나도 마침내는 어떤 드릴[2]의 예감에 신선한 흥분을 느껴 싱글대며 말했다.

2 스릴.

결국 그는 우리 병원에 있게 됐다. 외과의의 수술 광경을 이런 기회에 한 번은 꼭 보아 두어야겠다며 입원실 한구석에 처박혀 있었다.

그의 예측은 적중했다. 그리고 우리의 상식도 맞아 들어갔다. 해산하는 아내의 머리맡을 지키고 앉았던 신문인이 연행됐다. 매스콤에 이름이 잘 팔리던 정치 교수가 잡혀갔다. 죄가 없으니 걱정할 것 없다며 동료 시인이 역시 연행됐다는 소식을 들었을 때, 홍재는 교통신호를 무시한 국민학생 같은 부끄러운 얼굴로 『알고 보면 아주 소심한 녀석인데 무슨 필요로 잡았을까』 하고 중얼거렸다.

그 후 며칠 동안 그는 자기 입원실에서 나오지 않았다. 밀고라도 당할까 봐 극도로 경계를 했다. 우리 병원에는 사실 신체적 고통으로 신경이 날카로와 언제 어떤 환상적인 착각을 일으킬지도 모를 환자가 많았다. 『아, 빨갱이 빨갱이!』 하고 환자가 헛소리라도 크게 치는 날이면 그대로 도망칠 수 있게 그는 밤에도 옷을 벗지 않고 잤다.

그러나 검거됐던 사람들이 별 심각성 없이 하나둘 풀려나오자, 그는 완전히 씁쓸한 얼굴이었다. 『그 검거 명단에 나는 없었던가?』

그렇다면 국가는 국민과의 공약을 지킨 셈이 된다. 『그런데도 나는 왜 벌레 같은 이런 도피를 하는가』 왜소한 자기가 정말 싫어졌다. 『아니면 추적하다 결국 단념한 것일까?』

한 가닥 불안이 아직도 가실 길 없으면서 그는 집으로 돌아갈 날의 그 늦지도 빠르지도 않은 시기가 잡기 어렵다고 투덜대기 시작했다.

『오늘쯤 가 본다?』

『하루만 더 지내 봐요. 마지막에 가서 스타일 구기면 안 되잖아요.』

나는 그저 버릇처럼 말렸다.

『내일은 말리기 없습니다.』

『저녁에 안방으로 오세요, 이별주를 드릴 테니요.』

그날 밤 우리 안방에서는 진짜로 망명 생활의 일 막을 장식하는 맥주 파티가 있었다. 홍재는 알콜이 들어가자 좀 다변이 되어『서 형, 서 형』을 연발했다. 외과의인 내 남편을 그는 그렇게 불렀다.

『서 형, 우리가 공산주의자 될 수 있소? 서 형이 공산주의자 될 수 있소?』

흔히 마왕(魔王)이 판을 친다는 어둠 속에서 이런 말이 튀어나오자 만사에 세심한 외과의는 나에게 눈짓을 했다. 나는 일어나 창밖을 내다보고 커튼을 당겨 경계하는 마음을 나타냈다.

홍재는 픽 웃었다. 그리고 계속했다.

『서 형이나 나나 우리는 언제나 지도를 받는 쪽이오. 이 지도받는 쪽이 어쩌다 한마디 하면 저 자식 공산주의자다, 하고 나온단 말예요. 도대체가 권력은 필연적으로 반역자를 만드는 법 아니요. 반역자가 없는 것이 얼마나 비관이냐를 모른단 말예요, 우리 권력은.』

외과의가 그 말을 받았다.

『이 동네에 개구장이 녀석이 하나 있는데 아이들이 가기만 하면 때린단 말요. 우리 애 녀석도 늘 맞는 축인데 맞고 그리고 울고 왔으면 다신 가지 않으면 좋은데 또 갑니다. 어느 정도까지 접근하면 때리나 그걸 시험하러 가는 거예요. 이판저판 한판 한다는 마음은 조금도 없이 순 패배주의예요.』

『에이 여보쇼, 그런 심한 소리 말아요. 이판저판이 그렇게 쉬운 줄 알아요.』

『권력의 좌라는 것도 그리 쉬운 것은 아닐 거요.』

『에이 여보쇼, 그렇다고 비겁을 자각증 없는 순응으로 알고 이 세상을 조용히 살란 말이요?』

외과의는 시인의 원기 회복이 우스웠다. 그래서 완전히 조롱 쪼로

『그래서야 밤낮 주머니 털릴 판이지.』 하고 말했다.

『그 소리 말아요!』

홍재는 비명을 질렀다. 그것은 견딜 수 없이 즐거운 얼굴이었다.

어느 날 그는 술집에서 술김에 현 정부를 비방하는 얘기를 하다가 앞에서 듣고 있는 대학생에게 호주머니 속의 돈을 모조리 털어 준 것이다. 물론 그 정부는 혁명 정부도 민주당 정부도 아닌 四4·一九19의 제물이 됐던 자유당 정권이었다. 그 대학생이 정보원에 틀림없었을 거라는 홍재의 위구[3]에서였다. 자기 이야기에 열성을 보여 준 그 대학생을 그는 정보원으로밖에 더 볼 수 없었다. 대학생은 마구 털어놓는 돈을 받고 얼떨떨해서 홍재의 뒤를 미행했고 홍재는 그 미행을 따느라고 땅이 四五45도로 출렁이는 밤거리를 덮어 놓고 도망쳤다. 그것은 완전히 쫓는 자와 쫓기는 자를 분간할 수 없는 엉망인 한밤의 추적전이었다.

『서 형, 내가 그때 말하고 싶었던 문제는 노 대통령이 이끄는 봉건지주적 정치의 비방 같은 것은 아니었단 말이오. 그 정체불명의 대학생이 하도 내 얘기에 열중하기에 그만 그런 곳으로 말이 흘러 버렸지만 내가 진짜 하고 싶었던 말은 ―』

별안간, 들떴던 그의 말소리가 낮아졌다.

『의용군으로 나갔다가 내가 반공 포로로 석방돼 돌아왔을 때

3 염려하고 두려워함.

우리 어머니는 내게 물었어요, 너도 사람을 죽였냐구.』

그의 낮은 목소리는 계속됐다.

『나는 한참 생각하다가 대답했소. 어머니, 물론 나도 사람을 죽일 생각은 없었어요. 그러나 전쟁이라는 것을 설명해 드릴까요. 내 옆의 친구가, 그때 생각으로는 꼭 형제 같은 친구가 총에 맞아 쓰러집니다. 그 선량한 내 형제를 쓰러뜨린 총구멍이 저만치에 보여요. 내가 어떻게 가만히 있을 수 있겠어요. 내 손가락은 방아쇠를 마구 잡아다닙니다. — 어머니는 내 말을 듣고 아무 소리를 못 했소…… 그 말이 내가 그때 해야 하는 주제였소. 그런데 그 녀석이 내 말을 교묘히 유도해서 아차, 싶었을 땐 말이 이미 딴 데로 번진 게 아니겠소. 그건 확실해, 지금도 자신을 갖고 말하는데 전통적인 정보원의 수법입니다.』

삶과 죽음을 이야기한 뒤의 방 안에는 역시 한동안의 침묵이 있었다. 그 침묵을 깨고 외과의는 뜻밖이리만큼 가볍게 물었다.

『그 대학생의 눈빛을 잘 봤소?』

『눈빛? 본 것도 같은데』 홍재는 애매한 확실성을 갖고 대답했다.

『혹시 불그레 긴장된 안타까운 눈빛은 아니었소? 그렇다면 시골에서 올 하숙비를 기다리다 못해 변소에 나갔던 김에 한잔 걸치러 온 빈 주머니의 지방 학생일지도 모르는데.』

『그럴까?』

홍재는 자기야말로 불그레 취기 어린 눈빛을 하고 한동안 외과의를 쳐다봤다. 그리고 그 장난기 어린 지방 학생론에 별 반격도 가하지 않고 그저 회상하는 얼굴로 침묵에 빠졌다. 〈지방〉이라는 말에 극히 약한 홍재를 보는 외과의는 갑자기 그에게 절실해지는 친근감을 느끼며

『나도 정보원이 들으면 당장 수첩을 꺼내야 할 얘기가 있는데.』 하고 나를 돌아봤다.

나는 다시금 일어나 어두운 바깥을 살폈다. 내 시야에 닿는 한엔 번쩍이는 안테나도 보이지 않고 나무 그늘을 더 어둡게 하는 잠복한 인물도 느껴지지 않았다. 바람이 죽은 여름밤에 나른히 내리덮인 커튼이 간혹 경련하듯 잘게 떨리는 일이 있었다. 그것도 방 안의 선풍기 때문이었다.

『내가 이 세상에서 만난 진정한 리베랄리스트 얘길 이런 밤에 피력하지요.』

외과의의 목소리에는 고요한 안정과 깊은 추억에 서린 감회가 섞여 있었다.

『서울이 그들 손에 뺏겼던 또 바로 그때 얘기요. 일단의 학생이 잡혀서 그들 앞으로 끌려갔소. 정치범도 포로도 아닌 불운의 우리는 다만 죽음에 해당하는 무리들일 뿐이었소. 죽음 — 막상 닥쳐 놓고 보니 그것은 운명론으로 처리되는 것도 아니고 뱃가죽이 등에가 붙도록 십자가를 그어서 주의 손에 위임할 수 있는 것도 아니었소. 조국이 당당히 있고 그리고 젊은 우리는 새가 되어서라도, 벌레가 되어서라도 살고만 싶은 것이 아니었겠소. 사실 그렇게 죽을 순 없는 일 아니오. 그때 우리에게 삶으로도 죽음으로도 통할 수 있는 마지막 기적 같은 기회가 왔소. 한때 우리와 학우(學友)이던 월북한 여학생이 우리와 마주치게 됐단 말예요. 그녀는 자기가 아는 우리의 하나하나를 불러냈소. 불리워 딴방으로 옮겨진 우리 몇몇은 토색에서 아찔아찔해지는 적동색으로 변하면서 〈살려 놓고 죽인다〉고 광기 어린 소리로 중얼대었소. 그러자 새로운 공포가 전신의 땀구멍 하나하나로 찐득이 솟아 나오는 것이 아니었겠소. 오줌이 나오더군요. 우리는 오줌을 싸면서 임종하는 사자(死者)처럼 임종을 한 거지요. 여학생은 — 여학생이라고밖에 달리 불려지지 않는 그녀는 우리에게 협력을 요구했소. 북으로 함께 가서 협력의 길을 찾는 것이 목숨을 부지하는 교환 조건이라는 거야 당연히 했을 말 아니요. 그러나 이미 임종한 탓인지 우리는 삶의 마지막 기회에 그 미련을 상실한 자처럼 그것을 거절했소. 되풀이 강요해도 거절했고 민족에 봉사하는 충성이라고 호소해도 거절했소. 드디어 그녀는 우리의 이미 임종한 얼굴을 하나하나 눈여겨보고 나서 아주 낮아진 목소리로 이렇게 말하더군요. 〈할 수 없군요, 사상은 자유니까……. 나는 여러분을 놓아드립니다. 국가와 민족을 위해 목숨껏 일하기를 약속합시다〉』

말을 잃은 커다란 감동이 우리를 휩쌌다. 우리는 그 자각증 없는 리베랄리스트를 꼭 껴안아 주고 싶은 격정으로 괴로울 지경이었다.

『그 리베랄리스트의 영향은 나에게 컸던 것 같소. 그녀가 국가와 민족을 위해 목숨껏 일하자고 말한 탓은 아니겠지만 그 후에 나는 학생복을 벗고 전투에 참가했어요. 뺏겼던 서울에 되돌아오자 우리에게 첫째로 맡겨진 것은 부역자들의 처치였소. 원커나 원치 않거나 전쟁은 그런 자의 처치를 전투원에게 맡깁니다. 어느 날 밤 나는 그런 자들을 이끌고 처형장으로 갔소. 한 사람 한 사람 눈이 가려지고 처형이 진행되는데 어느 한 사나이가 눈을 가리기 직전, 할 말이 없냐고 묻는 말에 잠깐 달을 보게 해 달라고 대답했어요. 마침 밤하늘에는 싸움터의 피를 모조리 빨아올린 듯한 시뻘건 달이 떠 있었어요. 순간 달을 쳐다보는 사나이의 눈에 번쩍하는 것이 보이는 것 같았소. 〈앗〉 나는 뜻도 없는 소리를 지르고 〈잠깐 — 〉 하고는 그 사나이께로 다가갔소. 다가가 다시 들여다본 사나이의 두 눈은 도저히 죽여 없앨 수 없을 정도로 맑고 단순한 것이었소. 도저히, 도저히 — 나는 〈할 말은?〉 하고 이미 물은 말을 또 물었소. 〈내가 월남할 때 쳐다본 달도 저 달과 같았읍니다〉 〈그렇다면 월남자인가?〉 〈네〉 〈월남자가 진짜 빨갱일 수 없어!〉 나는 크게 고함치고 그 사나이를 총뿌리 앞에서 끌어냈던 것이예요.』

외과의의 이야기가 끝났다.

초저녁이 지나고 한밤중이 깊어 가자 무덥던 기온은 새벽에 접아들면서 선듯선듯하게 추워졌다. 우리는 열대에서 한대로 날아온 사람 같은 굳은 표정들을 하고 앉아 있었다. 그사이 오줌 때문에만 세 사람은 번갈아 일어났다.

『나는 슬프군.』 홍재가 중얼댔다. 『아, 슬퍼, 슬퍼!』

그는 눈물이 떨어지는 것같이 머리를 숙이고 있었다. 울고 있지 않더라도 그것은 우는 것보다 더 슬픈 모습이었다. 둥글고 길고 네모난 얼굴의 세 사나이가 얄타라는 곳에 모여 앉아 빚어낸 그럴듯한 천하 공론은 감사를 전제하면서도 우리에게 이런 슬픔을 가져왔다.

『비계덩이의 비대한 몸집을 가누지 못하는 이 나라 지도층의 사람들에 이 소리를 들려주고 싶다. 생각하고 괴로와해서 살이 싹 내려야 하는 건데.』

홍재는 계쏙 중얼대고 있었다.

『세 시군.』

외과의는 팔뚝시계를 들여다봤다. 『자야겠어.』 부드러운 목소리였다. 『잡시다.』

증인대에서 증언을 마친 기분인 그는 쳐다보는 방청인 앞에서 빨리 없어지고 싶은 모양이었다. 그러나 우리는 새벽 세 시인 것도 알고 이미 잘 시간이 지난 것도 알면서 역시 그렇게 앉아 있었다.

나는 초야에 잠을 놓친 신부의 새벽 세 시를 생각해 봤다. 지난날의 오늘로 이르는 행복했던 것만도 아닌 나날이 되새겨지고 오늘을 시작으로 미지의 이미 스타트한 앞날이 거창한 기대와 함께 밀어닥친다. 행복해지고 싶다! 나는 조그맣게 외과의에게 주의를 건넸다.

『당신, 아무 데 가서나 그런 소리 하는 거 아니예요.』

홍재가 문득 떠오르는 미소와 함께 나를 보았다.

『이 사람은 가끔 아들을 열이나 길러 낸 어머니같이 이런 소리를 해요.』

외과의가 약간 행복하고 나머지는 우둔스럽다는 얼굴로 이런 주석을 붙였다.

나는 웃음을 머금은 채 지금이 아닌 언제고 외과의가 살려 준 그 맑고 단순한 눈매의 사나이 이야기를 마저 듣고 싶다고 생각했다. 그때 병원 대문이 면해 있는 길 안으로, 아니 대문 밖에서 사람 소리가 들렸다.

『무슨 사람들일까?』

외과의가 긴장되며 귀를 모았다. 우리도 불길한 예감이 몸속을 직선으로 달리는 것을 느꼈다.

『환자 아닐까요?』

나는 말해 보았다.

『글쎄 — 』

그러나 요즘 통금 시간을 무릅쓰고 달려오는 환자는 선을 그은 듯이 끊어졌다. 그것은 비상시를 당하면 인체에 나타나는 수긍할 수 있는 변화였다.

대문을 두드려 댄다.

『홍재 씨 ―』

내가 외치는 것과

『역시 ―』

하고 홍재가 일어서는 것이 동시였다.

우리는 일순에 모든 사태를 짐작했다.

『내가 나가겠어.』

외과의는 숨을 짧게 마시고 나서 홍재를 X레이실 다락 속에 숨으라고 지시했다. 거기는 계단 밑의, 고대(古代) 사원의 범죄적인 지하실을 방불케 하는 창고하고도 통해 있었다. 홍재는 무언 속에 지시를 따랐다.

『여보시요, 여보시요.』

소리가 들려 온다.

다시 분석해 봐도 환자를 떠메고 온 당황과 애원이 섞인 목소리는 아니다. 저력이 있다. 나는 재빨리 외과의에게 잠옷을 건네고 맥주 컵들을 책상 밑으로 밀었다. 꾸무럭대며 외과의가 나간 뒤 이불을 끄집어내어 방구석에 말아 붙였다. 그것으로 부부가 깊은 잠 속에서 안면을 방해당한 듯한 분위기를 조성하여 남을 속일 수 있을까 없을까, 나는 방 안을 휘둘러보며 판단해 보려 했다. 그것을 업으로 그것을 육감과 경험을 통해 오늘까지 되풀이해 온 그 사람들이 용케 속아 줄까. 아, 인간이란 일 초 후의 일을 알 수가 없구나.

무작정 움직여 확인해야만 안정의 꼬투리라도 얻을 것 같은 다급한 마음의 나는 X레이실로 가려다 도로 주저앉았다. 야밤중에 수사진이 들이닥칠 때는 알 수 있는 일이다. 출구마다 천리안의 사나이가 검은 새처럼 깔려 있고 집 안은 번번이 밤잠을 설쳐야 하는 직업의 사나이들의 신경질로 집요한 수색을 당하리라. 목소리는 이미 현관으로 올라섰다. 맞으러 가야 하나?

『아, 수고했어요.』

『그럼 가 보겠읍니다.』

낯선 목소리가 주고받는다. 도루 돌아서는 사람이 있다. 동네 사람이 길 안내라도 선 것일까, 밀고자일까, 홍재가 위구했던 대로. 발소리는 방 앞에 이르고 있다. 나는 벌떡 일어섰다.

『이리 들어오세요.』

외과의는 방문을 열었다. 두 사나이가 들어섰다.

『밤중에 미안합니다.』

플래시를 든 사나이가 말했다.

이제 그 플래시를 내두르며 어둠마다를 찾아 긴장의 망을 펴 갈 그들이지만 뜻밖에 목소리는 싹싹했다.

『우린 이런 사람입니다.』

호주머니의 수첩을 꺼냈다. 외과의와 나는 그 수첩을 충분한 시간을 들여서 확인했다. 그 수첩의 위력이 이제 우리의 목을 숨 쉴 수 없이 뜨겁게 조여 댈지라도 그러는 것이 그때의 우리에게 남겨진 오직 하나의 권리라는 것을 우리는 잘 알고 있었다. 수첩은 분명히 그들 신분을 제시하고 있었다. 우리의 불행한 예감은 조금도 어긋나 있지 않았다. 다만 우리의 근거 없이 얻어진 예측과는 달리 질풍같이 나타나 백 개의 문을 한꺼번에 열어제끼며 〈문답무용![4]〉 하고 그들은 소리치지 않았을 따름이다. 그들은 과히 서두르지 않고 고압적도 아니게 일을 시작했다.

4 問答無用. '논의가 필요없다'는 뜻의 일본식 사자성어.

『서 아무갭니까?』

『네.』

『부인입니까?』

『네.』

『댁에 서건이라는 아홉 살 난 B국민학교 삼 학년 재학의 남자 아이가 있지요?』

『네, 우리 큰앱니다만,』

나는 대답했다.

『지금 있어요?』

『자고 있읍니다만,』

『어느 방입니까?』

『저 방입니다만,』

나는 건넌방을 가리켰다. 이 새벽의 비상 같은 사태 속에서도 건은 그 견고한 잠을 방해당하는 일 없이 분명 자고 있을 것이었다.

『그 애가 어쨌읍니까?』

외과의는 내 아들이 — 하는 우선 경이(驚異)와 그것이 무엇인지 짐작도 못 하는 데서 오는 묘한 얼굴이 되어 물었다. 삼십 원짜리 뿔난 요물의 탈바가지를 쓰고 아버지를 놀랜다고 수술 중의 방문 앞에 숨어있곤 하는 그 아홉 살짜리가 이 혁명의 사후 조처와 무슨 연관이 있단 말인가.

『좀 알아봐야 할 것이 있어서 그래요.』

단호히 내막에는 언급 없이, 무수한 죄인에 준하는 사람들의 애소에 이십사 시간을 넌더리 났던, 비슷한 인상의 사나이의 하나가 말했다. 우리는 침묵할 수밖에 없었다.

『깨워 올까요?』

나는 물었다.

『아니, 그리로 가지요.』

여유를 두지 않는 대답이었다.

아홉 살짜리의 탈출 — 손을 써야 하나 쓰지 말아야 하나. 변두리 파출소 순경도 아닌 중앙 기관의 베테랑급에 속해 있을 두 사나이가 와 있다. 이들의 본격적인 추적을 받아야 하는 건이란 놈은 오늘 학교에서 돌아와서도 다른 때와 조금도 다른 점이 없었다. 어제도 그랬고 그제도 그랬다. 내내 그랬다. 그놈이 그렇게 대담하고 조직적이고 위장에 능한 일면이 있었단 말인가. 도대체 어떤 선에서 국가가 찾고 있는 홍재와 연관되어 — 그렇다, 밀고자일까? 아니다. 그놈은 홍재가 영이 아버지라는 것 외엔 다른 관심이 없다. 밀고자로서의 지식이 전혀 없는 것이다. 그렇다면 그놈은 우리가 상상도 못 한 특이한 착상을 해서 이 안일에 빠진 가정에 오색찬란한 불꽃을 올릴 셈이었을까. 아뭏든 우리 부부는 은밀스런 쾌락처럼 공상해 온 불온 시인의 체포와 함께 방조자로서의 비장한 각오의 예행연습이 당토 않은, 극히 막연하고 극히 황당스런 사태에 이른 것을 알게 됐다.

우리는 아이들이 자는 방으로 갔다. 여섯 살과 아홉 살의 두 아이가 토끼가 소풍 가는 무늬의 똑같은 타올 포대기를 아무렇게나 몸에 감고 마치 행복한 아이들처럼 조그만치의 불안도 없이 지나친 무관심 속에 자고 있었다. 나는 천사를 보는 듯한 감동으로 눈시울이 뜨거워졌다. 건이 어깨께에 앉아 손을 디밀고 『건아, 건아.』 하고 깨웠다.

『건아 건아, 얘.』

건이는 잠이 질기던 아이답지도 않게 벌떡 일어났다. 그리고 자기를 둘러싸고 헤아릴 수 없이 무수한 눈의 응시가 집중돼 있는 듯한 것을 느끼자 몽롱한 의식의 눈을 한껏 크게 하고 두리번댔다. 몸에 감겼던 타올은 떨어져 나가고 허슨한 삼각팬티의 다리께로 잠에서 먼저 깬 듯한 부동자세의, 그러나 너무도 가련스런 고추가 삐어져 나왔다. 눈물겨운 광경이었다. 나는 타올로 건이 몸을 감아 줬다.

『건아, 정신을 차렸니? 이분들이 너에게 알아볼 일이 있으시단다. 자는 걸 깨워서 미안하다.』

외과의는 아들에게 정중히 사과했다.

『뭘요?』

건은 또렷하게 반문했다.

이제 잠에서 완전히 깬 모양이었다. 겁먹은 표정은 없었다. 우리는 건을 에워싸고 적당히 앉았다.

『자는 걸 깨워서 미안한데.』

수첩의 사나이는 주인의 말을 반복했다.

그러나 사나이끼리의 무언의 격려와 무엇인가 부탁하는 암시적인 아버지의 목소리와는 너무도 달랐다. 다른 한 사나이는 조서용지를 꺼내서 펼친다.

『B국민학교 삼 학년 二$_2$반에서 오늘 데모가 있었지?』

수첩의 사나이는 물었다. 아홉 살의 어린이를 놓고 순 직업적일 수는 없겠으나 그러나 그것은 사회봉사 관념으로 굳어진 압력조의 목소리였다.

『네, 있었어요.』

『왜 데모했지?』

『우리 선생님 도루 오시라구요.』

『어떻게 시작됐지?』

『어떻게라니요?』
명쾌하게 반문한다.
『응, 말하자면 누가 하자고 해서 시작했냐 말야.』
『우리들이요.』
『그런 생각을 누가 맨 먼저 했냐 말이다.』
『내 옆의 아이가요.』
『그 아이 이름이 뭐냐?』
조서와 수첩의 두 사나이가 함께 흥분을 보인다.
『몰라요.』
『왜?』
『내 옆에 누가 있은지 모르겠는걸요.』
『잘 생각해 봐. 누가 하라고 했지, 맨 먼저?』
『나도 하자고 했어요.』
『그럼 네가 먼저 말했어?』
『나도 먼저 말했어요.』
조서는 뭔가 적어 넣는다.
『너하고 또 누구야?』
『우리 반 아이 전부예요.』
『아!』
수첩은 약간은 짜증이 나고 약간은 맥이 풀린 얼굴이다.
『거짓말하면 안 돼. 아는 것 숨겨도 안 되고.』
『네.』
『선생님이 하래서 했나?』
『어느 선생님이요?』
그들이 알고자 하는 바로 그 대답을 해 주고 싶은 듯 건은 열심인 얼굴로 물었다.

조서가 펜을 놓았다. 우리는 우리의 아들의 얼굴을 쳐다봤다. 우리는 새삼스리 그 애의 저능에 놀랐다. 이 애는 이 사나이들을 명랑한 어린이가 되라고 교실 앞에 교훈을 써 걸고 동심으로 돌아가 하루를 같이 살아 주는 학교의 선생쯤으로 생각하는지 모른다.

수첩은 심문을 중단했다. 성인(成人)들의 상식적이고 악질적인 회피에 비해 이것은 너무나 적극성을 띤 우롱 같은 협력이다. 피로가 문득 수첩의 입을 우리에게 열게 하여 우리는 비로소 우리 아들이 연루한 데모 사건의 일부를 정식으로 듣게 됐다.

二2, 三3일 전 B국민학교에는 二2, 三3명 교사에 대한 인사 조처가 있었다. 담임을 잃은 아이들은 오늘, 〈우리 선생님 돌려 달라〉는 난데없는 구호를 외치며 데모에 나섰다. 교실에서 외치다가 복도로 나와서 내킨 김에 가두에까지 진출했다. 배후 조정[5] 없이 그 어린아이들이 데모를 어찌 알아서 그따위 짓을 했겠느냐는 것이었다. 배후 — 반정부적인 배후는 이 어린이들까지를 도구로 이용한다. 〈우리 선생님 돌려 달라〉는 구호가 문제 아니다, 배후를 캐야 하는 것이다, 수첩은 그렇게 말했다.

수첩은 일단 포기할 기분이던 심문을 우리들에 대한 피로 발산의 대화 끝에 다시 시작했다. 우리는 수첩이 정식 설명한 사건 내용의 댓가로서도 한마디 거들 입장이 아닐 수 없었다.

『건아, 네가 아는 일에 대해서는 똑똑히 얘기해야 된다.』

외과의는 말했다.

『네.』

5 배후 조종.

단순명료한 대답이 돌아온다.

『그래서 말이다, 다시 묻겠는데 데모하자 — 하고 너흰 떠들었단 말이지?』

『네, 그리구 말예요, 우린 선생님 데리러 가자 — 하고 A동으로 갔어요.』

『모두 함께?』

『아니예요. 더러는 학교에 남구요, 우린 선생님 집으로 갔어요.』

『누구누구 갔어?』

수첩의 추궁은 어디까지나 구체적으로 좁혀져 간다.

『나두 가고요.』

건이는 몇몇 아이의 이름을 대기 시작했다.

조서가 열심히 받아쓴다. 이마를 짚으며 여섯 아이까지 이름이 나오자,

『너는 누구 말을 듣구 거기 따라갔니?』

수첩이 다시 핵심으로 몰고 갔다.

『모두 함께 가자고 한 거예요.』

『그래두 맨 먼저 이야기한 애가 있지 않아?』

『나는 교실서 구슬치기를 하고 놀고 있었는데요, 모두 떠들어서 함께 간 거예요.』

『흥, 그래 선생님 집에 가서는 어떻게 했니?』

『가니까요, 선생님 안 계시다 하잖아요. 그리구는 현관문을 잠가 버려요. 우린 열어 달라구 문을 찼어요.』

『선생님 데리러 가서 문을 차?』

『안 열어 주는 걸요. 그래서 차 버리자, 하고 찼어요.』

『그래서?』

『그래두 안 열어 주잖아요. 그런데 학교서 선생님이 우릴 데리러 왔어요. 그래서 돌아왔어요.』

데모는 그것으로 끝. 그런데 주모자도 선동자도 도무지 오리무중이다, 우리가 함께 심문에 입회한 한에서는.

『그래, 알았다…….』

수첩은 말했다.

아홉 살짜리 불온 어린이와 긴급 야간 심문을 벌이고 있는 자기 모습이 그에게는 보이기 시작하는 모양이었다. 심문을 끝마친 그는 허리를 구부린 채 움직이지 않았다. 조서도 방바닥을 내려다보고 같은 자세였다. 나는 X레이실에 신경이 쓰여졌으나 안방에서 담배와 재떨이를 들고 왔다. 수첩과 조서는 담배를 피워 물었다.

아무도 입을 열지 않았다. 담배 한 대가 거의 다 타들어 갔을 때야 수첩은

『그렇게 앉아 있지 말고 이제 자.』

하고 건에게 말했다.

나는 건이를 여섯 살짜리 바로 옆에 붙여 뉘였다. 여섯 살짜리는 이 세상의 현실적인 아이가 아닌 것처럼 한 번 눈을 떠 보는 일도 없이 고른 숨으로 그냥 자고 있었다.

『실로 안전하고 귀엽고 소규모적인 데모가 있은 셈인데 — 』

수첩이 동료를 돌아보며 말했다.

『우린 그 때문에 여기까지 여섯 집을 돌아다녀야 했소.』

조서가 우리를 보고 말했다.

『여섯 집을요?』

나는 무의미한 감탄을 했다.

『아직도 더 다니셔야 합니까?』

외과의가 물었다.

『배후를 캐기까지 다녀야지요. 동네 순경을 앞장세워 집을 찾아다니면서 말입니다.』

다시금 아무도 입을 열지 않았다.

그들은 돌아가면서 처음으로 직업을 잊은 선량한 시민의 목소리가 되어 『미안합니다, 공연스리 밤중에』 하고 사과를 했다. 그러자 우리는 갑자기 동족 의식에 말려 그들의 손이라도 꽉 붙잡고 싶은 충동을 느꼈다. 우리는 그들이 사라진 뒤에도 한동안 망연한 눈길로 거기 서 있었다.

홍재는 그 새벽에 악성의 주정을 부렸다. 위경련 환자처럼 방안을 데굴데굴 헤매고 자기혐오로 소리를 내어 울기도 했다. 그는 X레이실 다락에서 곧장 계단 밑의 창고로 기어 내려가 있었던 것이다. 그가 체포당하는 행운을 가졌어도 그 속에서 나왔을 때 그렇게까지 비참하고 굴욕스럽지는 않았을 것이다. 나타나지 않는 체포의 손길을 기다리며 원죄처럼 놓여날 날이 없는 공포 의식에 쫓기는 그는 그 속에서 문득 무수한 쥐 떼에 아연했다. 그놈들은, 그 하등 동물 놈들은 그가 무력하다고 알자 상상할 수 없는 방자한 꼴로 그를 우롱했다. 떼로 밀려오고 떼로 밀려가고 고가(古家)가 썩어나는 것 같은 오물 냄새를 풍기는 그놈들은 그의 전신을 마구 타오르려고 했다. 그가 손을 조금 움직여도 이놈들은 그의 약점을 아는 듯 와르르, 찍찍 간담을 서늘케 하는 소리를 내질렀다. 그래도 끝끝내 그런 것 전부를 견디어 냈는데 밤의 수색은 그가 목적이 아니었다. 아홉 살의 귀여운 데모원까지 알고 쫓아왔으면서 그는 무시해 버렸다. 무서운 굴욕이다.

『벌레다, 나는 보지도 말고 밟아 죽여야 하는 더러운 벌레다!』

그는 여러 번 그런 말을 해 댔다.

『코메디라고 웃어넘겼으면 좋을 텐데.』

나중에 외과의는 나에게 그렇게 말했다.

그러나 우리가 그에게 웃으라고 강요할 수는 없다.

그런 웃지 못할 코메디를 몇 차례나 경험한 것이 현재의 이 파리를 이야기하는 홍재이리라. 그러나 나는 그에게 우리 공유의 류샤 시절을 인정시키는 노력을 단념할 수는 없다. 그것은 그가 나에게 가르친 황금의 시절이니까.

『홍재 씨, 나도 두 사내애를 가진 남한의 어머니예요. 남북이 만일 六6·二五25의 비극을 되풀이하는 날이 있다면 홍재 씨나 나보다도 우리 애들이 우선 조국을 지키는 보루로 달려나가야 해요. 반공 교육 속에서 철저히 큰 그 애들은 내가 가지 말라 붙잡아도 뛰쳐나갈 거예요. 나는 사물을 개인적으로밖에 이해 못 하는 여자라 남북에 대한 관념도 이렇게 자식을 놓고 생각해요. 그러나 진영이는 두 아들을 파리서 길렀어요. 나 같은 어머니의 마음은 모를 거예요. 그리고 내 마음은 이 남한 전체 어머니의 마음이기도 하니까 우리 법정은 전체 어머니의 이름으로도 진영이를 죽일 수 있어요. 홍재 씨, 진영이는 이렇게 고독해요.』

『남편이 있지 않습니까.』

『그래요, 남편에 순(殉)하는[6] 여인이 이렇게 고독해요.』

『류샤!』

홍재는 놀랍도록 부드럽고 우정적인 목소리로 나를 불렀다.

6 사랑으로 따르는.

『무슨 청이라도 온 것입니까, 유리한 증언이라도 해 달라는.』

『청이라뇨?』

『인간의 기본 성격이란 우리의 혈액형과 같이 날 때부터 정해져 있는지 모릅니다. 진영이의 기본적인 인격이 반영됐다고 할 수 있을 시절의 가장 유리한 증언을 할 수 있는 사람이 류샤나 납니다 — 』

나는 홍재의 말을 다 듣고 있지 않았다.

『감히, 감히 이런 사건에 누가 어떤 청을 할 수 있어요?』

『혹시 가족 되는 분들께서라도?』

나는 머리를 강하게 흔들었다. 강하게 흔드는 것으로 말을 대신했다. 생각해 봐도 알 일이다. 백여 년 전까지만 해도 우리나라는 역적의 씨를 뽑았다. 그때보다 지금이 국가 사직적으로 반석이 됐다는 실증은 하나도 없다. 반역 사건에 가족이 어찌 남에게 누를 끼치는 청을 할 수 있는가.

홍재는 그 강한 내 반응을 보자 똑바로 세웠던 척추의 힘을 빼며

『그렇다면 더 생각하지 말아요, 반국가적이라는 사실에 한해서는 진영일지라도 다른 경우와 조금도 다를 것이 없으니까요.』 하고 타이르듯이 말했다.

한참 뒤 그는 그것만으로는 미흡했던지 『우정의 순수한 소리가 그래도 우리를 괴롭힌다면 사식이나 의복을 차입할 수는 있겠지요. 그러나 그들은 경제적으로는 우리의 우정을 필요치 않는 특수 계급이니까.』 하고 덧붙였다.

얼마간의 시간이 일종의 판단 포기 상태로 우리 사이를 지나갔다. 비애롭고 비애로운 비애여, 자기가 살고 있는 자기 인생에 대해 구체적인 예정을 세울 정열을 느끼지 못하는 사람이 있다……

『너무하군요, 너무 달라지셨어요.』 나는 거의 절망적이 되어

중얼거렸다. 『진영이를 미워하는 것 같기조차 해요. 옛말에도 죄는 미워하되 사람은 미워하지 말랬는데.』

『……』

『그래도 나는 내가 해야 할 일을 하겠는걸요, 할 마음이예요, 하지 않을 수 없어요.』

『……』

『내가 해야 할 말은, 그것은 나만이 아는 일이고 나만이 할 수 있는 말이예요. 나만이 진영이를 위해 호소할 수 있는 거예요.』

『……』

『너무 달라지셨어요!』

『정 그렇다면 되풀이 다시 충고하겠는데 류샤는 진영이를 위해 증언한다는 것이 어떤 것인지 알고나 있읍니까?』

『나를 걱정하시는 거예요? 내가 설마 서투른 증언을 한다 쳐도 나를 빨갱이로 오해할 사람은 없을 거예요. 설혹 과거에 내가 믿을 수 없는 생각을 가졌다는 것이 드러나도 말예요. 그럴수록 내 말에 진실이 담겨 있다는 것을 알아주는 것이 아닐까요. 나는 그렇게 생각해요.』

『좋습니다. 류샤가 증언한다는 것은 —』

그의 영원히 침묵 속에 파묻어 버리고 싶었던 그 패배 사건은 이리하여 나에게 알려지게 됐다.

아주 최근, 그는 그대로 연관된 어떤 일로 그야말로 용기가 필요되는 증인을 자청했다. 그를 염려하는 몇몇 친구가 그에게 초보적인 주의를 줬다. 그것은 저쪽을 꼭꼭 북괴라 일컫고 설혹 그쪽에 부모처자가 있을지라도 그들을 나와 같은 동포로 생각지 말라는 따위 충심으로부터의 충고였다. 사적인 장소에서는 실수로 돌려지는 일도 그런 경우에 가선 문제가 된다는 것이었다. 그는 그들의 말을 이해했다. 그리고 명심하기로 약속했다. 그의 마음 태세는 신이 존재한다면 신에 맹세하여 철두철미한 대한민국 국민으로 자처하고 남았다.

드디어 어느 날, 그가 대기하고 있는 곳으로 일 초의 시간의 차질도 없이 약속의 검은 차는 소리없이 와 멎었다. 그런데 그 차는 너무나 검어서 빛이 나고 기이한 착각을 가져와 그때부터 그의 사고력 전부를 빛과 검은색 외엔 사용할 수 없게 만들었다. 그는 차에 실려 소정의 장소에까지 가는 동안 내내, 검은색 그리고 빛에 몰두했고 증언하는 자리에서도 그것은 문어가 뿜어대는 먹물처럼 그를 포위했다. 머리를 들어도 숙여도 검은색과 빛은 머리에 있었고 눈을 떠도 감아도 그것은 그의 안저(眼底)에 남아 돌았다.

증언을 마치고 나왔을 때 검은 차는 이미 없고 정결한 느낌의 회색 싱글을 입은 사나이가 대기하고 있다가 정중히 그의 수고를 치하했다. 그의 얼굴에는 있어야 할 광채 대신 자기 조소적인 피로만이 역력했다. 그는 결국 그곳에 왔다 돌아가기까지 이렇다 할 말은 한마디도 떳떳이 지껄인 기억이 없었다. 나중에 생각해도 그것은 백일몽이 아닌가 싶게 현실성이 없었고 다만 기이했던 검은색과 빛의 인상만이 언제까지나 마음속에 깊이 침체해 버렸다.

『나는 그것을 색과 빛의 불가사의한 조화라고 우길 도리는 정말 없어요. 이해하시겠어요? 이해한다면 이런 회복할 수 없는 자기 불신을 가져오는 짓을 왜 한단 말입니까.』

『협박하지 말아 주세요, 홍재 씨!』 나는 별안간 눈물을 떨구며 정신없이 소리쳤다. 『그렇게 나를 협박하지 말아 주세요. 나는 마음 약한 여자인걸요. 색이며 빛으로 협박하면 자신이 없어져요. 내가 이렇게 할 말이 많은데 그것을 못 하라고.』

나의 눈물은 오열로 변했다. 나는 그 오열이 우리들의 류샤 시절에 대한 열렬한 애착이라는 것을 잘 알고 있었다. 그 오열 속에서 나는 오열로 자꾸 끊기는 말을 이어 가며 정신없이 지껄였다.

『홍재 씨, 내 말을 들어 보시겠어요? 웃어도 좋으니 들어 보세요. 그 유치하던 시절, 그 센티하던 시절, 진영이와 나는 바다를 동경했었어요. 우리가 자란 그 만주 벌판에서는 볼 수 없었던 푸른 물결, 진주빛 물이랑의 바다를 동경했어요. 그리고 우리는 소녀적으로 말했었어요. 류샤야, 우리 이담에 남쪽 고향으로 돌아가면 그 바닷가에서 꼭 같은 하늘색 원피스를 입고 나는 소월의 시를 읊고 너는 멋진 영시를 읊어라. 그리고 나는 진영아, 우리 이담에 결혼하면 사랑에 살고 사랑에 죽고 전적으로 사랑적으로 살자고, 저능적인 약속을 했어요. 홍재 씨는 이런 말들을 웃겠지요. 그러니까 웃어도 좋다는 거예요. 지금 생각해도 진영이와 나눈 그 헤아릴 수 없이 많은 말 중에서 이 두 가지만은 또렷이 내 머리에 남아 있어요. 그리고 남이 들을까 부끄러울 정도의 그 유치했던 시절의 약속대로 진영이는 그렇게 살았어요. 그녀는 우리의 시를 사랑하여 교단에서 가르쳤고 지금 사랑하는 남편과 함께 운명을 같이하러 묶이어 왔어요. 내가 어떻게 가만 있을 수 있어요? 그 애가 지금은 무서운 조국의 배반자로 불리울지 몰라도 내가 아는 진영이는 공산주의자일 수 없었단 말예요. 그런데, 그런데 그 증언을 하지 말라고. 지금 이 유치한 말들을 듣고 나서 내 증언이 그녀에게 하등의 도움이 되지 않는다고 홍재 씨는 어처구니없어할지 모르지만 그래도 나는 해야 하는 거예요. 나만이 말할 수 있는 진영이를 알려 줘야 하는 거예요.』

울고 난 뒤, 그리고 고백적인 넋두리를 하고 거리에 선 나는 눈가에 주름을 접으며 눈부신 듯 밤거리를 봤다. 무수한 검은색과 마찬가지 무수한 빛이 거리에는 충만해 있었다. 자가용, 택시, 대형 버스가 꽁무니엔 어둠을 끌고 앞에는 빛을 발하며 종횡무진으로 달린다. 하늘에는 어둠에 먹힌 보이지 않는 여객기가 조그만 빛으로 자기 존재를 강조하며 날은다. 우리들의 지하도에도 연인들이 좋아하는 어둠과 서울 시장이 달아 준 빛은 역시 있다. 그런데 방금, 이 색과 빛에 관한 얘기가 나를 왜 그렇게도 흥분시켰을까. 나는 그때 거의 미칠 지경이 되어 소리쳤던 것이다. 구원을 청하는 사람처럼 절실히 그리고 숨 가쁘게.

감각이 마비된 팔로 연인들은 그 색과 빛 속으로 걸어 나간다. 싸구려를 부르는 은행 모퉁이의 꽃 장수도 그 속으로 내닫는다. 육교를 오르내리는 사람들의 모습도 어둠에서는 가려지고 빛에서는 나타난다. 종차에 매달린 어느 빠걸의 얼굴은 가로등 밑을 스치게 되자 피로로 일그러져 보였다. 빛과 색, 내 앞으로, 내 뒤로 꽉 들이차 있는 그 빛과 검은색, 빛과 색 — 이제 나는 홍재의 빛과 색의 마법에 걸린 게 분명하다. 내 사고력은 온통 빛과 색에 동원됐고 나는 그 빛과 색에 묻혀 『앗!』 하는 내 비명을 들은 것 같았다. 아니, 그것은 어쩌면 『파리!』라는 외침이었을지도 모르고 아니면 『진영아!』 하는 증언의 집착에의 부르짖음이었을지도 모른다.

—《현대문학》16권 4호, 1970년 4월;
박순녀, 『어떤 파리』(정음사, 1972)

## 이정호(李貞浩·1930~2016)

이정호는 1930년 함경남도 신흥에서 장녀로 태어나 1947년에 함흥 영생여고를 졸업했다. 교사였던 아버지의 사망 후 가세가 기울자 서호진의 초등학교 교사로서 직업 생활을 시작했다. 신흥군 소재 제1인민학교에서 교사로 재직하던 중 한국전쟁을 겪었다. 국군이 입성하자 김일성 장군을 찬양한 것이 부끄러워 교사 일을 그만두었고, 집안의 유일한 가장으로 높은 임금에 이끌려 대한청년단 신흥본부의 선전부원이 되었다. 그리고 이 일을 계기로 흥남 철수 작전 시에 가족과 헤어져 탈북을 하게 되었다. 이정호는 신흥군의 당시 대한청년단 선전부장 박철준과 함께 고향을 떠나 남한에서 가정을 꾸렸다. 수도사범대학에 입학한 후 스승인 조연현의 권유로 소설을 썼으며, 1962년에 최정희의 추천으로《현대문학》을 통해 작가로 데뷔했다. 학교 교사와 작가 생활을 병행하며「감비 천불붙이」(1974),「안개」(1976),「움직이는 벽」(1982) 등 문제작들을 발표했다. 한국소설문학상, 대한민국문학상을 수상했으며 2009년『이정호 문학 전집』(전 10권)을 출간했다.

이정호는 초기작에서 주로 한국전쟁에 대한 젊은 여성의 경험과 관찰을 서사화했다. 데뷔작인「인과」(1962)와「잔양」(1962)은 모두 한국전쟁기 이북 지역을 배경으로 여성을 구조적으로 취약하게 만드는 젠더 폭력의 한 양상인 전쟁을 그린다.「영원한 평행」

(1962), 「잃어버린 동화」(1963), 「두 아들」(1964)에서 전쟁은 죽마고우나 이부형제가 이념을 위장막처럼 내세워 서로를 향한 시기와 질투의 감정을 표출하고 충족하는 남성적 나르시시즘의 서사로 그려진다. 세 번째 소설집 『안개』(1977)를 발표한 후 작가는 자신의 고향인 서호진, 신흥, 흥남, 부전고원 등 함경남도 지역을 배경으로 향토적 색채가 강한 작품인 「감비 천불붙이」, 「소나기」(1974), 「뚜깔리」(1989) 등을 발표했다. 「늪과 바람」(1981) 등 남한의 소시민을 주인공으로 한 작품을 발표하기도 했으나 『움직이는 벽』(1988)과 『그들은 왜 갔을까』(2008) 등을 통해 다시금 전쟁과 분단을 서사화하는 데 주력했다.

이정호는 박순녀와 함께 대표적인 월남 여성 작가로 꼽힌다. 이정호의 작품은 한국전쟁기 북한 지역의 상황, 특히 흥남 철수 사건에 대한 여성적 증언 서사라는 점에서 희소적 가치를 지닌다. 「인과」등 여러 작품에서 흥남 철수 작전은 전쟁의 웅장함과 비장함을 보여 주는 휴머니즘 서사가 아니라 국군이 피난선 탑승의 자격 여부를 내세워 민간인을 '(적법한) 국민'과 '비국민'으로 나누고 개인의 생사여탈권을 행사한 냉전 권력의 폭압성과 여성에 대한 성적 폭력을 자행한 구조적 폭력으로 그려진다. 이정호 문학의 심층에는 '월경'에 성공하지만 남한에서 미군 접대부가 되거나 트라우마적 우울을 호소하는 월남 여성들이 있다. 여성들은 군국주의와 반공이데올로기, 친미와 자본주의, 그리고 가부장제가 일상의 문화로 자리 잡은 사회에서 국가와 남성이 만들어 낸 이야기에 포위되어 있고, 이를 통해 공고해진 가부장제와 냉전 문화 속 최하위 인간으로 위치 지었다. 전쟁에 대한 여성들의 저항 기억을 재생산해 내는 일은 곧 냉전 문화에 균열을 가져오는 시작점이기도 하다. 이렇게 볼 때 이정호의 문학은 가부장적 냉전주의의 덫에 갇힌 여성을 해방시키는 불온한 기억 서사라고 할 수 있다.

김은하

윤희를 버리지 않았다고 해서 양심적이고 진실한 사람이라고 한다. 직무에 충실하고 외도를 하지 않는다고 해서 근면하고 건실하며 지독한 애처가라고 한다. 그런데 엄 대령만은 고지식하고 빡빡하네, 기계적이고 사내답지 못하네, 갖은 험담으로 헐뜯고 비웃는다. 칭찬을 한다고 기쁘거나 헐뜯는다고 노여울 것은 없지만 지극한 우정에서 헐뜯고 나무란다는 엄 대령의 얼굴을 나는 멍청히 쳐다볼 뿐이다.

윤희를 아내로 삼은 것이 애정에서가 아니라 인간적인 의무에서였다면 나는 정말 양심적이고 진실한 사람일까. 밤마다 어떤 소녀의 환상을 그리며 아내를 부등켜안아도 나는 정말 지독한 애처가일까. 직무에 충실한 것이 고지식이요, 사내답지 못한 일이라니 세상만사의 진위가 정말 모호해진다. 아무리 코에 걸면 코거리요 귀에 걸면 귀걸이라고는 하지만—.

S종합병원 내과 진찰실. 오전 여덟 시 삼십 분.

이 내과 진찰실의 하루는 올드미쓰 김의 짙은 화장품 냄새와 사환인 차 군의 휘파람으로부터 시작된다. 소독기에서 주사바늘을 꺼내 알콜에 젖은 탈지면에 하나하나 싸서 제자리에 진열해 놓은 미쓰 김의 손길은 과연 십 년 근속의 관록을 자랑할 만치 재고 빠르다. 콱 발길로 문을 차며 차 군이 들어선다. 찡그리며 쏘아보는 미쓰 김의 눈살 따윈 무섭지도 않다고 으쓱 한번 어깨를 추키고 창을 열어제친다. 솨 아침 공기가 흘러들어 한 대 먹은 것같이 콧말기가 찡하다. 부르르 진저리 치며 몸을 떨던 차 군의 걸음은 그대로 엉덩춤이라도 추듯 가벼워진다. 방바닥에 물을 뿌리면서 휘휘 돌아가는 그의 쑥 내민 입술 새로 아리조나 카보이[1]가 마냥 흥겹다.

광야를 달려가는……

「어서 옵쇼.」

그릴[2] 뽀이의 흉내로 익살을 부리며 허리를 구십 도로 꺾는다. 까운을 갈아입고 나는 폭석 자리에 앉았다. 어쩨 아침부터 피곤하기만 하다.

엷은 회색으로 퇴색한 사위의 벽, 영영 외부와 통할 수 없는 밀폐된 동굴처럼 그 두께와 경질(硬質)이 피부에 스며드는 음산한 방이다. 그러나 남으로 향한 나즈막한 창에 드리운 카텐만은 이 방이 영영 외부와 통할 수 없는 밀폐된 방이 아니라는 듯이 나부끼고 있다. 오늘도 이 회색 속에 해가 뜨고 해가 질 것이다. 그러면 나의 속은 보다 짙은 회색으로 그을 것이다. 허지만…… 나는 사위의 벽을 외면하고 나부끼는 카텐에 매달렸다. 이렇게 피곤한 아침이면 숫째

1 명국환 노래 「아리조나 카우보이」(1959).

2 고급양식당.

그것을 붙잡고 축 늘어지는 것이다.

K가 들어온다. 입심이 세고 능청스럽고, 그러나 어쩐지 엄 대령과 비슷한 데가 있는 그가 부러워질 때가 있다.

웃도리를 벗어 못에 걸고 거울을 들여다보며 까운 깃을 바로잡던 K는 거울 속에 비친 미쓰 김의 뒷모습을 힐끗 바라본다. 출근하면 우선 미쓰 김부터 건드려야 시원한 그다.

「미쓰 김, 어제저녁 그 영화 재미있었어?」

「괜찮더군요, 허지만 마지막 여자를 죽이는 장면은…….」

말을 꺼낸 의도가 영화의 내용에 있을 리 없다. 사정없이 말허리를 툭 잘라

「근데 옆에 같이 앉았던 사람은 누구여?」

이쪽을 향해 한쪽 눈을 찡긋 감는다.

「K 씬 부인 속깨나 태우겠어. 남자란 여자들 일에 더러는 눈을 감는 법이에요.」

말이 미쓰지 여자도 삼십 고개를 넘어서면 만만치 않다. 이런 재미에 K는 한층 신이 나서 추근거린다.

「마누라야 속이 썩건 말건 미쓰 김의 일거일동에 무심할 수 없는 이내 심정을……」

신파 쪼로 읊조리더니 능청스럽게 시침을 뚝 따고 깎듯이 허리를 꺾는다. 과장이 들어오는 것이다. 나도 스프링에 튕긴 인형처럼 일어섰다. 홍당무가 된 미쓰 김도 돌아선다. 과장은 정중한 걸음걸이로 수술실 옆 과장실로 들어간다.

환경에 적응해야 한다. 무슨 교장의 취임사 같은 제일성(第一聲)이었다. 여기가 병원이라는 사실을 잊었는지 혁명 완수에 힘을 다해야 한다는 의미의 훈시는 좀 따분했다. 신속 정확하게, 양심적

이고 친절하게…… K가 콧구멍을 벌름거리며 나를 쳐다보았다. 이것을 지킬 수 있는 것은 너뿐이라는 그런 표정으로. 그리고 이따금 한다는 소리가 과장의 권위나 위엄은 아무것도 아니라는 것이다. 그것은 뻰쩍이는 금테 안경과 홀렁 벗겨진 이마에 있다는 것이다. 강 형 이마가 차차 넓어지는 것이 가능성이 농후해. 이십이면 알아보지 이십 년…….

진득이 자리를 지키고 앉아 있는 나를 비꼬는 소리였다. 나는 이런 야유를 씩 웃음으로 받아넘길 뿐이다. 이십 년, 꿈과 같은 소리다. 이곳에 온 지 불과 삼 년밖에 안 된다. 전문의 시험에 패스한 그해부터다. 그런데 이상한 착각이 든다. 여기 온 지 불과 삼 년밖에 안 되는데 어쩐지 나의 청춘을 고스란히 이곳에서 탕진한 것 같은 착각이다. 이 착각은 전혀 무근거한 것 같지는 않다. 나는 맨 처음 받은 월급봉투의 중압을 잊지 못한다. 그 봉투의 무게라야 몇몇 친구에게 끌려가 취직 턱을 냈던 어느 빠에서 몽땅 털어 놓고도 모자란 정도의 것이지만. 그 중압으로 나는 어떤 틀 속에 갇히는 구속감을 느꼈던 것이다. 나에게는 어쩐지 월급봉투가 일을 한 데 대한 보수라는 생각보다 이제부터 이 무게가 상당하는 일을 해야 한다는 지상명령같이 느껴졌다. 이것은 월급을 받을 때마다 느끼는 심정이다. 그런 구속감이나 의무감 때문에 나는 한시도 자리를 비우지 못했다. 어느 날 과장이 불러 놓고 이렇게 말했다. 자넨 실력이 있고 게다가 근면하고 성실하여 여간 마음이 든든하지 않네. 에 — R 씨나 M 씨는 학교 강의도 있고 개인 병원 사정도 있어 무척 바쁜 터이고, K 군이라야 아직 어려서 일을 맡길 수가 없고…… 따라서 이 내과의 일은 자네가 좀 착실히 봐 주어야겠네. 네에. 이기가 막히는 찬사와 신임이란 병원의 뒷치닥거리, 이를테면 당직이 늦는다든지, 공휴일의 특근을 맡는다는 이런 구멍 마개에 적용된다는 것쯤 모르는 바 아니었으나 진지한 표정으로 받아들이지 않을 수 없었다.

정오 ― .

따르르 전화벨이 요란스럽게 울린다. 수술실에서 화장을 고치고 있었던가 콧잔등의 얼룩을 지울 새도 없이 냉큼 뛰어나온 미쓰 김은 잡아채듯 수화기를 들더니 네? 날카로운 괴성을 지르며 미스터 강 하고 덜컹 수화기를 팽개친다.

「네 강입니다.」

「강이야? 나야 나, 엄 대령이야.」

「응.」

「바쁜가?」

「별루……」

「그럼 나오게. 술이나 한잔 하세.」

「아직……」

「아직이 뭔가. 오늘은 토요일이야. 아 ― 알았어. 그럼 내 두어 시간 후에 감세.」

「아, 아니야, 올 것까지는 없구…… 술도 좋지만. 무슨 의미의?」

「아따 사람두 친구 간에 그래 꼭 의미가 있어야 술을 먹나?」

「그렇지만……」

카랑카랑한 음성에 귀가 간지럽다. 무슨 바람이 불어 굳이 찾아와서 술을 사겠다는 건가. 행동보다 말이 앞서는 친구다. 그러나 무료히 지내야 했던 오후를 생각하니 다소 기대가 되지 않는 것도 아니다.

방은 조용하다. 줄지어 앉았던 환자들도 대강은 처리했다. 까닭 없이 붓기만 한다던 어떤 노파의 진단에 좀 시간을 끌었을 뿐이다. 미쓰 김의 뒤를 따라 입원 환자의 회진을 마치고 돌아온 R 씨는 주섬주섬 가방을 챙기기 시작한다. 나는 새로 나온 X레이 필림을 들여다보았다. 진찰 카드를 정리하고 있던 K가 머리를 쳐들고 나와 R 씨를 번갈아 바라본다. K의 입이 근지러워지는 시간이다.

「R 선생님, 아까 그 여자의 팽팽한 스카트 말입니다.」

젊은 여자 환자엔 오금을 못쓰는 K다. 진찰에 앞서 꽤 까다로운 환자에 대한 질문에 흥미를 느낀다. 나이는? 이름은? 결혼은? M[3]은 몇 살 때부터? 심지어 주인께서 성병을 앓은 일이 있읍니까, 까지 나온다. 여인은 부끄러워 몸을 꼬는데 끝까지 캐물은 K는 진찰 카드를 나의 앞에 내밀며 임신인가 봅니다 하고 속삭이던 것이다. 이것을 미루어 지금 K가 던진 말은 나에게 주려던 말인 것 같다. 미스터 강은 아직 부인 이외의 여성을 모른다면서요? 이따위 말을 서두로해서 말이다. 그것이 나를 사(赦)하고 엉뚱한 R 씨한테로 넘어간 이면에는 상당한 의미가 있지 않을까 생각하며 나는 애꿎게 급습을 당한 R 씨를 건너다 보았다.

언젠가 아내와의 로맨스를 터놓는 자리에서 좀처럼 여자 이야기를 입에 담지 않는 R 씨가 어쩌다가 한마디 던졌는데 K는 심심하면 그것을 쳐들고 비꼰다.

「그때가 열아홉이었으니까 고녀를 갓 나오자마자…….」

「그러니까 심신 공히 아다라시이였드라 그 말씀입니까?」

R 씨는 낯을 붉히며 포플라가 즐비하게 늘어선 언덕을 팔랑팔

3 멘스(menstruation). 월경.

랑 치마자락을 날리며 걸어오는 처녀의 모습을 자랑했다. 그땐 배우처럼 이쁘다고들 했는데……. K는 손짓을 해 가며 팔랑팔랑 바람에 날리는 치마자락이라는 말과 배우처럼 이뻤다는 형용사를 되풀이하며 배를 안았다.

「그 팽팽한 스카트 위에 나타난 히프의 보륨 같은 거 말입니다. 그거 어떻게 생각하십니까?」

「……」

으핫 웃음이 터졌다.

「팔랑팔랑 바람에 날리는 치마자락보다 한결 실감이 나지 않습니까?」

「세대가 다르네.」

도망치듯 R 씨가 나가 버리자 또다시 으하하 폭소가 터졌다. 과장이 나왔다. 모두들 웃음을 거두고 일자리로 돌아간다. 근무시간에 음담패설로 시간을 낭비한다는 것은 혁명 사상에 위배되는 일이다. 위엄 있게 뻗치고 선 과장은 잡담의 실마리를 잡지는 못하였지만 분명 K의 소행이려니, 무슨 흠이든 잡아서 일장 훈계를 펴놓지 않을 수 없다.

「K 군!」

과장의 준엄한 목소리 ─ . 나의 눈은 K와 같이 껑충 뛰었다. 그리고 과장이 박고 있는 시선 끝을 더듬었다. 거기 낡은 캬비넽과 복도로 나가는 문 사이에 큰 손수건만 한 검은 판대기가 대롱 매달려 있다. 과장의 시선 끝에서 이 검은 판대기를 본 나는 싸 ─ 피가 가시는 얼굴을 조금 들고 K를 보았다.

이 검은 판대기는 내과 병실의 괴물인 인간 측정기이다. 검은 판 위에 엿가락 같은 조그마한 패말이 또 여나므 개가 붙어 있다. 내과 직원의 명패다. 앞뒤엔 각각 다른 빛깔로 직명과 이름 석 자가 씌어 있다. 아침에 출근하면 출근부에 도장을 찍는 동시에 이 패말을 흰색으로 뒤집에 놓아야 한다. 퇴근할 땐 다시 청색으로 뒤집어 놓아야 하고 제아무리 뼈빠지게 일을 해도 이 패말을 뒤집어 놓지 않으면 결근으로 간주하기로 되어 있다. 혁명 과업에 호응한 전 과장(前課長)의 기발한 창의에 의한 것이다. 독재가 아니라는 전제를 내놓고 동의 여부를 물었을 때 서로 얼굴을 마주 보며 손을 들지 않을 수 없었던 것이다. 전 과장은 이런 식의 기발한 창의성으로 영전하였거니와 지금의 과장은 내심 이 패말 제도의 타당성을 부인하면서도 폐거의 단을 내리지 못하고 그대로 답습하고 있는 작자다.

「K 군은 내과 직원이 아닌가.」

「……」

K의 패말만이 퇴근을 표시하는 파랑 글씨다. K의 노오란 얼굴이 나를 응시한다. 나는 어떤 위축감을 느끼며 외면했다.

「그러니까 만사에 결함이 있는 거에요.」

결국은 과장실로 끌고 들어갔다. 좋이 십 분은 지났을까, 빨갛게 상기한 K는 과장실을 나오기가 무섭게

「너무합니다. 강 선생」

과장에게서 추궁을 받은 원인이 전적으로 나에게 있다는 그런 표정이다. K와 나는 약속한 일이 있다. 먼저 나온 사람이 패말을 뒤집어 놓기로. 의례 나의 출근이 빠르니까 패말에 대한 책임은 내가 지게 마련이다. 그러나 나도 신이 아닌 다음에야 잊을 때가 있다. 어제 아침 분명히 모두 뒤집어 놓았다. 그런데 퇴근할 때는 잊었고 오늘 아침에도 잊었다. 그런데 아마 K는 어제 퇴근하면서 부지런히 뒤집어 놓은 모양이다. 그러나 이런 경우 나는 무어라 변명할 수 없

다. 뜻하지 않는 과장의 저기압으로 기함이 컸으니까.

「미안해요.」

죄지은 사람처럼 눈을 떨구었는데 의사질 해 먹다 이런 변은 처음이라고 도리혀 기승을 부리며 빙빙 돌아간다. 한참 돌아가던 K는 문득 무슨 생각이 났는지 뚝 걸음을 멈추고 좀 부드러운 어조로

「강 선생, 실은 내가 오늘 당직인데 기분이 이래서야 어디…… 대포 몇 잔 하고 올 테니 세 시까지만 봐주세요.」

두 시에 엄 대령이 온다고 했는데…… 허나 이렇게 되면 거절할 수가 없다.

「시간을 지켜 돌아오세요.」

엄 대령이 약속 시간에 나타난 것은 정말 신기한 일이다. 말이 그렇지 설마 오랴 했다. 막상 약속 시간에 나타나자 가슴이 써늘했다. 아직 시간을 지켜 본 일이 없는 K를 기다려 마냥 앉아 있을 수도 없고 그렇다고 미쓰 김에게 병실을 맡기고 나갈 수도 없는 일, 자넨 S병원의 당직을 도급 맡았는가? 이렇게 나올 엄 대령에게 구구히 설명을 늘여놓을 용기도 없었으니 말이다. 그런데 오늘따라 엄 대령은 푹 꺼진 쏘파에 파묻혀 앉아 무던히 두 시간을 기다려 주었다. 너무 미안하고 송구스러워 결국은 K에게 인계하지 못한 채 나와 버렸지만 이렇게 찝차로 신나게 달리고 있으니 상쾌하다. 그새 K가 돌아오기나 했으면 좋으련만…… 허나 아무 생각도 하지 말자.

엄 대령의 운전은 난폭할 정도로 빠르다. 어느새 번화가를 지나 한적한 교외를 달리고 있다. 어디로 가는 것일까. 속력을 늦추지 않고 카브를 도는 통에 나는 엄 대령 쪽으로 쓰러졌다.

그는 쓰러지는 내 몸을 한 손으로 받쳐 주며 힐끗 쳐다본다.

「뭘 그리 골돌히 생각하고 있나. 간호원에게 맡기고 왔는데 설마……」

「아무 생각도 하지 않네.」

제발 그 구질구질한 직업의식에서 놓여나 마음을 탁 터놓고 유쾌하게 지내 보라. 순간 나는 찔끔 놀랐다. 바늘에 찔린 것 같은 긴장감이 든다. 잊었던 불안이 되살아난다. K에게 인계하지 못하고 나온 것이 암만 해도 께름직하다. 아직 K가 돌아오지 않은 것이 아닐까. 혹시 과장이 나오지 않았을까. 그것보다 위급 환자가 생겨 소동이 일어나지나 않았는지……

「야, 차를 돌려라. 아무래도 마음이 안 놓여.」

「제발 사내답게 좀 대범해져라. 왜 그리 소심한가.」

「아니야 꼭 무슨 일이 생긴 것만 같애. 내 K에게 정식으로 인계하구 올 테니까.」

들었는지 말았는지 핸들을 꽉 잡고 달리기만 한다. 차를 세워, 차를 세우란 말이야. 이런 나의 비명을 예의 그 조소와 같은 웃음으로 묵살해 버린다. 이윽고 아주 딱하다는 듯이

「이봐, 자네의 그 한 푼도 어기지 않는 정확성, 나쁘게 말하면 고지식한 거 말이야, 그게 도대체 어디서 나온 것인가?」

주위에서 불러 주는 양심적이다. 성실하다 하는 따위의 찬사에 얽매어 어쩔 수 없이 질서 속에 갇혀 있는 것인가. 그렇지 않으면 아주 생리가 그렇게 돼먹은 것인가, 하고 따진다. 나도 모르겠다. 그러나 나는 묘한 것을 체험한다. 언어 활동에서 이따금 묘한 자극을 받는 것이다.

말이란 참 묘한 것이다. 말이란 과학적으로 따지면 A의 머릿속에 그린 개념을 B에게 전달하는 사회적 공약이다. 언어 활동은 A의

머릿속의 개념이 언어를 통하여 B에게 그대로 전달됨으로써 완전하다. 그러나 이때 A의 말을 통하여 B가 그 개념과는 정반대의 상황이나 개념을 받아들였다고 한다면 과연 어느 쪽에 결함이 있는 것일까. 나는 이따금 언어가 지니는 일반적인 의미나 개념과는 정반대의 것을 이해하고 받아들이고 행동할 때가 있다. 아까만 해도 그렇다. 구질구질하게 생각하지 말라는 엄 대령의 말은 그의 말마따나 나로 하여금 직업의식에서 놓여나게 하기 위하여서 한 말임에 틀림없을 것이다. 그런데 나는 거기서 놓여나기는커녕 거의 잊었던 불안을 되생각해 냈다. 결국 나에게서 그 직업의식을 제거하려던 엄 대령의 말은 도리혀 나를 그 속에 몰아넣은 결과가 되는 것이다.

이렇게 엄 대령의 말이 정반대의 작용을 한 것은 한두 가지가 아니다. 말하자면 조금 앓되었다고 생각했을 뿐, 별로 염두에 없었던 윤희에 대하여 죄의식을 느끼게 된 것도 엄의 이와 같은 말 때문이었다. 엄은 느닷없이 나의 귓전을 때렸다. 잊어라 잊어. 무얼? 전쟁과 군인과 여자 —. 점령 지구란 남자가 횡포를 부리기에 꼭 알맞는 분위기다. 나라고 예외일 수는 없었다. 난폭한 야수가 되어 용솟음치는 욕정을 어떻게 흐뭇하게 다스리느냐 그런 생각에 골몰해 있는 나더러 잊으라는 것이었다. 윤희의 생각 따윈 싹 잊으란 말이야. 아 — 윤희! 어쩌면 죽었을는지도 모른다. 지금 나가면 인민군에게 잡힌다. 다락에서 사흘을 못 참고 발광하듯 뛰어나가 숫째 군대에 나가겠다고 악을 쓰는 나의 귀에다 심심찮게 동무를 데려다줄 테니 제발 올라가 있거라. 어머니가 애원하듯 속삭이드니 윤희를 데려왔다. 무슨 참견이야, 나가. 참견이 아니에요. 인민군에 잡히느니보다 참는 것이……. 시끄러워, 나가지 못해? 나두 여기 있을래. 안 나가면 친다고 주먹을 들었던 나는 와락 그녀를 껴안고 말았다.

어느 날 윤희는 분 냄새를 풍기며 국군이 입성[4]한다고 사뭇 즐거운 표정이었다. 그래? 나는 허공에 눈을 주고 시원찮게 대답했다. 우리 결혼해야죠? 나는 눈알을 바로 새우고 이거 웃기지 마, 누가 결혼한 댔어? 그럼 무었 때문에 나를…… 군대에 나갈 테야. 살아서 돌아온 다고 믿을 수 있어? 슬쩍 꽁무니를 뺐다. 기다리겠어요. 그만둬 기다려 봐야 소용없어. 너무해요. 그런 무책임한 소리 어디 있어요. 윤희는 울면서 뛰어나갔다. 총성이 울려왔다. 나가지 맛 위험해! 골목을 빠져나가는 윤희의 앞에서 꽝 폭음이 터졌다. 흙기둥 속에 윤희는 파묻혔다. 윤희가 위독하다는 말을 들은 얼마 후 나는 정말 학도 의용군에 자원했던 것이다. 허지만 윤희의 생각은 차차 잊어져 갔다. 치열한 전투와 가공할 폭격, 기진한 행군으로. 그런데 엄은 나의 머리에 자꾸만 죄의식을 불어넣는 것이었다. 싹 잊어라 윤희의 생각 따윈. 빠져나가려는 못대가리를 망치로 치듯 나의 머릿속에 죄의식을 밀어넣었다. 어쩔 수 없이 윤희와 결혼하고 만 것이다. 어떤 소녀의 환상을 가슴에 안고.

엄 대령의 말대로 나는 스스로 질서나 규칙을 준수하고 있는 것일까. 외부로부터의 자극으로 어쩔 수 없이 추종하고 있는 것일까.

짙은 남빛 하늘, 그 하늘을 꿰뚫고 아득히 치솟은 탑의 첨단, 무엇이라고 하는 문인가 그것을 중심으로 거미줄처럼 팔방으로 뻗어 나간 가로, 별처럼 반짝이는 불빛, 열광적인 째즈의 선율한 눈으로 부감하는 어느 도시의 전경이다. 피곤과 허탈과 알콜이 갖다주는 소용돌이치는 흥분, 나는 게슴츠레한 눈을 치뜨고 뿌연 연기를

4 입성.

혜쳤다. 응? 어디야 여긴, 오! 빠리.

F부대 ××클라브. 빠리의 전경을 배경으로 한 스테지에선 하얀 씽글에 검은 보타이를 한 십여 명의 악사들이 땀을 뻘뻘 흘리며 째즈를 연주하고 있다. 그 앞 홀에선 벌거벗은 무희가 춤을 추고 있다. 엄이 병원에까지 찾아와서 나를 끌고 온 좋은 데라는 곳이다. 좋은 데라니 나도 좋다고 하자. 박수 소리, 휘파람 소리, 감동과 야유가 뒤섞인 함성 —. 나는 취기로 가누기 어려운 상체를 의자에 의지하며 휘 장내를 살폈다. 모두가 외국인이다. 그들은 제각기 한 사람씩의 한국 여자를 끼고 앉아 있다. 흰 까운을 입은 웨터가 쟁반에 무엇을 담아 들고 분주히 탁자 사이를 누비며 다닌다. 자욱한 연기. 음탕한 사내들의 웃음, 파열하는 여자들의 교성. 나는 입술의 거품을 문지르던 손으로 얼굴을 쌌다. 가난한 한국을 도우려 온 그들의 환락, 이 환락의 한 조각에 생명의 끄나풀로 매달린 무수한 인간도 아닌 미물들…… 에이 집어치워라, 나는 머리를 흔들며 얼굴에서 손을 뗐다.

희랍 장교라는 콧대가 성큼한 사나이와 유창한 영어로 이야기하고 있던 엄 대령은 쓰윽 허리를 뽑는다. 간지러운 미소를 잔뜩 싣고, 그러나 제법 무게 있는 몸짓으로 장내를 살피기 시작한다. 이따금 목을 살짝 꺽기도 하고 손을 번쩍 들기도 하면서. 마치 이 장내의 인간들은 모조리 나의 지기인데 아무것도 아니라는 표정이다. 스테지 정면에 자리 잡고 있는 몸집이 뚱뚱한 사나이에게 손을 들고 인사한다. 그 옆에 앉아 있는 여자도 따라서 웃는다. E국 대령이야. 자식 신산 체하면서 그건 꽤 잘하거든. 손가락을 꺾어 똑 소리를 낸다. 그 옆에서 웃고 있는 여자는 모여자대학 출신인데 이를테면 E국 장교 숙소의 한 장식품에 불과하단 말이야. 임기를 마치고 돌아가는 장교는 후임에게 숙소 내의 비품 일체와 함께 저 여자도 인계하거든. 뭐 그 정도가 되면 이 부대에서도 값나가는 축이지, 소위 전속이랄까.

확 불이 꺼졌다. 감미로운 째즈를 밟으며 유방과 치부만 가린 나체의 여인이 미끄러지듯 나타난다. 붉고 푸른 원색 라이트가 엇바꾸어 그녀의 전신을 조인한다. 조용하다. 관중의 눈은 바늘 끝처럼 나부에게 집중되었다. 팍 쓰러진 대담한 첫 동작보다 다음 동작으로 들어가기 전의 오랜 정지 상태가 관중을 뇌살하고 만 것이다. 선율은 열을 뿜는다. 가쁜한 덤핑, 재빠른 선회, 공중에서 액체처럼 흐느적거리는 완만한 율동, 거기 정서가 뭉클해진다. 극적인 격동을 느끼며 나는 흥분했다. 손아귀의 컵을 부서져라 움켜쥐었다. 나도 모르게 탄성을 지른 모양이다.

「어때 괜찮지? 잘 봐.」

엄 대령은 담배를 내밀며 귀에 속삭인다. 무엇을 잘 보란 말인가. 그러는 내 눈시울은 자동적으로 확장된다. 멍이 든 것처럼 시퍼런 눈덕, 뼈가 알른알른한 가슴, 거기 돌출한 유방은 아무래도 어색하다. 탄력 없이 털렁거리는, 허벅지를 더듬어 올라가던 나는 찔끔 놀라며 뒤로 물러앉았다. 순 짐승과 같은 눈을 의식했다. 외설된 생각을 지워 버리고 애써 다른 생각을 해 본다. 로당[5]의 늙은 창부 — . 허나 나부는 웃지 않는가. 백야에 핀 요염한 야화처럼 웃지 않는가. 춤은 절정에 달한다. 경련처럼 온 육신을 파득거리며 관중 속으로 육박하기 시작한다. 맨 앞에 앉아 있던 미군 하나가 번쩍 쳐든 그녀의 다리에 손이라도 닿았는가 괴성을 지르며 끽끽 웃어 댄

5 로댕.

다. 나는 스르르 눈을 감았다. 어때 쓸 만하지? 그 전엔 참 좋았는데 이젠 폐물이야. 박수갈채와 함성 속에 엄 대령의 말이 꿈속에서처럼 멀다.

쇼오는 끝났다. 뺀드만은 계속해서 울린다. 외국인들은 부시시 일어나 끼고 앉았던 마네킹 같은 여인을 끌고 나가 돌기 시작한다. 엄 대령은 자리를 고쳐 앉으며

「실은 자네에게 부탁이 있네.」

오늘의 술의 의미를 터놓기 시작한다. 그러면 그렇지, 아따 사람두 친구 간에 꼭 의미가 있어야 술을 먹나? 얼마 전의 그의 말을 생각하며 나는 씩 웃었다.

「그래서 나를 끌어냈나?」

「솔직히 말하면 그렇지.」

「허지만 내가 할 수 있는 일이 있을까.」

「자네만이 할 수 있는 일이네. 자네의 그 정확성과 신망으로 말이야.」

「흥.」

엄 대령은 휴게실 쪽을 향해 손을 든다. 쇼오걸들이 분장을 말끔히 지우고 나오고 있다. 엄 대령의 손짓에 따라 키가 훤출하게 큰 깡마른 여인이 다가온다. 스포오츠 칼라의 부라우스에 검은 스카트, 이런 데서 봤으니 쇼오걸이지 올백으로 반반하게 빗어 올린 머리며 표정이 검소하고 청초하다. 그녀는 나와 엄 대령과의 사이에 앉았다. 푹 꺼진 눈망울, 앙상한 목덜미 관자놀이에서 팔딱이는 정맥이 저윽이 피곤해 보인다. 여인은 내리깔았던 눈을 들어 나를 본다. 순간 내 얼굴은 빳빳하게 굳어졌다. 설마…… 여인도 무엇을 더듬는지 눈을 깜박인다. 얼굴의 윤곽이나 입모습에서 아까 그 나부

라고 대뜸 직감했지만 그 생각은 이상하게도 꼬리를 끌고 먼 지난 날로 거슬러 올라간다.

「인사하게 미쓰 윤이네. 그리고 이쪽은 S대학병원 내과의사 닥터 강.」

멋진 제스츄어를 써 가며 소개하고 난 엄 대령은 다시 나를 돌아보며

「왜 자네 기억이 없나? H시를 철수할 때……」

아 맞았군 허지만 너무 변했구나. 여인은 무슨 모욕감이라도 느끼는지 후딱 일어선다. 그 싸늘한 시선을 외면하며 나는 크게 숨을 들이켰다.

누구얏! 이런 데서 서성거리면 총살이야 후퇴가 진행되고 있는 어느 함박눈이 쏟아지는 밤. 사령관을 Y교 경비 초소에 모셔다 드리고 모종의 연락차 본부로 돌아가던 나는 다리 근교에서 서성거리고 있는 그림자를 보자 급히 차를 세웠다. 아주 당당한 위세를 부리며. 총살이라구요? 가시 돋힌 소녀의 목소리. 무섭잖아? 자 집까지 데려다줄 테니 타. 왜 이런 위험한 델 나다녀. 사람은 누구나 살 수 있는 권리가 있다고 하였는데……. 아무도 그걸 빼앗지는 않지. 낮엔 다리를 건늘 수가 없어요. 음 — 나는 말없이 소녀의 옆얼굴을 바라보며 씨죽 웃었다. 병석에 누운 어머니의 소원으로 꼭 이남으로 가야 한다는 소녀의 하소연 따윈 아무래도 좋다. 야비하게도 나는 상대를 완전히 제압할 수 있다는 권력을 쾌감하였다. 허지만 이건, 여자를 자의로 요리하고 소유하고 싶은 욕망, 야수적인지는 몰라도 기회만 닿으면 누구나 동하는 본능이 아닌가. 약속했다. 전혀 불가능한 일은 아니었다. 차가 놀고 있는 시간은 얼마든지 있다. 사령관 차라면 하루에 백번이라도 다리를 건는다. 그러나…… 머리가

식어 오자 나는 후회했다. 안 될 일이다. 순간의 향락을 위해서 군기를 어길 수는 없다. 이튿날 나는 엄과 함께 갔다. 시기와 선망의 눈으로 엄은 이죽거리기 시작했다. 다리만 건너다 준다면……. 무슨 일이든지 하겠다는 말이지? 네 맹세해요. 그럼 알몸이 될 수 있나? 그만둬! 나는 엄을 흘겼다. 할 수 있어요. 이 많은 사람 앞에서라도? 약속만 지켜 준다면. 소녀는 옷을 벗기 시작했다. 나는 후다닥 일어서며 소녀를 막았다. 그만둬, 난 약속을 지킬 만한 위인이 못 된다. 저주스럽게 쓰러지는 검은 코오트의 소녀 — .

「실은 미쓰 윤의 일로 자네의 힘을 좀 빌려야겠네.」

「미쓰 윤의 일로?」

나는 커다랗게 뇌까리며 핫핫핫 소리 내어 웃었다.

오후는 언제나 환자가 뜸하다. 입원실 회진이 끝나고 새 필림의 감정도 마치고 나면 한가로운 무료의 시간이 닥쳐 온다. K도 갖은 익살을 부리다 지쳤는지 나가 버렸다. 머리가 아프다. 어제저녁 과음한 탓일까.

「강 선생, 손님.」

미쓰 김의 뒤를 머리가 반질한 곤색 씽글의 신사가 따라 들어온다.

「저어 강 선생님이십니까.」

「네.」

들여다보던 필림에 눈을 둔 채 귀찮게 대답했다. 머리가 반질한 곤색 씽글의 신사는 손을 마주 비비며 무슨 말인지 퍽 하기 어려워하더니 대문짝만 한 명함 한 장을 내민다. 엄 대령의 명함을 들고 나는 비로소 얼굴을 들었다. 부탁이라더니 바로 이것이로구나.

「무슨 말씀이신지 해 보시죠.」

결상을 끌어당겨 눌러앉는 품이 꽤는 복잡한 사연을 늘어놓으려나 보다고 나도 담배를 꺼내 물고 도사리며 그에게도 권했다.

한국에 주둔하던 미군의 ××%가 결핵에 감염되었다는 것이다. 사실이다. 한국에서 귀국한 군인의 건강을 타진한 결과 ××%가 결핵에 감염되어 있다고 미 국방성은 발표하였고, 이것을 예방하기 위한 특별 연구비까지 조달한다는 말이 있었다.

「그래서요?」

나는 호기심에 찬 눈으로 그를 쳐다보았다.

그래서 미○군 산하 한국인 종업원의 건강진단이 일제히 시작되었다는 것이다.

「미군 전속 쇼오 단원들도 건강진단서를 내야 한다는 것입니다.」

「그야 어려울 거 있읍니까. 건강진단서야 건강하기만 하면 누구나 받을 수 있는 거니까.」

「그게 그렇지 않으니 말입니다. 미쓰 윤의 건강이 말이 아니거든요.」

「건강이 나쁘면 치료하고 요양하면 되지 않습니까.」

「네에 헤헤…… 요즘 흥행업이 어디 뜻대로 돼야 말이지요. 미쓰 윤이 없으면 운영을 못 할 지경이니까요.」

「허지만 건강이 좋지 못한 단원을 혹사한다는 건 노동법규에 어긋나는 일이 아닙니까?」

「하기야 치료두 어지간히 해 봤지만 하루 이틀에 소차가 날 병두 아니구 에헤…… 그 점 엄 대령께서 말씀이 계셨을 줄 믿는데……」

연신 손을 비비며 애써 웃는 그를 불쾌하게 건너다보았다.

「어쨌든 본인을 보내세요.」

「네, 좀 잘 부탁합니다.」

허리를 굽신거리며 나간다. 나는 따라 일어섰다. 창가로 갔다. 담배 생각이 나서 자리로 돌아왔다. 성냥이 없다. 웃도리, 바지, 이쪽저쪽을 더듬었다. 테블 위, 설합, 아무 데도 없다. 금시 썼는데……. 문이 열렸다. 검은 스카트에 흰 부라우스의 미쓰 윤의 얼굴은 백납처럼 희다. 불을 대지 못한 담배를 재털이에 놓았다. 나는 손끝이 가늘게 떨리는것을 느꼈다.

「병이 있읍니까?」

「보면 아실 테지요.」

나는 펀뜻 고개를 들었다. 굳은 표정으로 그녀의 파아란 눈동자를 드려다보았다. 그녀는 확 낯을 붉히며 외면한다. 나는 또 잔인해지는 것 같은 자신을 뉘우치며 숨을 죽였다. 창밖에 퇴색하기 시작한 나뭇잎이 하늘거린다.

「병은 있어요.」

「그럼 건강진단서 같은 거 해 드릴 수 없지 않습니까.」

「허지만 심하지는 않을 거에요.」

「심하지 않드라도 병이 있다면……」

가만히 머리를 돌린다. 흩어졌던 눈동자를 모아 나의 얼굴에 초점을 박는다. 움직이지 않는 눈동자에 어떤 감정이 짙어 간다. 소녀와 같은 감상도 타오르는 격정도 아니다. 모진 역경을 겪고 난 뒤의 초탈함과 적막이다. 나는 정신을 가다듬었다.

「우선 봅시다.」

가슴을 헤친다. 청진기를 들었다.

……

「왜 이렇게 나빠지도록……」

「신기하세요? 흥, 동물 이하의 생활을 하고 보면 이렇게 되는 것이 당연하지요. 시궁창엔 구데기가 끓게 마련이니까.」

「너무 자신을 학대하지 마세요.」

「……」

여인은 입술을 깨문다. 나는 그녀와 엄 대령과의 관계가 궁금했다.

「미쓰터 엄과는……?」

엄 대령의 말을 꺼내자 그녀는 획 얼굴을 가리며

「허위의 애정보다 진실한 배반이 얼마나 귀한 것인가를 알았읍니다.」

돌연 앞이 캄캄해진다. 천 조각 만 조각으로 흩어지는 마음의 갈피, 핸들을 잡고 나는 어디를 어떻게 달렸는지 모르겠다.

H시 철수의 마지막 날, 그날 자정을 기해 마지막 부대가 철수하고 나면 다리는 폭파할 계획이었다. 아홉 시까지의 자유 시간을 사병들은 생명의 마지막 날처럼 난폭하고 포악했다. 나는 방에 누워 두 여자를 생각했다. 윤희의 환각을 검은 코오트의 소녀가 지웠다. 나는 왜 소녀를 거부했는가. 군기를 지키기 위해서? 또 하나의 여성을 범하기가 두려워서? 이 거리의 마지막 평화의 날을 아끼듯 어둠은 천천히 나래를 펴기 시작했다. 담배를 피워 물고 창가로 갔다. 엄이 들어왔다. 독한 술 냄새가 코를 찔렀다. 그는 담배를 꺼내 톡톡 치며 무엇을 생각하는지 왔다 갔다 한참 돌아가더니 뚝 걸음을 멈추고, 야 따분하게 방에 박혀 있지 말구 밖으로 나가자. 그래. 나는 선뜻 밖으로 나왔다. 짐승처럼 울부짖으며 아무 데나 쏘다니고 싶었다. 사령관에게 드라이브한다는 양해를 얻고 차를 몰았다. 엄의 눈이 야릇하게 빛났다. 꺼리낌 없이 짐승이 된다는 건 참 유쾌

한 일이야. 자넨 그래 의식적으로 그걸 맛보았는가? 의식적이라기 보다 오늘 저녁 같은 때는 자연 그렇게 돼 있지 않은가. 평생에 몇 번 없을걸, 이런 찬스는. 죄악이네. 죄악? 짐승이 되고 난 뒤 사람은 더 선량해지는 것이 아닐까? 침묵, 빛나는 눈, 거센 숨결, 나는 이상한 예감이 들어 그를 쳐다보았다. 그는 덥썩 나의 손을 잡았다. 부탁이다! 차를 세워! 선량한 인간으로서의 부탁이란 말이다. 신파의 대사 같은 유치한 말과는 정반대로 나는 어떤 위압을 느끼며 차를 세웠다. 엄은 밭 가운데를 쏜살같이 뛰어들었다. 원두막 비슷한 움 속에서 좌우에 두 사람을 끌고 뛰어왔다. 두 사람을 밀어 차에 태웠다. 환자 같은 중년 부인의 뒤를 따라 차에 오른 검은 코오트의 소녀 ── . 핸들을 잡았던 손을 떨구고 눈을 감았다. 가자! 심연 속으로 가라앉아 들어가는 패배와 굴욕들, 쓰라림, 나는 어디를 어떻게 달렸는지 모른다.

흐느껴 운다. 눈을 뜬다.

「미쓰 윤, 분명히 말합니다. 건강진단서는 해 드릴 수 없읍니다.」

「그러실 테지요. 군기에 못지않게 관기도 두려우실 테니까.」

머리에 뒤집어씨우는 것 같은 모욕감.

「그 대신 미쓰 윤의 병을 고쳐 드리겠읍니다. 아직 절망적이 아닙니다.」

「동정하십니까?」

눈을 치켜뜨고 매섭게 노려본다.

「동정이 아닙니다. 미쓰 윤만 허락하신다면……」

「싫어요. 저는 저에게 주어진 운명을 충실하게 받아야 하겠어요. 다 망쳐진 지금에 와서……뭐 더……」

「미쓰 윤!」

나는 한 걸음 다가섰다. 얼굴을 가린 손 밑으로 소리 없이 눈물이 흘러내린다.

「도저히 저의 힘으론 건늘 수 없는 강이 가로놓여 있읍니다. 저에게 건강진단서 한 장만 써 주세요. 부탁이에요.」

「그건 안 됩니다. 그 대신 미쓰 윤! 믿어 주시오. 병을 고쳐 드리겠읍니다.」

손을 내린 그녀의 얼굴은 딴사람처럼 맑고 고요하다.

「알았어요. 무리한 부탁이었어요.」

그녀는 문 쪽으로 걸어간다.

「미쓰 윤!」

뒤를 돌아보고 가볍게 목례를 던졌을 뿐 빠른 동작으로 밖으로 나갔다. 나는 멍하니 문을 바라보았다. 주황빛 노을이 쫙 드리비친다.

따르르……

전화벨이 울린다.

「강이지? 나야 엄이야. 미쓰 윤이 갔었지?」

「응.」

「고맙네. 한잔 살 테니 곧 나오게.」

「…….」

노을을 안고 대문을 나가는 길다란 그림자 —

나는 덜컥 수화기를 놓았다.

—《현대문학》88호, 1962년 4월;

이정호, 『잔양』(문예사, 1969)

## 구혜영(具暳瑛·1931～2006)

구혜영은 1931년 강원도 춘천시 약사동에서 태어났다. 1955년 숙명여자대학교 국문과를 졸업하고 그해《사상계》에 단편소설「안개는 걷히고」가 당선되어 등단했다. 구혜영은 등단 초기《사상계》에 전후의 허무를 벗어난 생기와 열정을 다룬 여러 편의 청년 서사를 발표했다. 이는《사상계》의 계몽성과 무관하지 않은 작품 경향으로, 이러한 초기작의 경향을 지나 장편소설에서는 결혼 제도와 섹슈얼리티의 갈등을 주로 다뤘다. 숙명여자대학교 전임강사, 한국일보 문화부 기자, 학원사《주부생활》편집기자 등으로 일하면서 대중소설, 청소년들에게 전하는 수필 등 다양한 창작 활동을 펼쳤다. 한국여류문학인회 회장, 국제펜클럽 한국본부 이사 등을 역임했으며, 한국소설문학상, 월탄문학상, 대한민국 문화예술상 등을 수상했다.

구혜영은 사랑의 욕망과 사회적 관습·도덕 간의 갈등 속에서 어떠한 도덕적 선택을 할 것인가를 탐구하는 작품을 꾸준히 발표했다. 작품집으로는『은 빛깔의 작은 새』(1975),『요가를 하는 여자』(1979),『해결되지 않은 불꽃』(1996) 등이 있으며, 장편소설『안개의 초상』(1973),『칸나의 뜰』(1974)이 대중적인 인기를 모았다. 그 외『언덕에 부는 바람』(1977),『오월제』(1978),『불타는 신록』(1973),『유라의 밀실』(1982),『보리수 피리』(1986),『광상곡』

(1986), 『고래의 노래』(1989) 등을 잇달아 발표했다. 구혜영 작품의 여성 주인공들은 사회적 금기를 뛰어넘어 자신의 사랑과 욕망에 적극적이라는 특징이 있다. 「은 빛깔의 작은 새」는 특히 자신의 감정에 솔직한 여성 인물을 통해 여성의 억압된 성욕에 대한 적나라한 묘사를 보여 준다. 학원사 편집기자로 재직하면서 《여학생》에 청소년 소설을 연재했고, 청소년 상담을 기반으로 쓴 편지 형식의 수필집 『진아의 편지』(1988)를 발간했다. 1974년 첫 발간 후 내용을 덧붙여 증보판으로 발간한 이 책에서 작가는 '시민이 국가의 주인이듯이 여성이 성(性)에 대한 주인'이어야 함을 강조한다. 주권자로서 행동하고 책임을 지듯이 생명에 대한 책임이 필요하다는 것이다. 『진아의 편지』는 일종의 성 지침서로서 젊은 독자층의 관심을 끌면서 베스트셀러가 되었다.

구혜영의 작품은 모성과 책임을 윤리로 강조한다는 점에서 장편소설과 수필이 궤를 같이하기 때문에 기존의 제도와 관습에 수렴하는 보수적 관점을 지녔다는 평가와, 제도와 금기 밖을 떠도는 섹슈얼리티의 불온함을 보여 준다는 평가가 엇갈린다. 사랑과 성, 모성 등 여성의 섹슈얼리티에 대한 작가의 관심은 대중소설과 본격소설, 그리고 수필 등 장르적 경계를 넘나들면서 이루어진다. 이러한 경계에서의 글쓰기를 어떻게 해석할 것인가에 대해서도 좀 더 적극적인 연구가 필요한 작가이다.

이선옥

# 銀은 빛깔의 작은 새

끝없이 펼쳐진 몽환(夢幻)의 숲속에 정요(靜搖)는 홀로 서 있었다. 아니다. 한 마리의 은빛 새와 더불어다. 그것은 빛과 어둠으로 된 새였다. 은 빛깔의 환영(幻影)이며 실재(實在)였다.

정요는 목말라 있었다. 아니다. 그것은 정요가 아니다. 그 은 빛깔의 새 말이었다.

목마른 새의 홰치는 환청(幻聽)은 정요의 둘레에서 안타까운 소용돌이를 이루고 있었다.

정요에게는 샘물이 필요했다. 물기만이 질벅질벅할 뿐 바닥이 드러난 샘 따위는 아무 쓸모도 없는 샘이었다. 맑은 물이 치렁치렁 고여 흐르는 샘물이 아니고서는 목마른 새를 위해서 아무 소용에도 닿지 않았다.

정요는 막막한 채 서 있었다. 연방 안타까운 새의 홰치는 소리 안에서.

숲은 온갖 색깔을 증발시켜 버린 온통 거무티티한 회색이었다. 울창했다.

어디로 가야 샘물이 있을지 몰라서 정요는 그렇게 서 있게만 되는 것이었다.

이윽고 거무티티한 회색 숲의 장막을 뚫고 연보라의 박명(薄明)이 명주 발처럼 섬세히 숲속에 서리기 시작하는 것을 정요는 보았다.

그러자 정요는 살았다는 듯이 홰치기 시작하는, 생동하는 새의 깃 소리를 들었다.

그리고 저만큼 눈앞에 빼꼼히 얼굴을 드러내 보이는 샘물을 보았다.

새는 정요를 선동하듯이 홰를 치기 시작하였다. 정요는 샘물을 향해 달리려고 하였다.

그때. 바로 등 뒤에서 사나운 엽견(獵犬) 짖는 소리가 났고, 그 소리는 정요의 발길을 묶어 버렸다.

묵직이 드리워진 커어튼 사이로 연보라빛 첫새벽의 여명이 스며들고 있었다.

고요한 첫새벽을 가르며 기세 좋게 짖어 대는 개 소리는 남편의 애견(愛犬)이다.

말없이 열리는 대문 소리로 정요는 남편이 지금 돌아오고 있음을 알 수 있었다.

남편을 맞는 아래층에 잠간 떠들썩한 소리가 들렸다.

「목욕물은 일없어.」

식모에게 이르며 계단을 올라오는 남편의 발자국 소리가 들렸다. 이어 문이 열리며

「운전살 바꿔야겠어.」

하는 남편의 목소리가 들렸다.

남편은 무겁게 드리워진 커어튼을 헤치고 창문을 드르륵 열고는 다시 커어튼을 아무렸다. 선홍(鮮紅)색 넥타이를 풀고 옷을 벗은 남편은 정요의 이불을 헤치고 안으로 들어왔다.

정요는 입술을 포갠 채 남편의 키스를 받고 그의 몸을 끌어안았다. 남편이 아침에 돌아와 목욕물에 몸을 담그는 것은 간밤에 여자와 함께 지냈다는 걸 의미한다.

남편의 몸은 육중하면서도 찼다.

몽환 속의 목마름이 남아 있었음인지 정요에게는 남편의 써늘한 몸이 상쾌했다.

「운전살 바꿔야겠어.」

남편은 정요를 당겨 품으며 같은 말을 되풀이하였다. 아까는 자기 자신에게 말하는 소리였지만, 지금은 정요에게 하는 소리였다.

정요는 잠잫고 있었다. 아니다. 그녀는 남편의 말을 듣고 있지 않았다. 정요는 또다시 안타까운 은빛 새의 홰치는 소리를 듣고 있었던 것이다.

정요는 기다렸다.

정요는 떨리는 손길로 남편의 등줄기를 쓸어내렸다.

손을 더듬어 남편을 찾았다. 정요의 손이 닿자 남편은 기세 좋게 정요의 손바닥을 가득 채웠다.

이제는 은빛 새의 환청 소리도 멀리 들리지 않았다.

스며 나오는 샘물 소리가 들렸다.

남편은 써늘한 육중한 몸을 갑자기 뒤채며 정요 속으로 깊이 자기를 밀어 넣었다. 정요 안에서 남편을 받아들일 준비가 채 되기도 전이었다.

바람을 받은 커어튼이 펄럭였다.

펄럭이는 커어튼 너머로 흔들리는 나무잎이 밤이슬을 튕기며 떨렸다.

그사이 정요에게는 아무 일도 없었다. 들리는 것도 생각 키우는 것도 없었다. 오로지 떨리는 열락(悅樂)에의 귀의(歸依)와 원숙에로의 의지밖에는.

써늘하던 남편의 몸이 서서히 열을 뿜어 올리더니 갑자기 화끈 달아올랐다. 남편은 잠시 죽은 듯 움직이지 않았다. 그러나 이어 정요에게서 소리 없이 빠져나갔다.

정요의 몸은 성난 뱀장어처럼 꿈틀거렸다. 그녀의 언저리에서는 은빛 새의 안타까운 홰의 태질 소리가 무수히 피어올랐다.

「아아,」

정요는 손을 내밀며 남편을 더듬어 찾았다.

남편은 잡히지 않았다. 다만 남편은 정요를 조여 안고 그 목밑을 힘껏 깨물었다.

그 모진 아픔에 못 이겨 정요의 새는 기갈의 날개를 오무리고 정요의 깊은 곳에 자취를 감추었다.

잠시 후 남편이 물었다.

「어땠어?」

건강한 남편의 눈동자는 구름 한 점 없이 신선하기만 했다.

정요는 말없이 고개만 끄덕였다. 서글펐다.

정요로서는 괜찮다는 뜻이었지만, 남편에게는 좋았다는 뜻으로 받아들여진 모양이었다.

남편은 만족한 얼굴로 번뜻하게 한잠 취할 태세를 취하면서 말했다.

「운전살 바꿔야겠어.」

정요는 운전사 김이 남편에게 무엇인가 항변을 한 모양이라고 짐작했다.

남편은 누구에게나 항변받는 일을 극도로 싫어한다. 그러나 어떤 과실을 저질러도 그의 의사에 거슬리지만 않으면 언제고 그의 곁에 머물러 있을 수가 있었다.

남편은 여자관계를 번번이 만드는 축이었다. 그러나 누구에게나 몰입하는 타이프는 아니고, 어쩌다 생각이 나는 날에나 여가에 훌쩍 예고도 없이 그녀들을 찾곤 하였다.

격조의 기간이 한두 달이 넘으면 거개의 여자는 그런 관계를 참을 수 없어 뿔뿔이 떠나갔고, 여자를 만류하는 성미도 아니었지만, 일 년이고 이태고 참아 내는 여자에게는 어김없이 자기의 여자로서 대접을 하고 끝까지 보살폈다.

정요가 알기에도 그런 여자가 서너 명은 된다.

결혼 후 그 사실을 안 정요는 그런 상태로는 살 수 없노라고 푸념을 한 적이 있었다.

「못 살겠으면 그만두는 거지. 딴 방법이 있나.」

그렇게 말할 뿐 자신의 태도를 고치려는 기색은 없었다.

정요로서는 초혼이었지만 남편의 경우는 정요가 삼취째의 정실이었다. 전실과는 사별하였고, 재취는 정요 때문에 이혼을 했다.

정요가 그의 삼취가 된 것은, 그러니까 정요에 대한 사랑이 특별나대서라기보다 재취의 인내심의 결여 때문이라는 쪽이 옳다.

한 번 떠나간 여자에게는 눈도 주지 않는 남편이었다.

결혼 초에는 정요도 남편의 사랑이 특별난 것이라고 믿고 있었던 만큼, 남편이 외박이나 대여성 관계를 시정하지 않는 한 같이 살 수 없다고 버티어도 보았고, 친정으로 돌아가 있어 보기도 했었다.

그러나 남편은 눈썹 하나 까딱하지 않았다.

정요가 스스로 남편 곁으로 되돌아오고 말았을 때, 남편은 조난당한 참새를 품에 안듯 하고는,

「도망간 여자 때문에 남몰래 울 수는 있을지 몰라도 사라진 여자를 찾아다니는 일은 없을 거야. 싫어서 가는 거야 할 수 없지만, 그렇지 않을 바엔 가는 척해 보는 연극 따위는 안 하는 게 좋아.」

했던 것이다.

그 이후부터 정요는 남편이 하는 일에는 일체 언급과 참견을 삼가는 훈련을 스스로 쌓아 오며 산다.

남편에게 깨물린 자리가 얼얼하며 아팠다.

그러나 그것은 짜릿한 쾌감이기도 했다.

그것은 끝을 아물리지 못한 채 발버둥 치는 정요의 목마른 욕망을 위한 가장 신선하고 효과적인 종지부였던 것이다.

남편은 열한 시가 되어서야 일어나 조반을 들고, 김이 운전하는 벤츠를 타고 출근했다.

정요는 핸들을 잡은 김의 손을 차창 너머로 눈여겨보았다. 그날 비로소 느낀 일이지만, 김의 손은 억세 보이면서도 날씬하여 감정이 깃들어 있어 보이는 손이었다.

어느 때부터인지 정요는 이따금씩 남자의 손만으로 욕정을 일으키는 버릇이 생겼다.

남자의 손이 모두 그렇다는 게 아니고, 이따금 그런 현상의 내도(來到)를 겪는 것이었다.

김의 손이 그렇다는 건 정요에게 잠시의 유열(愉悅)이자 결별(訣別)이었다.

벤츠가 떠나간 후, 정요는 멍청히 선 채 그대로 있었다. 김의 손을 생각하고 있는 것도 아니었다.

김은 남편이 회사에 닿자마자 퇴직금이 쥐어지고 그길로 해고될 몸이다.

다시는 김을 만나지도 못하리라. 그렇다고 그것이 정요의 슬픔이 되는 일도 아니었다.

다만 김으로서는 의당 남편에게 항거할 만한 이유가 있었으리라고 이해가 될 뿐이다. 마치 정요 자신이 남편의 버릇을 고쳐 볼 양으로 친정으로 휴양지로 분주히 짐을 꾸려 안고 오르내리던 시절이 그랬듯이 말이다.

남편은 새벽 두 시건 세 시건 아무 데서나 기약 없이 자신의 벤츠 안에서 운전사로 하여금 기다리게 한다. 남편의 생각으로는 그것이 운전사의 직책이자 의무였던 것이다.

김은 인텔리다. 몰락한 고시 합격자였던 것이다.

김은 보나마나 8시간 노동법을 들먹이며 남편의 횡포(?)에 대항하였으리라. 그것은 김으로서 당연한 일이기도 하다. 그러나 김이 좀 더 남편을 알았더라면 결코 그렇게 굴지는 않았으리라. 그러나 좌우간 김의 태도는 옳았을지도 모르지. 그러나 옳고 그르고가 무슨 문제람. 정요가 온갖 장애를 무릅쓰고 오로지 남편의 아내여야 하듯이, 김 또한 오로지 남편의 운전사가 아니고서는 안 됐을 게 아닌가. 어째서 그렇다는 거야. 남편이란 그만한 위인이거든. 그러나……

정요의 머릿속은 난마(亂魔)처럼 어지러웠다.

남편은 때때로 정요를 한 달이나 두 달, 심할 때는 일곱 달씩 버려두는 수가 있었다.

의사 없는 행동은 하지 않는 것이 남편이고 보면 정요로서는 무엇이라 손을 써 볼 염조차 없었다.

남편에게 문제 되는 것은 항상 자신이었을 뿐, 정요까지를 합친 남의 욕망 따위는 일체 인정하지 않는 것처럼 보였다. 그렇다고 어쩌랴. 그것이 남편의 방법인데는.

때때로 정요는 남편에게

「당신이 딴 여자를 만들듯이 나도 딴 남자를 사귈래요.」

해 보는 게 고작이었다.

「당신 맘대루 해. 나는 막지 않아.」

실상 남편은, 정요에게 한두 번 정도의 정사(情事)의 경험이 있다고 생각하고 있는지도 몰랐다.

온전한 사랑은 상대방의 자유까지를 인정하는 행위라고 남편은 못 박았다.

정요로서는 남편의 자유를 인정해 주는 고역 속에서 신음하고 있는 거나 다름없었다.

정요로서는 남편의 자유를 인정하고 묵언하는 훈련을 쌓기 위해서 자신이 존재한다고 믿을 정도였다.

다만 정요로서 명백한 것은, 남편으로 하여금 정요 자신의 자유를 인정받기 위한 고역을 치르게 하지는 않으리라는 점이다. 그것이 정요의 사랑의 방법이다.

「방법? 사랑에도 무슨 방법이 있나?」

호탕하게 반문하는 남편의 목소리가 정요에게는 들리는 것만 같다.

「난 어떡하죠? 어떡하란 말이죠?」

일곱 달의 공규[1]를 치르는 동안 정요가 수없이 남편에게 되풀이해 물었던 말이다.

「어떡하다니? 당신은 날 사랑하고 있는 게 아니었나?」

오히려 남편은 그렇게 반문하며 의아해했다.

「당신은요?」

정요는 되물었다.

「물론 사랑하지.」

「사랑한다구요? 당신은 그러면서 사랑한다구 할 수 있어요?」

정요는 격했다.

껄껄 소리를 내면서 남편은 웃었다.

「사랑이란 정신적인 게 아니었던가?」

「당신은 진정으로 그런 소릴 하는 거예요? 사랑하니까 당신이 필요해지는 거예요. 안아 주세요, 사랑한다면.」

떼를 쓰듯이 정요는 남편에게 매달렸다.

「안 돼. 오늘은.」

「왜 안 되죠? 꿇어앉아 빌면 되겠어요? 내가 죽어 버려두……」

「정요. 남편을 믿어요. 사랑을 믿어.」

엄숙하게 타이르고 남편은 휑하니 나가 버렸다. 바람처럼 잡을 길 없는 임이었던 것이다.

남편의 사랑을 믿으라는 남편의 말이 있었음에도 불구하고 정요는 남편의 사랑을 믿지 않게 되었다.

1 오랫동안 남편이 없이 아내 혼자 사는 방.

믿음을 잃어 가는 정요는 갈증 난 수조(囚鳥)의 홰치는 환각에 사로잡혀 있었다.

정요는 남편을 떠나갈 채비를 갖춰야겠다는 강박의식 속에서 살았다.

남편은 밤마다 자신의 알맹이는 딴 여자에게 주어 버리고, 허깨비가 되어 정요에게 돌아오는 것이라고 여겨졌다.

남편은 정요가 떠나가기를 은연중 바라고 있는 건지도 몰랐다. 욕정이 증발된 여자를 거느리고 사는 남편의 부담이 정요에게는 노상 마음에 쓰였다.

아뭏든 정요의 사랑만큼 남편의 사랑을 바란다는 일처럼 철없고 어리석은 짓은 없을 거라고 정요는 자신에게 타일렀다.

정요는 남편 곁을 떠날 계기를 찾고 있었다. 남자 손에서 인력을 느끼기 시작한 것이 정요의 그런 결심과 무슨 관계가 있는지도 모른다.

정요는 사랑에는 반드시 욕정이 동반되어야 한다고 믿었다. 그것이 상식이며 건강한 정도(正道)라고. 욕정과 사랑을 구별하려 드는 남편은 평소의 남편답지 않게 궤변스러웠다. 결국 남편은 정요를 측은히 여기고 보살펴 주려는 것뿐이라고 짐작할 수 있었다.

정요는 누구에게라도 좋았다. 남편 곁을 떠날 계기를 만들어 줄 사람을 고대하고 있었다. 누구인지 모를 그에게 정요는 마침내 욕정을 느끼리라. 그러면 정요는 반드시 그를 새로이 사랑하기 시작할 것이다.

욕정은, 사랑을 정요에게 밀어다 줄 끝없는 파도로서 반복되리라. 그것은 율동하는 파류상(波流狀)의 끝없는 기복이요 반복으로서, 정요 안에서 영생(永生)할 것이다.

어떤 날의 일이다.

그날은 남편이 전화도 없이 외박한 채 아침이 되어도 기별조차 없는 날이었다.

아침 일찍 정요는 거리로 나갔다. 길 가는 여자들이 모두 정요 자신의 남편으로부터 정액을 생명수처럼 빨아들이는 그녀의 라이벌인 것처럼 보였다.

정요는 그녀들을 보지 않으려고 발 뿌리만 보면서 걸었다.

목적지도 없이 걸어가던 발길을 멈춘 것은 어떤 변두리의 2류 극장 앞이었다.

정요는 광고판을 무심히 쳐다보았다. 판판한 구리빛 상반신을 드러낸 남자의 등판에 여자가 얼굴을 묻고 있었다. 울고 있었다.

정요는 남자의 그 구리빛 알몸에 현기증을 느꼈다. 막연한 어떤 도취가 뚜렷한 선을 그으며 그녀의 척추를 스치고 자궁으로 몰렸다가 밖을 향해 빠져가는 것을 느꼈다.

정요는 자신에게서 빠져나간 그 뚜렷한 은백색 선의 환각에 이끌리며 몽유병자처럼 극장 안으로 들어갔다.

영화는 이미 시작되고 있었다. 그러나 정요에게는 영화 속에서 전개되는 이야기 따위는 아무래도 좋았다. 다만 그녀에게는 남자 주인공의 그 탄탄한 구리빛 몸을 눈여겨보는 순간만이 문제였다.

방심한 몽유병자처럼 동공을 크게 벌리고 그녀는 남자를 기다리고 있었다.

그녀가 넋을 잃고 기다렸기 때문일까. 정요는 자신의 손이 누군가의 손에 쥐여지는 것도 몰랐다. 아니다. 그녀는 알고 있었다. 다만 그것을 남편의 손이나 스크린 속의 남자의 손으로 착각했을 뿐이다. 그러기에 그녀는 잡힌 손에 오히려 힘을 주어 맞잡기까지 했던 것이다.

정요가 잡힌 손에 힘을 주어 맞잡자, 그 손의 주인공은 갑자기 용기를 얻었는지 정요의 손을 강탈하다시피 자기 쪽으로 끌어당겼다. 그러자 정요는 자신의 손바닥에 난데없는 힘이 쥐어지는 것을 느꼈다.

그것은 정요의 손 속에서 힘차게 발기되어 있었다. 이것은 어찌된 일인가. 정요는 어둠 속에서 침착하게 생각해 보려 하였다.

이것은 누구일까?

그것은 틀림없이 남편이 아닌, 스크린 속의 남자도 아닌 그 누구일 것이다.

정요의 척추를 스쳐 가는 전율의 선을 그녀는 또다시 느꼈다. 그러나 그 선은 정요의 자궁으로 몰려가는 대신 거꾸로 치솟으며, 정요의 입속에서 왈칵 구토증을 일으킨 것이다.

송충이처럼 징그러워진 그것에서 정요는 충동적으로 손을 뗐다.

그러자 남자의 손은 기갈 들린 것처럼 사정없이 정요의 손을 다시 나꿔채 갔다.

억센 남자의 손아귀로 포위당한 정요의 손은 그러나 이번에는 힘껏 꼬집었다.

예리한 남자의 비명이 숨죽은 영화관 속을 헤집어 놓았다. 장내가 삽시간에 악마구리 같은 소요의 수라장이 되었다.

경비원이 호각 소리가 삐삐 울렸다. 그 속에서도 남자는 잡고 있는 정요의 손목을 놓지 않았다.

어두운 장내에 불이 켜지고, 정요는 남자와 더불어 경비원에게 이끌려 밖으로 나갔다.

경비원이 정요와 남자를 보안계 형사에게 넘겼다.

정요는 눈을 똑바로 뜨고 상대방 남자를 지켜보았다. 이목구비는 미끈하게 정돈되어 있으나 천격스러움이 때국처럼 흐르는 삼십 대의 남자였다. 남자의 금으로 싼 앞니가 소름이 돋을 만큼 역겨웠다.

보안계는 그들을 이내 석방시켜 주었지만 남자는 정요를 잡고 늘어졌다.

남자는 상습적인 엽색 행각자임이 틀림없었다. 어떤 감언이설에도 움직임이 없다고 느꼈는지 그는 마침내 금품을 요구하는 것이었다.

「무엇 때문에 내가 당신한테 돈을 물어야 돼요? 피해 받은 쪽은 누군데……」

정요는 난생처음 경비원이나 보안계에게 주소 성명을 검문당하고, 마치 무슨 상스럽지 못한 죄인 취급을 당한 것에 새삼스레 울화가 치미는 것이었다.

사내는 음탕하게 웃었다. 웃을 때 눈꼬리에 잡히는 무수한 잔주름이 추했다.

「헤헤헤. 당신은 보기보다 훨신 쑥맥이군. 내 물건은 천하일품이야. 하룻밤에 열 번은 누워서 떡 먹기지. 보아하니 당신도 무던히 허기진 상판인데……」

의외라는 것일까. 정요는 그 이상 사내와 얼굴을 맞대고 있기가 싫었다. 온몸에 소름이 쫙 끼칠 만큼 생리적인 혐오감이었다.

정요는 핸드백을 툭 털어 아낌없이 던져 주고 도망치듯 그곳에서 빠져나왔다.

그날 밤 정요는 남편의 품 안에서 오래오래 울었다.

남편은 그날 밤 정요가 보인 그 유례없는 농정(濃情)의 원인을 저간의 정요의 공규 때문이라고 믿었다.

정요도 그 당시는 그렇게 믿었던 게 틀림없다.

오후 두 시가 조금 지났을 무렵에 남편은 전화로 정요를 불러,

「뭐 필요한 거 없오?」

하고 물어 왔다.

자주 그러는 건 아니었지만, 남편은 이따금씩 그런 갑작스런 선심을 베풀어 주는 버릇이 있었다.

「차 안 쓰시면 보내 주시겠어요? 오랫만에 농장에나 다녀오게.」

말이 농장이지, 그곳은 몇 해 전에 정요가 한 평에 50원 씩을 주고 산 만 평 가까운 황무지였다. 지금은 정요의 먼 일가뻘 되는 상이군인이 아내를 데리고 양계를 하고 있었다.

정요는 닭 사료를 대 주면서 이따금씩 그들이 강요하다시피 차 속에 넣어 주는 달걀을 받아다 먹기도 했고, 어린애들이 많은 친구들한테 나누어 주기도 했다.

이십 분쯤 후에 남편의 차를 몰고 온 것은 해고된 줄로만 알고 염두에도 두지 않았던 김이었다.

그런 일은 없을 테지만 남편의 마음이 변한 것일까. 정요는 김이 열어 주는 차 속에 몸을 담으며 생각하였다. 왠지 그 순간 남편의 변심을 바라고 싶었다. 그러나 그런 일은 아마 일어나지 않을 것이다.

정요가 그런 생각에 잠겨 있을 때, 김 쪽에서 먼저 입을 열어 궁금증을 덜어 주었다.

「지금은 서 사장님의 고용 운전사가 아닌 자격으로 사모님을 모셔다 드리는 겁니다.」

역시 틀림없는 일이었다.

「그동안 폐가 많았어요. 타실 거랑 다 타셨나요? 얼마나 되는

지……」

「두둑하게 탔읍니다. 역시 돈이 좋습니다. 호주머니가 무거울수록 마음의 무게가 가벼워진다는 것도 사실이고……」

근본적인 교양을 갖추고 있는 탓인지, 김의 태도에는 어딘가 유유자적한 멋이 있었다.

그렇게 보아 그런지 뒤에서 본 김의 뒤통수는 검은 머리카락이 꽤 자라서 덥수룩해 있었지만 청결해 보였다.

「이번에는 뭘 하실 작정이세요?」

「아직 생각해 보지 않았읍니다. 벤츠하고는 좀 더 같이 있어 볼 작정이었읍니다만.」

「그랬었다면 공연한 짓을 하셨군요.」

「그만두려는 생각은 없었읍니다.」

김이 뒷자리의 정요를 돌아다보며 말했다. 콧날이 상큼하고 거무티티한 얼굴에 박힌 우수에 쌓인 듯한 신경질인 눈이 매혹적이었다.

「불평 같은 건 말하지 말걸 그랬어요.」

「들으셨군요? 그 때문인가요?」

「못 들었어요. 하지만 물론 그 때문이예요. 그이는 불평이 있으면 나가라는 주의니까요. 무슨 불평을 했어요? 물론 불평투성이었을 테지만……」

「사모님의 경우도 마찬가집니까?」

「뭐가요?」

「불평투성이라는 말과 또……」

「물론 나도 마찬가지죠. 불평이 있으면 떠나는 거지요.」

「결국 불평은 없다는 말씀이 되는 겁니까?」

김은 웃었다. 무심한 웃음이었을 터이지만, 정요에게는 그가 자기를 비웃고 있는 것처럼 들렸다.

「어젯밤엔 비가 오지 않았습니까? 사장님하구 어떤 집을 찾느라고 고생이 막심했습니다.」

「그게 불평의 이유였던가요?」

「아니지요. 그 정도가 무슨 불평이 됩니까. 저는 밤새껏 사장님을 기다려야 했습니다. 새벽 네 시가 되어서야 견딜 수 없어서 근방 여관에서 한잠 잤지요. 겨우 잠이 들려는데 여관집 보이가 큰일 났다고 깨우지 않겠어요? 사장님이 차 속에서 기다리신다는 겁니다. 부리나케 뛰어갔죠. 사장님은 누구의 허락을 받고 가 잤느냐고 호통을 치십디다. 운전사는 부엉이가 아닙니다고 했지요. 저도 여간 화가 나지 않더군요. 그래? 나는 자네가 때로는 부엉이도 될 수 있다고 생각했었네 — 그러시더군요. 때로는 저도 부엉이가 되지 말았으면 합니다고 대답했지요. 사장님은 알았어, 라고 하시더군요.」

「미스터 김은 문학을 좋아하세요?」

느닷없이 정요는 화제를 바꾸었다.

김은 대답하지 않았다. 이윽고

「한마디 개인적인 질문을 해도 괜찮겠습니까?」

「하세요.」

「사장님은 왜 그렇게 여자들이 필요합니까?」

「버릇이겠지요.」

태연하게 정요는 내뱉았다. 그러나 그 말은, 정요 자신이 그에게라도 물어보고 싶은 말이었다.

「제 아내 얘길 할까요. 아내의 빚을 갚으려고 저는 공금을 횡령했습니다. 그리고 징역을 살았지요.」

김에게 과거가 있으리라는 짐작은 했었지만, 그 소리는 정요로서는 처음 듣는 일이었다.

「그래 지금은 행복해요?」

정요는 까칠해지는 입술을 침으로 축이면서 물었다.

「헤어졌읍니다.」

김은 간단하게 말했다.

정요는 한참 동안 김의 나부끼는 머리칼을 응시하고 있었다.

목이 마르고 입안이 깔깔했다. 김의 바람에 나부끼는 머리칼을 쓰다듬어 보고 싶었다.

충동은 정요의 내부에서 한정 없이 부풀어 올랐다.

핸들을 옆으로 꺾는 김의 억세면서도 날씬한 손을 정요는 나부끼는 그의 머리칼과 번갈아 어깨 너머로 수없이 바라보았다.

충동이 차츰 고조되자 숨이 가빴다.

차는 숲속에 나 있는 길을 달려가는 중이었다.

물동이를 인 여인이 숲을 헤치며 나오는 것이 보였다.

「세우세요!」

정요는 앙칼진 목소리로 그의 뒤통수에다 대고 명령했다.

달리던 차가 급정거를 하자, 그 반동으로 정요는 앞뒤로 사납게 까불렸다.

「목이 말라요.」

이번에는 기어들 듯한 정요의 목소리다.

김이 문을 열고 땅 위에 내려섰다. 그는 차의 프런트를 돌아 정요가 있는 뒷좌석의 도어를 소리 없이 열었다.

김이 손을 내밀었다. 정요는 김의 손을 잡고 땅 위에 내려섰다. 머리가 휭휭 울렸다.

「멀미를 하시는군요. 너무 급히 차를 몰았나 봅니다.」

그는 용서를 빌듯이 말하고, 정요를 앞장서서 샘께로 걸어갔다.

샘물은 약간 흐려 있었지만 물은 많았다. 아까 그 아낙네가 마구 휘저어 놓고 간 모양이다.

샘물은 좁고도 깊었다. 정요가 몸을 구부려서 물을 떠먹기에는 알맞지 않은 샘물이었다. 정요는 목 둘레가 둥글게 파인 폭 좁은 원피이스를 입고 있었다.

김이 샘물 속에 고개를 들이밀고, 허리를 구부려 두 손 가득히 물을 떠서는 정요의 입 가까이에 대 주었다.

정요는 주저 없이 그것을 받아 마셨다. 정요가 고개를 쳐들자 그의 빨려 들 듯한 두 눈과 맞부딪쳤다. 그의 눈은 움직임을 잃은 발열하는 흡반(吸盤)처럼 정요의 눈부셔하는 눈길을 잡고 놓지 않았다.

정요의 전신에서 열락의 잔물결이 일제히 일며, 기복하는 파류상으로 정요의 어두운 자궁 속으로 쏴아 소리내며 밀려드는 것을 그녀는 느꼈다.

억세면서도 날랜 그의 손길이 정요를 섬세하게 유도하는 방향을 따라, 그녀는 숲속 깊이 들어갔다.

부드럽고도 민첩한 그의 손은 정요의 밝고 어두운 온갖 곳에서 선율처럼 움직였다.

정요는 온통 열락의 도가니였다.

그것은 오랫동안 참고 견디며, 한결같이 목말라 있던 정요의 은 빛깔의 새가 기쁨에 떨며 홰를 치는 소리였다.

열락의 한순간은 자취없이 사라져 가려 하고 있었다.

정요는 감았던 눈을 떴다. 눈부신 초여름의 햇살이 물기 오른 군엽(群葉) 사이로 금가루처럼 쏟아지고 있었다.

정요는 다시 눈을 감고 땅 위에 누웠다. 영롱한 새소리를 들었다. 그리고 차분히 숨 쉬는 숲의 소리까지도 귀에 들려왔다. 모든 게 투명하고 가벼웠다.

정요는 껑충 뛰어 일어났다.

「클랙슨 소리가 나는 것 같애. 갑시다.」

경쾌하게, 그러나 사무적인 어투로 그녀는 말했다.

김은 활달하게 앞장서 가는 정요의 뒷덜미에다 대고,

「오늘 일은 어떻게 생각해야 될까? 물론 사랑이 시킨 일은 아니었을 테고.」

「불쾌해요?」

새 같은 소리를 내며 정요가 그를 뒤돌아보았다.

그는 힘없이 고개를 가로저었다. 그의 얼굴은 허망해 보였고, 슬픈 기색마저 떠올라 있었다.

「저는 결코 오늘을 잊지 않을 겁니다.」

소년처럼 그는 말하였다.

「그건 또 무슨 뜻이죠?」

「사랑하기 시작했다는 말이겠지요.」

사랑? 정요는 그 말을 가슴속으로 몇 번이나 튕겨 보며 되뇌었다.

남편이 말끝마다 사랑 타령을 일삼는 정요에게,

「정요는 서양 년인가? 밤낮 사랑 타령이니.」
하고 웃던 생각이 났다. 지금의 정요도 그런 투로 김을 가볍게 꼬집으며 웃어 주고 싶었다.

결국 남편이 언제나 정요보다 한 단 위였다는 생각이 든다.

〈내가 사랑하는 건 남편만으로 족해.〉

정요는 속으로 중얼거렸다. 이제 다시는 누구에게도 그의 자유를 인정하는 고역을 치르기란 질색이었다.

그리고 지금에 와서야 정요는, 자신의 몸속에 도사리고 있는 그 은 빛깔의 새에겐 눈이 없다는 걸 깨달았던 것이다.

예지(叡智)의 광휘(光輝) 없이 열락만 충동적으로 욕구하고 나대는 눈먼 조그만 은 빛깔의 작은 새.

지금 정요의 몸속에는 그 은 빛깔의 작은 새가 만열(滿悅)[2)]이 몸을 누이고 평화롭게 잠들어 있다.

그제서야 정요는 웅숭깊은 황금색의 여운을 길게 뻗히는 사랑의 실재를 눈여겨볼 수가 있었던 것이다.

—《사상계》 182호, 1968년 6월;

구혜영, 『은빛깔의 작은 새』(창원사, 1975)

2 만족하여 기뻐함.

## 함혜련(咸惠蓮 · 1931～2005)

함혜련은 1931년 강원도 양양에서 태어나 강릉에서 성장하고 강릉사범학교를 졸업했다. 1951년부터 1952년까지 황금찬, 최인희, 이인수, 김유진 등과 함께 '청포도' 동인으로 활동했다. 1951년 동인지《청포도》에 작품을 발표한 후 1959년《문예》에 박기원의 추천으로「아침에의 기도」,「문안에서」등을 발표하며 시단에 나왔다. 1969년 첫 시집『문안에서』이후『아침』(1973),『아침 파도』(1976),『강물이 되어 바다가 되어』(1977),『불이 타는 강』(1979),『열대어』(1984),『바람과 야생조』(1986),『웅녀의 겨울 편지』(1988),『그리워하는 일은 너무 힘든 노동 같아』(1990) 등의 시집을 출간했다. 1992년『함혜련 시 전집』을 발간한 후에도『바다를 낳는 여자』(1993),『아침 무지개』(1994),『화려한 소문』(1994),『12월이 지나면』(2002) 등 많은 시집과 시선집, 수필집 등을 출간하며 활발히 활동했다. 여러 작품들이 미국, 일본, 대만 등지에서 번역되었다. '여류시' 동인, 한국문인협회 회원 등으로 활동했다. 미국 아이오와대학교 국제 창작 프로그램 한국 대표를 역임하며 캘리포니아대학, 산타바바라, 시애틀 등지에서 '함혜련 시 낭독의 밤' 행사를 가졌다. 2005년 타계했다.

함혜련은 '청포도' 동인으로 활동하며 현대 강릉 시단의 초석을 다진 시인으로 평가받는다. 첫 시집『문안에서』부터 '문門안'의 세계를 벗어나 '문밖'으로 나아가려는 진취적인 상상력을 통해 여성의 한계를 뛰어넘고자 했다. 함혜련 특유의 경계를 뛰어넘는 활달한 어법과 자유로운 상상력으로 전통적인 정서에 구애받지 않는 폭넓은 사유와 세계를 구축함으로써 1960년대 여성 시의 개성적인 자리를 열어젖혔다. 국제 창작 프로그램에서의 낭독 활동과 번역 등을 통해 자신의 시를 알리는 국제적인 교류를 다수 펼쳤다.

여성 시를 향해 '여류 시'라는 편견과 폄하가 여전히 있던 시대에 함혜련의 시는 시베리아, 툰드라, 아프리카 등 넓은 대륙을 향해 나아가는 진취적인 상상력으로 여성 시의 진폭을 넓히는 데 기여했다. "자꾸만 퇴색하는 소라 껍질"(「사월」)에 갇힌 현실에서 벗어나 "어느 먼 광야에서/ 종장을 맺지 않은 피아노의 건반을/ 포르티시시모로 두드리러 가는"(「내 음악이 멎을 때까지」) 행보로 '말의 오케스트라'이자 '우주의 향연'을 펼쳐 보이는 시를 쓰겠다는 시인의 바람을 몸소 실현했다.

이경수

# 내 音樂음악이 멎을 때까지

늦 여름의 저녁 어스름
대청마루에서 번갯불을 본다.
튀어 나온 불빛보다 더 빠르게
쩌렁, 공간에 금이 간다
圓원의 影像영상이 이지러진다.
나는 황급히 금 간 거울 속의 얼굴을
매만지며 곧 이어 와 닿을 거창한 소리
바위에 부서지는 怒濤노도소리보다 더 우렁찬
천둥 소리를 유심히 기다린다.
귀는 螺旋나선의 작은 洞穴동혈.
나는 벙어리가 된채
天地천지가 점점 조여드는 고요 속을
바람에 넘어 가는 책장처럼 섰다
가슴을 밀고 파도가 인다.
어느 먼 曠野광야에서
終章종장을 맺지 않은 피아노의 건반을
포르티시시모로 두드리러 가는 거다.

밤 하늘에 별이 한 두어개
下水口하수구같은 음산한 표정으로 방향을 위압한다.
그 속을 어디고 돌이라도 던져 깨트리고 싶은 것이
동아줄 보다 더 질기게
내 앞 빈틈없이 흐르고 있음은.
아아, 寂寞적막의 그 강을 못 넘어
千年천년도 더 묵은 소라껍질같은
비인 洞穴동혈에
천둥은 아직도 울리어 오지 않고
太古태고 以前이전으로 공허한 深淵심연속에
沈潛침잠되어 감은 무슨 까닭인가.
울리어 오라
肉육의 약한 線선이 다 풀리기 전
너는 우렁찬 鍾종의 터지는 몸짓으로
울리어 오라.
벽이 무너지고 눈이 멀고
네 소리에 부딪쳐 化石화석이 되게 하라.
그 뿐
내 마지막 章장의 음악은 멎고
하늘은 다시 잠잠해 지리니
언제까지 이렇게 邊변에서 뒹구는
소라의 殘骸잔해만을 지키고 있을 건가.

— 함혜련, 『문안에서』(백문당, 1969)

## 강인숙(姜仁淑·1933~)

소정小汀 강인숙은 1933년 함경남도 갑산에서 태어나 경기여고, 서울대학교 국어국문학과를 거쳐 숙명여대 국어국문학과 대학원을 졸업했다. 배우자는 초대 문화부 장관 이어령이며 두 사람은 대학에서 만났다. 1965년《현대문학》을 통해 문학평론가로 등단하였고 수필가, 번역가, 문학평론가로 활동했으며 건국대학교 국어국문학과에서 후학을 양성했다. 2001년에는 이어령과 강인숙의 이름 한 자씩 넣어서 만든 영인문학관을 개관하고 현재 관장으로 있다. 일제강점기를 경험한 세대로 일본어 독해가 가능했으며 불문학을 부전공으로 하는 등 외국어에 능통했다.「자연주의를 중심으로 한 김동인 연구」(석사학위논문,1964),「자연주의 연구: 불·일·한 삼국 대비론」(박사학위논문,1985)을 필두로 한국 자연주의 문학 연구에 괄목할 만한 성과를 남겼다.

문학 연구를 집대성한 저작으로 총 여섯 권의 『강인숙 평론 전집』(2020)을 간행했다. 1권 『김동인과 자연주의』, 2권 『염상섭과 자연주의』에서는 한국 근대문학 형성기 자연주의 문학을 탐구했으며, 이어서 5권 『한국 근대소설 연구』가 있다. 3권 『박완서 소설에 나타난 도시와 모성』과 6권 『여류문학, 유럽 문학 산고』는 박경리, 강신재, 한말숙, 손장순의 소설을 비롯한 유럽 문학에 대한 단평을 실었다. 번역서로는 콘스탄틴 게오르규의 『25시』(1975), 『키라레싸의 학살』(1974)과 에밀 아자르의 『가면의 생』(1977) 등이 있으며, 수필집으로 『언어로 그린 연륜』(1976), 『생과 만나는 저녁과 아침』(1978)을 비롯해 『편지로 읽는 슬픔과 기쁨』(2011), 『서울, 해방공간의 풍물지』(2016), 『어느 인문학자의 6·25』(2017), 여행 에세이 『함께 웃고, 배우고, 사랑하고』(2023), 이어령과의 삶을 머문 공간을 통해 보여 주는 『글로 지은 집』(2023) 등을 집필했다.

강인숙은 한국 근현대문학을 연구한 여성 국문학자이자 여성 평론가 1세대로서 대학 강단에서 국문학 연구 성과를 남겼으며 후학을 양성했다. 2020년 『강인숙 평론 전집』(전 6권)을 발간했다.

안미영

# 女流文學여류문학의 새 指標지표

## 一1, 女流文學여류문학의 限界한계

작가를 남성과 여성으로 구분하는 것은 어찌 보면 모순된 일인 것 같다. 그것은 작가를 도별로 분류한다거나 출신 계급이나 출신 학교별로 분류하는 경우처럼 어색한 일이다. 작가에게 있어서 성이나 연령 같은 것은 어디까지나 부차적인 의미밖에 못 가진다. 문제의 대상이 되는 것은 언제나 그들이 산출한 작품이어야 한다.

그런데 작품을 이해하기 위하여서는 그 부차적인 것들 — 작가의 체험이나 생장한 환경, 출신 성분 같은 것이 다시 문제가 된다. 그것들은 작품이라는 꽃을 피우게 하는 토양의 한 구성 요소이기 때문이다.

작가라는 명사 위에 불필요한 것 같은 『여류』라는 말이 덧붙게 되는 것도 대체 이러한 이유에서인 것 같다.

남자와 여자는 하늘이 그들에게 맡긴 직책이 이미 다르다. 따라서 그들의 행동 반경이 서로 다르고, 관심의 대상이 또한 다르다.

그런 면에서 그들의 생활에서 받는 애환(哀歡)의 감도나 사고의 방향이 달라질 수밖에 없다.

그래서 A·티보데는 소설을 남성적 양식(도리아식)과 여성적 양식(이오니아식)으로 분류하였다. 전자가 편력의 문학이며, 모험과 행동의 문학인 데 반하여, 후자는 정착의 문학이며 내면적 심리의 갈등을 그리는 문학이라는 것이다.

여류 작가들은 거의 다 이오니아식 소설 양식을 택한 작가들이다. 우리나라의 경우라고 다를 것이 없다.

### 二2, 風俗小說풍속소설

이오니아 양식의 소설의 무대는 안방이다. 안방은 여자가 생활하는 곳이다. 먹고 자고 일하는 일상적 생활의 장소이기도 한 안방을 중심으로 하여 부엌과 마당으로 구획 지어진 조그마한 생활의 터전. 거기에서 벌어지는 평범한 이야기들을 통하여 인생을 그려 나가는 방법이다. 제인 오스틴이 즐겨 그리던 일상사(day by day events)를 우리나라의 여류 작가들도 많이 다루고 있다.

최정희(崔貞熙) 씨의 《흉가》《찬란한 한낮》, 임옥인(林玉仁) 씨의 《전처기(前妻記)》《후처기(後妻記)》, 강신재(康信哉) 씨의 《팬터마임》, 정연희(鄭然喜) 씨의 《웅덩이》, 그리고 한말숙(韓末淑) 씨의 《노파와 고양이》《행복》《어느 여인의 하루》와 같은 작품들은 모두 『안방』과 그 주변에서 일어나는 사소한 사건들을 그린 작품이다.

거기에는 요란스러운 구호나 거창한 스케일 같은 것은 없다. 혜원(蕙園)의 풍속도처럼 살아 있는 인간들의 모습이, 그들의 운명과 그들의 갈등과 희로애락이 차근히 다듬어진 모습으로 그려져 있을 뿐이다.

이러한 생활의 모습을 그린 작품들은 옛날에도 있었다. 중국 소설의 번안(翻案)을 일삼는 한문소설들이 쓰여지던 시대에 여인들에 의하여 씌어진《한중록(閑中錄)》이나《인현왕후전(仁顯王后傳)》 같은 작품들이다. 거기에는 살아 있는 인간들의 모습이, 그들의 풍습과 몸가짐까지도 눈에 보이듯이 선명하게 그려져 있다. 이러한 작품의 작자들은 발작[1]이 자처한 것과 같이 매너와 코스튬(costume)을 그리는 역사가들이다. 일시에 몰려든 외래 사조의 탁류 속에서 시작된 한국의 근대문학에 가장 필요했던 것이 이러한 역사가적인 모습이 아니었던가 싶다.

미처 소화시키지도 못한 외래의 구호를 외치면서 거리에 나서야 했던 초창기 문단의 지도적인 작가들. 그들이 새로운 이중의 기치를 바꿔 들기에 급급하여 소홀히 하기 쉬웠던 것들이 이런 지상의 생활이었다. 이광수(李光洙)나 김동인(金東仁)의 소설이 자칫하면 설교나 구호를 노출시키기 쉬웠던 그 결점을 여류들의 이 조그만 작업이 보상하기 시작한 것이다.

그러나 그 작업이 안방에서 일어난 조그만 사건으로 끝나서는 안 된다.

《소년 예술가의 초상》[2]이라는 소설을 보면 스티븐 디다라스가 책 뒷장에 자신의 주소를 적어 넣는 장면이 있다. 그는 제일 처음에 자신의 이름을 쓴다. 그리고 다음에는 학급, 그다음에는 학교, 그다

1 오노레 드 발자크. 프랑스 소설가.

2 제임스 조이스 소설, 『젊은 예술가의 초상』.

음에는 마을과 고을 이름을 쓰고, 마지막에 가서 자신이 속한 나라와 주의 이름과 세계를 쓴다.

상기한 여류 작가들은 디다라스처럼 개인의 이름을 쓰는 데서 시작하여 차츰 그들의 세계를 확대하여 가는 작가들이다.

《한중록》처럼 자전적인 푸념이나 넋두리 같은, 아주 개인적인 데서 시작된 이 개미의 작업은 점차로 그 범위가 넓어져 가서 그 촉수가 현실의 밑바닥 깊은 곳에까지 다다르는 경지에 이르고 있다.

비교적 근자에 발표된《노파와 고양이》《찬란한 한낮》《웅덩이》와 같은 작품들은 인생의 한 단면 속에 현실을 압축시키는 일에 성공을 거둔 좋은 예라고 할 수 있다.

### 三3, 心理小說심리소설

도리아식 소설이 새로운 세계를 향하는 끊임없는 행동의 로마네스크를 추구하고 있는 동안에 이오니아식 소설이 더듬어 간 것은 인간의 심리의 세계다.

라블레의 시대부터 이미 여인들은 심리소설을 쓰기 시작했다. 이것은 국적과 시대를 초월하여 대부분의 여류 작가들이 걸어간 길이다. 전기한 안방 중심의 문학은 동시에 심리 묘사의 문학이기도 했던 것이다. 우리나라의 여류 작가들도 거의 다 이 양면을 구비하고 있다.

그중에서도 특히 기억할 만한 작가는 강신재 씨와 한무숙(韓戊淑)씨 같은 작가다.

《바바리 코우트》《젊은 느티나무》의 작가 강신재 씨는 단편소설이라는 제한된 그릇 속에 선명한 심리의 투시도를 그려 넣는 명수다. 이론으로는 설명할 수 없는 인간의 심리의 앰비밸런스를 묘사하는 씨의 수법은 유니크하다. 작자의 의도를 위하여 작중인물에게 무리를 시키는 일이 없다. 씨는 그저 한 폭의 그림을 그릴 뿐이다. 거기에 주석을 붙이거나 설명을 하는 일이 없다. 씨의 작품이 지니고 있는 미묘한 분위기와 거기에 나오는 인물들이 잊혀지지 않는 것은 이런 부담이 없는 데서 오는 것이 아닌가 싶다.

《월훈(月暈)》《떠나는 날》의 작가 한무숙 씨는 강 씨와는 또 다른 심리소설의 일면을 제시하였다. 그러나 씨에게서 특히 기억해야 할 작품은《감정이 있는 심연(深淵)》이다. 그 작품에서 씨는 여지껏 평면에 그쳤던 심리 추구에 새로운 차원을 열어 주었다.

섹스 콤플렉스, 길트 콤플렉스를 다룬 이 작품은 피해자와 가해자의 내적 갈등을 취급한 한말숙 씨의《상처》와 함께 인간 심리의 심층을 파고들어 간 그 노고만으로도 치하를 받을 만하다. 그러나 이 두 작가는 거기에서 그치지 않고, 자신들의 의도를 형상화시키는 일에도 성공을 거두고 있다. 앞으로 이 두 작품은 심리소설의 나아갈 길의 한 이정표가 되어 줄 것이다.

### 四4, 社會小說사회소설

여자는 생리적으로 한곳에 정착하도록 숙명 지워진 존재다. 아이를 임신하고 그 아이를 기르도록 맡겨진 여자의 천직이 그러한 정착을 요구하고 있다. 그래서 여자를 가정적인 동물로 간주하는 통념이 생겨 버린 것이다. 더구나 우리나라처럼 전근대적인 여성관이나 가족제도가 그대로 남아 있는 곳에서는, 여성에게 사회적인 활동의 무대가 닫혀져 있었기 때문에, 여류 작가라는 말이 자칫하면 가정의 테두리를 벗어나지 못하는…… 근시안적인 협소한 세계의 소유자를 연상시키기 쉬웠다.

또 사실 사회적인 것에 대한 무관심이 여류 작가의 결정적인 약점이었기도 했다. 그렇다고 사회적인 면에 관심을 가진 작가가 아주 없었던 것은 아니다. 프로문학이 성행하던 시기에 작품 활동을 하던 박화성(朴花城), 최정희(崔貞熙) 양 씨의 초기 작품이 이미 사회에 대한 관심을 보여 주었고, 강경애(姜敬愛) 씨의 《지하촌》 같은 작품도 같은 계열에 속한다.

그러나 이러한 요소는 전기한 풍속의 묘사나 심리 추구의 문학에 비기면 수적으로나 질적으로 약세에 놓여 있었으며, 자칫하면 단절되기 쉬운 형편이었다.

그러다가 1950년대에 들어가서 박경리(朴景利) 씨가 나오면서 이 분야는 활기를 띄기 시작했다.

《불신시대》《암흑시대》 등의 초기 작품에서부터 씨는 이미 이 방면에 관심을 보이기 시작했다.

씨는 거의 집요하리만큼 한 여인의 비극을 추구해 가는 작가다. 각도와 장소를 달리해서 같은 문제를 깊이 있게 파고들어 가는 그 끈기와 의지. 그것이 씨를 다른 여류 작가와 구별하게 하는 한 특징이 되고 있지만, 문제는 그것보다도 그 비극이 한 여인의 것으로 시종하지 않고 사회적인 데로 확대되고 있는 곳에 있다. 개인을 짓밟는 사회의 메카니즘과 그 악에 대하여 씨는 눈을 부릅뜨고 맞서고 있다. 그것은 고발이라기보다는 일종의 항거(抗拒)다.

처녀작(處女作)《계산》에서 시작하여 《시장과 전장》에 이르는 대부분의 작품들을 통하여 씨는 이러한 고발과 항거의 자세를 확보하고 있다. 최근에 발표된《뱁새족》에 와서 씨의 고발정신은 신랄한 풍자까지 곁들여 한층 강조된 듯한 느낌을 준다.

그러나 씨의 작품 중에서 특히 기억해야 할 작품은 역시《시장과 전장》이다. 6·25라는 민족의 거창한 비극을 한 가족의 움직임을 통하여 그려 나간 이 작품은, 그 전쟁을『가장 가까운 거리에서, 가장 대담하게 표현한 작품』(洪思重홍사중)이며 미시적(微視的)인 면과 거시적(巨視的)인 면을 구비하고 있어, 우리나라의 전쟁소설의 한 피크를 이루고 있다.

금년도의 여류문학상을 탄 손장순(孫章純) 씨의《한국인》도 사회에 대한 짙은 관심을 표명한 작품이다. 손 씨는 박 씨보다 한 걸음 더 나아가 정치적, 경제적인 분야에까지 그 관심의 영역을 넓혀 갔다.

그러나 같은 사회소설이라도 여류 작가의 경우는 시발점이 언제나 안방과 직결되어 있다. 전쟁을 시장과 결부시킨 그 착상법부터 특이하다. 이념의 싸움터(戰場전장)를 생활의 싸움터(市場시장)와 연결시킨 것은 씨의 공적이다.

비록 그것이 홍사중 씨의 말대로『비좁은 시각으로 하여 전쟁을 개인의 생활 속에 충분히 용해시키지 못한 채 그저 하나의 배경처럼 되어 버리고 말았다』할지라도.

손 씨의 경우도 역시《한국인》이라는 거대한 문제가 안방과 연결되어 있다. 연결되어 있는 것뿐 아니라 그쪽의 비중이 너무 무거워져 버렸다. 사회적인 것에 대한 관심의 폭에 비해 안방적인 요소가 승했다는 것은 양 씨(兩 氏)가 여류 작가라는 것을 다시금 생각케 하는 자료가 된다.

끝으로 위의 두 작품이 장편소설이었다는 것을 기억하고 싶다. 그들의 테마가 그 정도의 진폭(振幅)을 가지고 전개될 수 있었던 것은 그 작품의 볼륨과 관계가 많다.

불행히도 소설 문학의 전통이 단편소설에 있었던 우리나라에서 장편소설이 쓰여지기 시작했고, 그 방면에서 성공을 거둔 작품들이 나오는 것은 반가운 현상이다.

### 五5, 女流文學여류문학의 새 指標지표

생활과 밀착되어 있다는 것은 상기한 세 종류의 소설에 있어서 공통되는 여류문학의 특징이며 동시에 장점이다. 탈레스처럼 별을 헤아리다가 도랑에 빠지는 그런 실수는 여류의 세계에서는 별로 없다. 자그마하나마 꼼꼼하게 다듬어진 안락한 소주택과 같은 것. 그 정착에서 오는 안정된 분위기가 여류 작가의 작품 세계다.

남성적 양식의 문학은 도상(途上)의 문학이다. 저들은 제가끔 새로운 것을 추구하기 위하여 늘 출항의 자세를 갖추고 있다. 그러기 때문에 그들의 세계에는 침체가 없고 그러기 때문에 그들의 세계는 다양하고 넓다. 그들은 풍차와 싸우는 돈키호테를 만들어 냈고, 회의에 잠겨 있는 햄릿의 재빛 눈동자를 그려 냈으며, 흘러간 세월을 더듬기 위해 콜크로 막아 버린 밀실에 스스로를 감금하기도 했고 미지의 밀림을 향하여 나서는 모험에 헌신하기도 했다.

『소설에 있어서도 남녀의 결합은 이상적이다』라고 알베르 티보데[3]는 말하였다. 앞으로 한국의 여류 작가들은 자신의 장점을 최대한으로 살려 가면서 자신에게 결여된 요소들을 보충하는 데 노력하여 스스로의 세계를 보다 높은 차원으로 지양시킬 수 있는 길을 모색해야만 될 것 같다.

『나』에서 시작하여 『사회』와 『인류』에까지 뻗어 가는 꾸준한 상승에의 길. 거기에 여류문학의 새 지표를 세우고 싶다.

—《현대문학》157호, 1968년 1월(제목 '한국 현대 여류작가론');
강인숙, 『한국 현대 작가론』(동화출판공사, 1971)

3 프랑스 문학비평가.

## 김후란(金后蘭·1934~)

김후란은 본명 김형덕으로 1934년 서울에서 태어나 서울대학교 사범대학 가정과를 중퇴했다. 《한국일보》, 《서울신문》, 《경향신문》 문화부 기자와 《부산일보》 기자로 활동했다. 1954년 《경향신문》과 반공연맹이 주최한 전국 대학생문예 콩쿠르 소설 부문에 입선하였고, 1959~1960년에 걸쳐 《현대문학》에 시 「오늘을 위한 노래」, 「문」, 「달팽이」가 신석초 시인에 의해 추천되면서 본격적인 작품 활동을 시작했다. '청미회'의 동인으로 활동했다. 1967년 첫 시집 『장도와 장미』 이후 『음계』(1971), 『어떤 파도』(1976), 『눈의 나라 시민이 되어』(1982), 『숲이 이야기를 시작하는 이 시각에』(1990), 『서울의 새벽』(1994), 『우수의 바람』(1994), 장편 서사시 『세종대왕』(1997) 등의 시집을 출간했다. 2000년대 이후에도 시집 『시인의 가슴에 심은 나무는』(2006), 『따뜻한 가족』(2009), 『새벽, 창을 열다』(2012), 『노트북 연서』(2012), 『비밀의 숲』(2014), 『고요함의 그늘에서』(2017), 『그 별 우리 가슴에 빛나고』(2020) 등을 꾸준히 선보였다. 현대문학상, 월탄문학상, 대한민국문학상, 서울특별시 문화상 등을 수상했으며, 한국여성개발원장, 한국여성문학인회 회장, 문학의 집 서울 이사장을 역임했다. 대한민국예술원 회원이다. 여성문학사에서 김후란은 최초의 여성 시인 중심의 동인이라고 할 수 있는 '청미회'를 1963년에 주도적으로 발족하고 동인지

《청미》를 지속적으로 간행했다는 점에서 중요한 의미를 가진다.

김후란 시인의 시 세계는 전통 서정시의 계보를 이으면서도 지식인 여성 시인 특유의 존재론적 인식을 드러낸다는 특징을 보인다. 초기작부터 사변적인 관념을 멀리하며 구체적인 실존을 탐색해 온 김후란의 시는 이후 자신의 존재를 인식하는 데서 더 나아가 타자를 인식하고 타자와의 합일을 추구해, 개인적 존재를 넘어선 사회적 존재로 시적 주체를 인식하는 데까지 이른다. 2000년대 이후의 시에서는 나무, 가족, 우주 등으로 연결되는 상상력을 통해 존재론적 인식의 확장을 보여 준다.

초기 시인 「거울 속 에뜨랑제」에는 거울을 통해 마주한 자신의 모습을 낯설어하는 시적 주체가 바깥에서 요구되는 일상적 자아와 균열을 일으키는 자기 내면을 포착해 '에뜨랑제'로 명명한다. 김후란의 시는 초기부터 낯선 이방인으로서의 자기를 발견하며 구체적인 실존을 탐색하면서도 점차 존재론적 인식을 확장하는 자리로 나아가며 한국 여성 시에 지적인 성찰의 시선을 불어넣었다는 점에서 의미를 지닌다.

이경수

## 거울 속 에뜨랑제

구름을 밀어내듯
손바닥으로 안개를 지우면
거기 서운한 모습을
가누고 선
내가 있다.

透視투시하는 눈 두 개
주인 없는 한 방에 安息안식을 찾아
램프처럼 흔들리는데

어둠 속에 물방울 떨어지는 소리
똑, 똑, 무겁게 인내하듯
내 實在실재를 확인하듯
그것은 잠기지 않은 수도꼭지에 凝結응결된
한가닥 餘裕여유의 내 호흡이다.

모든 시간이 정지한 채
뒤를 돌아다봄 없이
무수히 흘려보내는,

침묵의 豫告예고를 간직하고
딩구는 숱한 許容허용이
네 앞에선 한갓 사랑스런 여인이고 싶어도
다만
너의 無限무한을 가로질러 스쳐가는
하나의 에뜨랑제.

—《현대문학》, 1964년 11월;
김후란, 『장도와 장미』(한림출판사, 1967)

## 전혜린(田惠麟 · 1934～1965)

전혜린은 1934년 평남 순천에서 조선총독부 고급 관료였던 전봉덕의 딸로 태어났다. 비교적 유복한 유년 시절을 보낸 그녀는 한국전쟁 중인 1952년 서울대학교 법과대학에 입학한 후, 3학년 때 독어독문학으로 전공을 바꾼다. 그 과정에서 법조인이 되기를 원했던 아버지와의 불화로 이후 유학 생활에 경제적 지원을 받지 못하게 된다. 그 때문에 유학 생활은 무척 궁핍했는데, 힘들었던 유학 생활은 그의 수필에 내면적인 고통으로 표현되어 있다. 그렇게 독일 뮌헨대학교 독문학과에서 유학 생활을 하고 졸업한 해인 1959년에 귀국한다. 유학 중 1955년 가톨릭에 귀의해 막달레나라는 세례명을 얻고, 이후 유학생이었던 김철수와 결혼해 딸 하나를 얻었지만 1964년 이혼한다. 경기여고, 서울대 법과대학, 성균관대, 이화여대 등에 출강하다가 1964년 성균관대학교 조교수가 된다. 한국에서는 연구와 강의에 열중하는 한편 수많은 독일문학을 열정적으로 번역하고 에세이도 발표한다. 국제펜클럽 한국본부 번역분과 위원으로 위촉되기도 한다. 1965년 1월 자택에서 세코날 마흔 알로 자살하기까지 문화계에서 활발한 활동을 이어 간다. 그녀의 자살은 당대뿐만 아니라 현재까지 회자될 정도로 사회에 큰 충격을 주었다.

연구 논문으로는 성균관대 교수 시절 작성한 뷔히너의 작품론인 「단톤의 허무주의와 염세적 세계관에 관한 소고」(1964, 『독일문학논고 3(1)』)가 있다. 또 번역서로는 프랑수아즈 사강의 『어떤 미소』, 루이제 린저의 『생의 한가운데』, 헤르만 헤세의 『데미안』, 하인리히 뵐의 『그리고 아무 말도 하지 않았다』, 이미륵의 『압록강은 흐른다』 등 10여 편이 있다. 이들 텍스트는 대부분 베스트셀러가 되어 당대 문화계에 큰 영향을 끼친다.

그러나 전혜린에게 명성을 가져다준 것은 사후에 출간된 에세이들이다. 『그리고 아무 말도 하지 않았다』(1966), 『이 모든 괴로움을 또다시』(1968)는 당대 최고의 베스트셀러였을 뿐만 아니라 현재까지도 꾸준히 읽히고 있다. 이 작품들은 지식인 여성 독자들이 본격적으로 등장하는 1970년대에 '전혜린 현상'이라는 말이 만들어질 정도로 문학청년들은 물론 대중에게도 큰 영향을 끼친다. 전혜린의 지적 성취와 삶에 대한 치열함은 자기 삶에 대한 주체적인 각성이 시작된 당대 여성들에게 큰 의미를 주었다. 이 선구적인 지식인 여성이 보여 준 존재론적 성찰의 작품들은 형이상학을 허락하지 않았던 전후 황폐한 근대화 시기의 소중한 성취이다.

박지영

# 목마른 季節계절
## —이십 代대와 삼십 代대의 중간 지점에서

구루마의 바퀴같이 타성처럼 회전하고 있는 생활이
내가 삼십 대 여인으로 되어 가는 징후일 것이다.

오랫동안 나이를 생각해 보지 않았었다.

지금 내 나이 이십구 세 — 그러니까 액년이다. 그러나 올해 나는 특별히 재앙이나 불행을 겪지 않고 지났다. 만성적 재앙으로 침체를 들 수 있을 뿐이다. 직업이나 모든 면에서 올해는 무발전의 해였다.

꽤 미신가인 나는 올해 초부터, 소위 아홉 자가 든 올해를 두려워하면서 무슨 카타스트로프[1]를 예상하고 있었으나 아무 일도 안 일어났다. 어느 해나 마찬가지로 평범하게 흘러갔다.

연령의 중량도 지금 내 펜에 쓰이는 대상으로서만 비로소 내 의식의 표면에 떠오를 정도로 매우 바쁘고 피곤한 한 해였다. 생각

1　대붕괴, 파국.

해 보니 피로가 심했던 것이 올해의 특징인지도 모르겠다.

구루마에 끼워진 바퀴처럼 자기 자신이나 주위에 대해 신선한 흥미를 잃고 타성처럼 회전하고 있었던 생활이 단적으로 말해서 내일 년간의 생활이었던 것 같다. 자기 자신에 대해서 도대체 커다란 흥미가 없어지고 만 것 같다.

이것이 곧 내가 삼십 대 여인으로 되어 가고 있는 징후일 것이다. 전과 비할 것 같으면 나 자신의 본질이나 현실이나 미래에 별로 강렬한 호기심이 안 일어나고, 말하자면 일종의 자기에 대한 권태기 — 어느 정도의 포만과 반복이 어떤 일에 있어서도 갖다주는 탄력 상실의 시대…… 이러한 징후는 확실히 이미 보이고 있다.

이와 같이 나이를 잊고 사는 생활, 바쁜 일과로 찬 직업 생활, 비교적 안정된 가정생활, 자기에 대한 호기심의 고갈, 미래에 대한 강열한 흥미의 결여, 과거에 대한 냉담과 非感傷主義비감상주의…… 이런 여러 가지 징후가 삼십 대라는 선의 전후로 여자에게 수반하는 보편적인 만성의 징후가 아닐까 생각한다.

나따나엘이여, 우리는
비를 받아들이자.

이것은 어떤 정상적 환경에서 자란 사람이든지 한 번은 모두 겪는 단계일 것이다.

어렸을 때의 우리에게는 마치 어느 가능성으로든지 길은 다 열려 있는 것처럼, 세계는 커 보였고 풍요했고 자기 자신이 신비스러웠다.

매일매일의 생활이 마치 그림이 잔뜩 들어 있는 그림책같이 수수께끼와 신선한 흥미에 넘쳐 있었고 싫증을 느끼게 하지는 않았었다.

누구에게나 그렇듯 나도 사는 것이 신비했고 재미있었다. 공부도, 책 읽는 것도…… 모든 것이.

여학교에 들어오면서 세계는 조금씩 좁아져 갔다. 시야가 한계를 긋기 시작했다. 이유 없는 모순감과 고뇌가 싹텄고 무서운 認識欲인식욕에 사로잡혔다. 모든 것을 다 알고 싶었다. 파우스트처럼.

그리고 마음의 벗이 생겼다. 주혜는 폐쇄적이고 건조한 성품인 나와는 반대로 조화적이고 다정하고 건전한 소녀였다. 우리는 별로 얘기는 안 했으나 늘 편지를 교환했었다. 학교에서 매일 얼굴을 대하면서도 매일 편지를 써야만 했다. 우리는 같이 공부를 했다. 노령의 한문 선생을 괴롭히고 방과 후에 같이 논어를 배웠고 역사 선생님에게 따로 「삼국사기」를 배웠다.

이런 공동의 인식에의 정열과 탐욕스러운 지식욕이 그때의 나와 주혜를 무섭게 굳게 맺고 있었던 것 같다. 나는 고등학교 시절의 기억을 주혜와 분리해서는 생각할 수가 없다.

「지상의 양식」을 읽고 나서 우리는 그 속에 있는 한 귀절 「나타나엘이여, 우리는 비를 받아들이자」에 감동해서 폭우 속을 우산 없이 걸어 다녔다.

이 버릇은 많이 완화된 채 아직도 나에게 남겨져 있다.

또 마르땡·듀·가아르[2)]의 「회색·노오트」를 읽고는 주혜와 나는 당장에 회색 노오트를 교환하기로 하여 매일 한 사람이 집에 가

2 로제 마르탱 뒤 가르. 프랑스의 소설가, 극작가.

져가서 일기를 쓰고 다음 날 그 노오트를 상대방의 책상 속에 넣고 있었다. 이 노오트를 우리는 몇 년이나 교환했었다. 그 당시 그 노오트와 주혜는 나의 전 생활을 의미하고 있었던 것 같다.

나도 주혜도 작가를 지망하고 있었다. 재능에 대한 정당한 회의를, 어린 연령과 또 열렬한 지식욕이 가려 덮고 있었다. 하늘은 넓었고 우리는 얼마든지 날을 수 있다고 믿었다.

문학, 철학, 어학(영·독·불·한문·한글)에 대한 광적일 정도로 열렬한 지식욕과 열성, 그리고 주혜와의 모든 것을 초월한 가장 순수한 가장 관념적인 사랑으로 완전히 일관되어 있었던 나의 여학교 시절은 확실히 아직도 미래에 대해서 꿈을 그릴 여백이 얼마든지 남아 있었던 동화의 나라와 현실 사이의 완충지대이기도 했었다.

내가 미처 생각하지도 못했던 가장 이외의 方向방향으로
어느새 자기가 형성된 것을 발견했다.

대학에 들어가면서부터 참된 의미의 현실이 시작된 것 같다.

입학부터 내 의사가 아니었고 법률가였던 아버지의 엄명이 있었다. 일반적으로 장녀가 그렇듯이 나도 매우 양친에 의뢰하고 있고 부모를 무서워하면서 밀착하고 있는 편이었다.

또한 흔히 딸이 그렇듯 아버지를 숭배하고 있었고 두려워하고 있었다. 아버지의 마음에 들고 싶다는 욕망이 의식 밑에도, 또 의식 표면에도 언제나 있었다. 아버지로부터 칭찬받고 싶다는 마음이 실현되는 때마다 나는 이 세상의 무엇보다도 행복했었다.

이 욕망은 아직도 내 의식 밑의 심층에 남아 있다. 아마 일생

동안 나는 이런 의미로 아버지로부터 완전히 독립할 수 없으리라고 생각된다.

나의 광적인 지식욕도 유전 문제는 별도로 생각하더라도 결국 아버지가 내 의식의 심층에 자리 잡고 있었던 까닭에 그렇게도 커다란 환희와 인내와 노력을 경주하고 수행할 수 있었던 것 같다. 마치 제단 앞에 향불을 갖다 쌓듯.

주혜는 자기가 선택한 학교에 들어갔다. 나와 주혜는 과는 달랐으나 같은 서울대학에 들어갔다.

나는 늘 주혜의 학교에 가서 오오덴이나 엘리오트[3] 같은 시인에 관한 강의를 盜講도강했었다. 그리고 견딜 수 없는 법학에 대한 반감을 반추하고 있었다. 나의 재능은 다른 데 있는 것만 같았다.

그런 일 년이 지나고 우리가 대학교 이 년생이 되었을 때 주혜는 뜻밖에 일가 전원과 함께 도미하게 되었다. 나는 미치게 슬펐다.

주혜는 뜨거운 여름날 가족과 함께 불행한 모습으로 그러나 새로운 생활에의 기대에 넘쳐서 비행기에 올랐다. 그날의 더위, 비행장(지금같이 해사하지 않았고 아무것도 없는 풀밭이었다)의 우거진 풀, 먼지, 아마 일생 내 기억에서 안 떠날 것이다.

삼 년을 마친 후 나는 출발했다. 南獨남독의 대도시인 뮨헨의 뮨헨대학에서 문리과대학 제일 학년에 입학하기 위해서였다.

3 'W. H. 오든이나 T. S. 엘리엇'. 모두 미국의 시인이다.

※ ※

반년 후에 예상은 하고 있었으나 그래도 뜻밖에 후에 나의 남편이 된 T가 뮌헨에 왔다.

그간 두 집 사이에는 교류가 생겨 우리를 결혼시킬 것을 합의하고 있었다.

어느 신혼부부에게나 있는 두 개의 개성이 닳아서 둥글어질 때까지의 마찰은 물론 우리에게도 있었다.

그러나 우리는 젊었고 대체로 행복했다. 먹거나 입는 것보다는 책을 사는 것과 책을 읽는 것을 중시하고 좋아하는 우리의 근본적 공통 요소는 그대로 허용되고 유지되었다. 그 점에서는 우리는 언제나 의견이 완전히 일치해 있었고 지금도 그렇다. 가령 수입의 반을 넘는 책 한 권을 사기를 우리는 한 번도 주저해 본 일이 없다.

그 대신 언제나 가난했고 가난이 우리에게는 재미있었다.

1956년에 독일의 어느 잡지에 싸강의 「어떤 미소」가 연재되었었다. 나는 굉장히 재미있는 소설이라고 T에게 말하면서 스토리를 늘 얘기해 줬다. T의 주선으로 한국에서의 출판이 결정됐다. 번역이라는 일도 또 싸강도 그렇게 탐탁치는 않았으나 그렇게 되서 항공 편지에 작은 글씨로 번역해서 보냈고 책으로 되어 나왔었다.

그 후 「안네·프랑크 — 한 소녀의 걸어온 길」도 그와 비슷한 경위로 아저씨네 출판사에서 책으로 되어 나왔고 그 이후의 나의 책들은 모두 우연이 계기가 되어서, 선배나 동무나 지기의 우정으로 햇빛을 보게 된 우연과 우정의 산물이다.

내가 원동력이나 계기가 된 일은 한 번도 없었고 언제나 피동적인 것이 최근 수년간의 생활에서의 나의 근본 태도였다.

처음에 그 무한한 가능성으로 열려 있던 것 같은 자신과 포부 — 그리고 내 운명은 내 손안에 있다는 낙천주의의 시대는 나도 모르는 사이에 지나가 없어져 버리고, 어느새 어떤 기성품의 현실이 열망됨 없이 자기에게 주어져서 그 테두리 속에 들어가 고정되어 버린 것이 나의 회고가 다시금 시인하는 결론인 것 같다.

즉 내가 미치도록 그것이 될 것을 원했던 것으로 되는 대신에 자기가 미처 생각지도 못했던 가장 의외의 방향으로 어느새 자기가 형성되어 버린 것을 발견한다.

크게 보아서 내가 중학교때 썼던 글 속에 있는 한 귀절「절대로 평범해져서는 안 된다」라는 소망 겸 졸렌(Sollen: 當爲당위)이라는 정반대의 사람으로 형성되어진 것 같다.

그 사실에 대해서 나는 때때로 스스로 경탄을 금치 못하고 있다.

심지어 결혼에 관해서도 그때의 나와 지금의 나 사이에는 심연이 가로막혀 있다.

그 당시의 나는 모든 불행은 사람이 혼자 있을 수 없는 데서 온다고 믿고 있었고 니체의 결혼에 관한 警句경구에 박수를 보내고 있었다. 관념에 투철한 맑은 생활을 하기 위해서는 결혼이나 시민적 생활을 피해야 한다고 확신했었다.

중학교 때의 나의 글에 역설을 이루려는 듯, 나는 지금 가장 평범한 과정을 밟은 가장「평범한」직업인, 아내, 어머니로서 가장 평범한 나날을 보내고 있는 것이다.

그러나 가끔 나는 내 피부 속에서 불안을 느낄 때가 있다. 좁은 껍질 속에 감금되어 있는 정신의 중량이 확 느껴지고 파괴 의욕을 느낄 때가 있다. 무언지 일격이 내 머리 위에 떨어질 것을 기다릴 때는 그럴 때다. 이 반무의식 상태를 활짝 개인 의식 상태로 바꿔 주고

이 반소망된 생활을 열렬히 소망된 생으로 만들 무엇이 하루아침에 갑자기 나타날 것을 기다린다. 요술 지팡이를 기다리듯.

이런 완벽한 순간이 지금 나에게는 없다.
그것을 다시 소유하고 싶다.

예전에는 완벽한 순간을 여러 번 맛보았다.

그 순간 때문에 우리가 긴 생을 견딜수 있는 그런 순간들을…….

노을이 새빨갛게 타는 내 방의 유리창에 얼굴을 대고 운 일이 있다. 너무나 광경이 아름다워서였다. 부산에서 고등학교 삼 학년 때이었던 것 같다. 아니면 대학교 일 학년 때 아무 이유도 없었다. 내가 살고 있다는 사실에 갑자기 울었고 그것은 아늑하고 따스한 기분이었다.

또 밤을 새고 공부하고 난 다음 날 새벽에 닭이 일제히 울 때 느꼈던 생생한 환희와 야생적인 즐거움도 잊을 수 없다. 머리가 증발하는, 그리고 혀에 이끼가 돋아나고 손이 얼음같이 되는, 그리고 눈이 빛나는 환희의 순간이었다.

완벽하게 인식에 바쳐진 순간이었다. 이런 완전한 순간이 지금의 나에게는 없다. 그것을 다시 소유하고 싶다. 완전한 환희나 절망, 무엇이든지 잡물이 섞이지 않는 순수한 것에 의해서 뒤흔들려 보고 싶다. 뼛속까지. 그런 순간에 대해서 갈증을 느끼고 있다.

내가 지닌 여러 가지 제한이나 껍질에 응결당함이 없이 내 몸과 내 정신을 예전과 마찬가지로 무한 속에 내던지고 싶다.

그리고 나에게 여태까지 그냥 주어지기만 했었던 생을 앞으로는 내가 의식적으로 형성하고 싶다. 내 운명에 능동적으로 작용을 가하고 보다 체계화에 힘쓰고 싶다.

서른이라는 어떤 한계선을 경계로 해서 무의식에서 의식으로 피동에서 능동의 세계로 들어가서 보다 열렬하게 일과 사람과 세계를 사랑하고 싶다. 밀폐된 내면에서의 자기 수련이 아니라 사회와 현실 속에서 옛날에 내가 가졌던 認識愛인식애와 순수와 정열을 던져 넣고 싶다.

—《여원》 8권 12호, 1962년 12월
(제목은 '이십 대와 삼십 대의 중간 지점에서');
전혜린, 『그리고 아무 말도 하지 않았다』
(동아PR연구소출판부, 1966)

## 손장순(孫章純·1935~2014)

손장순은 1935년 서울의 중산층 가정에서 오 남매 중의 막내로 태어났다. 이화여고 졸업 후 작가가 되겠다는 일념으로 서울대학교 불문과에 입학했다. 대학을 졸업하던 1958년에 김동리의 추천으로《현대문학》에「입상」,「전신」을 발표하며 등단해, 당대 한국 사회를 묘파하는 장편소설들을 발표하며 문단에 주목을 받았다. 시간강사 시절을 거쳐 1968년부터는 한양대 불문과에서 재직하며 후학을 양성하는가 하면 1974년부터 1976년까지 프랑스 소르본대 대학원에서 프랑스 문학을 연구했다. 시몬 드 보부아르의『위기의 여자』(1985)를 번역했다. 손장순은 이십 대에 청와대 의전 비서관과 결혼했지만 곧 이혼하고, 사십 대 중반에 언론인 임승준과 재혼했다. 1996년 한양대를 퇴임한 후 남편과 함께 문예지《라플륨》을 발행했다. 한국소설분과협회, 한국불문화협회, 한국여류문인협회, 국제펜클럽 이사, 한국소설가협회 최고위원을 지냈고, 한국여류문학상, 펜문학상, 유주현문학상을 수상했다.

손장순은 데뷔작「입상」,「전신」에서 한국전쟁으로 경제적 어려움에 처해 '양공주'가 된 여성들이 가부장적 도덕률에 얽매이지 않고 자신을 관용하며 새로운 삶을 모색하는 이야기를 그렸다. 당시 공론장에서 화제를 모았던 '아프레 걸'을 사회질서를 어지럽히는 마녀가 아니라 실존주의적 주체로 조명한 것이다. 이혼 후 경제적 어려움과 사회적 고독 속에서 발표한 장편소설 『한국인』(1967), 『세화의 성』(1976) 등은 근대로 전환기 한국 사회의 변동을 여성 지식인의 눈으로 날카롭게 파헤친 작품으로 전성기를 가져다주었다. 손장순은 외국 문학을 가르치는 교수이자 프랑스에 체류한 경험을 바탕으로 「미세스 마야」, 「우울한 파리」(1976) 등 여러 작품에서 선진국/후진국, 서양/동양을 중심으로 형성된 중심/주변의 위계적 이분법을 풍자적으로 비틀면서 탈식민적 여성 작가로서의 독특한 입지를 획득했다. 등산 애호가로 산악 소설 『불타는 빙벽』(1977)을, 1990년대에는 장편소설 『야망의 여자』(1991), 『돌바람』(1995), 『물위에 떠 있는 도시』(1999) 등을 출간했다.

손장순은 무신론적 실존주의의 영향을 받은 작가로서 규범이나 관습에 휘둘리기보다 욕망에 솔직하면서도 냉소적 지성을 가진 여성 인물들을 문학적 페르소나로 내세워 한국 여성문학장에 이색적 활력을 불어넣었다. 손장순의 여성 화자들은 오만하리만큼 자신에 차 있는데, 이는 그녀들이 상류계급의 고학력자이기도 하지만 젠더·국적·인종 등 타인과 세계가 부여하는 강제적 정체성에 휘둘리지 않을 만큼 스스로를 자율적·독립적인 개인으로 여기기 때문이다. 그래서 그녀들은 보수적인 사회, 가부장적 남자들과 불화하는 시련을 겪어도 치명적인 상처를 입지는 않는다. 그녀들은 한국 사회의 후진성에 절망하면서도 서구 문명에 대한 환상에 사로잡히지 않을 만큼 지성적이고, 사랑을 원하지만 자유 없는 노예가 되는 건 거부할 만큼 씩씩하고 자유롭다. 손장순의 소설은 멜로드라마가 아니라 남자에게 의존하지 않고 제 발로 선 마녀들의 이야기다.

김은하

# 韓國人한국인

작품 소개

『한국인』은 한국의 유학파 엘리트 계급 남성들을 표상 삼아 한국 전쟁 후 개발주의의 물결 속에서 한국인들이 겪은 정신적 혼란을 그려 냈다. 여기서 인용한 장면은 엘리트 남성들의 물신주의와 권력욕이 최고의 가치로 떠오른 개발기의 분위기 속에서 미국 유학파라는 특수한 이력을 내세워 사회 주류층으로 편입되고자 하는 모습이다. 그러나 이들은 국내파들의 공고한 카르텔 속에서 이렇다 할 일자리를 얻지 못한 채 소외와 좌절감에 사로잡혀 있다. 더욱이 출세의 욕망을 안고 유학을 갔지만 가난한 제3세계 사람으로 무시받고 차별받은 미국에서의 기억은 이들을 한국과 미국, 전통과 근대 어느 곳에도 속하지 못한 정체성 상실자로 내몬다. 한국 사회의 또 다른 이방인인 이들은 윤리적으로 타락하거나 인격의 붕괴를 경험하는 등 위기를 겪는다.

김은하

2

대폿집이 즐비한 무교동 뒷골목의 비좁은 구석에 초원다방이 있다. 눈에 띄는 설비도 없이 허술한 이 다방은 마치 가꾸지 않은 화원처럼 스산한 느낌을 준다. 흙이 묻어나는 사면 벽과 찌그러진 복스[1]에 어울리는 낡은 커어튼 등. 스테레오 스피이커 옆엔 오래된 베에토오벤의 사진이 한 장 걸려 있다.

이곳에 미국 유학생들이 수시로 아는 얼굴들을 찾아 나타난다. 실내장식이 초라한 다방의 약점을 보충하는 상술인 듯 상냥한 레지와 주인 마담의 구수한 서어비스는 그런대로 스테레오 음악과 함께 유학생들에게 매력이 되어 준다. 호주머니가 넉넉하지 못한 사람들에겐 이런 곳이 최적의 위안처가 되기 때문이다.

이들 미국 유학생들은 대개가 답답한 사정에 놓여 있다. 미국

1 '디제이 박스'로 추정.

에서 돌아온 지 얼마 안 되어 직장이 없거나, 있어도 아직 기반이 잡히지 않아 불안한 상태에 있다. 그런가 하면 치르지 못한 병역에 쫓기고, 될 듯 말 듯한 일의 하회[2]를 기다리는 초조로움도 있다. 거기에다 미국에서 오랫동안 시달린 피로한 여정(旅情)과 그곳에서 알게 모르게 받은 무수한 작은 상처. 이래저래 각박한 그들이 위안을 주고받을 수 있는 것은 역시 이런 곳에서 만나는 같은 유학생들끼리다.

초원다방엔 아직 직업을 잡지 못한 유학생과 시간제 직장을 가진 유학생들이 벌써 나와 앉아 있다.

문휘가 다방 안에 들어서자 그들은 다 같이 그를 반갑게 맞이한다.

레지가 문휘의 뒤를 따라와서 그간 다녀간 친구들과 전화 연락을 친절하게 전한다. 초원은 마치 그들의 사랑방 같은 친밀감마저 든다.

문휘는 이곳에 들어서면 마음의 안정감조차 느낀다. 미국의 고층 건물 마천루 앞에 섰을 때나, 과분한 자리에 초대를 받았을 때 같은 압박감이 없다. 그가 그리워하던 한국은 반도호텔의 커피숍이나 대호, 삼호 같은 대기업화된 으리으리한 다방이 아니라 검소한 이런 곳이다.

작은 키에 어울리지 않게 넓은 어깨가 축 늘어진 한선이 초원으로 들어선다. 그의 우울한 얼굴 표정에서 오늘도 어떤 상처의 멍자국이 역력히 드러난다.

「강 형, 오늘 왜 또 저기압이시오?」

2 윗사람이 화답을 내림.

이 대학, 저 대학으로 뜨내기 벌이를 하는 이가 내닫는다.

「또 그들(美國人미국인)과 트러블이오?」

문휘가 침묵을 지키는 한선에게 말을 건다.

「그게 아니오. 미국인들에게 모멸을 당할 때는 고독한 가운데도 다소 희망의 여지가 있었소. 나에게도 조국과 동족이 있다는 위안으로 해서. 그러나 막상 돌아와 보니 이곳은 더 냉혹하고 악랄하지 않소. 이 고독감은 내게 절망을 가져오는구려. 왜 내가 직장에서 같은 한국 사람들에게 돌림[3]을 받아야 하는지 나는 그 이유를 알 수 없소.」

한선의 얼굴 표정이 마음의 고통으로 비틀어진다.

「미국 유학생이라는 이유 때문에? 보다 거기엔 어떤 흑막이 있겠지.」

신문사의 기자로 활약하는 신경호(申景浩)의 말.

「하긴 나와 마찬가지로 쎄크러트리도 따돌리는 것을 보면 다른 흑막이 있기는 있는 모양인데.」

「그 비서, 八8군에 오래 있던 친구 아냐? 八8군 통역으로 있을 때 군납업자들을 끼고 돈을 톡톡히 번 친구라지.」

한선의 말을 받아 이번엔 정구영이가 나선다. S 민간 구호단체 책임자의 비서에 대해서 그는 다른 친구를 통해 알고 있다.

「강 형을 친미로 알고 경계하는 것이 아닐까. 보나마나 꿍꿍이속들이 많으니깐. 구호단체란 빤하지 않어. 요 며칠 전 고아원 원장을 만났는데 특혜니 무어니 하고 거래가 왔다 갔다 하는 것 보니 무어가 톡톡히 있는 모양이야. 김도수 씨라나 물자부 차장을 소개받

3 조리돌림.

왔지.」

문휘의 말에 한선의 비틀어진 얼굴이 확 펴진다.

「곽 형, 좀 더 구체적으로 얘기해 주시오.」

한선은 정확한 증거를 잡고 싶은 생각이 충동처럼 일어났다. 그의 빠른 센스가 막연하게 벌써부터 알아챈 것이 있지만, 그 윤곽이 너무 모호하여 안타까왔던 차다. 그럴수록 그들은 무언가 자세히 알고 싶어 그들에게 접근하는 한선을 한사코 거부하였다.

「그 정도 알아 두면 되지 않소, 참고 삼아. 더 자세히 알면 강 형 자신에게도 곤란한 문제가 생길지 누가 아오.」

문휘가 점잖게 터부우를 가한다. 무언가 복잡한 사건에 말려들어 가고 싶지 않은 생각에서다.

그러나 한선의 마음속에서는 어떤 저의가 굳어진다. 오랜 고독 속에서 각박하게 찌들린 한선은 마음의 여유를 잃고 있다. 절박하면 어떤 배신도 횡포도 할 수 있는 만용을 가지고 있다. 비뚤어져 달아나 가기 곧 하면[4] 그 자신도 걷잡지 못하는 순간에 끔찍한 사건을 벌이고 만다.

「그러나저러나 무슨 소식이 와야 할 텐데 통 없으니 답답하군.」

미국에서 한 달 전에 도착하여 아직 직장을 얻지 못한 장철안(長哲安)이 심난한 얼굴로 말한다.

「어디 교섭해 놓은 데가 있소?」

문휘가 다그쳐 묻는다.

「H은행과 K대학 시간강사로 말이 있는데, 모두 시덥지 않으니 말썽인 군대 복무나 할까.」

4 '비뚤어진 채 막 나가면'의 의미로 추정.

막대한 경비를 들여서 유학을 마치고 돌아와서도 일할 직장이 없는 심각한 고민. 미국에 있는 한국의 숱한 재원들이 돌아올 생각을 안 하는 것도 같은 이유가 아닌가. 그들은 그곳에서의 영주권을 얻기 위해 국제결혼까지 사양하지 않는다. 이것을 가지고 그들이 조국을 배반했다고 해야 할지, 조국이 그들을 버렸다고 해야 할지. 그나마 좌절되었을 때 그들은 한국에 돌아와서 애국자연한다.

문휘는 유학생들의 이런 고민의 해결이 숱한 실직자의 문제와 더불어 시급하다고 생각한다. 위정자들의 방관이 무엇보다 안타깝다. 말뿐인 구미 유학생 직업 선도회는 액면 그대로 유명무실. 인재의 효용성이 빤하기 때문이다. 직장의 수용 능력이 해결되지 않는 한 인재 소화불량증은 영원히 불가피하지 않을까.

「자본만 있으면 우리들의 안목과 아이디어를 가지고 본격적으로 사업을 하는 것이 제일인데.」

그는 미국 실정에 익숙한지라 그대로의 아이디어를 가지고 외국에 수출을 개척하는 것이 염원이다. 대사(大使)는 항상 정치적으로 움직이고, 아니면 예편 장성의 처리를 위한 직책처럼 되어 있어, 국장직에서 승급이 막혀 버린 외무부의 사무직원은 생각만 해도 무척 따분하다. 한때 외교관이 되고자 불어와 서반아어도 배웠지만 그는 이제 오로지 사업에의 일념뿐이다.

그는 가까운 앞날을 투시한다. 언젠가 사업 부움이 오리라는 것을. 미국과 같이 자본주의 국가에서는 경제가 정치를 지배하고 영향력을 발휘하리란 것을. 이곳에서 아직 권력이 경제계를 지배하고 장악하는 것은 정치가 모든 것을 지배하는 후진성에 있다는 것을.

(73~76쪽)

「조금 있으면 나타날 거요. 내 소개하지.」

「난 벌써 보았어요. 그저께 원다방에 같이 들어오지 않았소?」

장철안의 말에 문휘는 감춰 둔 보물을 미리 들켜 버린 것 같은 아쉬움이 따른다.

「곽 형과는 잘 맞지 않을 것 같던데. 여러모로.」

장철안의 말에 문휘는 가슴이 섬뜩 내려앉는다. 그새 그는 이 결혼에 자신도 모르게 애착을 가지고 있었던 모양이다.

장철안은 내심 이 결합엔 무리가 있다는 판단을 하고 있다.

고루한 문휘의 가정과 불통의 고집을 가진 문휘가 초현대적이고 개성이 발랄해 보이는 희연과 융화가 잘될 것 같지가 않다.

「곽 형이 어련히 잘 알아서 할라고요. 학교는 어디를 나왔어요?」

허영수의 물음에,

「S대학교 불문과 출신이야.」

한 가닥 희망과 기쁨이 엉켜 있던 문휘의 표정이 금새 어두워지면서 힘없이 대답을 한다. 그에게 일말의 불안감이 스치고 지나간다.

한때 노이로제에 걸릴 지경으로 자신을 괴롭힌 마음의 방황이 곧 종결을 보게 되리라고 생각한 것은 속단이었을까. 오랜 여로에 지치고 지친 문휘의 심신은 자칫하면 폭삭 허물어질 것만 같다. 고독에 대한 감수성이 예민한 만큼 안착에 대한 그의 갈망은 필사적이다. 그는 하아트의 충족이 없이는 만사에 의욕을 느끼지 못한다. 이 때문에 M. A.와 Ph. D.도 중도에 좌절된 채 이 하잘것없는 따분한 고국으로 돌아오지 않으면 안 되지 않았던가.

「콧대깨나 세겠군. 제일급의 남녀공학을 나왔으니.」

한선의 말에 문휘는 희연에 대한 두려움이 압도해 온다. 어째서 그는 고국에 돌아와서 고국의 여성에 대해 더 큰 외포(畏怖)를 느끼고 있는 것일까. 그로 하여금 자신을 잃게 하는 것은 무엇일까.

「난 닥터가 좋아. 우리처럼 아무런 사회적 기반도 없고 경제의 보장도 없는 처지로는 닥터가 결혼 대상자로 좋을 것 같애.」

정구영의 솔직한 편론이다. 삼류 대학의 시간강사는 아무리 이곳저곳으로 쫓아다녀 보았댔자 용돈을 쓰기에도 부족한 수입이다.

「아무리 우리가 궁지에 있지만 어떻게 여자에게 의지를 하나. 프라이드는 얻다가 팽개치고.」

문휘는 전상권의 말에 강한 저항을 느낀다. 그것만은 그로서는 결코 용서할 수 없는 일이다.

「그야, 거추장스런 자존심이나 남자의 위신은 편리상 깨끗이 접어 두고.」

한국에 돌아온 지 이 년이나 되는 전상구는 벌써 이토록 때가 묻고 타락해 있었던가. 그것은 곧 이곳의 실정에 제일 적응이 빠르다고 볼 수도 있다.

「처 덕도 팔자에 있어야 보지. 그건 그리 아니꼽지 않고 쉬운 일인 줄 아나?」

이때껏 잠자코 있던 한선이 심각하게 말을 뱉는다. 한선은 철저한 타산 결혼의 실패자다. 그 실패는 목적이 충분히 달성되지 못한 데도 있지만, 보다 자신이 한 일에 콤플렉스를 느끼는 주체적인 데도 원인이 있다.

(78~79쪽)

문휘는 일동을 대중 한식집으로 안내한다. 여럿이서 염가로 저녁 식사를 하기에 적절한.

희연은 교제하는 남성과 이런 곳에 처음으로 들어오는 망설임이 있으나 문휘가 이끄는 대로 자신을 내맡긴다.

「난 한국 음식이 제일 좋아요. 구수하고 털털한 분위기가 마음에 들어요.」

문휘는 변명하듯 희연에게 말한다. 그러나 실은 그의 호주머니의 능력이 이곳에 들어올 정도밖에 되지 못하는 데에 대한 합리화에 지나지 않은 것을 그 자신만은 너무도 잘 알고 있다. 그는 미국에서도 콩나물과 손수 담근 김치만을 상대해 왔다. 언제나 자신은 순 한국 음식이 구미에 맞는다는 식의 고집으로 비싼 양식을 단념해 왔다. 이것은 여우가 높이 달려 있어 따 먹을 수 없는 포도를 시어서 못먹는다고 자위하는 이솝의 우화처럼, 〈싸워 그레이프 콤플렉스(신포도 복합 심리)〉에 걸려 있는 것이다.

미국에서 그랬던 것처럼, 한국에 돌아오니 그간 여기에서 기반을 잡아 대성한 친구들을 역시 그는 따라갈 수가 없다. 또 영어도 놀랄 만큼 잘한다.

마음은 이상하게도 후자의 경우에 더 비뚤어지고 만다. 이역만리에서 비싼 돈을 들여 고생을 하며 고학한 자신이 한국에 와서 무색해진 시새움. 그래도 그는 유학생 중 비교적 경제난을 모르고 지낸 편이다.

막걸리 한 잔에 빈대떡이 오고 가고, 육계장이나 설렁탕이 질그릇에 담겨 나오는 동안 희연은 물에 기름이 떠돌듯 자신의 처신이 어색해진다. 이런 대중적인 분위기에 탁 어울린다는 것은 그녀로서는 무척 어려운 일이다.

(그는 어쩌면 나를 테스트하고 있는 것이 아닐까?)

희연은 육계장을 간신히 반쯤 떠먹었다. 그녀는 마치 바늘방석에나 앉아 있는 것처럼 몸을 엉거주춤해 가지고 들썩거린다.

탁주가 거나하게 돌자 이야기가 한껏 무르익어 갔다.

「난 아무래도 신문사를 고만두어야겠어. 언제나 나를 테스트하는 태도들이야. 미국 갔다 왔으니 얼마나 잘하나 보자는 식이야. 항상 주목의 대상이지.」

신경호는 김치를 집으면서 눈살을 찌푸리며 말을 한다.

「그건 우리도 마찬가지야. 여기서 자리 잡은 사람들은 우리들에게 도통 들어설 틈을 주지 않아. 그런 데다 옛날부터 내려오는 관료적인 계급의식이 뿌리박혀서 명령 계통에 절대복종해야 해.」

「말단 출신들이 더하거든. 미국의 개성 존중이나 자유의사는 절대 금물이야.」

스포오츠형으로 머리를 짧게 깎아 연령보다 보잇쉬하게 보이는 현경수는 은행의 판에 박힌 체제와 분위기에 반발을 하고 있다.

「특히 나같이 어려 보이면 행세하는 데도 적이 마이너스야. 여기선 무엇으로나 관록이 붙어 보여야 대우를 받거든. 하긴 말단은 행원이니 별수 없지만.」

그는 제대로 인격 존중을 못 받는 데 제일 불만을 느끼고 있는 모양이다. 기분이 젊은 나라에 오래 있다 와서 그런지 그는 아닌 게 아니라 출세에 지장이 있도록 어려 보인다.

「체하는 게 여기선 중요하지. 실질적이고 솔직한 것보다 적당히 때도 묻어서 사교술도 부리고 정치적으로 놀고 해야 해.」

한선이 품었던 말을 쏟듯 내닫는다.

「그런데, 난 무엇보다 강의할 때 언어의 곤란을 느껴. 강의를 하다가 술어에 익숙하지가 않아 말이 막혀 버려. 그건 우리뿐 아니라 일어 학술 서적에 의존하는 우리 선배들도 마찬가지인 것 같애. 어떤 때는 영어가 튀어나오고 뒤죽박죽이야. 하긴 우리에겐 영어가 보다 친근하고 표현하기 쉬울 때가 더 많지.」

정구용의 말에,

「언어 변비증에 걸렸군. 언어 소화불량이니 변비증도 걸릴 만하지. 영어와 일어에다 한국어의 칵테일이니 뇌 신경도 한계가 있으니 당연하지 않아.」

문휘는 위트와 유우머로 이죽거린다.

「그래서 나는 요새 〈사상계〉 등 한국의 잡지들을 읽어 언어 습득에 주력하고 있어. 이 고충도 간단한 것이 아냐.」

미국 유학이 가져오는 불구성(不具性)은 여기에도 있다. 그들은 그들의 학문이 이곳에서 실용성이 없고 무력한 것을 절실히 느끼고 있다. 지성의 풍토성과 현실성을 망각한 미국 유학. 따라서 현실 참여를 훌륭하게 할 수 없는 이들의 고민은 실로 심각하다. 어쩔 수 없이, 프라이드만 높고 현실엔 무용한 비참한 존재가 되어 버리는 것이 아닌가. 인재가 남아돌아 가는 포화 상태 속에서는 이래저래 욕구불만만 생기게 마련이다.

「화제가 남자들 세계에 한한 것이 되어서 지루하시겠읍니다.」

문휘는 그들의 이야기에 열중하여 희연의 존재를 소홀하게 여긴 것을 의식한다. 희연은 고개를 가볍게 내젓는다. 내심 지루하다고 생각한 것도 사실이지만. 그 화제가 결코 남자들에게만 심각한 것은 아니었다. 장차 한 가정의 주부가 될 그녀에겐 남자들의 직장에 대한 고민은 알아 둬야 할 보다 중요한 과제이다.

「사업도 우리같이 자본도 없고 경험도 없는 사람은 어려워. 특히 미국식 경영 방법은 한국에서 적용되기 어렵거든.」

현경수는 문휘의 사업에 대한 염원을 염두에 두고 말을 한다.

「말하자면 미국 유학생은 어느 면에서나 핸디캡을 갖게 마련이야. 한국 사정에 어둡거든. 마치 우리가 미국에서 핸디캡을 가졌던 것처럼.」

「이래저래 우리가 들어설 구석은 없어. 어디서나 국적이 부재한 이방인이야. 미국에선 황인종이라 해서, 여기선 미국에 있다 왔다 해서 거부를 당하고. 우리 같은 정신적 트기[5]가 살 곳은 어디일까.」

(82~85쪽)

—《현대문학》133~151호, 1966년 1월~1967년 7월;
손장순, 『한국인 1』(국민문고사, 1969)

5 튀기. 혼혈인을 낮잡아 이르는 말.

## 정연희(鄭然喜·1936~)

정연희는 1936년 서울에서 태어나 숙명여고를 거쳐 이화여자대학교 3학년으로 재학 중이었던 1957년에《동아일보》신춘문예에 「파류상」이 당선되어 등단한다. 1961년 잡지《여원》에 연재된 「목마른 나무들」로 독자들의 인기와 더불어 문단의 주목을 받는다. 이후 왕성한 창작 활동으로 장편소설 열아홉 편, 열여 권의 소설집, 여덟 권의 수필(기행)집을 출간한다. 1958년《세계일보》에서 근무하고 1969년《경향신문》,《조선일보》순회 특파원을 지냈다. 소설가협회장과 서울문화재단 이사장, 한국여성문학인회 회장을 지냈고 대한민국예술원 회원이다. 한국문학작가상, 대한민국문학상, 윤동주문학상, 유주현문학상, 김동리문학상, 펜문학상 등을 수상했다.

정연희 작품 세계의 주요 주제는 여성의 '욕망'과 '자유'의 문제이다. 장편소설 『목마른 나무들』(1963)에서는 여성의 섹슈얼리티에 대한 자각을 다루고, 자전적 소설 『고죄』(1970), 『비를 기다리는 달팽이』(1978)에서는 불륜 문제를 사회적 일탈 행위로만 규정하지 않고 여성의 성에 대한 억압과 단속으로 보고 '순결'과 '자유'의 의미를 여성의 시각에서 재정립한다.

1973년 간통죄 피소 사건으로 곤욕을 치른 후 기독교에 귀의해 종교적 주제의 작품을 지속적으로 창작했다. 1980년대 대표작인 「사람들의 도성」(1981)과 『난지도』(1985)에서는 기독교적 윤리 문제와 함께 환경 문제를 집중적으로 다루면서 생태학적 관점을 보여 주었다. 이후 작가는 단편소설 「꽃잎과 나막신」(1995), 「나비는 골을 내지 않아요」(1995), 수필집 『나비와 청산 가자』(1999) 등에서 자연과 생명에 대한 관심을 통해 현재 문명사회의 병폐를 극복할 대안을 모색했다. 정연희는 보수적 관습에 저항하는 여성주의적 시각에서 생태학적 관심까지 다양한 스펙트럼으로 작품 세계를 확장해 왔다.

박지영

# 頂點 정점

1

유리창은 까아만 밤을 먹음으면서 실내를 응시하고 있고, 창밖의 어둠으로 하여 순백색 레스 커텐이 눈시도록 희게 보인다.

지영(智玲)은 쏘파에 파묻혔던 몸을 돌려 괘종시계를 바라다본다. 아홉 시가 넘어 있다.

남편 한수(漢洙)가 돌아오는 날이다. 내일 대천(大川)으로 피서를 떠나기로 되어 있는 것이다. 영아(玲雅)와 영은(玲恩) 형제는 백화점으로 쇼핑을 하러 간다더니 아직도 돌아오지 않아 집 안은 밀폐된 고궁처럼 조용하다. 딸애들을 따라 나갈 것을 그랬나 보다고 잠간 생각하다가 나갔더라면 더위에 지쳤을걸 생각하고 오히려 다행스럽게 여겼다.

선풍기가 사르륵사르륵 바람을 불어 내고 있다. 지영은 조용한 거동으로 선풍기를 끈다.

「차르르르……」

선풍기 멎는 소리가 귀를 시원스럽게 한다. 건너편에 세워 둔 몸거울에 비친 자기를 발견하고 지영은 거울 가까이로 다가갔다. 그 가만가만한 움직임에나, 바라보는 시선에 아무런 감동도 없다. 단 한 오라기의 감정도 얽혀 있지 않았다. 그의 차가운 시선이 자신의 모습을 찬찬히 드려다본다.

아름다운 얼굴이다.

꿈과도 같은 황홀한 젊음이 거울 속에 있다. 그것은 거울 앞에서 있는 사십이 넘은 여자의 얼굴이 아니라 이십 대의 팽팽한 살갗이다. 차가웠지만 총명한 그리고 사랑스러운 얼굴이 댕그마니 거울 속에 떠올라 있었다. 헤아릴 수 없이 많은 남성의 뜨거운 호흡이 한 치 밖에서만 맴돌다가 지쳐 사라지게 한 사랑스럽고도 차가운 얼굴이다. 그 얼굴을 보면서 뜻하지 않았던 희망과도 같은 감동이 살아 움직인다. 무거운 몸에 날개라도 돋아나는 듯한 기분이다. 지영은 손으로 그 얼굴을 쓰다듬는다.

쓰다듬으며 보니까 그 팽팽하던 얼굴에 갑자기 잔주름이 무수하게 생겼다.

젊은 얼굴은 환상이었다. 기름까지 가신 까칠한 뺨으로 가느다란 자조의 웃음이 흘러간다.

그런데 웃음으로 잠간 주름 잡히던 그 얼굴이 갑자기 기름끼를 밧싹 짜낸 깻묵처럼 폭삭 늙어 보인다. 주름살투성이의 노인이 거울 속에 떠올랐다.

가슴은 어쩔 수 없는 슬픔으로 떨리기 시작했다. 그 떨림으로 해서 눈을 감았다가 떴다.

거울 속에는 다시금 감동이 없는, 그리고 잔주름이 생겨 있는 지영의 얼굴이 비쳐지고 있다.

주름살투성이의 얼굴은 늙음의 환상이다.

그는 가만히 한숨을 삼키며 거울 앞에서 돌아섰다.

언제부터인가 조용히 혼자 있는 시간이면 가끔 시달리던 일이다.

과거와 미래가 회전문(廻轉門)처럼 이리 열리고 저리 열리고 제멋대로 들고 나는 시간. 정점(頂點)을 이루고 있는 현재를 기점(起點)으로, 과거와 미래는 각각 부채살처럼 펼쳐져 있으면서 그것들은 아무 예고도 없이 가끔 바람을 일으키는 것이라고 지영은 생각했다.

그는 방 안을 천천히 거닐었다.

찰깍! 불을 끈다. 하나, 둘, 셋, 스텐드마저 꺼 버리고 나니 방 안은 완전히 캄캄해진다.

지영은 쏘파에 파묻혀 귀를 창밖으로 모으고 있었다. 애타게 기다리는 것은 아니면서도 와야 될 것이 오지 않거나, 가야 할 것이 가지 않고 있는 것에 견디지 못하는 그다.

지영의 기다림이 조름 졸려고 할 때 문밖에서 경적 소리가 울리고 철문 여는 소리가 들린다.

그는 현관문 열리는 소리에서부터 남편의 발거름을 센다. 꼭 일곱 발자욱 만에 문이 열린다.

「아아무도 없나? 왜 응접실마져 불을 껐니?」

스윗치를 누르면서 남편 한수가 부엌 애에게 하는 말이다.

「어, 거기 있었구료」

크지 않은 키에 단정한 모습, 별로 특징 없는 얼굴에 상냥한 웃음을 띠운다.

「늦으셨군요」

부드럽게 대답하며 일어나는 지영은 남편의 뒤를 따라 들어서는 난이(蘭伊)에게도 웃음을 건넸다.

난이의 단아한 얼굴이 조용하게 지영의 웃음을 받는다.

한수는 응접실의 창문을 돌아가며 활짝 열어재치고 있었고 난이는 부엌 애 순이에게 짐꾸레미를 넘겨주며 말했다.

「차 끓여 오랠까요?」

「응 난 시원한 거 마시겠어」

한수는 선풍기를 틀며 대답했다. 난이는 짐을 한구석에 챙겨놓고 나갔다가 잠간 만에 시원한 쥬스 두 글라스와, 김이 진하게 오르는 커피 잔을 바쳐 들고 들어왔다. 그리고 글라스를 한수와 나누어 들면서 커피 잔을 지영에게 밀어 주며 입을 열었다.

「영아네들 어디 갔어요?」

「응 백화점엘 간다고 형제끼리 나가더니 크림이라도 먹고 오는 게지? 아직 안 들어왔어」

지영은 대답하면서 커피 잔을 입으로 가져갔다. 그리고 뜨거운 김 너머로 난이를 바라본다.

풍만한 앞가슴이랑, 로옵·데꼴데의 노·슬립드레쓰에 나타난 살결이 무르익었고 드러난 목덜미의 선이 무척 고와 보이는 것이 삼십을 제쳐 논 여자로는 보이지 않는다. 단아하고 부드럽다. 총명하기보다 어질었고 깔끔하다기보다 맑았다. 그것들은 또 지영이 지니고 있지 않은 것들이다. 또 남편 한수의 말에 의하면 외양과는 사뭇 다르게, 그는 굉장히 육감적인 여자라는 것이다. 지영은 난이의 탄력 있는 두 구능을 이룬 앞가슴을 눈여겨보며 오스스한 한기와도 같은 흥분을 일으켰다. 오래간만에 남편을 만나는 것이다. 그렇게 흥분하는 것이 자기 자신에게 얼마만큼 부끄럽다. 그러나 따지고 보면 바로 이런 것을 얻기 위해 남편에게 난이라는 여성을 허용했던 것이다. 매일매일 하루가 천년처럼 살아가야 할 결혼 생활에서 지영은 남편에게 완전히 동화(同化)되기에는 불가능한 자기를 발견했던 것이다. 이혼을 하고 혼자 살거나 어떤 변화를 궁리하던 무렵이었다. 그때 난이가 한수를 무척 따르고 있다는 사실을 알았다. 난이를 처음 보고 얼마만큼 질투의 감정을 이르켰으나 곧 그가 자기의 생활에 변화를 가져다주기에 알맞은 여자라는 것을 알았다. 그러나 한수가 그의 모든 것을 난이에게 제공할 정도로 그 여자를 사랑하는 것이었다면 지영은 단 한 푼어치의 양보도 없었을 것이다. 지영은 자기가 한수의 정신 속에 얼마만큼 깊이 뿌리박혀 있는가를 잘 알고 있었던 것이다. 가끔 그렇게도 빈틈없이 자기 하나만을 만족시키기에 여념이 없는 자기 자신이 증오로울 때가 없는 것도 아니다. 지금도 난이와 남편의 앞에 군림한 듯이 분위기를 완전히 장악하고 있으면서 오늘 밤 남편과의 하루밤을 예기하고 있는 자기 자신이 잠간 혐오로워진다. 남편이 난이에게 가 있을 동안에 생긴 육체에의 공허를 난이가 개재하므로서 좀 더 자극으로 메꾸어지리라는 것을 따지고 있는 자기 자신을 합리화시키기에 그는 한동안 혼자 당황할 때도 있었다.

지영이 그런 생각에 잠겨 있는데 영아와 영은의 웃는 소리로 현관이 떠들석해진다.

「아버지 오셨어요? 자근이두 오셨네 아이 좋아라」

먼저 뛰어든 것은 작은딸 영은이다.

「또오, 또 자근이, 말만 한 것들이 밤낮 응석이야, 너두 낼모래면 대학생이 될 거 아니냐?」

한수가 쥬스 잔을 내리며 작난스럽게 눈을 고추세워 보였다.

「그럼 자근엄마랠까! 아이 어울리지두 않게」

영은은 난이의 등 뒤에서 그의 목을 끌어안으며 말했다.

「그죠? 자근이, 자근이 얼마나 로맨틱하냐 말예요. 꼭 동화 같잖아요? 그 이름이. 그런 이름을 지어 준 어머니는 역시 멋쟁이야, 안 그래요?」

난이는 영은의 말에 그저 빠알갛게 웃으면서 뒤따라 들어온 영아의 손을 꼬옥 잡아 주었다. 영아는 빙긋 웃으면서 젖은 듯한 눈을 난이에게 쏟아붓듯 한동안을 서 있다.

그것을 눈여겨보던 지영의 가슴이 털석 내려앉는다. 언제부터인가 지영은 영아와 난이의 사이를 질투하고 있었다. 그것은 오래전 난이와 아이들이 처음 대면하던 순간부터였는지도 몰랐다.

한수와 더불어 영아, 영은, 난이가 지꺼려 대는 얘기가 한마디도 귀에 들려오지 않는다.

집 안은 내일 피서 떠날 준비로 떠들썩했다. 난이는 저의 집을 친정어머니에게 맡기고 지영의 집을 봐주러 온 것이다.

영아와 영은은 난이를 따라 이리 쏠리고 저리 쏠리고 하기에 정신이 없다.

지영은 그 흥분한 분위기에서 벗어나 뜰악을 거닐었다. 고석으로 만든 연못에 별빛이 떨고 있다. 물 위에 떨고 있는 별빛이 차갑다. 그 차거운 빛이 직선으로 가슴에 스며든다. 짜릿한 감각적인 외로움이 소름처럼 돋아난다. 그것이 그의 마음을 거의 흡족하게 해주는 것 같다. 지영은 발에 채이는 돌을 집어 들었다. 무더운 여름밤 공기 속에서도 선뜩한 맛을 주는 돌. 그는 삼백 평이나 되는 집터를 둘러본다. 흙 하나 돌 한 조각 모두가 그의 손과 마음으로 닦이고 쓰다듬어진 것들이다. 그는 갈아앉은 마음으로 집 안으로 들어갔다.

응접실은 비어 있었다. 모두들 식당에서 밤참을 먹는 모양이다. 그는 북쪽으로 들어앉은 서재로 들어갔다. 불을 켜지 않은채 서가(書架)와 책들을 어루만져 본다. 모두가 그의 손길에서 생명을 얻는 듯했다. 그는 한동안 그 방 안에 그렇게 석상처럼 서 있었다. 그 조용하면서 견고한 분위기 속에서 자기를 다듬기나 하려는 듯 ―.

그가 서재에서 나왔을 때 집 안의 흥분은 하루의 피로 속에 갈아앉은 듯 조용했다.

그는 복도를 지나 닫혀 있는 영아의 방문 앞에 웃뚝 섰다. 영아 혼자가 아니라는 것을 알았기 때문이다. 녹크를 하면서 문을 열었다. 영아는 난이와 침대 위에 나란히 누어 있다가 지영을 보자 용수철처럼 튀어 일어난다.

영아의 젖은 듯한 눈에 증오의 빛이 서렸고 그 무슨 즐거움으로 하여 상기했던 빰이 갑자기 변색하고 있었다.

「영아는 혼자서 자야 한다고 몇 번이나 말했나?」

지영의 얼굴이 차갑다.

「얘길 하재서 잠간 있었어요」

난이는 그렇게 대답을 하며 조용한 몸가짐으로 나갔고 영아는 아사로 된 엷은 까운을 벗어 던지면서 말한다.

「무서워요. 어머니가 무서워서 견딜 수가 없어요. 왜 나는 아무나 좋아해서 안 된다는 거에요. 남자 친구도 허용하지 않았죠? 어머닌 난이를 시앗이라 싫여하는 게 아니라 그가 날 좋아해서 싫여하는 걸 거야」

그는 시이츠를 턱밑 가까이 끌어올리며 말을 계속했다.

「결국 이 집 안의 모든 것, 이 집 안에 있는 사람들은 엄마의 부속품예요. 아버지는 어머니의 남편이라는 이름을 위한 껍풀이고 난이는 어머니의 어느 순간을 위한 자극제고 우리들은 있으나마나죠. 난이는 어머니 앞에서는 결국 「못난이」가 된 거고 우리들은 「제로」, 영(零)이에요. 어머니는 무를 낳은 지혜로운 여자에요. 무엇인가를 남기는 것, 죽을 때 남기고 간다는 것은 어머니 같은 이기주의자에게 견딜 수 없는 불안일지도 모르니까요」

지영은 눈을 감고 팔장을 낀 채 영아의 얘기를 듣고 있었다.

〈사랑한다, 영아야, 아무에게도 널 접근시키기 싫구나. 넌 나의 분신이란 말이다. 슬프구 약점이 많은 네가 좋다. 너는 바로 나를 다시 비저 놓은 것 같아〉

자기 속에 깊이 들어앉은 영아에 대한 감정과는 어딘가 일치되는 것 같지 않았지만, 지영은 그렇게 열심히 자기 가슴속으로 말했다.

「넌 나 이외의 다른 사람에게 네 잠자리를 보여 줘선 안 돼! 그 이윤 묻지 마라」

바로 한 겹 속의 마음과는 다르게 말소리가 차가웠다.

영아의 고양이 「앰」이 지영의 발등을 넘어, 열어 논 창밖으로 나간다. 지영은 고양이가 넘어간 창문을 닫았다. 그리고 창턱에 올라서서 윗창문을 활작 제쳐 놓았다. 달빛이 마당 가득이 차 있다. 연못의 물이 한순간 번뜩 빛나는 것 같았다. 그 빛이 하나의 기억을 생생하게 되살려 준다.

삼 개월 전의 일이다. 영아가 대학에 입학한 지 한 달 남짓한 어느 날 밤의 일이다. 밤에 잠이 오지 않아 늦게까지 책을 읽던 지영은 첨벙첨벙하는 물소리에 놀라 창가로 달려갔다. 후원에 있는 연못에서 물결이 달빛을 받아 번쩍였다. 연못에서 첨벙거리는 것은 영아였다. 금붕어를 기르기 위한 것이라 물은 영아의 정갱이까지밖에는 닿지 않았다. 밖으로 달려 나간 지영은 조심스럽게 영아의 손을 부뜰었다. 영아의 눈은 꿈꾸는 눈이었다. 눈물이 고이듯 달빛이 영아의 커다란 눈에 가득 고여 있었다.

이튿날 연못 위에 한 마리의 금붕어가 배를 하늘로 솟구친 채 둥둥 떠 있는 것을 보고 영아는 금붕어가 죽었다고 슬퍼했다. 그리고 잠옷이 바뀌어 입혀진 까닭을 자꾸만 지영에게 캐어물었다.

지영은 영아의 몽유병을 누구와도 의논할 수 없었다. S정신과 병원에서 의사와 얘기한 결과 차후를 살피기로 하고 지영 혼자서 영아가 자는 것을 살펴보아 왔던 것이다. 정신료법을 쓴다 하더라도 병자의 행동을 참작해야 한다고 했기 때문이다. 그런데 그 뒤로는 단 한 번도 그런 일이 발생하지 않았다. 몽유병은 그렇게 한 번 비치는 경증도 있을 수 있다는 의사의 말을 믿어도 될 정도라고 지영은 생각하고 있었다.

지영은 창문 앞에서 돌아섰다. 영아는 어머니의 얼굴을 무서운 눈으로 쏘아본다.

「독재자! 어머닌 우리들 모두를 인형으로 만들려는 거에요. 어서 침실로 아버지를 찾아가세요」

영아의 그 말에서 지영은 뜨거운 질투를 느꼈다. 그것이 야릇하게도 흐뭇하기까지 했다.

「어머닌 모든 걸 맘대루 하구 있어요. 아버지가 오고 가는 것까지두」

지영은 영아의 방문을 닫고 복도의 불을 껐다. 그리고 침실의 손잡이를 잡고 숨을 몰아 쉬었다.

2

유리창을 활짝 열어제친다.

뜨거운 바람이 물큰 밀려든다.

대기는 유동성이 없이 뜨겁게 머물러 있고 무더운 칠월을 등에 진 화초들이 늘어져 있다.

칸나가 시야를 가득 채워 온다. 불붙는 것 같은 붉은빛에 숨이 막힐 것만 같다.

「칸나가……」

지영은 미간을 찌푸렸다. 잔주름이 곱게 잡혀진 눈가에 보랏빛 그늘이 스쳐 지나가는 것 같다.

그는 꽃이 크다는 것에 화가 날 지경이다. 꽃잎이 두껍고 큰 것에는 어렸을 때부터 마음이 쏠리지 않았거니와 지금 바라보고 있는 그 칸나의, 군살처럼 붙어 있는 두껍고 여러 겹으로 된 꽃잎이 깨끗치 못한 체내의 무엇을 치밀게 하는 것만 같아 역겹다. 그 역겨움을 느끼는 순간 그의 얼굴은 빠알갛게 상기되어 갔다. 그것은 갑작스럽게도 육감적인 것으로 느껴지면서 지난밤 받아드렸던 남편의 체취가 강렬하게 맴돌아 오는 것이다. 아니 또 다음 순간 그것은 남편의 것이 아닌 또 다른 이성(異性)을 느끼게 해 주는 그런 것 같기도 했다.

그는 무엇에 빠져든 듯 잠겨 있었다.

젝깍! 시계추 소리가 한 번 커어다랗케 들리더니 다음 소리는 갈아앉아 버린 듯 들려오지 않았다. 한순간이 풍선처럼 부풀었다가 터져 나간 것도 같았다.

그 순간 이성의 체취처럼 떠돌던 그것은 갑자기 현기증으로 변해 버렸다. 칸나의 붉은 꽃닢이 허어옇게 퇴색하면서 앗찔해진다.

그때 영은의 팽팽한 목소리가 밀도가 높은 공기를 갈라 놓으며 날라든다.

「엄마, 모기장 찾는대더니 뭘 해요?」

「여름이라서……」

감았던 눈을 뜨며 이마에 손을 얹은 채 돌아서는데 방 안으로 들어서는 것은 영아다.

영아의 눈과 마주친 순간 지영은 과거의 어느 아득한 지점까지 이끌려 갔다가 숨차게 되돌아온 것 같은 느낌이 들었다. 그리고 무척 지쳐 버린 것 같았다.

영아의 눈길이 지영의 얼굴을 쓰다듬듯이 더듬어 온다.

「안색이 무척 창백해요 어머니」

영아는 한껏 부드럽게 말하며 지영의 앞으로 다가와 그의 어깨를 감싸안는다. 지영은 창 안으로 흘러드는 햇살을 눈여겨보며 영아의 숨소리에 귀를 기우렸다. 변덕스러우리만치 영아의 태도에는 변화가 많았던 것이다. 사람이 없는 곳에서 지영과 단둘이 있을 때면 그는 가끔 상처 입은 나비 날개처럼 가날프고 애달픈 애정을 지영에게 보여 줄 때가 있다. 그는 목덜미에 스쳐진 영아의 팔이 따뜻한 체온을 옮겨 주는 것에서 또 현기증을 일으켰다.

그때 영은이가 뛰어 들어왔다.

「엄마, 어디 아파요?」

수용복이랑 타올을 주섬주섬 팔에 걸쳐 들고 선 체 근심스러운 얼굴로 영은은 물었다. 그러자 지영을 감싸안고 있던 영아는 가엾은 얼굴로 당황하며 물러섰다.

「창을 열다가 현기증이 났단다」

굳었던 표정을 풀어 버리며 지영은 부드러운 대답을 했다.

「칸나의 빛갈이 어찌나 진하던지 그걸 바라보노라니까 어지럼증이 일겠지」

영아가 말을 받았다.

「태양보다 더 진했을 꺼예요」

칸나는 올해 처음으로 영아가 고집을 세워 가며 심은 것이다.

「머! 칸나는 대중소설이지!」

영은의 쾌활한 반박에 지영은 이상스러운 생기를 얻었다. 그것은 무엇인가를 꼬집고 싶은 기분 같은 것이었다. 상대방에게 자기의 심경을 그대로 전달할 수 없을 때 반발하고 싶은 그런 것이기도 했다. 그래서 지영은 영은의 말에 유쾌하게 동의했다.

「그래, 참 칸나는 대중소설 같아, 영은이 감각도 그런 때는 멋쟁이구나, 칸나는 대중소설, 대중소설, 그럴듯해」

「엄마, 모기장 안 찾아요? 아버지가 재촉하는데, 벌써 열두 시야, 얼른 해요 얼른. 두 시 차랬죠?」

영은은 지영의 등을 떠민다.

「가만, 난 또 내 짐을 챙겨야지, 잠간 기다리렴 영은아」

영은의 성화를 떼치고 서재의 문을 여는데 영아의 싸늘한 목소리가 지영의 발걸음을 멎게 했다.

「흥, 영은이 넌 어머니 좋아하지?」

「그럼, 난 우리 엄마 젤 좋아. 멋쟁이라서 좋다 말야」

「넌 어머니한테서 대중소설을 읽을 줄은 모르는구나! 어머니는 대중성을 지양시키는 힘이 있는 척하지만 그게 얼마나 치사한 대중성인지 아냐? 이 운동선수야」

「운동선수라구? 내가?」

「제법 남버나 붙은 선수면 좋게? 넌 감정에 둔한 정도가 아니니까 이두 저두 아니란 말이다」

「피이, 칸나가 대중소설이란 게 그렇게도 싫은감?」

「어머닌 칸나보다 더하단 걸 얘기하고 싶은 것뿐야. 어머니의 결혼 생활에 「작은이」를 끼운 게 그 첫째요……」

영아의 얘기를 마저 듣지 못하고 지영은 응접실 문을 쾅 닫아 버렸다.

지영은 어둠컴컴한 서재의 한구석 깊이 있는 벽장문을 열었다. 그것은 무슨 목적이 있어서가 아니였다. 갑자기 솟은 흥분 속에서 벌어진 우연한 동작이었는데 그곳에서 또 그는 뜻하지 않았던 것을 발견했다.

세 켤레의 토·슈우즈. 붉고, 희고, 검은 토·슈우즈 세 켤레가 나란히 세워져 있었다. 그것은 지영이 첫 무대에서 신었던 신발들이다. 지영은 밀려닥치는 슬픔 속에 아무런 항거의 자세도 취하지 못한 채 젖어 있었다. 결국 하나의 유순한 여자로, 굴곡이 없는 인생을 살아 보자고 주저앉은 것은 여기에서 끝나 버리고 마는 것인가? 그 유물을 남겨 둔 것은 아무래도 청산되지 않았던 감정의 슬픈 유산인 것 같아 지영은 눈물을 감출 수가 없었다.

어깨에 가볍게 얹히는 손이 있다. 어느 사이에 들어왔는지 소리도 없이 영아가 들어와 있었다.

「가엾은 어머니, 가엾은 어머니, 그렇게 표독스럽게 엄마를 괴롭히는 건 내 마음이 아냐요. 토·슈우즈는 왜 드려다보는 거에요? 화구(畫具)를 꺼낼가 어머니? 어머니는 책이나 몇 권 골라 노세요」

「아서라, 화구는 무슨 번거롭게……」

「아냐요 어머니, 난 엄마가 그림 그릴 때가 젤 좋아, 무대에서

클라식·쥬쥬를 입고 춤을 추는 엄마보다 더 아름다워. 어머니는 저의 말 믿어 주시죠?」

지영은 눈물 어린 눈으로 영아를 마주 보며 고개를 끄덕여 주었다.

집 안은 만조(滿潮)와도 같은 정밀로 차 있다.

모두들 준비를 끝내고 현관 밖에서 지영을 기다리고 있다.

지영은 그 조용한 집 속을 서두르지 않고 살펴보고 있었다. 응접실, 서재, 거실, 애들의 침실, 식당, 그렇게 한 바퀴 돌아서 다시 응접실과 서재의 사잇문에 서 있었다. 안정과, 평안과 사색이 모든 다른 화려한 것들을 뿌리치고 조용하게 자라 오르던 곳. 그 속에서 자기대로의 인생을 조작하며 살아온 여자다. 언제고 집을 떠나려 할 때는 거의 불안과 공포에 사로잡힐 지경으로 그는 집 떠나기를 두려워했다. 이번에는 유난히도 불안에 겹쳐 불길한 예감까지 날개를 퍼득이고 있는 것 같다. 돌아오면 굉장한 변화가 있을 것만 같은, 그것은 무엇인가 파괴되어 없어질 것 같은 무서운 변화일 것만 같다.

응접실 창문으로, 한 줄기 가느다란 해빛이 빳빳하고 부드럽게 뻗혀 들었고 그것은 마호가니로 된 장식장 위에 닿아 있다. 그것이 지영에게 살아 있다는 어떤 증거를 보여 주고 있다. 그 해빛은 바로 살기 위한 호흡처럼 규측적으로 움직이고 있다. 그런데 이상하게도 지영이 없는 동안 그것이 끊어져 버릴 것 같다. 변화는 그것에서 오는 것만이 아닐 것 같다. 이 응접실에서? 저 서재에서? 애끼고 애끼던 가구들이? 수백 권의 책이? 무엇일까? 그러한 초조 속에서 애타하는데, 이상스럽게도 그의 눈앞이 갑자기 캄캄해진다. 그것은 그의 앞에서 보드라운 생명력으로 반짝이고 있던 해빛이 갑자기 없어져 버렸기 때문이다. 그가 놀라서 눈을 들었을 때 해빛을 문질러 버린 것은 영아라는 것을 알았다. 영아는 창밖에 서서 지영을 바라보고 있었다. 그런데 그 얼굴은 살아 있는 것과 살아 있지 않은 것에 대한 올바른 견해가 엄격하게 구분되어 있는 것같이 보인다. 그리고 그것은 무척 세련되고 생생한, 그리고 힘찬 것에 의한 하나의 뚜렷한 달관의 세계를 보여 주는 것 같은 것이기도 했다. 영아의 얼굴이 무엇인가를 전해 주고 있는 것 같은데 알아낼 수 없는 것이 안타깝다.

「어머니, 기차 시간에 늦겠어요. 얼른 나오세요. 보름만 있으면 오게 될 걸 뭘 그렇게 걱정을 한담?」

「응? 음」

지영은 화다닥 놀라며 돌아섰다.

그것들은 모두 한순간을 이루는 오묘한 사건들이다.

〈영아가 해빛을 등지고 섰던 탓일까?〉

지영은 밖으로 나섰다. 밖에는 칠월의 햇빛이 눈부시게 쏟아져 내리고 있었다.

모든 것은 너무도 왕성하게 살아 움직이고 있다. 포화 상태에 있는 풍선처럼 잘못 건드리면 터져 버릴 것 같아 보인다.

지영은 조심스럽게 그들 틈에 끼어들었다.

3

기차가 떠나기 시작하자 잠간 새로운 흥분이 물결친다.

창변에 자리 잡은 지영은 딸들과 어울려 웃고 지꺼렸다. 남편 한수는 시종 규격이 반듯한 사람답게 적당히 웃고 적당히 얘기했다. 원만한 남편이요 원만한 아버지로서 손색이 없는 남자다.

출발한 기차가 한 시간 남짓 넘어 달리고 있을 때다. 가벼운 흥분에 지쳐 있었고 목적지에 닿기만 고대하는 마음들로 차 속이 조용해졌다. 차창에 머리를 기대고 흔들리는 차체에 정신마저 내맡긴 듯 앉아 있는 지영의 귀에 무엇인가 아련하게 들려오는 것이 있었다.

그것은 그가 기차를 탈 때마다 경험하는 일이다. 흔들리는 차체에 모든 것을 내맡기듯 앉아 있을 때, 무엇인가 애소하는 듯한 소리처럼 들려오는 것, 우름소리도 같았고 노래소리 같기도 한……. 아련하게 들리는가 하면 무척 생생하게 들려오기도 하는……. 눈 뜨고 있고, 모든 감각은 살아 있는 채 눈에는 모든 영상이 스쳐 지나고 감각은 눈을 뜨고 있는 채로 그것은 투명한 유리알 같기만 한, 그래서 모든 것이 보이기는 하지만 느낄 수 없는 듯한 그런 상태에서 들리는 것은 그 한 가닥의 소리다. 그것은 귀에 들리는 것이 아닌 것도 같다. 애원과, 구원이 염원으로 가득 찬 영혼의 관문을 통하여 젖어 드는 것 같은 것이.

그것은 박자가 정확하고 멜로디가 선명한 노래소리로도 들렸다. 누군가 알 듯한 사람의 육성(肉聲)으로 들려오기도 했다. 그는 눈을 감는다. 그렇다고 그 소리를 잘 듣는 데 도움이 되는 것은 아니다.

소리는 율동을 한다.

그것은 또 육성이 아닌 악기의 소리로 자연스럽게 바뀌어진다.

리듬, 멜로디.

거기에 마춰 춤추는 여자. 무대 위에 선 빛나는 여자. 지영은 자기 자신을 멀리 아득하게 바라본다.

『푸리마 발레리나』

지영은 육신을 많이 놀리면서도 단순한 여자가 못 되였다. 一九三八年1938년 귀국 첫 공연이 대성공을 이루자 그의 세계는 그대로 왕국과 같은 것이었다. 그러나 그는 그것을 인생의 전부라고 생각하지 않았다. 심장판막증(心臟瓣膜症)으로 이차 작품 발표회를 공연 중도에서 닫아 버렸을 때 죽고 싶도록 안타까웠지만, 발레가 아닌 다른 인생을 찾기에 조급해했다. 지영의 심장병은 대단한 것은 아니었지만 발레를 단념하지 않을 수 없게 만든 것이다.

그는 자기가 여자라는 것을 많이 생각했다. 또 여자의 행복이 무엇인가를 더듬어 보기도 했다. 무용에 대한 향수는 무섭도록 큰 것이었지만, 그 화려하던 무대를 교육무용(敎育舞踊)으로 돌리기도 싫고 하여 아예 단념하기로 했었다.

조용한 여자로서 살자고 결심했다. 조용한 여자로 사는 데에 적합한 한수를 남편으로 택했다. 한수는 지영과 오랜동안 사귀던 남자다. 세월이 지영에게 한수에 대한 신뢰감을 갖게 했다. 그러나 조용한 여자로 사는 것이 얼마나 어려운 것인가를 알았다. 영아를 낳고 영은을 낳고, 편안하고 유족한 생활을 할 수 있도록 만드는 동안의 십 년은 그래도 공허를 몰랐다. 그러나 가정 이외의 것에 대한 의욕을 죽이며 사는 것이 얼마나 어려운 것인가를 지영은 점점 더 뼈저리게 느꼈다.

남편에게 동화(同化)되기란 불가능하다는 결론을 내렸다. 남편의 존재가 번거롭게 느껴졌다. 그것이 자기 가정의 파멸을 의미한다는 것을 지영은 잘 알았다. 그때 난이의 출현은 지영에게 오히려 다행스러운 것이기까지 했던 것이다.

지영은 눈을 뜬다. 한수가 곁에 앉아 있는 것을 알고 안도에 가까운 한숨을 쉰다. 그리고 한수의 정신 속에 뿌리박혀 있는 자신의 존재를 또 한 번 대견하게 여긴다. 그러는 동안에 아득하게 물결치며 소리는 잦아져 버렸다.

「한숨 잤소?」

한수는 손수건을 꺼내어 지영의 이마며 콧등을 닦아 주었다. 그것을 보고 있던 영은이가 손벽을 치며 호들갑을 떨었다.

「오오 위대한 애처가와 행복한 부인이여!」

기차는 온양 온천을 지나고 있었다. 영아는 아무 말 없이 앉아 있다. 자칫 기울어져 가는 햇살이 그의 얼굴을 담뿍 물드리고 있다. 지영은 문득 한 묶음 묶어 놓은 과거와 마주친 것 같은 느낌이 들었다. 과거에 대한 애처러움과 동경과 애정을 한 묶음 해 놓은 것 같은 영아. 지영은 그를 와락 끌어안고 싶은 충동에 몸을 떨었다.

「허허 피서를 가자고 졸르고 서두르던 영아가 어째서 저렇게 침울할까?」

한수의 부드러운 말에 영아는 고개를 돌린다.

「고향으로 가는 것처럼 너무도 흐뭇해서 그래요.」

영아는 웃었다. 왼편에 솟은 예쁘다란 덧니가 저녁 햇빛에 반짝인다. 그런데 그 빛이 지영의 가슴에는 상서롭지 못한 것으로 찔리는 것 같다. 거의 완전한 것에서는 불안을 얻는 그런 것이었을까? 영아의 웃음 속에는 꽉 차 버린 생명으로 하여 넘쳐 버릴 것 같은 자비가 깃들어 있는 것 같았던 것이다.

## 4

굴곡 없는 대천 해안선에 황혼이 깃들기 시작했을 때, 일행은 대천 최남단에 자리잡은 Y별장에 여장을 풀었다.

한수의 친구 별장을 이 몇 해 동안 여름마다 빌려 써 왔던 것이다.

십여 평 남짓한 집 속은 영은의 수선으로 왁자하니 시끄러워졌다. 살찐 사슴처럼 이리 뛰고 저리 뛰며 떠들어 대는 품이 꼭 선머슴 같다.

「저놈은 헐일없는 선머슴야…….」

모기장을 걸어 매던 한수가 대견하게 웃었다. 영은은 벌써 훤출하게 다리를 들어내는 짧은 바지에 앞가슴이 거의 들어나는 부라우스를 입고 있다.

「엄마 난 밤낮 이렇게 유쾌하게 살고 싶어, 아버지하구 엄마하구 함께, 이렇게 뜨거운 계절만 있댔음 좋겠어」

영은의 말에 지영은 터질 것처럼 홍조를 띄운 영은의 볼을 꼭 눌러 주며 말했다.

「사흘임 실증을 낼 테면서…… 안 그러냐?」

「이 귀여운 변덕쟁이야. 엄마 들볶으면 못 쓴다? 알았니?」

한수가 영은의 다른 한쪽 볼을 꼬집어 주었다.

바람이 창문 하나 가득히 몰려든다. 따뜻한 호흡인 양 지영의 빰이며 목덜미를 휘감고 가면서 입김이 남듯 감촉을 남긴다. 지영은 창밖으로 고개를 돌렸다.

〈아!〉

그는 하마트면 소리를 지를 번했다.

테라스 하나 가득한 황금빛, 그것은, 생명에의 고귀한 왕관과도 같은 황금빛이 넘실대고 있지 않은가? 그 저녁노을은 바다의 잔잔한 물결을 타고 달려오면서 한층 부드럽게 더 찬란하게 빛나고 있었다. 그 속에 영아가 서 있었다. 그의 얼굴은 법열 그것이다. 영아는 몸체가 없이 얼굴만이, 아니 두 눈만이 허공에 뎅그라니 떠 있는 것 같았다. 그것은 자연(自然)에서 받은 생명이 생명력 그것을 완전히 들어내고 있는 것 같은 모습이다. 그래서 한 가닥의 미련도 없이 모체로 되돌아가고 싶어 하는, 절정에 달한 생명, 아름다운 생명의 포화 상태와도 같은 힘을 보여 주고 있다.

지영의 목이 콱 막혀 버린다. 성스러운 것 앞에서 위축되는 듯했는가 하면 가위에 눌린 사람처럼 꼼짝을 못 한 채 서 있기만 했다.

「자아 저녁 먹을 준비들을 해야지」

한수의 낮고 부드러운 목소리가 지영을 깨워 주지 않았더면 그는 거기에 그냥 쓰러져 버렸을 것만 같았다.

영아는 돌아섰다. 착하고 아름다운 한 처녀의 얼굴이 만면에 웃음을 띄우고 있었고 아버지를 향해 입을 열었다.

「아버지, 역시 바다는 참 좋아요」

지영은 그를 와락 품에 안고 싶었지만 꿈에서 덜 깨인 듯 손이 뻗혀지지가 않았다.

밤이 되었다.

한낮의 염열을 걷어 가지 못하고 게으름을 부리는 여름밤이 모래 속에서 잠을 자려고 부비적거리듯 백사장은 따뜻한 온기를 지니고 있다. 일가족은 모래 위에 자리를 펴고 오순도순 앉아 있었다.

열이레 달이 밝았지만, 대천 바다는 달이나 해를 뿜어내는 바다가 아니라 넘어가는 달이나 해를 받아들이는 바다여서 해안 쪽을 향해 있는 집 앞에 앉으면 떠오르는 달이 보이질 않는다.

지영은 자기의 무릎을 베고 누워 있는 영은의 머리를 버릇처럼 쓰다듬었다. 아버지의 무릎을 베고 누은 영아는 무엇을 생각하는 것인가 조용히 눈을 감고 있다. 영은은 요새 읽고 있다는 샤롯트·부론떼의 「제인·에아」 얘기를 신이 나서 조잘대고 한수는 가끔 한마디씩 대견스럽다는 듯 응수를 한다. 영은이, 연애 감정에 대한 자기 견해를 그럴듯하게 얘기하자 한수는 껄껄 웃으며 말했다.

「당돌한 놈이야! 영아가 흉을 보듯 운동선수만은 아닌 모양인데? 그런데 꼬마가 벌써 그런 걸 생각하면 어쩐다는 거냐?」

「후훗? 아버진 내가 꼬마라구? 내년엔 대학생일 텐데……」

지영은 그들의 대화에 열중하는 것도, 그렇다고 흘려 버리는 것도 아니면서 시선은 멀리 바다를 바라보고 있었다. 그는 그 속에 푸근히 젖어 있었던 것이다. 그는 너무도 행복하다고 생각했다. 남편과 아이들과 자기. 빈틈이 없는 행복을 느끼고 있었다. 일찌기 느껴 보지 못하던 풍만한 기분이다. 인생을 오래오래 누리고 싶다고 생각했다. 전에 가져 볼 수 없었던 갈망이 일었다. 그 갈망이 뜨거운 것일수록 그는 무엇인가 같은 비례의 진한 불안을 느꼈다.

바다는 침침한 대로 부드러운 표정으로 누어 있더니, 차츰 수줍디수줍은 몸짓으로 일렁대기 시작했다. 달이 어느 만큼 높아진 모양이다. 그리고 청록색 윤이 흐르는 눈짓으로 모든 것을 빨아드릴 듯 물결을 밀어 해안으로 보냈다.

달은 별장의 체양 그림자를 얼마만큼 끌어드렸다. 영아의 앞가슴에 선을 그었던 그림자가 영아의 얼굴을 담뿍 들어내고 있다. 순간 지영은 (저 애가 누구의 무릎을 베고 들어누은 것일가?) 가슴이 섬찍해지는 듯했다. 그늘은 영아가 베고 누은 한수의 다리를 지나 한수의 가슴 아래에 멎어 있다.

지영은 무서워졌다.

영아가 한수의 딸이 아닌 것만 같이 생각되었다. 한수는 영아의 아버지가 아닌 것만 같다. 지영은 가느다랗게, 그러나 싸늘한 몸서림을 쳤다. 그러면서 그는 또 생각했다. 영아의 탄생은 한수의 영혼이 아니라 저 달빛에 들어난, 한수의 하체, 그것에서만 생겨진, 그리고 영혼은 다른 곳에서 불러드린 것 같은 생각이 스쳐 갔다. 그래서 영아는 아버지를 베고 누어 있으면서 그 몸은 아버지를 닮았으나 얼굴이 너무나 다른 것으로 보이는 것 같았다. 그러자 희끄므레한 달 그늘 속에 묻힌 한수의 얼굴이 갑자기 보이지도 않았고 어떻게 생겼던가 그 윤곽이 도무지 잡혀지지가 않는다.

지영은 견딜 수 없어지자 영은의 머리를 떠다 밀치고 자리에서 일어섰다. 그리고 집 안을 향하여 걷다 말고 영아의 목소리에 발길을 돌렸다.

「어머니는 밤낮 기다리는 여자 같죠? 어머니는 뭔가 밤낮 기다려요. 이제까지의 생애가 기다림 하나뿐인 것같이 생각될 때가 있어요. 행복이 아니면 차라리 커다란 불행을 기다리는 여자 같아요. 또 어머니에게 행복의 뜻이란 평범한 거에요」

「허! 그 녀석 또 궤변을 늘어놓는구나」

한수의 말에 영아는

「궤변이 아니래두요. 두고 보세요」

그렇게 조용하게 말하면서 지영을 돌아본다.

영아의 얼굴은 달빛에 젖어 있었다. 아까는 노을 속에서 생겨난 생명 같았던 그의 얼굴이 지금은 달빛 속에서 생겨난 것 같은 느낌을 준다.

그것은 한수가 사흘간의 대천 생활을 마치고 먼저 서울로 올라갈 때 역에서도 있었던 일이다.

「편애를 하지 말고 영아를 잘 받아드려 주라」던 남편의 얘기를 상기하면서 지영은 한수가 딸들과 이별을 나누는 장면을 무심코 바라보고 있었다. 남편의 그런 말이 떠올라서였을까? 한수가 영은이보다 영아의 어깨를 이상스러울만치 오래 감싸안고 있는 것에 신경이 쓰였다. 그러나 영아의 얼굴에 시선이 머물렀을 때 지영은 정애라는 것에 대해서 지니는 인간의 근본적일 수 있는 연민 같은 것이 얼마나 영아에게 하잘것없는 것인가를 순간적으로 느끼면서 거의 낭패한 표정으로 서 있을 수밖에 없었다. 영아는 정애를 받아드릴 표정을 하고 있었던 것이 아니라 이 모든 인생의 움직임이나 생각들을 한껏 넓게 포섭해 줄 수 있다는 듯 깊고 넓은 즐거움을 얼굴에 띄우고 있었다. 그것은 한여름의 찐득거리는 더위 속에서도 어쩌면 그렇게 생생해 보이던지 —.

그런데 그런 것은 영아에게서 새삼스럽게 느끼는 것이 아닌 것 같았다. 영아의 출생 자체에 그런 생각을 해 왔던 것이다. 영아의 생명에는 무슨 색다른 비밀이 있는 것만 같다. 있어야만 될 것 같다. 그것은 영아의 지극히 조용한 몸가짐이나 그의 사색의 일부분이 가끔 섬광과 같은 빛을 발하는 것으로 하여 생겨진 회의가 아니다. 지영의 의식 한 겹 아래는 언제나 그 비밀을 찾아내려는 욕망으로 덮혀 있는 것인지도 모른다고 그 자신은 생각했다. 가끔, 자기가 과대망상증 환자나, 아니면 노이로제 환자가 아닐가고 자문(自問)해 볼 때도 있었고, 그러한 자기를 정상화시켜 보려고 여러가지로 생각도 해 보았으나 비록 그런 생각들이 하나의 병일지라도 그 병에는 영아를 목표로 한 어떤 이유가 포함되어 있을 것만 같은 강렬한 생각이 그의 머리에서 떠나지를 않았다.

서울로 올라간 한수와 교대하여 난이가 내려온 날 밤이다.

지영은 한밤중에 소스라쳐 깨었다. 무엇이 그를 깨웠는지 알 수 없다. 지영은 옆자리를 더듬어 보았다. 침대 위에는 시이츠가 헝클어져 있을 뿐 영아가 보이지 않았다. 요란한 소리라도 낼듯 가슴이 내려앉았다. 창가로 가 보았다. 달빛이 허허하게 쏟아져 내리고 있었고 그 속에서 세상은 취한 듯 싸늘하면서도 따스하게 잠들어 있었다. 지영은 백사장 복판에서 영아를 발견했다.

그것은 하나도 두려워할 것이 없는 일이었는지 모른다. 야영을 하는 사람들이 군데군데 백사장에 그대로 누어 잠들어 있는 것이 보이고 영아는 잠이 오지 않아 나가 서 있는 것인지도 모르는 것이었다. 영아는 묵묵하게 바다를 바라보고 있었다. 넘어가려는 달빛을 담뿍 안고 서서 어두운 등을 보이고 까아만 윤곽을 보이면서 서 있었다. 마치 그 달밤의 외로운 주인 같았다. 약하고 외로운 주인. 지영의 가슴이 뜨거운 슬픔으로 꽉 찼다. 그가 밖으로 나가려는데 영아가 돌아서는 것이 보였다. 돌아서는 영아를 그는 놓지지 않고 살펴보았다.

「영아」

지영의 목소리가 나즉이 울려 나왔다.

그것을 영아는 듣지 못했다. 젖은 듯한 눈을 뜬 채 영아는 자리 위에 눕는 것이다.

영아는 꿈을 꾸고 있는 것이었다.

그 꿈은 다음 날 밤에도 계속되었다.

지영은 그날 한낮의 더위로 하여 몹씨 지쳐서 밤에도 열이 올랐다. 열에 뜬 채 깜박 잠이 든 사이에 영아를 놓져 버리고 말았다.

그날 밤 그는 백사장에서 영아 말고 또 하나의 움직이는 사람을 발견했다. 해안선을 끼고 걷는 사나이. 영아가 그것을 바라보고 있는 것을 지영은 알 수 있었다.

이튿날 낮에 영아를 따라 물에 들어갔다가 지영은 오 분도 못 있어 되돌아 나왔다. 숨이 차올랐다. 인어처럼 미끄럽게 흘러 다니는 영아 자매를 바라보다 말고 그는 백사장 위에 눕지 않을 수 없었다.

심상치 않은 증세가 일어났다. 지영은 자신의 몸에 이상이 생긴 것을 알았다. 심장에 판막 장해가 일어난 것을 알았다. 그것을 난이에게 숨기느라고 그는 무척 고생을 해야 했다. 난이가 알면 밤에도 잠을 자지 않고 간호를 하려 들 것이요, 그렇게 되면 영아의 일이 탄로될 우려가 있었던 것이다.

그날 밤은 영아가 나가는 시각이 바로 만조(滿潮) 때였다. 영아가 나가는 것을 보면서도 일어날 수가 없었다. 겨우 창턱을 잡고 밖을 내다보았을 때, 영아는 해안을 줄달음치고 있었다. 물색 타올지의 까운이 달빛에 함빡 젖어 보였다.

지영은 땀을 흘렸다. 숨을 헐떡였다. 뒤따라갈 힘은 없고 마음은 조급했다. 달빛이 파도에 산산이 부서지고 있다. 몽유병 발병이 처음으로 발견됐을 때 영아가 물속에 있었다는 것에 왜 주의하지 않았던가? 어쩌자고 바닷가로 그를 데리고 왔던가? 아무래도 영아는 물속으로 첨벙대고 들어갈 것이다. 영아가 보이지 않는다. 지영은 맥없이 그 자리에 쓰러졌다. 그가 선뜩 한기를 느끼며 정신을 돌렸을 때 다시 창밖을 살펴보니 영아는 백사장 위에 있었다.

어느 건장한 사나이가 영아의 어깨에 두 손을 얹어 놓고 있는 것이 보인다. 그는 무슨 주문이라도 외우듯 영아의 얼굴을 드려다보고 있는 것이 아닌가? 어깨가 벌어진 그리고 키가 굉장히 큰 사나이다. 그는 언젠가처럼 해안을 따라 북쪽으로 올라가고 영아는 돌아서서 집 쪽으로 걸어왔다.

날이 밝자 지영은 남편 한수에게 전보를 쳤다. 올라가야겠다고 생각했던 것이다.

그날 지영은 왼종일 자리에서 일어나지 못했다. 해 질 무렵에 창가에 기대앉은 지영은 영아의 뒷모습을 발견했다. 영아는 어제밤 지영이 본, 예의 키가 큰 남자와 함께 집과는 반대쪽으로 무작정 걸어가고 있었다. 영아는 저녁 식사 때에도 돌아오지 않았다.

별이 돋아났다. 바람끼가 있어, 해안을 긁어쥐는 파도 소리가 날카롭게 들렸다. 기슭에 철석이는 물결만이 허어옇게 보이는 밤이다. 보이·스카웃의 소년들이 화롯불을 놓고 빵빵 돌아가며 노래를 부르고 있는 것이 보였다. 난이와 영은은 영아를 찾아야겠다고 밖으로 나갔다. 대천 해수욕장 중앙 지대에서는 방송국에서 내려와 노래자랑을 하고 있었다. 그 즐거움과 흥분의 소음들이 밀려가고 밀려왔다.

영아가 돌아왔다. 혼자서다.

「영은이랑 같이들 나갔는데 못 만났구나?」

「어머니 숨이 몹씨 찬가 봐요?」

영아는 묻는 말에 대답을 하지 않고 그렇게 물으면서 지영의 머리맡에 꿇어앉았다.

「암만해두 올라가야 되겠다. 그러잖어두」

지영은 전보 친 것을 얘기하려다 그만두었다.

「집으루요?」

영아는 몹씨 당황해했다.

「왜? 가기 싫으냐?」

영아는 대답 없이 지영을 마주 본다. 눈이 맑다. 갈아앉은 것처럼 맑다. 그러면서 잔잔한 호수가 해빛을 반사하듯 빛나고 있다.

「저녁두 안 먹구 어딜 갔다 왔니?」

영아는 지영의 말에 대답할 생각도 없이 꿈꾸는 듯 눈을 깜박이다가 말했다.

「어머니, 난 이상스러운 사람을 사귔어」

「이상한 사람?」

「음, 어디선가 늘 보던 얼굴같이 친밀한 얼굴인데 영 생각이 나지 않아요, 아무래두 내가 늘 그려 보던 그런 남자예요, 그래서 낯익은 것 같은 그리고 가슴이 설레는……」

「넌 무슨 얘길 지꺼리고 있는 거냐?」

그래도 영아는 눈의 초점을 허공에 던진 채 얘기를 계속했다.

「무섭도록 신비했어요. 물에서 피곤해져서 밖으로 나오려고 할 때였어요. 노을을 담뿍 안고 서서 이쪽을 응시하고 있는 남자의 눈과 마주쳤겠죠? 황홀한 눈이었어요, 우리는 금방 친해졌죠, 늘 만나던 얼굴 같다고 내가 말하면서 웃었더니 그러냐면서 마주 보던 그의 눈이 무척 서글퍼 보였어요. 많은 얘기를 했어요. 어머니가 걱정하신다구 어서 가 보래는 걸 왼지 오기가 싫겠죠? 그 사람이 어디루 가 버릴 것만 같더군요. 그런데 이상한 건 그이도 날 어디서 많이 본 것 같은 얼굴이라더니 울어 버리고 말 것 같은 눈으로 자꾸만 날 드려다보았어요. 그러면서 말했어요. 「날 자세히 봐 생각이 나지 않아? 내가 영아와 같이 있은 일이 있는지도 모르잖어」 그러겠죠? 그러더니 공허하게 껄껄 웃으면서 「우리는 전생에서 아주 친했던 사람인 거야 그러니까 이렇게 슬프도록 친밀감을 느끼지?」 그렇게만 말하고 말겠죠? 그리구 이런 말두 했어, 「영아 같은 아기를 가진 엄마는 기쁘면서두 슬플 꺼야」라구, 왜냐구 그랬더니, 「영아처럼 아름다운 처녀는 누구든지 시샘을 해서 데려가려구 할 테니까」 그리구 잠간 생각하는 듯하더니 「창조주도 자기 작품에 샘을 내서 도루 뺏을려구 할걸?」 하면서 웃었어요.」

「영아는 꿈을 꾸고 있는 거냐?」

「응, 꿈이라도 좋아요. 그이는 영아를 낳은 엄마는 어떤 사람인가 보구 싶다구 했어요. 영아를 다른 사람한테 뺏기지 않기 위해서 만났으면 좋겠다구요. 굉장히 심각한 얼굴였어요. 지금이라두 보구 싶다는 걸 연기하느라 내가 진땀 뺐어요 어머니.」

지영은 차츰 동요되어 오던 가슴을 진정시켜야 했다. 영아는 밤마다 꿈속에서 만났던 그 사나이를 몰라보고 있는 것이 분명했고 그 사나이는 영아의 병을 눈치챈 것일거라고 그는 단정했다.

「왜 그렇게 거절을 했을까?」

지영의 물음에 영아는 한참을 지영의 눈을 바라보다가

「어머니한텐 평범한 아름다움 같으면서두 마력이 있는 걸 전 알아요. 더구나 그이는 중년의 남잔 걸요, 어머니」

그러면서 영아는 지영의 가슴에 머리를 묻는다. 그 얘기는 지쳐서 돌아온 난이와 영은의 출현으로 중단되고 말았다.

대천 해수욕장은 열두 시가 넘어야 잠이 든다.

지영은 영아가 잠드는 것을 지키고 있었다. 숨소리가 고르다. 영아는 영원히 그렇게 잘 것처럼 고요하다. 머리 올 하나 움직이지 않는다. 한 시가 지났다. 어서 날이 밝았으면 좋겠다. 또 두 시가 지났다. 저어쪽 육지로 뻗어간 들판에서 어둠의 심판 같은 달이 솟기 시작했다.

청록색 하늘과 울퉁불퉁 윤곽을 들어낸 들판 사이에, 그것들

틈에 솟은 덧니처럼 그믐에 가까운 달이 솟기 시작했다. 반짝 빛나는 매력적인 덧니 같은가 하면 그것은 불길한 운명을 예시하는 웃음과도 같이 느껴졌다. 단지 그 밤만을 곱게 넘기면 될 것 같았다. 날만 밝으면 남편 한수가 내려오리라. 서울로 가면 전문의에게 치료를 부탁하리라. 영아의 몽유병은 심한 것은 아닐 게다. 치료를 하자면 정신료법밖엔 없겠지. 의사를 친구처럼 사귀게 하리라. 어서 날이 밝았으면 좋겠다.

지영은 어느덧 잠이 들어 버렸다. 꿈을 꾼다. 영아가 웃는다. 덧니가 달빛처럼 빛을 발한다.

그 빛 속에서 몸체는 없고 얼굴만 있는 남자가 슬픈 표정으로 다가오고 있다.

지영은 소리를 지르려다 꿈에서 깬다. 영아가 없다. 테라스로 뛰어나가 본다. 허허한 백사장, 사람의 그림자라곤 보이지 않는다. 파도가 거품을 물고 밀려든다. 오라고 손짓하는 것 같다. 그것은 무척 위협적이다. 바다와 하늘과 육지, 그것들을 달빛은 희롱하고 있다.

지영은 백사장으로 뛰어내려 갔다. 영아는 보이지 않는다. 지영은 어제저녁 영아가 걸어가던 방향으로 숨차게 달려갔다. 한참을 정신없이 달릴 때다. 누군가가 앞을 턱 가로막으며 지영의 어깨를 꽉 잡는 사람이 있다.

「아?」

둘은 동시에 외마디소리를 질렀다. 사나이는 달빛을 받고 서 있다. 키가 크고 어깨가 벌어진 사나이, 어딘가 눈에 익은 모습. 달빛을 받고 있는 그의 눈과 마주친 순간 지영은 다시 한 번 날카롭게 외마디소리를 질렀다.

이십 년 전에 헤어진 사나이 조운(趙雲)이다. 지영의 머릿속에서 억지로 밀폐시켰던, 그래서 거의 잊혀졌던 사나이다. 지영은 그 순간 운명의 수수께끼를 푼 듯했다. 그는 맥없이 그 자리에 쓰러졌다.

지영은 엷은 전등이 밝혀진 침실에 누어 있었다. 몸에 굉장한 중압감을 받으며 눈을 감았다. 남편이 다가온 것이다. 뜨거운 호흡이, 코앞에 목덜미에 앞가슴에 뜨겁고 눅눅한 소낙비처럼 쏟아졌다. 그것은 분명 남편 한수였다. 어떤 순간이다. 한 마리의 순수한 동물로서, 인간의 감정이 한 오리도 개입될 수 없는 육욕의 황홀한 순간이었다. 지영은 남편이 아닌 다른 사나이를 느끼고 있었다. 운(雲)이었다. 처음으로 경험하는 육욕의 만족을 얻는 순간 운을 느끼고 있었던 것이다.

운과는 단 한 번 위험한 짓을 저지르려다 만 일이 있었을 뿐. 그것이 한수에게서 되살아났던 것이다. 그것은 그 며칠 계속되었다. 그리고 그것으로 하여 진정한 이성(異性)이 무엇인가를 알 수 있었다. 그러나 얼마 후 지영의 현실에 상처를 입히던 그 환영은 사라졌고 지영은 그때 잉태했던 것이다. 그것이 첫아이 영아였다. 영아의 출생은 환상에서 비롯한 것이었다.

〈영아가 웃고 있다. 차가운 달빛이 빛나는 밤이다. 달빛은 다른 것이 아니고 영아의 덧니였다. 그 덧니가 세상을 처절하도록 밝게 비치고 있다. 그 빛 속에서 지영은 과거의 운을 만난다. 외마디소리를 지르며 놀랄 때 세상은 칠흙처럼 어두워졌다. 영아가 입을 다물어 버린 것이다. 환상을 아버지로 태어난 그는 실재의 앞에서 물거품으로 살아져 간 것이다.〉

영아는 물속으로 걸어 들어간다. 물 위에는 달이 떠 있었다. 그는 오래전부터 물에 잠긴 달을 건지고 싶었었다. 그는 자꾸 걸어 들어갔다. 한없이.

## 5

지영이 정신을 차렸을 때 아직 날은 밝지 않았다. 달은 빛이 없었다. 누우렇게 뜬 빛으로 어리둥절해 있었다.

대천 해변에는 수많은 사람들이 운집했다. 시체 인양 작업이 개시된 것이다. 어망(魚網)이며, 갈쿠리, 해녀가 총동원되었다.

지영은 속도 무제한으로 달리는 차를 타고 있는 것만 같았다. 귓속에서 시끄러운 소리는 데글거렸다. 또 그 속에서 아련하게 규칙적으로 들려오는 소리가 있다.

「지영이가 뛰어나가지만 않았더면 영아는 죽지 않았을 것을……」

그것은 자기 자신의 목소리로도 들리고 운의 목소리로도 들린다.

운은 미국의 영주권을 가졌으면서 지난 오월달에 귀국을 했다. 대천으로 피서를 온 첫날 밤 새삼 느끼는 외로움으로 하여 잠 못 이루고 바닷가를 거닐다가 무작정 바닷물 속으로 걸어 들어가는 소녀를 발견했다. 첫눈에 병자라는 것을 알았다. 물밖으로 소녀를 유도해 내기에 땀을 흘린 그는 그 소녀의 얼굴에서 어떤 그리움의 실재를 찾은 듯했다. 그는 매일 밤, 의무처럼 해변을 지켰다. 소녀의 보호자를 만나려면 절차가 필요했다. 절차를 밟을 기회를 찾기에 그는 조급했다. 사건 발생 전날 저녁에 만났을 때 그는 기뻤다. 한 아름다운 소녀를 구할 수 있을 것을 믿었기 때문이다. 그러나, 엄마를 만나게 해 주기 싫다면서, 어머니는 누구나 자기 것을 만들어 버리는 여자라고 슬픈 얼굴로 말하던 영아의 얼굴에서 그는 거의 절망을 느꼈다. 그 새벽에 운은 해변을 지켰으나 영아는 시간이 넘어도 나타나지 않았다. 그를 찾아 해변을 더듬어 오다가 운은 달려오는 지영과 마주친 것이다.

영아의 시체는 예상 밖으로 남쪽 해안에서 발견되었다.

시체 인양을 끝냈다는 소식을 들으면서 지영은 하늘을 바라보았다.

하아얗게 시어 버린 그믐달이 바다 저쪽으로 떨어져 가고 있었다.

회색으로 반백이 된 운의 머리색, 더 많이 갈아앉은 눈, 그리고 음성이, 사그러져 가는 그믐달 빛에 젖어 하아얀 연기처럼, 순식간에 사라지는 연기처럼 스러져 지나갔다. 과거가 현실에 타격을 주었을 때 상처는 남고 과거는 흐려져 사라지는 것으로 보였다.

## 6

집으로 돌아왔다. 밤이다.

객사한 영아의 장례를 밖에서 마저 치루고 피서를 떠난 이래 처음으로 들어오는 것이다.

지영은 밤을 앉아서 밝히기로 했다. 잠이 들면 모든 것이 폭삭 사그러져 버릴 것 같았다. 거기에는 불행의 의미조차 없는 것이다. 모든 것은, 미래(未來)까지도 허물어지고 있지만 그것을 지켜보지 않고는 자기의 죽음까지 자유롭지 못할 것 같다.

동이 트기 시작했다. 모든 사물들은 실눈을 뜨고 앞을 내다보고 있다. 지영의 눈에도 앞이 어렴풋이 보인다. 자기의 미래(未來)가 잡힐 듯이 보이는 것이다. 가만이 손을 내밀면 만져질 것 같이…….

조금 더 밝아지자 영아가 키우던 고양이 「앰」이 살랑거리고 들어온다. 사진들에 끼어 있는 지영 자신의 사진이 눈을 뜬다. 그것은 이미 아득한 시절에 죽어 버린 사람의 사진 같다. 그렇다. 그것은 한 순간의 유영(遺影)을 부뜰어 놓은 것뿐이다.

살아 움직이는 고양이는 현재를 쫓아오는 영아의 과거의 일부다. 저 사진들에는 미래를 거부하는 한순간의 시체가 도사리고 있는 것이다. 과거가 한 묶음으로 겹쳐 올 때면 엷은 미래가 찢어지기 쉽지만 한 조각 한 조각 있을 때는 그것이 비록 죽음일지라도 애처롭게 사랑스럽게 느껴지는 것이다.

지영은 눈을 감는다.

발 앞에는, 돋아오르는 햇살을 향해 고양이가 앉아 있다.

지영은 하나의 물체처럼, 외로움을 견고하게 도사려 안듯 해빛을 향해 앉아 있다.

과거도 미래도 없다.

고독이 법열처럼 서려 든다.

—《문예》 2권 2호, 1960년 2월;
정연희, 『백조의 행진』(문예사, 1969)

## 강계순(姜桂淳·1937~)

강계순은 1937년 경남 진영에서 태어났고 호는 죽남竹南이다. 부산 경남여고를 졸업하고 성균관대학교 불문학과를 졸업했다. 1959년 시 「풍경화」, 「낙일」, 「영상」이 《사상계》 신인 현상문예에 당선되어 시단에 나왔다. '여류시' 동인으로 활동했다. 1974년에는 등단 이후 15년간 쓴 작품들 중에서 60편을 추려 첫 시집 『강계순 시집』을 발간했다. 그 후 시집으로 『천상의 활』(1979), 『흔들리는 겨울』(1982), 『빈 꿈 하나』(1984), 『동반』(1986), 『익명의 편지』(1990), 『짧은 광채』(1995), 『지상의 한 사나흘』(1997), 『사막의 사랑』(2019) 등을 출간하면서 독특한 시적 개성을 확립했다. 1983년 평전 『아! 박인환』을 썼다. 한국공연윤리위원회 영화 심의 위원을 역임했고, 한국 가톨릭문학인회 부회장, 한국여성문학인회 부회장 등으로 활발히 활동했다. 한국시인협회 상임 위원, 국제펜클럽 한국본부 이사, 한국사이버대학교 이사 등을 역임했다. 동서문학상, 월탄문학상, 성균문학상, 한국문학상 등을 수상했다.

강계순의 시는 삶의 애환이나 불안과 고독의 정서를 서정적 색채로 그린 것으로 정평이 나 있다. 초기 시에서는 난해함이나 자기 과시적인 포즈가 느껴지기도 했는데 후기 시에서는 삶의 무상함에 대한 깨달음과 죽음에 대한 깊은 이해와 성찰에 이르렀다고 평가된다.

여성 시문학사에서 강계순은 1960~1970년대의 시인으로 주로 평가되어 왔다. 1970년대 한국 사회는 통치 수단으로서의 반공 이념과 국가 주도의 경제개발이 지배하고 있었고, 근대화·산업화·도시화의 흐름 속에서 세속화·물질만능주의·인간소외 현상이 나타나고 있었다. 강계순은 이 무렵 증가한 대학 교육을 받은 지식인 여성 시인 중 하나였다. 강계순은 불안과 고독의 정서를 통한 존재의 탐구를 보여 준다는 점에서 1970년대 여성 시단의 한 흐름을 보여 주는 작가다.

이경수

## 꽃병 1

부끄러운 생각에
빰을 물들이는
少女소녀의 座像좌상……

가쁜 숨길과
푸른 용궁의 꿈이 밀려 와
병은
작은 세계를 잉태한다.

기다림으로 이루인 허리의 선이며
알알이 어른거리는 꽃무늬들
해사한 웃음을 담고
쳐다 보는
밤과 같은 것.

이제
부풀은 눈물속에
꽃나무를 옮기고 창을 열면
금새 하아얗게
피같은 꽃이 웃는다.

흐르는 아랫도리에
이브가 살아 숨쉬는
노을같은
손짓.

— 강계순, 『강계순 시집』(문조사, 1974)

## 허영자(許英子 · 1938~)

허영자는 1938년 경상남도 함양군 휴천면에서 태어나 교사인 아버지의 임지를 따라 다섯 살에 부산으로 이사하여 그곳에서 중앙초등학교, 경남여자중학교를 졸업했다. 다시 아버지를 따라 상경하여 경기여고를 거쳐 숙명여자대학교에 진학했다. 동 대학원 국문학과에 입학하여 본격적으로 문학 공부에 열중했으며, 1962년에 박목월에 의해 《현대문학》에서 3회 추천을 완료하여 시단에 등단했다. 1963년 한국 최초의 여성 시인 동인인 '청미회' 결성에 참여했으며 김선영, 김숙자, 김혜숙, 김후란, 박영숙, 이경희, 임성숙, 추영수와 1998년까지 동인 활동을 했다. 첫 시집 『가슴엔 듯 눈엔 듯』(1966)을 시작으로 다수의 시집을 출간했고 『한 송이 꽃도 당신 뜻으로』(1978), 『내가 너의 이름을 부르면』(1982) 등을 비롯한 수필집을 펴내며 저작 활동을 활발히 이어 나갔다. 한국시인협회상, 월탄문학상, 편운문학상, 민족문학상 등을 수상했으며 성신여자대학교 국어국문학과 교수를 역임했다.

허영자의 첫 시집 『가슴엔 듯 눈엔 듯』은 사랑을 노래한 시가 주를 이루는데 여타의 사랑 시들과 달리 고독과 부끄러움의 정서가 두드러진다는 특징이 있다. 특히 부끄러움의 경우 시집 전반에서 직접적으로 제시되는데 이는 시 「하늘」(1966)에서 확인할 수 있듯 죄의식에 가깝다. 이러한 허영자의 참회 의식은 두 번째 시집 『친전』(1971), 세 번째 시집 『어여쁨이야 어찌 꽃뿐이랴』(1977)를 거쳐 네 번째 시집 『빈 들판을 걸어가면』(1984)까지 이어지며, 사람과 세상의 관계로 확장된다. 따라서 허영자의 시는 사랑시일 뿐 아니라 사랑을 경유해 존재가 가진 근원적 모순까지 담아내는 시라고 볼 수 있다. 다섯 번째 시집인 『조용한 슬픔』(1990)에서는 사물에 대한 관조가 두드러지는데 이는 자기 응시로 이어진다. 이처럼 허영자는 그 자체로 목적이 되는 순수 지향적인 언어예술을 추구했다. 그러나 「근로자의 손을 위한 노래」(1995)처럼 사회 현실을 등한시하지 않는 균형 감각도 보였다.

허영자는 전통적 서정시를 계승하면서도 언어의 절제와 정서적 긴장을 통해 '지적 서정'을 구현해 냈다. 여성 시인들이 감상주의에 매몰되었다는 다소 부당한 평가를 받을 때에도 이성과 감성의 조화를 추구하는 여성 주체를 시 속에 등장시키며 여성 시가 가진 다채로움을 선보였다. 1970년대의 여성 시인들이 지닌 강렬한 목소리에 비해 비교적 덜 주목받았으나 허영자는 여성 동인을 결성하고 여성 시인으로서의 자의식을 여타의 여성 작가들과 공유하며 함께 만들어 온 점에서 의의를 지닌다.

성현아

## 刺繡자수

마음이 어지러운 날은
수를 놓는다

金금실 銀은실 靑紅청홍실
따라서 가면
가슴 속 아우성은 절로 갈앉고

처음 보는 수풀
정갈한 자갈돌의
江邊강변에 이르른다.

南向남향 햇볕 속에
수를 놓고 앉으면

世事煩惱세사번뇌

무궁한 사랑의 슬픔을
참아내올 듯

머언
極樂淨土극락정토 가는 길도
보일 상 싶다.

— 허영자, 『가슴엔 듯 눈엔 듯』(중앙문화사, 1966)

## 綠陰녹음

후루루 몸을 털곤
天地천지는 또 한 번
巫堂무당의 활옷을 챙겨 입었다

다스려 다스려
반눈이나 붙였던 핏물
치오르는 곤두박질을
어쩌면 좋아,

칠칠 흘러내려
비릿내 도는
화냥기를
참말 어쩌면 좋아,

가슴 불꽃을 온통 내쏟아

짱짱한 목소리의
노래를 부르리라

미쳐나는 춤
시퍼런 칼춤을
全身滿身전신만신으로
또 춤추리라.

— 허영자, 『가슴엔 듯 눈엔 듯』(중앙문화사, 1966)

## 박시정(朴始貞·1942~)

박시정은 1942년 서울에서 태어났다. 연세대학교 국문학과와 동 대학원을 졸업한 후 워싱턴주립대학원에서 수학하고, 연세대학교 한국어학당, 미 평화봉사단, 워싱턴주립대학교, 미 정부 언어학교에서 한국어 강사로 근무했다. 1969년《현대문학》에「초대」,「그들의 시대」가 추천되어 등단했다. 1971년 도미 후 미 국무성에서 근무하는 남편과 함께 미국과 일본을 비롯해 해외 각지에서 생활하면서 한국어로 쓴 소설을 꾸준히 발표했다. 작품집으로는『날개 소리』(1976),『고국에서 온 남자』(1983),『구름 사이에 무지개를』(1997)이 있다.

박시정은 1970~1980년대에 대표작을 내놓으면서 활발히 창작 활동을 했다. 그의 작품들은 작가의 정체성을 반영해 재미 한인의 삶을 주요 무대로 삼아 창작되었다. 대표작「날개 소리」(1970),「한국인형」(1971),「이향인들」(1975) 등은 1960~1970년대 이른바 '아메리칸드림'을 안고 떠난 미국 이민자들의 곤경과 고뇌, 인종차별 문제, 가족 간의 갈등, 민족주의적 자긍심 등을 그리고 있다.「타향살이」(1974),「노을」(1975),「등산」(1975),「고국에서 온 남자」(1978) 등에서는 재미 한인 여성이 겪는 고독의 문제를 이혼이나 불륜 소재로 풀어내 재미 한인 가족 내 기혼 여성의 사회적 조건을 섬세하게 조명했다.

박시정은 자신의 정체성을 기반으로 꾸준히 재미 한인들의 삶을 들여다보는 소설 세계를 구축함으로써 한국문학사에서 독특한 위상을 지닌 작가로 남아 있다. 그의 소설들은 이방인 생활의 어려움뿐만 아니라 아메리칸드림을 실현하고자 했던 한국인들의 집단적 허영심과 열등감, 왜곡된 심리 등을 핍진하게 전달하는 미주 한인의 생생한 기록으로서 역사적 의미를 가진다. 동시에 여성작가로서 무엇보다 미주 한인 가족 내에 남아 있는 한국식 가부장제의 문제, 재미 한인 남성의 삶과도 차별화되는 재미 한인 여성의 협소하고 고독한 조건을 구체적으로 보여 준다는 점에서 한국 여성문학사를 더욱 풍성하게 만들어 주었다.

강지윤

# 날개 소리

「선생님.」

나는 한참 동안 사무실 입구에 서서 장 선생이 움직이기를 기다리다가 이윽고 그를 불렀다. 한 시간 휴식을 사무실에서 보내려고 문을 여니까 장 선생이 혼자 문쪽을 등지고 앉아 있었다. 그렇잖아도 장 선생은 금요일 이후로 처음 보기 때문에 만나고 싶던 차였다. 그는 이 주말에 보스톤에 갔었다.

벽의 전면을 차지한 환한 유리창 밖에서 희끗희끗 눈발이 내리고 있었다. 나무껍질이 하얀 백양나무의 잔잔한 가지들을 헤치고 눈은 내리고 있었다. 이따금 나뭇가지에 붙어 있던 나뭇잎이 눈발에 섞여 줄지어 떨어지기도 했다.

그는 나의 부름을 듣지 못한 듯 미동도 하지 않았다. 나도 잠시 창밖을 내다보았다. 나무들은 한 아름 되게 굵으면서도 하늘을 가리울 만치 곧게 뻗어 있고 나무의 흰 표면에는 사람 눈 모양처럼 옹기가 져 있었다. 그 하얀 백양나무들은 눈가루를 뒤집어쓰고 가끔 시야를 흐리게 만들곤 했다. 나는 사무실 안으로 발을 들여놓았다.

장 선생은 아직도 아는 체를 하지 않았다.

「첫눈이 내리죠?」

내가 그의 옆에 서며 말을 건넸다. 분명 그가 깜짝 놀라며 들어온 것도 몰랐다느니 하며 반가와하리라 생각했는데 내 물음을 듣고 나를 바라보는 그의 시선은 초점이 없었다.

「첫눈이 내리죠?」

나는 그의 멍한 시선에서 이상한 두려움을 느끼며 같은 말을 되풀이했다.

「아, 김 양이요?」

그제야 장 선생의 눈동자에서 흐릿한 것이 벗겨지고 나를 아는 체했다.

「전 시간은 쉬셨어요? 그래 보스톤의 인상이 어땠어요?」

「첫눈치곤 푸짐하게 내리는데…….」

그는 내 물음에는 아랑곳없이 엉뚱한 말을 했다.

「첫눈이라서 그런지 마음이 아주 언짢아.」

한참 만에 다시 말하면서 그는 담배 개비를 꺼내 물었다. 불을 붙이느라 그가 약간 머리를 숙일 때 그의 머리가 퍽으나 푸시시해 보인다고 나는 생각했다.

「아이, 선생님두, 선생님은 너무 감상적이셔. 뭐 선생님만 첫눈을 보세요?」

나는 조금 불멘소리로 말했다.

「그런 건 아니지만…… 우리 같은 나이 많은 사내가 느끼는 첫눈은 김 양같이 젊은 여자가 느끼는 것과는 다를걸.」

「그렇게 어려운 얘기 하시지 마시구 솔직하게 사모님이 보구 싶다고 말씀하세요.」

「보구 싶은 건 사실이지만 단순히 그 사실 하나 때문에 마음이 언짢은 것은 아니야.」

말하며 그는 의자등에 길게 몸을 기댔다.

「보스톤에 갔다 오신 얘기나 해 주세요, 선생님.」

갑자기 그가 양미간을 찌푸리며 의자 등받이에서 등을 떼었다. 그의 표정이 너무나 예상 외의 것이었기 때문에 나는 의아했다.

「보스톤…… 글쎄. 한마디론 말하기 어려워.」

담뱃재를 떤 후 그가 천천히 참착하게 말했기 때문에 나는 곧 안심했다.

「어젠 봄날의 진창길처럼 그렇게 질척한 기분이었어. 아침에 일어나자마자 느낀 내 마음 상태였지. 내가 잘 곳에서 하버드촌까지 가려면 지하철로 다섯 구역쯤 가야 했지.」

그는 사람들이 내리는 것을 보고 따라 내렸다. 지하철 정류장은 어두컴컴했다. 사람들이 입구의 가름대를 지날 때마다 철컥철컥 소리가 났다. 처음에 그는 그 바퀴 모양으로 생긴 강철 가름대 앞에 서서 그것이 저절로 돌아가 통로가 트이기를 기다렸다. 그러나 곧 다른 사람들의 하는 양을 보고 자신이 틀렸음을 깨달았다. 그것은, 손을 주머니에서 꺼내기가 싫으면 몸의 아무 데로나 밀쳐도 통로가 트였다. 그는 잠시 지하철 계단의 입구 쪽이 어느 쪽인지 몰라서 서성거렸다. 그러나 곧 하버드 스퀘어라는 화살표를 발견하고 그쪽으로 발을 옮겨 놓았다. 침침한 계단을 올라갈 때 그의 몸의 네 배쯤 되어 보이는 검은 사람이 눈의 흰자위를 휘번득이며 마주 내려왔다. 그는 벽 쪽으로 바싹 붙어 섰다. 그는 그 검은 사람이 그를 한 대 후려치고 주머니 속에 들어 있는 빈곤한 몇 장의 지폐마저 뺏어 갈 것 같은 강박감을 느꼈다. 그러나 검은 사람은 조금 뒤뚱거리며 그에게는 관심도 두지 않고 계단을 내려갔다. 왜 이렇게 불안할까…… 밝은 햇볕을 마주하게 되자 그는 중얼거렸다.

공원에는 잿빛 비둘기들이 구구우 소리를 내며 평화롭게 걸어다니고 있었다. 그것은 이따금 날개 소리를 내며 공원을 거니는 사람의 어깨 위에 앉기도 했다. 하, 비둘기가 사람의 어깨 위에 앉다니. 그는 잠시 입을 딱 벌렸다. 그도 비둘기를 어깨 위에 앉히고 싶었다. 그는 그가 걸어가야 할 방향을 외면하고 비둘기들이 노니는 공원 한가운데를 걸어갔다. 그가 비둘기들 속으로 한 걸음 내딛자마자 비둘기들은 놀란 듯 화드득 날아가 버렸다. 비둘기들은 세모꼴의, 경사진 지붕마루에 가서 앉았다. 보스톤의 건축물들은 그가 어려서 읽은 아라비안나이트에 그려진 궁전들과 비슷했다. 대개의 건축색은 감색이었으며 지붕들은 교회의 첨탑처럼 뾰죽했다. 그 건물들은 나이를 많이 먹은 고목처럼 듬직해 보이고 어딘가 다정한 느낌이 들었다.

그는 우뚝 멈춰 서서 서운한 듯 지붕 위에 앉은 비둘기들을 올려다보았다.

「선생님은 비둘기들 속으로 걸어갈 때 위축돼 있었던 게 아니예요?」

그가 침을 삼키는 동안 내가 입을 열었다.

「글쎄, 그랬는지도 모르지. 아무튼 나는 잠깐, 보스톤 시가로 꾸며진 무대의 배경 앞에 놓여진 출연 배우 기분이었다고 할까…….」

「그런데, 비둘기들은 왜 선생님으로부터 날아가 버렸을까요?」

「이상한 노릇이지. 나는 갑자기 실망해 버렸어. 거기 그렇게 서 있고 다시 무엇인가 정신을 차려, 내가 해야 할 일을 해야 한다는 게 어찌나 짐스럽던지…….」

나는 그의 한숨 소리를 들었다. 그때 그 공원에서도 그는 비둘기들이 앉은 지붕을 올려다보며 한숨 지었을 거라고 나는 추측했다.

그는 공원을 등지고 애초 마음먹었던 방향으로 걸어갔다. 털모자를 쓰고 두터운 천의 외투를 입은 노인이 삽살개처럼 작달만한 강아지에다 빨간 조끼를 입혀 가지고 끌고 왔다. 가까이 온 강아지가 그의 옷에 코를 갖다 댔다. 그는 섬찍해서 두어 발자욱 물러섰다.

「친절하게 해 줘요, 그녀에게. 그녀가 당신에게 안녕하냐고 묻는구려.」

강아지 주인이 말했다. 그는 의아한 듯 강아지를 바라보았다. 강아지는 아무 일도 없었던 듯 꼬리를 흔들며 지나가 버렸다.

「감격한 것은 하버드대학의 도서관 안에서였어. 그 책들…… 그 수자[1]가 하도 엄청나서 벌써 잊었군. 나는 한참 동안 입을 딱 벌리고 있었다니까. 그 복 받은 학생들이 정말 부러웠어.」

그는 다시 어제의 상황에 심취되는 듯 쉬지 않고 열심히 말했다.

「아유, 선생님두, 그럼 하버드 같은 대학의 도서관이니 말해 뭣하겠어요?」

실은 나도 무엇인가 원한 같은 것이 맘속에서 치밀었음에도 그렇게 말했다.

「내 머리로 그런 환경 속에서 공부해 보구 싶단 말야. 나도 그들 못지않은 인간인데 그들과 뭐가 달라? 왜 거기서 공부할 수 없단 말야.」

그는 격해지며 누구에게랄 것도 없이 버럭버럭 소리 질렀다.

「해 보세요, 선생님. 못 할 게 뭐 있어요? 그렇지만……」

1 숫자.

나는 말끝을 흐려 버렸다. 그렇지만…… 거기서 공부한다고 뭔가가 새로와질 것인가. 가령, 장 선생이라는 인물이 하버드에서 저들과 어깨를 겨루며 학문을 배우고 그 문을 나선다고 하자. 장 선생이라는 인물이 대한민국에 흡수되어 이뤄 놓는 결과는 과연 얼마만한 것일까.

「그렇지만…… 뭔가?」

그는 한참 만에야 내가 한 말이 생각난 듯 물었다.

「뭔가 말할 것이 있었는데 잊었어요.」

나는 조용히 말하곤 머리를 숙였다. 그와 나는 잠시 말이 없었다. 나는 다시 창밖을 내다보았다. 눈송이는 아까보다 더 탐스러워지고, 그것은 조용한 영화의 화면처럼 소리 없이 쏟아지고 있었다. 그러나 그 조용함은 곧 흔들리고 말았다. 갑자기 바람이 불어오면서 자작나무와 백양나무에 얹힌 눈과, 그리고 지금 내리고 있는 눈송이들이 커다란 한 자락을 이루며 곱게 펄럭였다.

「아, 선생님, 하늘에서 하얀 레이스 커튼이 내려오는 것 같군요. 그리고 저 눈 커튼 사이로 비추이는 푸른 상록수를 보세요.」

「영화 필름이 있었다면 좋을걸 그랬군.」

그는 침착하게 가라앉은 목소리로 말하는 듯 보였으나, 실상은 지독하게 감정을 억제하고 있었다.

그때 가볍고 경쾌한 소리가 두 번 짤막하게 들렸다. 그 소리는 맑은 실로폰 음과도 흡사하게 들렸다.

「시작 종이군요. 휴식 시간이 벌써 끝났어요.」

그는 종소리를 듣고도 무겁게 짓눌러 앉아 있었다.

「가르치기 싫군. 애들도 월요일이라서인지 축 늘어져 있어. 굴곡진 저항 속에서 자라난 한국 젊은이들보담 기계 속에서 유약하게 자란 이들이 쉽게 피곤해하는 것 같아.」

우리는 지금 평화 봉사단원으로 한국에 파견될 젊은이들에게 한국 풍속과 한국말을 가르치는 중이었다.

「기숙사에 가는 길이세요?」

오전 수업을 끝내고 기숙사로 가는 길에 식당 앞에서 장 선생을 만났다.

「눈이 퍽 많이 왔지? 털 장화를 신어야잖어? 발이 눈에 빠질 텐데.」

그는 내 발에 대해 말하고 있었지만 그의 눈은 하얀 눈이 깨끗하게 덮힌 경사진 비탈을 내려다보고 있었다.

「지난 주말엔 뉴욕에 가셨다고 들었는데 늦게 돌아오셨어요?」

「응, 아마 밤 한 시나 되어서였을 꺼야.」

그는 여전히 하얀 눈비탈을 내려다보고 있었다.

「그래 결과가 어땠어요? 누님께서는 좋은 대답을 주시던가요?」

나는 그가 대답하기 곤란할 경우를 생각해서 묻기를 망설이다가 입을 열고 말았다. 그는 대학에 제출할 재정 보증서를 얻으러 뉴욕에서 의사 남편과 사는 누님을 만나러 갔었다.

「뉴욕 얘기는 내일 해야겠어. 왠지 머리가 묵직하고 정신을 차릴 수가 없는걸.」

그러고 보니 그의 머리칼은 다른 날보다 더 텁수룩하고 눈두덩께가 부석부석해 보였다.

「어제 잘 못 주무신 탓일 거예요. 지금이라도 푸욱 주무세요.」

그는 말은 안 하고 고개를 끄덕끄덕했다. 그때 언덕 위에 있는 하얀 집에서 한 쌍의 젊은이가 꼬옥 껴안고 우리가 잠시 멈춰 있는 길가로 내려왔다. 남자는 거기 언어 교육 학교에서 영어를 배우고 있는 멕시코 학생이었고 여자는 가냘프게 생긴 브라질 학생이었다. 그들이 늘 함께 다니는 것으로 서로 친한 사이인가 보다고 생각은 하고 있으나 때로 눈살이 찌푸려질 정도로 난잡해 보일 때가 있었다. 지금만 해도 남자 녀석이 계집애의 턱을 쳐들고 열심히 목을 핥고 있었다. 녀석의 혓바닥이 계집애의 목을 핥을 때마다 날름거리는 빨간 그 혀가 무척 길어 보인다고 나는 생각했다.

「저 애들은 마치 개 같아. 개지, 뭐 다를 게 있어?」

장 선생은 열심히 그들을 노려다보았다.

「차라리 인간이 개처럼 살 수 있다면 낫지 않을까요? 눈치를 살펴야 하고 때로 음흉해지고, 그것이 결국에는 죄의식을 조성하고 말예요. 저는 요즘 느껴요. 숨김 없이 솔직한 인간의 어떤 행위에도, 그것이 비밀히 행해지는 경우가 아니라면 나쁠 것이 없다고요.」

「그건 역설이야. 역설이지. 서양이란 곳은 한국 여자가 올 데는 못 돼. 김 양도 변해 가는 것 같군.」

그렇지는 않다. 무조건 저들의 행위를 닮겠다는 건 아니다. 적어도 나는 솔직하고 싶다. 솔직할 수 있는 사회에 살고 싶다.

계집아이는 긴 맥시 코우트를 입고 있었다. 걸을 때마다 코우트자락 사이에 허연 넓적다리가 내비친다. 코우트 길이에 비해 미니스커트는 너무 짧았다. 우리 앞을 지날 때 그들은 하이! 하고 인사했다. 나도 건성으로 그렇게 말했다. 하얀 눈에 반사된 태양빛이 계집애의 금발에 여지없이 부숴졌다. 계집애는 눈이 부신 듯 눈을 약간 찌푸리다가 코우트 주머니에서 색안경을 꺼내 썼다. 아름답지 않아요? 누가 뭐래도 아름다운 것은 아름다운 것이죠, 라고 말하려다가 나는 그만두었다. 장 선생이 내 느낌을 어느만치 받아들일지 몰랐기 때문이다.

「자, 그럼 선생님, 이따 식사 시간에 뵙겠어요.」

나는 말하고 내 숙소가 있는 쪽 길을 택했다.

내가 걷는 길가엔 기품 있게 곧은 전나무들이 줄지어 서 있었다. 전나무들은 무겁게 눈을 이고도 장하게 서 있었다. 햇볕이 내 눈앞에 뻗어 있는 새하얀 길 위에다 은가루를 뿌렸다. 오른쪽 언덕에 빽빽한 키 큰 단풍 나뭇가지, 자작나무의 가는 가지들은 에메랄드를 입힌 것처럼 곱게 빛나 보였다. 가지들은 때로 무지개 색으로 빛났다. 하얀, 수없이 하얀 피부의 잔가지들이 무지개 색으로 빛나는 눈세계……

갑자기 산을 울리며 총소리가 들려왔다. 사슴이 한 마리 눈 위에 쓰러지는 겔까, 총소리에 놀란 듯, 전나무에 얹혔던 눈 뭉텅이가 후두둑 내 목덜미로 떨어졌다. 목장에서 젖소가 음매 하고 울었다. 목장 곁을 지날 때 젖소는 통나무 울타리에다 비게질을 하고 있었다. 까만 고양이 한 마리가 사뿐히 발자국을 찍으며 내 앞을 건너 지른다. 음매애, 다시 송아지가 운다. 연이어 윤창처럼 송아지들이 울었다. 그러한 모습들과 음향은 나에게 물씬 고향을 생각케 해 주었다. 그리고 가난에 찌들었으면서도 순하게 미소 짓는 고향 사람들의 얼굴이 기억나면서 서글퍼졌다.

나도 음매애 하고 흉내 내어 본다. 내 흉내는 고향의 소들의 울음처럼 슬프게 들리는 것 같았다.

여선생들 숙소의 아래층. 그곳은 쉰 명의 사람들이 함께 모일 만치 넓었다. 학생들은 거기 놓였던 소파나 의자 등을 창고에 들여 쌓고 매트레스를 바닥에 깔았다. 한국의 온돌방을 미리 습관화해

두자는 게 그들의 의도였다. 오늘 밤은 거기에서 한국 생활 모습의 슬라이드를 보여 주는 날이다. 모두들 모여 매트레스에 눕기도 하고 다리를 뻗고 앉기도 하고 한국식으로 책상다리를 하고도 앉아 있었다. 제일 처음에 슬라이드를 설명해야 할 사람은 나였다. 화면에 비추인 것은 여자가 부엌 부뚜막에서 빨래하는 모습이었다. 빨래한 물을 어디다 버리느냐, 왜 빨래대나마 만들지 않느냐, 수도대가 없느냐는 둥, 가지가지 질문을 했다. 때로 어린애 질문처럼 유치하게 들리기도 했으나 그들은 한국에 대해 전혀 모르니까 당연할지도 모른다고 나는 생각했다.

두 번째는 변소 모습이었다. 그것도 시골의 잿더미 옆에 돌을 받쳐 놓고 용변을 보는 모습이었다. 나는 이것은 깊은 시골에서 볼 수 있는 것이고 지금은 이것보다 더 발전된 변소를 사용한다고 대답했다. 그러자 한국에서 이미 이 년간 머물렀던 은퇴 평화 봉사단원이 콧방귀를 뀌면서 그것도 별다른 게 없다고, 용변을 보면서 속의 내용을 다 들여다볼 수 있게 되어 있다고 말했다. 훈련생들의 거개가 토하는 시늉을 했다. 갑자기 내 얼굴이 뜨끈하게 달아올랐다. 나는 거의 울상이었을 것이다. 그리고 순간, 도대체 미국인들이 한국에 무슨 필요가 있나 생각했다. 우리는 우리 식대로 살아가면 그뿐이다. 타인의 눈에 의해 비판받는 것은 싫다. 비판해 달라고 요구하지도 않았다. 그런데 왜 나는 너희들에게 속살림을 얘기해야 하느냐 말이다. 그때 누군가가 쉬이 하고 자기네 동료들을 경고하고 계속해 주십시오, 하고 말했다. 그다음은 고추가 지붕에 널려 있는 광경이었다. 나는 갑자기 눈가가 시큼해지는 것을 느꼈다. 그것은 내 고향이었다. 고향의 따스함이었다. 나는 목에 엷은 물막이 생기는 것을 가까스로 삼켜 내고 이것으로 김치를 만든다고 자랑스럽게 얘기했다. 다음은 만원 버스에 매달리는 여자 모습이었다. 그 일그러진 상, 나는 그만 쓰디쓰게나마 웃고 말았다. 나는 지금 그들에게 한국의 실상을 비쳐 보이고 있는 중이었다. 이것은 힘든 일이다. 내 옷을 벗어 보이는 것보다 더 어려운 것 같다. 그들은 때로 한국 문화에, 또는 습관에 충격을 받아 훈련 생활을 포기하고 떠나 버린다. 한국적 상황에서 적응할 수 없는 사람은 일찌감치 떠나보내기 위해서 그들이 한국에 가기 전에 한국을 적나라하게 소개하는 중이다. 그러나 나는 싫다. 그들이 극히 일부분, 그 일부분의 껍데기만 보고 한국을 단정해 버리면 그들의 뇌리엔 평생 잿더미 변소가 한국의 인상으로 남아 있을지도 모르겠기 때문이다. 나는 그들이 직접 한국에 가서 우리 국민과 접하고 그네들이 못 가진 훈훈한 인정 내지 착한 천성을 체험하기를 바란다. 나는 뭔가 잔뜩 기분이 일그러져서 슬라이드가 새것으로 바뀌기를 기다렸다. 다음은 공중목욕탕의 모습이었다. 나는 그들로부터 새어 나오는 말소리를 얼핏 들었다. 히피들은 공중목욕탕에서 목욕한다고. 나는 바보처럼 웃었다. 나는 그들에게 내 느낌을 전하기 싫기 때문에 그냥 히히 웃었다.

그때 훈련생들의 뒤쪽에서 으흐흐 하는 짐승소리 같기도 하고 울음소리 같은 소리가 들렸다. 모두의 시선이 뒤쪽으로 쏠렸다. 나는 다만 시커멓게 웅크린 모습만 보았다. 모두는 갑자기 긴장했다. 자세히 귀를 기울이니까 그것은 울부짖음에 가까운 말소리였다.

「나는 아무것도 아닌 한국말 선생. 나이 사십에 겨우 한국말을 가르치러 예까지 왔지. 흥, 그래 겨우 그거냐 말야! 그렇지만 목적이 있었어. 이젠 틀렸지만 말야. 모두가 남야, 남, 남, 그리고 나는 가난한 한국 사람!」

초인에 가까운 크고 우렁찬 목소리였다. 나는 소리 나는 쪽을 어둠을 헤집고 헤아려 보았다. 누군지는 어두워서 분별해 낼 수 없었지만 그것은 장 선생의 목소리였다. 그는 서투른 영어로 말하고 있었다.

아, 장 선생님 한국말로 말하세요, 저들이 알아들어요. 나는 부들부들 떨면서 그렇게 말했다. 그렇지만 아무도 들을 수 없도록 내 목소리는 작았다. 누구야, 누구야, 훈련생들 속에서 그런 소리가 들렸다. 몰라, 몰라, 그들은 궁금해하면서도 소리 나는 쪽으로 몰려들지 않았다. 그들은 조용히 평온을 유지하려 노력하고 있었다.

「우리 인간은 모두 친구지. 검은 사람, 하얀 사람, 나 같은 황인종, 모두가 친구가 아냐? 그렇지.」

그는 옆에 앉았던 훈련생 누구에겐가 소리를 버럭 질렀다.

「예, 그렇구말구요.」

대답하는 목소리는 겁에 질렸으면서도 절대복종적으로 들렸다.

「돈이 있는 사람이나, 없는 사람이나, 나 같은 제삼세계 사람이나, 너희들 같은 일등 세계 사람이나 사람은 다 같은 사람이지?」

다시 누구에겐가 버럭 지르는 소리. 그리고 그는 우뚝 일어섰다가 엄청난 소리를 내면서 땅바닥에 엎으러졌다.

「내겐 비문명 속에서 헤어나려는 피맺힌 의지가 있단 말야. 나는 무엇인가 내 조국을 위해서 공헌하고 싶어. 그러나 내겐 태평양을 건널 날개가 없어, 그치?」

그는 또 누구에겐가 반문했다.

「예.」

무조건 〈예〉 하고 대답하는 순진한 목소리. 그는 무엇을 묻는 겔까. 또 저 대답은 무엇일까. 장 선생은 뉴욕에 찾아간 누이에게서 거절당한 것일까. 그는 의사 부인인 누이가 꼭 학비를 대 줄 것이라고 장담했었다. 그는 취했는지도 모른다. 그러나 너무하다. 학생 앞에서, 더구나 외국인들 앞에서.

「나는 가난한 한국 사람 그리고 가난한 사내. 내겐 나를 하늘처럼 아는 아내가 있고 그리고 아빠가 미국 갔다고 자랑하는 꼬마가 있지. 그들은 모른단 말야. 내가 이토록 여기에서 보잘것없고, 이 사회에 참여될 수 없는 사람인 줄을. 나는 가난해. 내 머리는 이상을 향해 용솟음치지만 내 몸은 이리도 꽉 막힌 돌 틈바구니에서 옴싹할 수도 없는걸. 나는 바위에 두 팔을 묶이우고 독수리에게 간을 파먹히우는 프로메테우스의 후예야.」

내 가슴벽에서 흥건히, 그리고 뜨끈하게 목줄기를 향해 치미는 서러움, 서러움. 나는 내 동료들의 낯빛을 볼 수 없었지만, 그들도 그럴 것이다. 눈물을 보여서는 안 된다. 우리는 소리 내어 장 선생님처럼 울부짖고 싶은지도 몰랐다. 그러나 우리에겐 책임이 있다. 교육자의, 그리고 한국인으로서의. 나는 입술을 깨물었다. 그리고 먼지 한 점의 소리라도 더 보태질까 봐 숨소리를 죽였다. 왜 아무도 그를 부축해 밖으로 인도해 내지 못하는 겔까. 아, 이것은 얼마나 잔인한 노릇이냐, 우리는 언제까지 장 선생의 울부짖음을, 또 저 무섭게 철썩 넘어지는 소리를 들어야 한단 말이냐, 그리고 저 순진한 아무것도 모르는 이십 세의 젊은이들은 무슨 이유로 이 고역을 치러야 한단 말이냐. 그 목소리는 채찍에 가깝다. 그의 목소리가 들릴 때마다 나는 몸을 움츠렸다.

「또 다른 담배를, 담배를 줘!」

누군가 재빨리 새 담배 개비를 붙여 입에 물려 주었다. 그러한 상황은 거의 두 시간이나 계속되었다. 그는 끊임없이 영어로 말하고 있었다.

「인간 모두는 친구야, 서로 친구란 말야. 그러나 실상은 우린 서로 방관하는 완전 타인이 아닌가. 만일 내가 추운 겨울밤에 헐벗고 굶주려 자네네 집 문틀을 짚고 쓰러졌다고 해 보세. 자네는 나를 끌어들여 따끈한 차라도 한 모금 먹여 줄 텐가? 아니지, 아마 문틀을 짚은, 빨갛게 언 손을 문틀에서 끌어내어 쾅 소리가 나게 문을 닫아 버릴 꺼야. 이게 바로 이 세대의 인심이란 거지. 그렇지?」

곁의 사람이 또 놀란 듯 얼떨결에 예 라고 대답한다. 지금은 질문과 응답의 시간이 아니었다. 응답은 아무래도 좋았다. 지금 순간 우리는 모두 장 선생의 노예였다.

「모두 일어섯!」

갑자기 그가 학생들을 향해 소리쳤다. 우람하게, 때로는 장승처럼 큰 그들이 순진한 곰처럼 일제히 일어섰다.

「앉아!」

「일어섯!」

「앉아!」

그는 몇 번이고 되풀이하며 그 자신도 펄썩 엎어졌다 일어나곤 했다. 학생들은 그에게 어디까지나 잘 복종했다. 나는 그때 그 젊은 이들에게서 가슴이 터질 듯한 순진성을 느꼈다. 그러면서도 그들에게 대한 분노를 참을 수 없었다. 너희들에게 이 부끄러움, 한국인의 이 아픈 상처를 보이기는 싫다. 너희들은 동정 내지 멸시할 테니까. 차라리 모두 나가 다오.

「술을 마셨나?」

누군가 나직이 물었다.

「그런 것 같지 않아. 뭔가 이상해. 오늘 교실에서도 그는 정신이 산만해 있었고 무슨 말을 하는지 도무지 알 수 없었으니까.」

역시 속삭이듯한 조용한 말씨.

「어이, 졸려. 장 선생. 자러 갑시다.」

그와 한 방을 쓰는 송 선생이 아무 일도 없었던 것처럼 자연스럽게 그에게 청했다. 모두들 그를 정상인처럼 대하기로 묵계가 돼 있는 것 같았다. 서둘러 의사를 부르지도 않았다. 수런거리지도 않았다. 환한 불을 밝히지도 않았다.

종전과는 달리 이상하게도 그는 조용히 따라 일어섰다. 그리곤 송 선생을 따라 밖으로 나갔다. 그들이 나간 후에도 한동안 침묵이 흘렀다. 아무도 입을 열지 않았다. 누군가 침묵을 참기 어려운 듯 레코드를 걸었다. 주디 콜린즈가 부르는 〈겨울 하늘〉이었다.

그 애소하는 듯한 부드러운 목소리. 그녀는 이 세대의 고뇌를 흐느끼듯 잔잔히 노래한다. 나는 그녀의 목소리에서 잔잔한 아침 바닷가의 모래를 연상한다. 그리고 그 간간이 튕기는 기타줄의 섬세한 손끝을 나는 본다.

학생들이 긴장이 풀린 듯, 그러나 아직 근심스런 표정들로 매트레스에 눕기도 엎드리기도 했다. 나도 매트레스에 배를 깔고 엎드렸다. 얼굴을 양팔 속에 묻고 푸근히 울었다. 나는 그렇게 해면처럼 흠썩 배어들었던 울음을 경험한 일이 없는 것 같다. 나는 주디 콜린즈의 감미로운 음성에 잠겨 그렇게 흠씬 눈물을 흘렸다. 어둠 속에서 훈련생들은 나를 보지 못할 거다. 너희들은 내 슬픔이 무엇인지 알지 못할 거다. 나를 이대로 울게 내버려 다오. 그러나 곧 누군가가 내 등에 손을 얹었다. 나는 대강 눈물을 팔에 문지르고 얼굴을 들었다.

「김 선생, 맥주집에 갈까요? 다른 선생들도 간대요.」

모두들 수런수런했다. 맥주집에라도 가는 모양 같았다. 나는 고개를 흔들었다.

「같이 가세요. 혼자 있으면 나빠요.」

그것은 훈련생 중의 하나인 D였다. 스물한 살밖에 안 된, 앳된 남자였지만 그는 항상 푸근하고 어른답다. 나는 그의 평온에 저항을 느꼈다. 내 슬픔, 아니 우리 한국인의 슬픔 따윈 네게 아무것도 아니라는 것이냐, 너는 나와는 다른 피부의 사람, 나를 혼자 있게 해 다오. 나는 잠시 턱을 고이고 생각했다. 그러나 갑자기 나는, 내 마음이 허전해지는 것을 느꼈다. 웬지 나는 D가 그들과 함께 가지 말고 나와 둘이 있어 줬음 좋겠다고 생각했다.

「김 선생, 눈이 좋다고 했죠? 지금 눈이 와요. 아마 맥주집에 가는 길은 퍽 아름다울 거예요.」

그렇다. 혼자 있을수록 나는 슬퍼질 거다. 때로 내 부정적 의지를 거역해 보는 것은 좋은 일일 것이다. 나는 벌떡 일어섰다. 다른 훈련생들은 이미 다 나가 버리고 실내는 비어 있었다. 문밖에서 한국말 선생의 목소리가 떠듬떠듬한 학생들의 한국말 대화를 헤집고 들려왔다.

「외투를 가지고 내려올께요.」

나는 나무 계단을 두 개씩 건너 밟고 올라갔다. 응접실 벽난로에서 통나무가 조용히 타고 있었다. 푹신한 자색 소파들은 아무도 앉지 않은 채였다. 묵직한 은색 커튼도 내리워져 있다. 나는 아래층에서 D가 기다리고 있는 것을 잠시 잊고 커튼을 젖히고 눈이 내리는 것을 내다보았다. 눈은 백조의 깃털처럼 사뿐사뿐 내리고 있었다. 그리고 소파를 보고 생각했다. 누군가와 가까이 앉아 서로의 체취를 마시고 싶다고.

흡사 눈은 눈의 요정이나 작은 왕국의 공주들의 무도복처럼 사근사근히 내리고 있었다. 앞서간 사람들 쪽에서는 요들 노래를 부르고 있었다. 여기 버몬트의 산들은 알프스처럼 높지는 않지만, 요들 노래는 맑게, 메아리쳐 들려왔다. 그것은 거울처럼 맑게, 요령처럼 가볍게 우리들에게 울려왔다. 길은 높은 지역까지 트이기 위해 구불구불 뻗어 있었다. 그 길은 거의가 경사져 있었다. 눈 공기를 마시니까 조금쯤 우울이 가셨다. 그리고 발걸음이 가벼와졌다. 나는 미끄럼을 지쳤다. 눈은 곧 D의 머리에도 내 머리에도 잔뜩 얹혔다. 우리 둘은 미끄럼을 지쳐서 앞서간 사람들까지 다가갔다. 그들은 새로운 생각을 해낸 모양이었다. 모두가 쭈그리고 앉아 앞사람의 허리를 껴안고 있었다. 미끄럼을 타려는 모양 같았다. D와 나도 그들과 합세했다. 시이작, 하는 신호와 함께 스무 명의 사람들로 이뤄진 미끄럼 차는 거침없이 미끄러져 내렸다. 평지에 이르러 우리는 눈싸움을 했다. 눈은 잘 뭉쳐지지 않았다. 이 눈으로는 눈사람을 만들 수 없다고 누군가 말했다. 그것은 설탕 가루 같았다. 모두들 장 선생의 일을 잊은 듯 유쾌하게 장난을 했다. 그러나 적어도 내 쪽에서는 잊으려는 극단의 노력이었다. 아니, 내 동료들도 사실은 그랬을 거다. 종류는 다르지만 저 젊은이들에게도 가슴속에는 무언가 고민이 있을 거라고 나는 생각했다.

맥주집 안엔 남미의 구수한 지방 음악이 떠들썩하게 맴돌고 있었다. 술집 분위기는 동서를 막론하고 같은가 보다. 술 취한 이들의 언성이 높다. 높직한 카운터 의자에 중절모를 쓴 뚱뚱한 사나이가 열심히 큰 소리로 지껄이고 있다. 훈련생들이 더러 킥킥 웃었다. 무슨 쌍소리라도 했나 싶지만 나로선 알아들을 수 없었다. 마음 좋게 생긴, 허름한 옷을 입은 남자 둘이 꾸부정하니 서서 어깨를 출석출석하고 있었다. D는 내게 편한 자리를 마련해 주었다. 눈동자가 새

카맣고, 새카만 머리를 가진 남미 여자가 큰 유리잔에 맥주를 가득 부어 가지고 왔다. 그녀는 소매 없는 검은색 옷을 입고 있었다. 그녀의 탄력 있는 가무잡잡한 팔이 그녀의 젊음을 나타내 주었다.

아무도 장 선생에 대해서는 입을 열지 않았다. 그들은 그 일에 대해서 얘기하고 싶으면서도 얘기하지 않는 것인지, 아니면 이미 다 잊어버렸는지 잘 추측되지 않았다. 그들은 작은 얘깃거리로도 잘들 웃었다. 그것이 그들의 대화 양식인지도 알 수 없지만.

가령 〈멋있는 여자〉라고 말해야 할 것을 〈맛있는 여자〉라고 발음했다느니, 〈살이 많다〉고 말할 것을 〈고기가 많다〉고 말했다느니, 그런 한국말 수업 시간에 대해 말하고 있었다. 또한 누이동생에게서 편지가 왔는데 귀꼬리에 구멍을 뚫었다느니, 어젯밤에 고양이에게 전화를 걸었더니 먀암, 먀암 했다느니, 우리네에겐 하나도 중요한 얘깃거리가 아니었다. 얼핏 생각해 보면 그러한 대화는 시간 낭비 같다. 나는 이런 따위 대화에 귀를 기울일 여유가 없다. 나는 다시 불안해졌다. 그러나 생 전체를 하나의 도너스라고 가정한 후, 구멍이 안 뚫린 부분이 밝은 생이고 뚫린 부분을 슬프고 쓰고 아픈 부분이라고 한다면, 구태여 슬프고 쓰고 아픈 부분만 응시하고 괴로와할 까닭이 어디 있는가. 아무런 해결도 있을 수 없고 자기 발전에 저해마저 주는 짓을 할 필요가 있을까. 도너스의 안 뚫린 부분만 바라보고 아이들처럼 곱고 순진한 얘기들, 그리고 재미있는 얘기들만 하려 노력한다면, 그것은 자기 밖의 생활일지는 모르지만 아픈 응시는 아니다.

이번에는 머리가 형편없이 곱슬곱슬한 검은 여자가 맥주를 가져왔다. 순번이 갈린 모양이다. 그녀는 발을 벗고 가슴께부터 가리워진 긴 아프리카인 옷을 입고 있었다. 얼룩얼룩한 옷의 무늬를 자세히 보니까 야자수 나무와 그 열매였다. 그녀의 팔목엔 투박한 구리 팔찌가 걸려 있었다. 두툼한 입술이 배암의 피부처럼 번질거렸다. 내 머리도 저렇게 곱슬곱슬하게 파마나 해 볼까, 아주 꼬슬꼬슬하게 말이다. 그러나 나는 곧 내 목적 없는 저항 의식에 스스로 놀랐다.

「무엇을 생각하세요?」

D가 내 얼굴을 들여다보고 미소지었다. 그의 부드러운 미소를 보아도 나는 행복하지 않았다. 그의 미소는 나를 동정하는 것 같았다. 그의 미소는 환자에게 주는 위로의 미소 같았다. 나는 드디어 D에게 화장실에 간다고 말하고 술집을 나와 버렸다. 문이 닫히고 혼자가 되자 나는 자유로와졌다. 가슴이 트이고 어깨가 가벼왔다. 다른 패의 학생들 쪽에서 와 하고 웃는 소리가 났다. 저들은 과연 저토록 기쁜 것일까.

눈이 아직 내리고 있었다. 차에도 눈은 듬뿍 쌓여 있었다. 나는 무서운 줄도 모르고 하얀 산속 길을 혼자 걸었다. 나는 장 선생을 생각했다. 나는 가난한, 가난한 한국인이야. 그러나 가난은 수치가 아니다. 때로 가난은 훌륭한 자랑거리일 수가 있다. 절대로 인간은 가난의 피해자일 수는 없다. 인간의 정신은 아직도 고귀한 생의 원동력이다. 우리는 정신을 먹고도 살 수 있는 꿋꿋한 한국인이다. 장 선생처럼 자본주의 열등의식의 피해자가 될 필요는 하나도 없다.

벽난로의 통나무는 아직도 타는 중이었다. 통나무는 하얀 자작이었다. 높은 취향을 가진 여인일수록 자작나무를 땔감으로 택한다고 늙은 청소부는 말했던가. 다른 나무와 다른 점이 있을지도 모른다. 우선 그 타오르는 불빛이 자비로우니까. 그리고 그 향그러운 내음…… 나는 소파에 깊숙이 기대앉았다. 창밖에선가 아래층에선가 장 선생의 울부짖는 소리가 들려오는 것 같다. 동료들의 발자국인가 귀 기울여 보았지만 그것은 눈을 불고 가는 바람소리였다. 나는 팔짱을 끼고 눈을 감으며 D라도 함께 올 것을, 하고 생각했다.

목장의 외양간에서 밤소가 울었다. 그도 눈이 내리는 것을 보고 있나. 연못가에서 오리들도 꽥꽥꽥 소리 내었다. 저들은 아직도 연못 속에 몸을 담그고 있나 보았다. 고향의 소들은, 고향의 오리들은 너들과 다른 음식을 먹는다. 그리고 거친 대우를 받는다. 그러나 그들은 너들처럼 외롭지는 않을 거다. 자유롭기에 너들은 외로와 보이고 밤에도 깊이 잠 못 들지 않는가.

눈을 인, 건장한 송림이 강물 표면에 어른거리고 있었다. 강은 어디서부턴가 흘러 내려와 뉴햄프셔를 통해 커네티커트주까지 흘러간다. 그것은 다시 대서양으로 흘러갈 것이다. 마악 넘어간 둥근 해는 짙은 자색의 노을을 강물에 던지고 있었다. 사람들은 그 강을 커네티커트강이라고 불렀다. 병원은 바로 그 강가에 자리잡고 있었다. 나는 건물의 출구가 내게로부터 가까운, 건물의 측면에 있는 것을 발견하고 그리로 걸어갔다. 그때 건물의 지붕으로부터 잿빛 비둘기들이 구구우 날아왔다. 비둘기들은 내가 걷고 있는 땅에 우루루 내려앉았다. 그때 나는, 내 어깨에 팽팽하면서도 부드러운 양감을 느끼고 옆을 돌아보았다. 아, 그것은 비둘기였다. 나는 가벼운 탄성과 함께 한동안 숨을 쉬지 못하고 서 있었다. 그러다가 생각난 듯이 강가로 가까이 걸어갔다. 비둘기는 아직 내 어깨 위에서 떠나지 않고 있었다. 나는 회색에 가까운 보랏빛으로 변해 가는 강물의 표면에다 비둘기를 어깨에 얹은 내 모습을 비춰 보았다. 비둘기의 눈과 내 눈. 그것은 오래전부터 서로 친해 온 사이처럼 그렇게 다정해 보였다. 비둘기의 눈은 나를 푸욱 믿고 의지하는 것처럼 보였다. 그리고 나의 눈은 그 사랑스러운 비둘기를 애정 어리게 바라보고 있었다. 그리고 나는 생각했다. 나는 지금 비둘기의 입장이 되기를 갈망하기도 하고, 비둘기를 어깨에 얹은 내가 비둘기를 사랑하듯, 누구인가를 부드럽게 사랑할 대상을 갈망하는 것이 아닌가 하고. 그러나 그러한 가득한 정겨움이나 팽팽한 애정은 극히 짧은 순간이었다. 나는 그만 비둘기가 내 어깨 위에서 떠나 주었으면 싶었다. 나는 더 이상 비둘기에게 줄 것이 없었기 때문이었다. 나는 말했다. 이제 그만 떠나 달라고. 그러나 비둘기는 내 어깨를 평온하게 느끼는 듯 쉽게 떠나지 않았다. 나는 그대로 병원 입구 쪽으로 갔다. 입구에 이르자 비둘기는 아쉬운 듯 날아가 버렸다. 나는 비둘기에게 안녕 하고 말했다.

엘리베이터를 탈 때 건강해 보이는 남자가 필요 이상으로 반색을 하며 헬로 하고 말했다. 나는 그의 눈이 열심히, 예의도 모르는 양, 끈질기게 나를 지켜보는 것을 느꼈다. 그는 몇 층까지 가는 것일까. 그는 혹시 정신이상자가 아닐까. 이 둘밖에 안 탄 엘리베이터 안에서 그가 만약 내 목이라도 누른다면…… 나는 초조해졌다. 층을 가리키는 번호, 6자에 불이 켜지기를 나는 안타까이 지켜보았다. 6자에 불이 켜지고 문이 열리자 나도 내리고 그도 내렸다. 정말 그는 정신이상자일까, 성한 사람일까. 성한 사람과 정신이상자를 무엇으로 구별할 수가 있을까, 어쩌면 그도 문병객인지 모른다. 그렇다면 그의 뚫어질 듯한 눈초리는 성한 사람과 이상한 사람을 내게서 가려내려는 것이었을까. 그렇게 생각하니 소름이 끼쳤다.

세 번 문을 두드렸다. 기척이 없다. 다시 조금 크게 두드렸다. 아직 아무 소리도 없다. 나는 병실의 문을 열었다. 장 선생은 잠들어 있었다. 진정제라도 먹은 모양인가 보다. 나는 장 선생이 정신병원에 와 있다는 사실이 믿어지지 않았다. 그러나 그는 어젯밤 이후로, 오늘 아침, 또 발작하지 않았는가. 그는 오늘 아침 첫 수업 시간에 학생들 앞에서 소리쳐 울며 어제와 같은 말을 되풀이하고, 광적인 소리를 지르고 드디어 힘이 지치게 되자 기절했던 것이다.

나는 병실 안에 들어섰다. 커튼은 젖혀진 채였다. 그리고 창문을 통해 강물이 보였다. 강물은 이미 짙은 노을에 잠겨 강물 표면에 반영되었던 전나무 숲의 그림자며 전나무 숲 저 멀리 솟아 있는 눈 덮인 산의 그림자들을 구별해 낼 수가 없었다.

내가 의자를 당겨 앉자, 인기척을 느낀 듯 장 선생이 눈을 떴다. 그는 아직, 약기운엔가, 잠에 취한 듯 흐릿해 보였다.

「주무셨나요?」

내 목소리를 듣자 정신이 드는 듯

「아냐, 깜빡 눈을 감았더니 내가 하버드대학가에 가 있지 않겠어? 이리저리 길이 나 있는 거리 전체가 하버드라는 게야. 아무 철문으로나 걸어 들어갔더니 〈회상의 교회〉가 있었어. 나는 그 교회의 성가에 이끌려 안으로 들어갔지. 교회 안엔 아무도 없었어. 제단의 벽은 나무를 조각해서 장식한 벽으로 되어 있었는데 그 벽은 이상스럽게도 벽 저쪽에서 부르는 성가를 효과적으로 메아리쳐 주고 있었어. 제단에는 흰 카네이션이 가득 꽂혀 있었지. 나는 교인은 아니지만 제단에 무릎을 꿇었어. 그리곤 사내가, 이 나이 많은 사내가 소리 내어 엉엉 울어 버렸단 말이야. 그러다 문득 벽을 보니까 하버드를 거쳐 간 전쟁 희생자들의 명단이 조각되어 있었어. 그때 〈회상의 교회〉라는 의미를 생각했지. 그런데 누군가 하얀 옷을 입은 여자가 내게로 가까이 오지 않겠어? 비둘기를 가슴에 안은 여자가 말야. 자세히 보니까 그 여자는 낯이 익은 한국인이었어. 한 번도 낯익은 얼굴을 본 일이 없는 이 외지에서 웬일인가, 너무 반가워 일어나다가 그만 눈이 떠졌단 말이야.」

나는 소리 내어 웃었다. 그러면서 그가 맑은 정신인가 의심했다.

「선생님, 지난번에 보스톤에 가셨을 때 하버드대학 안에 그런 교회가 있었어요?」

「있었지. 그땐 하몬드 올갠이 울려 나오고 있었어. 하버드를 거친 역사적 인물들이 그 교회에 드나들었으리라고 생각하니까 기분이 숙연해지더군. 그뿐이었어. 꿈에서처럼 울지도 않았고.」

나는 어렴풋이 느꼈다. 그의 하버드대학에 대한 염원이 그를 이 지경으로 만든 것이라고. 지금 정신이 성해요? 라고 묻고 싶을 만치 나는 답답했다. 저렇게 멀쩡하게 말을 하는데 왜 정신병원에 들여다 놓았을까. 예까지 와서 정신병원이라니 얼마나 기막힌 노릇인가. 본인은 자기가 어디에 와 있는지를 알고 있는지. 그러나 의사는 옳을 것이다. 의사는 그를 심한 상태라고 진단했다. 그렇다면 그의 정신은 오락가락하는 겔까.

「의사는 내게 휴양이 필요하다고 말하던데 무슨 영문인지 모르겠어.」

정말 자기가 무슨 일을 했는지 모르는 겔까.

갑자기 그가 우렁찬 목소리로 말했다.

「한국 대학생들은 불쌍해. 불쌍하단 말야. 일류 대학이면 뭣해, 뭐가 일류 대학야, 학교는 학생들을 위해 뭘 해 줬어. 무엇보다도 인간은 인간 대우를 받는 게 중요하지. 학생은 학생 대우를 받는 것이 소망일 거고. 학생을 위한 복지시설. 하 참, 말할 수도 없지. 어떻게 그렇게 뼈대뿐인, 말이 대학뿐인 데서 학문이랍시고 배우고도 지금까지 곱게 살아왔는지 모르겠군. 아무것도 없어서 그렇다고 해 봐. 그렇다면 최소한 인간끼리의 신뢰라도 있어야 할 게 아냐. 학생은 학교라는 조직 속에서 얼마나 멸시당해 왔느냔 말야.」

나는 그가 무슨 말을 하고 있는지 희미하게는 느낄 수 있었지만 그래서 도대체 어쩌겠다는 것인지는 이해할 수 없었다.

「그래서 내가 사람이 되어 보겠다는데 누가 손을 내밀어 줘야지. 누님, 쳇 누나가 다 뭐야. 그 여잔 남이야 남. 그런 인간들은 한국 땅이 비좁은데 얼마든지 실어다 미국 땅에 버려도 괜찮아. 미국 사회가 이기적이라고 해도 이끌어 줄 때는 철저하게 이끌어 주거든. 개인주의를 배우려면 철저하게 배워야지. 옆에서 도와 달라고 간청해도 저만 살고 보겠다는 게 개인주의는 아니거든. 내, 더러워서. 내 힘으로 해 보겠다고 여기저기다 일자리를 알아보았단 말야. 안 된대. 이눔의 사회는 규칙이라는 것에는 융통성이 없을이만치 철저하단 말야. 학생 비자로는, 우선 입학이 된 후에, 방학 동안에나 임시 고용이 가능하다는군.」

그는 피곤해진 듯 끝에 가서는 겨우 말끝을 흐렸다. 집념. 인간이 집념을, 그것이 불가능하다고 느낄 때 곧 팽개쳐 버릴 수 있다면! 그러면 피를 끓이지 않아도 될 텐데.

「내가 한국에서 모든 것을 팽개쳐 버리고 나올 때는 의지만 있으면, 목적을 시도해 볼 수 있으리라고 확신했거든. 그런데 이 사회에선 의지 가지곤 안 돼. 돈이 있어야 한단 말이야. 법과 규칙을 준수할 한도의 돈은 있어야 한단 말이야. 그런데 난, 너무 무력하군. 뉴욕에 가서 더 절실히 그걸 느꼈어. 나는 아무것도 해 볼 수 없이 무력하다는 거야. 뉴욕시를 정밀하고 거대한 초시대적 핵 시설에다 비유할 수 있을까. 나는 그 기계의 놀랄 만한 위용을 겉으로는 볼 수 있어도, 그 기계의 아주 작은 한 부분도 모른단 말이지. 내가 만일 그 기계 한 부분에 손을 댄다면 나를 송두리째 날려 버릴 것 같은 그런 두려움을 느끼게 했지. 그리고 이 장이라는 사내는 아무 쓸모가 없다는 사실이었어.」

그의 볼에는 또 눈물이 주르르 흘러내렸다. 나는 오늘 장 선생에게로 온 그의 아내의 편지를 주머니 속에서 만지작거렸다. 이 편지를 주어야 옳은지, 어떤지를 나는 생각하던 참이었다. 그러나 그의 눈물을 보고 안 주는 편이 낫겠다고 단정했다.

「김 양! 방 안이 어둡군. 창문을 좀 열어 줄래? 밖을 보구 싶어. 내게 창문을 좀 열어 줘!」

그 목소리가 내게 너무 간절하게, 그리고 처참하게 들려왔기 때문에 나도 그만 흑흑 느껴 울고 말았다. 소리 나지 않도록 노력하니까 숨을 쉴 수 없도록 가슴이 빠근했다.

「그리고, 신선한 공기를 마시고 싶어. 자, 어서 내게 창문을 좀 열어 줘!」

나는 창가로 갔다. 그리고 창문을 조금 열었다. 바람이 새어 들어왔다. 커튼이 가볍게 펄럭거렸다.

「선생님! 미안해요. 제가 와서 공연히 선생님 감정을 상해 놓은 게 아녜요?」

그는 아무 말이 없었다. 그는 창백하게 죽은 듯이 누워 있었다.

「김 양, 거기 편지가 있을 거야. 책상 위에. 내 아내에게 좀 부쳐 줘.」

내가 병실을 나오려는데 그가 말했다. 두 장의 편지가 내 주머니 속에 있었다. 한국에서 온 편지와 한국으로 가는 편지와…… 그는 성한 정신으로 그의 아내에게 적었을까. 정말 그의 정신 상태는 의사 말대로 비정상인가? 뜯어 보고 싶다. 편지를! 그가 어떻게 적었는지 그의 정신 상태를 알고 싶다. 그러나 그렇게는 할 수 없다. 나는 편지를 우편함 속에 넣었다. 강철 우편함 바닥으로 떨어지는 편지의 무게를 나는 느꼈다.

새벽이다. 나는 교무실 문 옆 소파에 앉아 유리문을 통해 R이 차를 가지고 오기를 기다리는 중이었다. R은 평화 봉사단 관계원들을 위한 운전사이다. 차 안에는 R 이외에 B라는 남자가 있을 것이다. B는 정신과 의사의 조수로 장 선생을 한국까지 인도할 사람이다. 평화 봉사단 측에서는 여러 가지로 생각한 끝에 임기 만료 전에 장 선생을 한국으로 보내기로 결정한 모양이다. 무기한의 환자를 책임질 수 없다는 것이 그들의 사정이겠지. 내 눈이 우연히 한국말 교사들의 명단이 붙은 편지함에 가닿았다. 편지함마다 텅 비어 있었는데 장 선생 편지함에만 뭔가 잔뜩 들어 있었다. 나는 가까이 가서 그것들을 꺼내 보았다. 그것은 입학 안내서들이었다. 동부와 서부, 남부를 망라한 대학들에서 온 숱한 입학 안내서들이었다. 나는 그 순간 생각했다. 한국의 미 공보관 도서실이나 또 다른 숱한 도서관 안에서 얼마나 많은 한국 젊은이들이 대학 안내서를 들추고 있나를. 그들은 대학 입학원서를 미국으로부터 받은 이외에 어떤 진척을 보았던가. 그들의 이상은 날개를 달지 않은 채 얼마나 태평양을 날고 싶어 하는가를.

자동차 소리가 나서 나는 그것들을 도로 쑤셔넣었다. 차는 병원에 들러 장 선생을 태운 후, 길게 흐르는 커네티커트강 가를 달렸다. 마악 동이 트기 시작하는 강가는 모든 생명 있는 것들이 팽팽하게 숨쉬고 있었다. 이따금 얇게 얼어 있는 강 표면은 햇볕에 반사되어 장미빛으로 빛났다.

R의 귀를 보고 나는 곧잘 웃곤 했다. 그는 서른 살쯤 된 독신 남자인데 늘 우스운 소리를 해서 우리들을 웃기곤 했다. 그러나 이 아침엔 그의 당나귀 귀도 나를 웃기지 않았다. 장 선생도 똑바로 앞을 보고 앉아 있었다. 긴긴 눈의 터널. 도로의 양옆으로 높이 밀어붙인 눈은 마치 우리가 눈의 터널 속을 지나고 있는 느낌을 주었다. 그것은 뉴햄프셔의 킨 비행장으로 가는 길이었다. 아침 비행기 손님은 대여섯밖에 눈에 띄지 않았다. 우리는 비행장에 이르도록 한마디의 말도 하지 않았다.

비행장 마당에 비둘기들이 앉아 있었다. 우리들이 차에서 내리자 비둘기들은 화르르 날아가 버렸다. 장 선생이 발을 멈추고 무엇인가 회상하듯, 날아가는 비둘기들을 응시했다.

잠시 후 안내소에서 무엇인가 말했다. 장 선생은 아무것도 듣고 있는 것 같지 않았다. B가 장 선생에게로 다가가 그를 응시했다. 탑승할 시간이라는 시선 같았다. 장 선생은 아무 말 없이 B를 따라 출구 쪽으로 갔다. 출구를 나서기 전에 그가 내 쪽을 말없이 바라보았다. 나는 갑자기 소리쳤다.

「선생님 서울에서 만나요!」

정말 알 수 없다. 그는 정말 정신이상자일까? 정신이 이상하고 정상이고를 어떻게 판단할 수 있을까? 도대체 인간의 에테르 같은 정신 상황을 누가 들여다볼 수 있다는 것인지. 곧 비행기의 엔진 소리가 울려 왔다. R이 나에게 귀를 막으라고 했다. 나는 그렇게 했다. 비행기가 구르기 시작할 때 바람이 너무 세었다. 킨의 비행장은 김포비행장과 거의 흡사하다고 나는 느꼈다. 그런데 그곳과 여기는 진정 그렇게 먼 거리일까. 자, 이제 아무것도 생각지 말자. 나는 깊게 숨을 들이마셨다.

「왜 그렇게 슬퍼 보이죠? 웃으세요.」

R이 내게 물었다. 그의 물음에 이윽고 내 눈에 눈물방울이 맺혔다. 너희는 웃을 수 있는 민족이지만 우리는 다르다, 나는 중얼거렸다. 차는 다시 전나무 백양나무 숲의 그림자를 맑게 드리운 커네티커트강을 끼고, 하얀 눈의 터널 속을 달리기 시작했다. 나는 똑바로 끝없이 뻗어간 길을 바라보았다. 강 저쪽에서 수천의 비둘기들이 이쪽으로 날개 소리도 경쾌하게 날아오고 있는 것이 보였다.

—《현대문학》16권 10호, 1970년 10월;
박시정, 『날개 소리』(문학과지성사, 1976)

## 한국여류문학인회(1965~)

'한국여류문학인회'는 여성 작가들이 자발적으로 결성한 최초의 여성문학인 단체이다. 1950년대 후반부터 1960년대에 걸쳐 여성 작가들의 숫자가 늘어난 상황에 힘입어 발족되었다. 1964년 박화성의 회갑을 기념하기 위해 당시 활발히 활동하던 '여류 문인' 33인이 자선 앤솔로지 『한국여류문학33인집』(편집위원장 강신재, 김남조, 손소희, 전숙희, 조경희, 홍윤숙)을 출간한 것을 계기로 그로부터 1년 뒤인 1965년 9월 8일 한국여류문학인회를 결성했다. 1대 회장은 박화성이다. 이어서 최정희, 모윤숙, 임옥인 등 전후 여성문학장을 이끌었던 작가들이 회장직을 역임했다. 한국여류문학인회는 창립 당시 회원의 자격을 등단 후 3년 이상 활동한 경력을 가진 여류 문인으로 제한하여 시인 29명, 소설가 22명, 수필가 7명, 아동문학가 2명, 희곡작가 2명 등 모두 62명이 참가했다.

1968년 11월에 《여류문학》 창간호, 1969년 5월에 《여류문학》 2호를 발간했다. 《여류문학》과 함께 "여성만의 작품으로", "현대문학의 태동기에서부터 오늘까지에 여성 작가들이 창작해 온 작품 수록의 집약"이라고 자평한 『한국여류문학전집』(전 6권)은 한국여류문학인회가 여성 작가들의 독자적인 정전 형성을 시도한 대표적인 사례로서 의의가 있다. 박화성, 최정희, 손소희, 조경희, 김남조가 편집위원으로 참여했다. 그 외 『한국여류수필전집』(1965), 한국여류문학인회 창립 20주년 기념 『한국 여류101인 시선집』(1985) 등을 발간했다. 또한 한국여류문학인회는 결성된 이래 해마다 '독자의 저변 확대'라는 취지로 전국 주부 백일장과 문학 공개 강좌나 세미나, 지방 순회강연 등을 개최했다. ㈔한국여성문학인회로 명칭을 변경하여 현재까지 이어지고 있다.

이처럼 한국여류문학인회는 한국 근현대문학장에서 배제되었던 여성 작가들이 전후 독자적인 그룹을 형성할 정도로 양적·질적으로 성장했다는 점을 보여 준다. 이들이 주도한 전집 발간 등 대중 사업은 여성 독자의 문학 교양 형성에 기여했다는 점에서 의의가 있다.

김양선

# 創刊辭창간사

新文學신문학 六〇年60년이라지만, 우리 女性여성에게 있어선 二〇年20년쯤 뒤늦게 計算계산해야 할 것 같다. 時代的시대적인 與件여건이 그러했기 때문이다. 六〇年60년 前전 開化期개화기 그 當時당시에는, 女性여성은 아직 封建봉건의 桎梏질곡 속에서 近代근대에의 黎明여명을 아득히 바라볼 뿐, 內室내실 깊이 파묻혀 있어야 했다. 그후 二〇年20년이란 세월이 경과된 후에야 우리 女性여성도, 蓄積축적되어 온 感情감정 噴火口분화구를 찾아, 이모저모로 自我자아 發見발견에 애써 온 셈이었다. 이때부터 西歐서구의 노라의 絶叫절규는 韓國한국의 到處도처에서도 일어났다. 女性여성 敎育교육의 發達발달은 同時동시에 그들의 社會사회 進出진출과 學問학문 藝術예술에 참여하는 契機계기를 마련해 주었다. 內室내실 깊이에서 다스려 오던 恨한과 꿈은 습습한 그늘에만 머물지 않아도 좋았다.

눈뜬 自我자아의 發聲발성은 참되고 眞摯진지하기 마련이었다. 그러나 첩첩이 둘려쌓인 因襲인습의 벽을 뚫고 創造창조의 旗幟기치를 드높이기엔, 사뭇 힘에 겨운 가시밭길이었다. 스승도, 길동무도 없는 고독한 文藝문예 創作창작의 가시밭길에 나섰던 우리 先輩선배들의 苦鬪고투와 傷處상처를, 우리는 깊이 再認識재인식하고 감사해야 할 것이다. 開拓개척의 가시밭길에서 점점이 흘렸던 그 血痕혈흔을 밑거름 삼아 오늘 우리들은 自由자유의 터전을 얻게 된 것이 아닌가. 光復광복 前전의 稀少희소한 先輩선배들의 그것에 비한다면 오늘의 女流여류 文壇문단은 質的질적으로나 量的양적으로나 경이적인 발전과 開化개화를 誇示과시하고 있다고 해도 지나친 말은 아닐 것이다. 藝術예술에 文學문학에, 性성의 區別구별을 고집할 것은 없다. 하지만 우리들의 親睦친목 團體단체로 출발한 女流文學人會여류문학인회가 하나의 組織體조직체를 이룬 이래 벌써 數個星霜수개성상[1]이 흘러왔다. 순수한 個人的개인적인 作業작업에 속하는 創作창작 生活생활을 하는 우리들에게도, 아니 그러므로써 더욱 對話대화의 廣場광장이 必要필요했던 것이다. 어떻게 하면 보다 더 效果的효과적인 活動활동을 할 수 있을까.

그 하나의 例예로서 主婦주부 白日場백일장 같은 것을 들 수 있을 것이다. 女性여성만의 그것도 가정을 다스리는 主婦주부들만의 文藝문예 大會대회를 열어 淸明청명한 秋日추일 古宮고궁에서 단란한 잔치를 베풀어 오기 두 차례. 만만치 않은 그 글솜씨들에서, 우리는 女性여성이야말로 文學的문학적 存在존재임을 더욱 實感실감했던 것이다.

女性여성이 文學문학 生活생활에 가까울 수 있다는 것은, 女性여성이야말로 眞實진실 속에 살고 있기 때문이라고 여겨진다. 남편과 자식과 집과 살림을 꾸려 나가는 勞苦노고는, 愛情애정과 眞實진실에 直結직결하고 그 振幅진폭을 넓히고 깊게 하는 人生인생 道場도장인 때문일 것이다.

1 여러 해 동안의 세월.

忍苦인고의 열매는 創造창조의 꽃을 피울 수 있다. 그러기에 지금 우리 文壇문단엔 매력 있는 여러 實力派실력파 女性여성 作家작가가 男性남성 作家작가에 조금도 損色손색 없이 때로는 그들을 압도하고 있지 않은가.

우리가 이렇게 힘을 모으고 정성을 기우려 우리의 作品작품을 한테 엮어 보는 것은 결코 各自각자의 紙面지면이 아쉬운 때문이 아니다. 그것은 本誌본지를 거울 삼아 우리 모두의 됨됨이를 비쳐 보는 동시에 文學문학 同好人동호인, 特특히 앞으로도 많이 輩出배출될 後輩후배에의 격려로 삼으려는 것이다. 그리고 널리 讀者독자의 벗이 되고 싶은 것이다.

실상 各각 部門부문 고루고루 우리만의 잔치상을 이만큼 차리기란 얼마나 어려운 일들이 가로놓였던가를 想起상기한다면, 이것은 創作창작 못지않게 힘차고 보람찬 일이 될 것이라고 自負자부해도 좋을 것이다.

이게 우리만의 能力능력과 苦鬪고투와 團合단합의 結晶결정, 최초의 잔치상은 자랑스럽게 차려졌다. 우리는 이 상을 달게 받고 즐겁게 나누는 동시에 第二제2, 第三제3의 饗宴향연은 보다 더 알차고 盛大성대하리라는 것을 강한 自信자신과 뜨거운 정성으로 깊이 다짐해야 할 것이다.

一九六八年1968년 十一月11월 一日1일

韓國女流文學人會한국여류문학인회

—《여류문학》 창간호, 1968

# 女流文學여류문학 五〇오십年년을 回顧회고한다

參席者참석자

朴花城박화성

毛允淑모윤숙

林玉仁 임옥인

趙敬姬조경희

孫素熙손소희

金南祚김남조

洪允淑홍윤숙

朴賢淑 박현숙

李寧熙이영희

사회

林玉仁 임옥인

때

一九六八年1968년 九月9월 十日10일 下午하오 五時5시

곳

藝總예총 會議室회의실

사회 바쁘신데도 불구하고 이렇게 귀한 시간을 내 주셔서 감사합니다. 선배 시인, 작가 들을 모두 이 자리에 모시고 싶었읍니다만, 불가피한 사정이 계셔서 최정희 선생님 같은 분이 못 나오시고 말았읍니다. 매우 서운한 일이라 생각합니다. 그러나 우리 한국 여류문학의 산 역사라고 할 수 있는 박화성 선생님과 모윤숙 선생님이 나와 주시어서 무척 반갑고 뜻깊은 바 있다고 생각합니다. 그럼 우선 박 선생님의 말씀부터 듣기로 하겠읍니다. 선생님, 우리 한국 신문학이 최남선의 〈해에게서 소년에게〉를 기점으로 볼 때 올해로서 신문학 六〇60년을 맞습니다. 따라서 문학계에선 여러 가지 기념행사가 열리고 있읍니다만, 우리 여류문학을 생각할 때 金明淳김명순은 一九一七1917년 단편 〈疑問의문의 少女소녀〉를 〈靑春청춘〉誌지에 여류로서 처음으로 발표를 했고 羅蕙錫나혜석이 一九一八1918년에 〈경희〉〈정순〉이라는 단편을 발표하여 결국 우리 여류문학은 올해로서 신문학 五十50년을 맞이하는 셈입니다. 그래서 우리 여류문학인회에서는 이번 〈여류문학〉이란 회지를 내게 됐읍니다만, 이것 또한 여류만의 純文藝誌순문예지 발간은 처음 있는 일로서 그 의의가 자못 크다고 하지 않을 수 없읍니다. 이런 점에서 우선 박 선생님부터 감회랄까 그런

것 한 말씀 들려주시면 합니다.

朴花박화 사회자가 방금 애기했던 대로 우리 女流文學史여류문학사도 벌써 반백 년을 살아온 셈인데, 지금 생각하면 실로 대견스럽다는 느낌부터 앞서는군요. 왜냐하면 우리나라의 경우 옛부터 여권(女權)이라는 건 아주 무시당해 왔던 게 사실이니까 말이에요. 그런 상황 속에서 몇몇 여성들이 우리 여류문학을 개척해 왔고, 또 그것을 오늘날까지 발전시켜 왔으니 어찌 감회 깊은 일이 아니겠어요…….

사회 저희들 역시 그런 벅찬 감회를 느낍니다. 그런 의미에서 볼 때 방금, 선생님이 하신 말 그대로 개척자적인 여류 문인의 한 분으로서 오늘 우리는 선생님을 모셨읍니다. 그러니까 선생님의 애기를 통해 그간의 사정을 좀 들었으면 좋겠읍니다. 선생님은 어떻게 출발을 하셨지요?

朴花박화 그렇게 질문을 받고 나니 다시 생각되는데, 역시 내 문학의 搖籃요람이 되어 준 건 〈自由藝苑자유예원〉이었던 셈입니다. 이건 무슨 책 이름이 아니라 당시 전남 영광의 문사들이 매주 월요일과 금요일 두 차례씩 갖이곤 하던 일종의 백일장식 모임이었지요. 여기에서 내가 쓴 수필 세 편이 장원을 찾이한 게 一九二二1922년이었던가 해요. 열아홉인가, 스물인가 된 때였으니까. 그러나 정식으로 작품을 발표한 건 一九二五1925년이었어요. 〈秋夕前夜추석전야〉라는 단편이었는데 이것이 발표되기까지의 과정이 또 복잡합니다.

사회 그렇겠지요. 당시엔 지금 같은 신인 등용문이라는 게 별도로 없었을 테니까 말이에요.

朴花박화 그래요. 당시 우리 향리에 조운(曺雲)이라는, 꽤나 고명하신 문사가 한 분 계셨는데, 이분이 내 원고를 들고, 계룡산에 있던 춘원 선생을 찾아갔던 거예요. 그래서 춘원의 추천으로 〈朝鮮文壇조선문단〉 二2월호에 발표가 되었던 겁니다. 나중에 알고보니 그때 韓雪野한설야의 〈그날 밤〉과 임영빈의 〈亂倫난륜〉이 내 작품과 동시에 추천되어 발표가 됐는데, 이 세 작품에 대해 당시 스무 살 난, 한국 유일의 평론가라는 金八峰김팔봉이 이렇게 평을 했던 거에요. 花城화성 生생의 〈秋夕前夜추석전야〉는 그 집필의 동기나 착상의 중후함과 필치의 유려함이, 치기만 제외하면 찬양할 만하다. 나야 속으로 아니꼬운 생각이 들었지요. 그러나 〈그날 밤〉 〈亂倫난륜〉 두 편은 아주 혹평을 하고 있었기 때문에 다소 마음이 풀리고, 또 어떤 사람인가 만나 보고 싶기도 했어요.

孫손 그때 선배랄까, 먼저 작품을 발표하고 계시던 분으로는 누가 있나요?

朴花박화 羅蕙錫나혜석과 金元周김원주 같은 분이 있었어요. 당시 동경 유학생들이 중심이 되어 〈女性界여성계〉라는 책을 내고 있었는데, 이것을 통해 羅晶月나정월이가 쓴 〈夫婦부부〉와 金元周김원주가 쓴 散文산문들을 읽고 아주 탄복을 했어요. 나중에 알고 보니 羅晶月나정월이란 한국 최초의 여류 화가이면서 또 글도 쓰던 羅蕙錫나혜석이었고, 金元周김원주란 바로 金一葉김일엽이더군요.

金김 왜 金彈實김탄실[1]이도 있지 않아요? 당시 최남선 선생이 주관하던 〈青春청춘〉 誌지에 〈疑問의문의 少女소녀〉라는 단편을 발

1 시인이자 소설가 김명순의 본명.

표한 것이 一九一七1917으로 그 후 계속해서 〈七面鳥칠면조〉, 〈꿈꾸는 날 밤〉 등을 발표하고, 一九二五1925년에는 〈生命생명의 果實과실〉이라는 시집까지 내었지요.

朴花박화 그래요. 그건 시집이라기보담 산문도 들어 있는 그런 작품집입니다. 그런데 이 김탄실에 대해서는 좀 재미나는 일이 생각나요. 내가 一三13살 땐가 숙명학교에 다니던 시절인데 내 상급반에 김명순이라는 학생이 있었어요. 평소에도 화장을 요란하게 하고 머리를 구름처럼 올려 가지고 부리부리한 눈알을 굴리며 꼭 미친 여자처럼 쏘다니던 여자였는데, 때로는 신(詩)지 뭔지, 하는 것들을 써 가지고 다니며 나한테도 보여주곤 했어요. 나중에 내가 추천을 받고 서울에 올라오니까 그 선배가 반갑게 맞아 주겠지요. 알고 보니 그가 바로 김탄실이더만.

사회 선배들 얘기는 그 정도로 하시고 이젠 선생님 자신의 얘기를 좀 들려주시죠. 특히 여류 작가가 쓴 한국 신문학 최초의 전작 장편으로서 당시 물의를 일으켰다는 〈白花백화〉를 중심으로 해서요. 선생님이 그 작품을 쓰신 건 언제였나요?

朴花박화 그러니까 내가 동경여대 영문과를 다니던 때였으니까 一九二六1926년서부터 一九三〇1930년까지가 되는 셈입니다. 이 사 년 동안 나로서는 온 정력을 바쳐 이 장편 집필에 매달렸는데 그간 탈고를 한 후에도 다시 추고하고 수정한 것만도 다섯 번이나 돼요. 나중엔 손가락이 곪아서 터지기까지 했으니까요.

洪홍 그게 동아일보를 통해 나가기 시작한 건 一九三一1931년[2)]이지요?

朴花박화 그래요. 그런데 정작 발표를 하게 되니까 여러 가지 구설수가 터지기 시작했어요. 하기야 무리는 아닌 게, 당시만 해도 장편이란 몇 편 나오지 않았는 데다 또 여자로서는 최초로 쓴 장편이었던 만큼 온갖 말들이 돌았지요. 심지어는 누가 대신 써 줬느니 어쩌느니 했으니까요. 여자가 어떻게 그만한 장편을 쓸 수 있느냐 하는 얘기들이었죠.

孫손 워낙 굉장한 대작이었으니까 다들 믿질 못했던 모양이죠?

朴花박화 사실 말이지 나로서는 억울하기 짝이없는 일이었어요. 동경 유학 사 년 동안 손가락이 곪아 터지도록 쓴 작품인데 아무도 내가 쓴 걸로 인정을 해 주지 않았으니까 말입니다.

孫손 여자가 그만한 것을 내놓았기 때문에 남자들이 모두 겁을 집어먹었던 모양이죠?(일동 웃음)

朴花박화 그러다가 주요한 선생이 주관하신 〈東光동광〉 창간호에다 〈地下道工事지하도공사〉란 작품을 발표하고 나니까 비로소 인정을 해 주더군요. 나로선 억울한 누명을 벗은 셈이지요.

洪홍 하여간 박 선생님의 〈白花백화〉는 여류 작가로선 최초의 장편이라는 점에서도 우리 여류문학 五〇50년 사상 뜻깊은 일일 거예요.

李이 선생님의 바로 뒤를 이어서 三〇30년대에 나온 여류들은 어떤 분이 계시나요?

朴花박화 내가 〈백화〉를 발표하면서 서울로 올라와 보니 宋桂月송계월, 李善熙이선희, 姜敬愛강경애, 白信愛백신애, 崔貞熙최정희, 張德祚장덕조, 張장정원, 노천명, 그리고 저기 모윤숙 선생 등, 이런

2 실제로는 1932년 6월 8일부터 11월 22일까지 연재되었다.

분들이 문명을 떨치고 있더군요.

사회 네. 알겠습니다. 그럼 이번에는 모 선생님이 좀 재미난 얘기를 해 주시겠습니까?

毛모 나는 말이지 원래는 시인이 아니라 배우가 되고 싶었어요. (웃음) 소질도 좀 있었는데 바깥 모양이 워낙 없어서 그만 (일동 웃음)

朴賢박현 정말 연극 같은 거 해 보신 적이 있나요?

毛모 있지요. 그때 해외문학파가 주동이 되어 체호프의 櫻花園앵화원을 무대에 올린 적이 있는데 그때 내가 이헌구 씨와 짝이 되어 주연을 했어요. 그중에 춤추는 장면이 나오는데 내가 어찌나 이헌구 씨의 발등을 밟았든지 관중들이 온통 폭소를 터뜨렸어요. (웃음) 그래도 무언가 호흡이 통하기도 했거던요. 그런 시대였지요.

사회 흔히들 그 시기를 두고 우리 문학의 암흑기라고 하더군요. 봉건과 일제 탄압 등 온갖 악조건하에서 우리 여류가 여성사 전체를 통해 어떤 지혜와 끈기로써 문학을 했고, 어떤 작품을 통해 영향을 이 사회에 끼쳤는가 이런 점에 대해서도 말씀을 좀 해 주시지요.

毛모 박 선생도 이미 말씀하셨듯이 그 시기의 여류 작품으로서는 별로 남을 것이 없어요.

金김 탄실 김명순 씨는 그래도 작품집을 남겼지요.

毛모 그분의 〈달을 보고 울었어요〉 같은 건 참 좋기도 했어요. 그렇지만 계속해서 쓰질 않았어요. 그분들의 문학적 재질이 아깝게 생각됩니다.

洪홍 그 당시 남자들은 어떠했는지요?

毛모 주요한, 김안서, 변영노 씨 등이 자연주의니 상징주의니 하면서 얼마큼 활동을 했는데, 난 그런 것보담도 역사적인 사명감이랄까 그런 것 때문에 자연 항일적인, 말하자면 민족적인 절규나, 일종의 호소문 같은 문학을 한 편입니다.

李이 모 선생님이 처음 발표하신 작품은……

毛모 〈검은 머리 풀어〉라는 십니다. 一九三一1931년 〈동광〉誌지지요. 시랄 것도 없는, 일종의 항일문 같은 거예요. 그래서 〈빛나는 지역〉이라는 시집을 낼 때에 이것과 함께 〈이 생명을〉 〈조선의 딸〉 같은 건 검열에 걸려 삭제를 당하기까지 했어요.

사회 그 당시 사회상이란 건 한마디로 말해 입을 봉쇄당한 것이었으니까, 특히 손기정의 일장기 말살 사건 후엔 검열이 더욱 심했지요.

毛모 썼다 하면 벌써 삭제당하고 시말서를 쓰기가 일쑤였으니까. 변영노, 오상순, 염상섭, 이헌구, 이런 이들이 그 유명한 酩酊취정 四〇40년[3]의 얘기처럼 술로 울분을 터뜨리고 갖가지 에피소우드를 남긴 때가 바로 이 시기예요.

洪홍 그때 〈신여성〉이라는 잡지도 있었지요?

毛모 그래요. 〈신여성〉의 편집장은 주요섭이었고, 金慈惠김자혜가 거기 여기자였는데 그들 둘 사이엔 로맨스가 생겨 곧장 결혼으로 직행(일동 웃음), 그러나 그 당시 로맨스라는 건 서로 편지나 주고받고, 그러다 눈만 마주쳐도 커다란 만족을 느끼곤 하는 정도였을 뿐이에요.

3 1953년 출간된 변영조의 산문집 제목으로, '몸을 가눌 수 없을 정도로 술에 취한 채 보낸 40년'이라는 뜻.

洪홍 노천명 씨가 바로 선생님의 후배로 알고 있는데 그분의 얘기를 좀 들려주시죠.

毛모 그인 내 이전(梨專) 후밴데 학생 땐 시를 쓰기보다 그저 시인을 좋아하는 정도였어요. 일찌기 조실모(早失母)하여 언제나 하얀 소복을 하고 다녔는데, 내 방에 와서 같이 장국밥도 먹곤 했지요. 그러더니 졸업반이 되니까 비로소 詩시를 쓰겠다고 하더군.

李이 그분 첫 작품이……

金김 〈옥수수〉입니다.

李이 당시는 추천제가 있었나요?

孫손 〈白潮백조〉니 〈創造창조〉 같은 덴 그런 제도가 있었어요. 그러나 여류들의 경우엔 워낙 稀小價值희소가치가 있는 때라 그런 것 무시하고도 發表발표만 하면 됐어요.

趙조 당시의 여류들 직업은 대개 잡지나 신문사 記者기자였던 것 같지요?

毛모 대개 그런 편이지요. 나만 선생 노릇을 했지만……

孫손 그럼, 崔貞熙최정희, 林玉仁임옥인先生선생 時代시대의 얘기를 좀 해 보시죠.

사회 제 얘기를 하기 전에 崔貞熙최정희 선생의 얘기를 대신 해야겠군요. 직접 崔貞熙최정희 선생이 이 자리에 나오셔서 말씀을 해 주셨다면, 우리 여류문학 五○年史50년사를 回顧회고하는 데 많은 도움이 되었을 텐데 몸이 불편하시여 듣지 못하게 된 게 무엇보다도 서운하군요. 一九三○年代1930년대에만 해도 여류로선 이렇다 할 작가가 없을 때 최 선생의 작품 활동은 우리 여류문학 五○ 年史50년사를 통해 획기적인 것이었다고 할 수 있을 것입니다. 그러니까 최 선생이 朝鮮日報社조선일보사 出版部출판부에 근무하시던 一九三二1932년, 〈正當정당한 스파이〉, 〈푸른 地平線지평선의 雙曲線쌍곡선〉, 〈多難譜다난보〉 등의 短篇단편을 〈三千里삼천리〉, 〈每日申報매일신보〉 등에 發表발표했지만 최 선생 자신은 그런 작품을 보관하고 있지 않아 애착을 느끼지 않아서인지 一九三六1936년 〈朝光조광〉誌지에 發表발표한 〈凶家흉가〉를 處女作처녀작으로 꼽고 있어요. 이어 一九三九1939년엔 〈地脈지맥〉, 〈寂夜적야〉, 〈人脈인맥〉을 〈文章문장〉誌지에 또한 〈三千里삼천리〉誌지에 〈天脈천맥〉 등 自己暴露자기폭로의 大膽대담한 作品작품들을 계속 發表발표하여 文壇문단에 충격을 주었고 一九四六1946년에서 四九49년 사이에 創作集창작집 〈天脈천맥〉, 〈風流풍류 잡히는 마을〉이 出版출판되고, 長篇장편으로 〈綠色녹색의 門문〉, 〈끝없는 浪漫낭만〉 등을 계속 발표하여 韓國한국 文壇문단은 물론 女流文學여류문학의 확고한 기틀을 마련해 온 공로는 잊을 수가 없지요.

孫손 네, 정말 그래요. 우리 女流文學여류문학 五〇年50년을 통해 최 선생의 업적은 특기할 만해요. 다음은 임 선생의 얘기를 좀 들려주셔요.

사회 이렇게 말하기는 우습지만 하여간 우리 시대는 일제 말 一九三九1939년부터였나요. 〈文章문장〉지가 문학정신을 지배하던 시대였지요. 李泰俊이태준이 주재였는데 거기서 추천제가 처음 생겼고, 난 〈봉선화〉로 추천을 받았어요. 일본에 있을때부터 고독한 시골 처녀로 (웃음) 처음엔 시를 쓰고 싶었는데.

毛모 왜, 시도 썼지.

사회 한 십여 편 〈詩苑시원〉에서 한 명작 시선 열 편 중에 내 께 두 편 끼이기도 했지요.

洪홍 그중 대표작을 드신다면?

사회 〈환멸〉 〈그늘〉 정도죠. 소설 쓸 생각은 없었지만 시 공부를 못 했고 자동적으로 산문이 되어서(웃음). 원산에서 누씨(樓氏)여고 선생을 할 때 교우지에 실으려고 내준 작품이 거기는 안 나오고 누군가 〈문장〉지에다 투고를 해 주었던 모양이예요. 그게 〈봉선화〉입니다.

朴賢박현 그때도 고료가 있었나요?

사회 한 편에 팔 원이었어요. 광목 한 필값이었으니까 지금 돈으론 한 팔천 원가량 되는 셈이죠.

朴賢박현 당시 월급은 보통 얼마였는데?

사회 팔십 원 정도였죠.

趙조 그때는 삼 회 추천제였죠 아마?

사회 그랬어요. 내 경우엔 두 번째가 〈孤影고영〉, 천료작이 〈後妻記후처기〉였지요. 그러니까 내 얘긴 이 정도로 해 두고 이젠 손 선생이 얘기를 해 주시죠.

孫손 나두 애초엔 시인이 되고 싶었어요. 그랬는데 그만 소설을 하게 돼 버렸어요. 왜냐하면 一九四六1946년 정월에 피난민으로 흘러온 나는 당시 합동통신에서 나오던 〈신문학〉지의 여기자 생활을 하게 됐거던요. 그러던 중에 社사의 권유로 만주에서 나오던 때의 일을 일종의 레포오트 형식으로 썼어요. 그랬더니 다들 나보고 하는 말이 시보다 소설을 쓰는 게 좋겠다는 거에요. 그편이 훨씬 소질이 있어 보였던 모양이죠. 때마침 방송국에 있던 친구가 소설 청탁을 해 왔어요. 이래서 쓴 것이 〈貌모에의 袂別몌별〉인데 사정이 바뀌어서 발표는 당시 文藝誌문예지였던 〈白民백민〉에다 했어요. 좀 전에도 여러분이 얘기하셨듯이 당시에는 推薦추천이니 當選당선이니 하는 제도가 없던 시대거든요. 지금 생각하면 참으로 어수룩한 시대였던 셈입니다. 그 덕분이었는지 나 역시 이게 계기가 되어 소설을 계속 써 오고 만 겁니다.

金김　방금 말씀하신 대로 그 어수룩한 시대에 詩시도 몇 편인가 발표하셨지요 왜?

孫손　그래요. 그때 青馬청마 선생이 주도하신 〈在滿朝鮮人재만조선인 十人십인 詩集시집〉 同人동인 중의 한 사람이 되어 〈離別이별〉 〈밤차〉 등의 詩시가 거기 發表발표되었고 解放해방 뒤에도 〈新世代신세대〉와 또 다른 雜誌잡지와 新聞신문에도 몇 편 발표했었지요.

李이　그랬군요. 그럼 小說소설로서 第二作제2작은 〈그 전날〉이든가요?

孫손　아니지요. 〈新文學신문학〉에 〈逃避도피〉를, 이어 〈그 전날〉을 〈文學時評문학시평〉에 발표했는데 以上이상 三篇3편으로 薦了천료[4]를 한 셈이지요. 당시 白鐵백철 선생이 호평을 해 주셨죠. 그러나 文壇문단 人士인사라곤 다만 朴榮濬박영로 선생만 알고 있던 때라 꽤나 외로운 처지였어요. 나중에 崔貞熙최정희 선생이 朴박 선생을 통해 한번 만나 보고 싶으시다는 말씀을 해 오셨지만 그때만 해도 그럴 만한 용기도 없었고 또 선배 작

4　기성 문인이 문예지에서 신인을 발굴해 문인으로 등단시키는 제도. 보통 추천 2~3회가 완료되어야 등단으로 인정되었다.

가에 대한 존경심 때문에 곧 응하지를 못하다가 四七47년 봄엔가 비로소 뵈었지요. 그런 다음부턴 최 선생 뒤만 졸졸 따라다니며 함께 술도 마셔 보고.(웃음)

李이 당시의 여류 문단 상황은 어땠어요?

孫손 내가 알기로는 김말봉 씨는 신문소설을 쓰셨기 때문에 들어앉아 계셨고 朴花城박화성 선생님께서는 시골에 계셨으며 그 외 몇 사람은 월북을 해 버렸고 朴박 선생[5]은 월남 이전이었기 때문에 잘 몰랐고, 결국 최정희, 장덕조 선생 두 분이 많은 활약을 했지요.

朴賢박현 그때 잡지는 아마 많이 나온 모양이죠?

孫손 네, 해방 직후엔 〈白民백민〉, 〈新文學신문학〉, 〈新世代신세대〉, 〈新學時評신학시평〉[6](季刊계간), 〈新天地신천지〉, 〈여성경향〉 등 많이 나왔어요. 그러나 그때는 물론 六6·二五25 전까지만 해도 여류는 몇 안 되었어요. 나 일 년 뒤에 한무숙 씨가 나왔지요. 한무숙 씨가 〈歷史역사는 흐른다〉라는 장편으로 〈태양신문〉에 화려한 데뷔를 했고 연재한 작품의 揷畫삽화도 손수 그렸읍니다. 지금도 그렇지만 그 첫 삽화 퍽 인상적이었어요.

李이 맞아요. 〈태양신문〉이라고 한국일보 전신이에요.

孫손 이어서 一九四九1949년 一一11월 강신재 씨가 〈文藝문예〉誌지에 〈얼굴〉이라는 작품으로 추천을 받았는데 여자로서는 첫 번째 추천 작가지요.

李이 〈文藝문예〉는 金東里김동리 선생이 주재하시던 거지요?

5 박순녀 소설가를 지칭.

6 1947에 발행한 '文學時評문학시평'로 추정.

孫손 그래요. 강신재 씨 추천인도 金東里김동리 씨였는데 〈정순〉으로 추천 완료했고 그 뒤에 〈안개〉를 발표했는데 참 좋았어요.

洪홍 내가 〈태양신문〉에 있을 때 강 선생한테 인터뷰를 가서 원고 청탁을 한 일이 있어요.

李이 아, 그런 일도 있었군요. 그리구 손 선생은 〈彗星혜성〉이라는 雜誌잡지의 主刊주간으로 활약한 일이 있지요?

孫손 네, 田淑禧전숙희 씨가 편집국장이었고 趙敬姬조경희 씨가 편집 차장이었는데 三號3호까지 냈고 四號4호를 準備준비 中중에 六6·二五25를 만나 없어졌어요. 여자들의 힘으로 냈다는 데 의의가 있지요. 이보다 앞서 노천명 씨가 낸 것도 있긴 하지만 그게 뭐드라……

洪홍 그럼, 손 선생님 다음엔 한무숙, 강신재 선생이 나오셨고, 六6·二五25 이후엔 많은 후배들이 나왔지요.

孫손 그래요. 역량 있는 분들이 많이 나왔어요. 그러니까 환도 이후, 一九五五1955년부터 우리 여류문학도 활기를 띠기 시작한 셈이지요. 대충 손꼽아 봐도 朴景利박경리, 鄭然喜정연희, 韓末淑한말숙, 孫章純손장순, 具暳瑛구혜영, 朴基媛박기원, 崔美娜최미나, 金義貞김의정, 田炳淳전병순, 朴順女박순녀, 金寧姬김영희, 李貞浩이정호, 李揆姬이규희, 李石奉이석봉, 安泳안영, 吳知英오지영, 등 같은 분들이 나와 韓國한국 文壇문단에 있어 女流여류의 位置위치를 더욱 빛나게 한 것이지요.

金김 이영도 씨에 대해서도 누가 얘기를 좀 해 주시면 좋겠어요. 여류로서는 時調시조 文學문학을 지켜 온, 유일한 분이 그분 아니예요.

趙조 네. 그렇기도 해요. 내가 아는 사실로는 그분이 시조 문학을 하게 된 동기가 애초엔 그분의 오라버니(이호우)의 영향이었던 것 같아요. 해방 직후 대구에서 죽순(竹筍) 시인 구락부[7]라는 걸 여러 분이 했어요. 아마 이때 한자리에 모이던 분들은 주로 박목월, 유치환, 김달진, 이호우, 이윤수, 신동집, 김동사, 오난숙, 그리고 이영도 제씨[8]들이었던 것 같아요. 이분들이 매주 토요일마다 한자리에 모여 자작시 낭독을 하고 합평도 하고 그랬다더군요. 좌우간 여기서 이영도 씨의 문학 활동이 시작된 셈인데 공식적인 최초의 작품 발표는 〈그대 영전에〉[9]라는 것이었어요. 돌아가신 남편의 영전에 해방의 기쁨을 노래해 드리는 그런 내용이었던가 봐요.

金김 그분이 여류로서는 거의 유일하게 시조 문학을 지켜 온 데에는 그분 나름대로의 자각이 있는 것 같아요. 자기마저 시조 문학을 팽개쳐 버린다면, 그것이 갖고 있는 동양적 운율과 가락이 영영 끊겨 버리지 않을까 하는 것인가 봐요.

사회 참 좋은 얘기였읍니다. 이 기회에 조 선생님 자신의 얘기도 해 주시죠.

趙조 별로 드릴 얘기가 없군요. 여류들의 수필 문학이란 아직 뭐라고 논할 만큼 활동이 있었던 게 아니니까요. 하여간 내가 수필이랍시고 한두 편씩 써서 발표하기 시작한 건 一九三七1937년부터였어요. 당시의 신문 학생란 같은 데다 발표를 하군 했던 거지요. 그렇게 시작해서 문장, 주간서울, 신세기 등의 잡지에도 발표하게 되구요.

7 클럽의 일본말.

8 여러 사람을 높여 부르는 말.

9 실제로 이영도는 1945년《죽순》에 「제야」를 발표하며 등단했다.

사회 선생님이 수필집 〈寓話우화〉를 내신 건?

趙조 一九五五1955년이에요. 그 일 년 전에 田淑禧전숙희 씨의 수필집 〈蕩子탕자의 辨변〉이 나왔고 이보다 앞서 李明溫이명온 씨의 〈내일의 유혹〉, 〈죽음의 찬가〉 등의 수필집을 냈고 또 社會評論사회평론을 하시는 鄭忠良정충량 씨, 梨大이대 總長총장으로 계시는 金一順김일순 씨가 수필 문학을 하고 있지요. 그리고, 畵家화가이면서 좋은 수필을 발표하고 있는 千鏡子천경자 씨도 〈女人素描여인소묘〉, 〈언덕 위의 洋屋양옥집〉이란 수필집을 냈고 獨文學독문학을 하다 三二歲32세로 아깝게 夭折요절한 田惠麟전혜린의 死後사후에 出版출판된 隨筆集수필집 〈그리고 아무 말도 하지 않았다〉 등도 女流여류 隨筆수필로서 빼놓을 수 없는 것이지요.

孫손 이번엔 김남조 씨가 얘기를 좀 하시지요.

金김 나로선 별로 할 얘기가 없어요. 그저 순탄했던 편이니까요.

洪홍 남조 씨와는 내가 대학 동기동창인데 그때 남조 씨는 소설을 쓰겠다고 했죠 왜. 그랬는데 부산 피난 시절에 여류로서는 처음으로 〈목숨〉이란 시집을 내놓았죠. 그게 一九五三1953년이든가요?

金김 그래요. 그 二年2년 뒤에 〈나아드의 香油향유〉를 냈고, 〈나무와 바람〉을 또 一九五八1958년에 냈죠. 하지만 당시 부산엔 노영란 씨도 있었어요. 그분이 〈화려한 座標좌표〉라는 시집을 낸 건 一九五三1953년이었지만, 동인지를 통해 시단에 나온 건 五二52년[10]이었던 것 같아요.

10 노영란은 1947년《등불》에 「조수」, 「황혼」을발표하며 등단했다.

洪홍 남조 씬 애초에 소설을 쓰겠다고 하셨단 얘기를 이미 했지만, 나는 처음부터 시 공불 했어요. 一九四七1947, 八8년경 大學 대학在學재학 時節시절에 좀 발표를 했었죠. 저의 初期초기에 發表발표된 〈落葉낙엽의 노래〉, 〈歡別환별〉, 〈너의 壯途장도에〉 같은 작품은 꽤 호평을 받았어요. 避亂피난 時節시절 釜山부산서는 麗史려사란 이름으로 좀 썼고 그러다 收復수복 後후에 一時일시 붓을 끊었었어요. 그 무렵 石桂香석계향, 李鳳順이봉순, 趙愛實조애실, 秋恩姬추은희, 金芝鄕김지향, 朴英淑박영숙, 崔鮮玲최선령, 朴明星박명성, 金淑子김숙자, 金惠淑김혜숙, 朴貞姬박정희, 朴貞淑박정숙, 徐貞喜서정희, 姜桂淳강계순 씨 등이 前後전후로 활발한 作品작품 活動활동이 있었고 계속 金后蘭김후란, 王秀英왕수영, 金夏林김하림, 秋英秀추영수, 許英子허영자, 金正淑김정숙, 金善英김선영, 金松姬김송희, 朴德梅박덕매, 金閏喜김윤희, 朴賢玲박현령, 朱正愛주정애 씨 등이 등단하여 화려한 女流여류 詩壇시단을 이루었어요.

朴賢박현 윤숙 씨는 왜 戲曲희곡 當選당선을 한 적도 있죠?

洪홍 그래요. 그게 동기가 됐든지 시극(詩劇) 운동에도 참가하게 됐지요. 우리나라에서 시극이 처음으로 대두된 것은 아마도 五5, 六6년 전부터인가 하는데요, 내가 참가하고 있는 시극 동인회에서는 그간 二2회의 공연을 가졌어요. 一1회는 章湖장호의 〈바다가 없는 港口항구〉를 했고, 二2회엔 李仁石이인석의 〈사다리 위의 人形인형〉과 辛東曄신동엽의 〈그 입술에 패인 그늘〉 그리고 나의 〈여자의 公園공원〉을 올렸는데요, 이게 재작년 二月2월이에요. 또 금년 七月7월엔 章湖장호의 〈수리매〉를 세 번째로 공연했고…… 시극 동인회엔 나와 金芝鄕김지향이

유일한 여자 동인이지요.

사회　시극 운동에 관심을 가지게 된 동기 같은 건?

洪홍　두드러진 동기 같은 거야 있겠읍니까마는, 그래도 내 나름대로의 자각은 있어요. 현대인의 복잡한 의식구조는 필연적으로 시의 난해성을 낳게 됐다고 생각할 때 우리는 이러한 현대시를 군중 속에 뛰어들어 보다 친밀하게 전달하고 그 안에다 깊이 심어 놓고 싶다는 욕망을 갖게 된 거지요. 그 실천적인 방법의 하나로서 시극 운동에 참가하게 됐다고 하면 되겠어요. 따라서 시극에 대한 관심을 보다 깊이 갖어 주었으면 하고 바라고 있어요.

사회　이제 박현숙 씨가 여류 희곡에 대한 얘기를 좀 해 주시겠읍니까?

朴賢박현　여류 희곡에 대해서라면 일정(日政) 때까지는 사실 별게 없었어요. 유치진 씨 부인 沈載順심재순 여사가 쓴 〈줄행랑에 사는 사람들〉이란 단막극을 당시에 공연하려고 한 적이 있지만 검열에 걸려서 결국 유산되고 말았으니까요. 그러다가 홍윤숙 씨가 쓴 〈園丁원정〉이란 短幕劇단막극이 당선된 게 一九五八1958년, 그리고 六〇60년에 金茲林김자림 씨가 〈유산〉으로 朝鮮日報조선일보에 당선했고, 一九六二1962년 역시 朝鮮日報조선일보에 나의 〈땅 위에 서다〉가 당선[11]되어 女流여류 戲曲희곡 文學문학이 싹트기 시작한 셈이에요.

洪홍　女流여류 戲曲희곡 文學문학을 말하는 데 韓戊淑한무숙 씨의 얘

11　김자림은 1959년 「돌개바람」, 1961년 「유산」이 당선되며 등단했다. 「땅 위에 서다」는 극작가 박현숙의 1962년 작품이다.

기가 빠졌군요. 흔히 韓戊淑한무숙 씨는 小說家소설가로만 알려졌지 희곡을 썼다는 게 알려지지 않아서일 꺼에요. 그러니까 朝鮮演劇協會조선연극협회에 韓戊淑한무숙 씨의 〈마음〉이란 短幕劇단막극이 당선된 게 一九四三1943년이고 이어서 全四幕전4막으로 된 〈서리꽃〉이 一九四四1944년 역시 朝鮮演劇協會조선연극협회에 당선됐었어요.

朴賢박현 小說家소설가로만 너무나 잘 알려져 그만 잊었군요.

사회 朴賢淑박현숙 씨는 四4년 전인가, 희곡집을 냈죠.

朴賢박현 네, 〈女人여인〉이란 희곡집이었어요.

李이 女流여류론 그게 처음이죠?

朴賢박현 그렇기도 해요.

사회 매우 뜻깊은 일입니다. 다행히 역량 있는 신진들이 다소 나오고 있지요?

朴賢박현 근래에 상당한 활동을 하고 있는 신인으로는 우선 오혜령이가 있죠. 그의 작품 〈인간적인, 너무나 인간적인〉 같은 건 큰 수확의 하나죠. 창작 희곡이 부진한 이런 때엔 말이에요. 그리고 또, 〈女人劇團여인극단〉의 강유정이나 유인형 같은 사람도 무척 촉망되는 신인입니다. 그뿐만 아니라 라디오나 TV 드라마로 많이 활약하고 있는 김자림 송숙영 같은 이도 마찬가지지요.

사회 기대가 큽니다. 더군다나 박현숙 씨는 연극 중흥의 기치를 들고 十10여 년 전에 활약하던 「제작극회」를 재발족시켜 단장으로 취임하시었으니 침체하려는 劇界극계에 무척 의의 있는 일이라 하겠읍니다. 그럼, 이영희 씨가 아동문학에 대해 얘기를 해 주셔야겠읍니다.

孫손 그러고 보니 이영희 씨가 제일 꼬마군.(일동 웃음)

李이 신지식 씨 같은 분 외엔 여류 작가가 없었던 것 같아요. 그분은 五六56년에 〈하얀 길〉이란 창작집을 냈는데 이게 계기가 되어 아동문학을 하는 분으로 통하게 된 거 같아요. 그건 어쨌건 좌우간 무척 밝은 세계를 그리려고 하는 분이죠. 나의 경우에도 동화에 대한 내 나름대로의 생각이 있어요. 팬터지와 리얼리티를 동시에 살려 내는 일에 집념을 갖고 있으니까요. 생활적인 동화라고 해서 흔히들 그 리얼리티만 강조하고 있는데 이건 좀 생각해 볼 문제가 아닐까 싶어요. 동화도 예술 작품이라면 당연히 자각해야 할 건, 예술과 교육의 상관관계 같은 건데 내 생각으로는 예술과 교육은 엄연히 분리돼야 한다고 믿어요. 따라서 중요한 건, 리얼리티 위에다 어떻게 팬터지를 콤비네이션하느냐 하는 문제가 아닐까 싶어요.

孫손 작품집을 처음 낸 건?

李이 〈책이 山산으로 된 이야기〉라는 것이었어요.

孫손 요즘엔 동화가 잘 읽히는 편이겠지요? 입시제도가 개혁돼서(웃음)

李이 그런 것 같아요. 시장성이 다소 활기를 띤 셈이에요. 그래서인지 신인들도 상당히들 활동하고 있어요. 그들의 특징은 웬지, 다들 이대(梨大) 출신들이고요(웃음)

사회 네. 좋습니다. 여러분께서 이렇게 한자리에 모이시니까 우리 여류문학 五〇50년에 대한 얘기가 실로 다채롭게 터져 나오는군요. 보다 긴 시간을 마련해서 충분히 회고하고 검토를 했으면 좋겠읍니다만 벌써 약속 시간이 넘어 버렸어요. 제 욕심 같아서는 좀 더 모시고 싶지만 또 바쁘실 것 같고 해서 이젠 마지막으로 우리 여류문학의 전망이랄까, 혹은 다른 하고 싶은 말이 계시면 아무나 말씀해 주셨으면 합니다.

孫손 전망이라면, 앞으로 질적, 양적으로 각 분야가 활발히 움직일 것으로 생각됩니다. 따라서 우리 여류들은 보다 열과 야심을 가지고 다방면으로 풍성한 수확을 걷우게 되기를 〈여류문학〉 창간과 더불어 기대하는 마음 간절합니다. 더우기 앞으로는 여류 평론가도 많이 나와서 활약을 해 주었으면 싶구요.

朴花박화 한 가지 서운한 게 있어요. 지금 문화계에선 여러 가지로 신문학 六〇60년의 기념사업을 벌이고 있는데 어쩐 일인지 우리 여류들은 항시 소홀히 취급되고 있거든요. 이래 가지고서야 우리로선 남자들이 옹졸하다는 생각이 안 들 수 없지요. (일동 웃음) 그런 점에서도 좀 유의를 해 주었으면 싶군요.

사회 감사합니다. 끝까지 기탄 없이 말씀해 주셔서 감사합니다. 이런 기회가 앞으로도 자주 있기를 여러분과 함께 빌겠읍니다.

—《여류문학》 창간호, 1968

# 序文서문

女流文學여류문학의 개척기에서부터 오늘에 이르기까지의 사십여 년이라는 오랜 세월에서 줄기차게 뻗어 내려온 남존여비의 완강한 관습과 지극히 인색한 사회의 모든 여건에도 꺾임이 없이 꾸준히 자기의 문학을 키우고 확대시켜 온 우리 여성 문학인들의 창작 활동은 自己美化자기미화의 향기로운 開花개화라기보다는 차라리 自己燃燒자기연소로 이루어진 피와 땀의 결정인 바로 그것이었다.

이제야 우리는 그 최초의 결정체로서 〈韓國女流文學全集한국여류문학전집〉을 내게 되었다. 여성만의 작품으로 이렇게 알찬 전집 여섯 권이 간행된 것은 우리 문학사상 처음 일일 뿐만 아니라 현대 문학의 태동기에서부터 오늘까지에 여성 작가들이 창작해 온 작품 수록의 집약이란 점에서도 가히 기념비적인 일이라고 자부하고 싶은 것이다.

지면의 제한으로 各自각자 중·단편의 국한된 작품들만을 수록하였지만, 각 작품마다 모두 작가 자신들이 엄선한 力作역작들의 總合총합인 만큼, 다양하고 광활하고 심각한 작품 세계의 정확한 선택이라는 것을 특히 강조하고싶다.

이 전집에 있어서 편집상 소루한 대목이나 미흡한 점이 있다면, 이는 앞으로 판을 거듭함에 따라 지체없이 수정·보완될 것이며, 끝으로 우리 女流文學人會여류문학인회의 영예로운 사업을 맡아 주신 三省出版社삼성출판사 金奉主김봉주 사장님께 충심으로 감사를 드리는 바이다.

一九六七年1967년 十一月11월

韓國女流文學人會한국여류문학인회

會長회장 朴花城박화성

— 한국여류문학인회 편, 『한국여류문학전집 1』(삼성출판사, 1967)

# 엮은이 소개

## 여성문학사연구모임

남성 중심의 문학사 서술에 의문을 품고 한국 근현대 여성문학의 유산을 여성의 시각으로 정리하기 위해 2012년 결성된 모임이다. 국문학 연구자 김양선, 김은하, 이선옥, 영문학 연구자 이명호, 이희원으로 구성되었고, 시 연구자 이경수가 객원 에디터로 참여했다.

---

## 김양선

서강대학교 영어영문학과를 졸업하고 동 대학원 국어국문학과에서 박사 학위를 받았다. 현재 한림대학교 일송자유교양대학 교수이며, 한국여성문학학회 회장과 《여성문학연구》 편집장을 역임했다. 저서로 『한국 근·현대 여성문학 장의 형성』, 『1930년대 소설과 근대성의 지형학』, 『근대문학의 탈식민성과 젠더정치학』, 『경계에 선 여성문학』 등이 있다.

---

## 김은하

중앙대학교 문예창작학과를 졸업하고 동 대학원에서 문학박사 학위를 받았다. 현재 경희대학교 후마니타스칼리지 교수, 한국여성문학학회 회장이며, 《여성문학연구》 편집장을 역임했다. 저서로 『개발의 문화사와 남성 주체의 행로』 등이 있다.

### 이선옥

숙명여자대학교 국어국문학과를 졸업하고 동 대학원에서 박사 학위를 받았다. 현재 숙명여자대학교 기초교양대학 교수이며, 《실천문학》 편집위원, 한국여성문학학회 회장을 역임했다. 저서로 『태권V와 명랑소녀 국민 만들기』, 『한국 소설과 페미니즘』 등이 있다.

### 이명호

경희대학교 영어영문학과를 졸업하고 뉴욕주립대학교에서 박사 학위를 받았다. 현재 경희대학교 글로벌커뮤니케이션학부 영미문화 전공 교수이며, 경희대 글로벌인문학술원 원장, 한국비평이론학회 회장을 역임했다. 저서로 『누가 안티고네를 두려워하는가』, 『트라우마와 문학』 등이 있다.

### 이희원

이화여자대학교 영어영문학과를 졸업하고 미국 아이오와대학교에서 석사, 텍사스 A&M대학교에서 박사 학위를 받았다. 현재 서울과학기술대학교 영어영문학과 명예교수이며, 한국영미문학페미니즘학회 회장을 역임했다. 저서로 『영미 드라마 속 보통 여자들』 등이 있다.

### 이경수

고려대학교 국어국문학과를 졸업하고 동 대학원에서 문학박사 학위를 받았다. 현재 중앙대학교 국어국문학과 교수이며, 한국시학회, 한국여성문학학회 편집위원장을 역임했다. 대표 저서로 『한국 현대시와 반복의 미학』, 『불온한 상상의 축제』, 『춤추는 그림자』, 『이후의 시』, 『백석 시를 읽는 시간』 등이 있다.

# 집필에 참여한 연구자들


강지윤

연세대학교 국학연구원 비교사회문화연구소 연구원

공현진

중앙대학교 교양대학 강사

남은혜

서울대학교 기초교육원 강의 교수

박지영

성균관대학교 동아시아학술원 연구원. 저서로 『'불온'을 넘어, '반시론'의 반어』, 『번역의 시대, 번역의 문화정치』 등이 있다.

배하은

대구경북과학기술원 기초학부 교수. 저서로 『문학의 혁명, 혁명의 문학』이 있다.

백선율

가천대학교 리버럴아츠칼리지 강사

성현아

중앙대학교 교양대학 강사. 문학평론가.

손유경

서울대학교 국어국문학과 교수. 저서로 『고통과 동정』, 『프로이트의 감성 구조』, 『슬픈 사회주의자』, 『삼투하는 문장들』 등이 있다.

안미영

건국대학교 글로컬캠퍼스 교양대학 교수. 저서로 『서구문학 수용사』, 『문화콘텐츠 비평』, 『소설로 읽는 한국근현대문화사』 등이 있다.

오자은

덕성여자대학교 차미리사교양대학 교수

이미정

중부대학교 학생성장교양학부 교수

이소영

카이스트 디지털인문사회과학부 강사

이승희

성균관대학교 동아시아학술원 연구교수. 저서로 『한국 사실주의 희곡, 그 욕망이 식민성』, 『숨겨진 극장』 등이 있다.

이혜령

성균관대학교 동아시아 학술원 교수. 저서로 『한국 근대소설과 섹슈얼리티의 서사학』 등이 있다.

정고은

성균관대학교 문과대학 강사

한경희

한국학중앙연구원 신집현전 태학사 과정생

황선희

중앙대학교 인문콘텐츠연구소 HK+사업단 연구교수

1960년대
세대교체와
저자성 투쟁

한국 여성문학 선집 4

1판 1쇄 찍음 2024년 6월 21일
1판 1쇄 펴냄 2024년 7월 5일

지은이 여성문학사연구모임
발행인 박근섭·박상준
펴낸곳 (주)민음사

출판등록 1966. 5. 19. 제16-490호
주소 서울특별시 강남구 도산대로1길 62(신사동)
강남출판문화센터 5층(우편번호 06027)

대표전화 02-515-2000
팩시밀리 02-515-2007
홈페이지 www.minumsa.com

© 여성문학사연구모임, 2024. Printed in Seoul, Korea
ISBN 978-89-374-5684-8 (04810)
ISBN 978-89-374-5680-0 (세트)

* 잘못 만들어진 책은 구입처에서 교환해 드립니다.
* 이 책의 작품 수록은 저작권자의 확인 및 이용 허락 절차에 따라 진행되었으며, 저작권자를 찾을 수 없는 일부 작품의 경우 저작권자가 확인되는 대로 필요한 절차를 밟고자 합니다.